Metade do Céu

Nicholas D. Kristof
Sheryl Wudunn

Metade do Céu

Transformando a opressão em oportunidades para as mulheres do mundo todo

São Paulo 2011

Half The Sky: Turning oppression into opportunity for women worldwide
Copyright © 2009 by Nicholas D. Kristof and Sheryl WuDunn
This translation is published by arrangement with Alfred A. Knopf, an imprint of The Knopf Doubleday Group, a division of Random House, Inc.

Copyright © 2011 by Novo Século Editora Ltda.

All rights reserved.

COORDENADORA EDITORIAL	Giuliana Castorino
TRADUÇÃO	Sonia Augusto
PREPARAÇÃO	Cátia de Almeida e Cintia da Silva
REVISÃO	Thaís Nacif e Carolina Pereira Vicente
PROJETO GRÁFICO E COMPOSIÇÃO	Claudio Tito Braghini Junior
COMPOSIÇÃO DE CAPA	Adriano de Souza

Dados Internacionais de Catalogação na Publicação (CIP)
(Câmara Brasileira do Livro, SP, Brasil)

Kristof, Nicolas D.
  Metade do Céu: transformando a opressão em oportunidades para as mulheres do mundo todo / Nicholas D. Kristof e Sheryl WuDunn; [tradução Sonia Augusto]. -- Osasco, SP: Novo Século Editora, 2011.

  Título original: Half the Sky
  Bibliografia

  1. Crimes contra a mulher – Países em desenvolvimento – Estudo de casos 2. Direito das mulheres – Países em desenvolvimento – Estudo de casos 3. Mulheres – Países em desenvolvimento – Condições sociais – Estudo de casos I. WuDunn, Sheryl. II. Título

11-03911   CDD-362.8309172

Índices para catálogo sistemático:

1. Violência contra mulheres: Países em desenvolvimento: Problemas sociais: Estudo de casos 362.8309172

2011
IMPRESSO NO BRASIL
PRINTED IN BRAZIL
DIREITOS CEDIDOS PARA ESTA EDIÇÃO À
NOVO SÉCULO EDITORA
Rua Aurora Soares Barbosa, 405 – 2º andar
CEP 06023-010 – Osasco – SP
Tel. (11) 3699-7107 – Fax (11) 3699-7323
www.novoseculo.com.br
atendimento@novoseculo.com.br

Sumário

AGRADECIMENTOS 9

INTRODUÇÃO - *O efeito feminino*..15

CAPÍTULO 1 - *Emancipando as escravas do século XXI*.......................29
    Lutando contra a escravidão em Seattle 43

CAPÍTULO 2 - *Proibição e prostituição* 49
    Resgatar as meninas é a parte fácil 61

CAPÍTULO 3 - *Aprendendo a falar* 73
    Os novos abolicionistas 81

CAPÍTULO 4 - *Dominar pelo estupro* 89
    A escola de Mukhtar 99

CAPÍTULO 5 - *A vergonha da "honra"* 109
    "Estudar no exterior" — no Congo 117

CAPÍTULO 6 - *Mortalidade materna — uma mulher por minuto*............ 123
    Um médico que trata países, não pacientes 133

CAPÍTULO 7 - *Por que as mulheres morrem no parto?*......................... 139
    O hospital de Edna 155

CAPÍTULO 8 - *Planejamento familiar e o "Golfo de Deus"* 163
   Jane Roberts e seus 34 milhões de amigos 179

CAPÍTULO 9 - *O islã é misógino?* 183
   A rebelde afegã 195

CAPÍTULO 10 - *Investindo em educação* 201
   Ann e Angeline 215

CAPÍTULO 11 - *Microcrédito: a revolução financeira* 221
   Um pacote da CARE para Goretti 237

CAPÍTULO 12 - *O eixo da igualdade* 243
   Lágrimas sobre a revista Time 255

CAPÍTULO 13 - *Trabalho de base local vs. Trabalho no topo da hierarquia* ...259
   Meninas ajudando meninas 269

CAPÍTULO 14 - *O que você pode fazer* 273
   Quatro passos que você pode dar nos próximos dez minutos 293

APÊNDICE - *Organizações que dão apoio a mulheres* 295

NOTAS 299

Para nossos filhos: Gregory, Geoffrey e Caroline.
Obrigado pelo amor e pela paciência de vocês, nas horas em que a pesquisa para este livro significou pais ausentes ou irritados e menos empolgados com seus jogos de futebol. Vocês enriqueceram nossas viagens por países difíceis e opressores. São garotos maravilhosos a quem é bom estar ligado!
E para todos aqueles que estão nas frentes de batalha em todo o planeta, salvando o mundo: uma mulher por vez.

AGRADECIMENTOS

Este livro surgiu, em grande parte, em decorrência dos anos que passamos juntos escrevendo para o *The New York Times*, e por isso temos uma grande dívida com aqueles que tornaram isso possível. Esse grupo inclui Arthur Sulzberger Jr., que concedeu uma coluna a Nick e que, com sua família, apoiou a iniciativa do *Times* de cobrir notícias importantes em todo o mundo, independentemente do custo. Quando observamos a imprensa deixar de cobrir notícias internacionais recentes, ficamos extremamente aliviados e orgulhosos por fazermos parte de um jornal administrado por uma família e que conta com o apoio dos Sulzberger. Eles demonstram um sólido compromisso com uma missão que é maior do que os lucros trimestrais, e todos os leitores lhes devem muita gratidão.

Entre os que trabalham no *The Times*, agradecemos em especial a Bill Keller, Gail Collins e ao atual editor de Nick, Andrew Rosenthal. Foi Andy que aprovou a licença para escrever o livro, que tornou possível este trabalho e que tolerou os desaparecimentos periódicos de Nick nas selvas e zonas de conflito. Naka Nathaniel, ex-cinegrafista da *Times*, acompanhou Nick regularmente em viagens por cinco anos, desde a guerra do Iraque, e foi o companheiro perfeito quando eles ficavam presos em um país após o outro. David Sanger, o principal correspondente do *The Times* em Washington, tem sido um amigo desde a época da faculdade e um ótimo apoio desde sempre. Agradecimentos especiais aos inúmeros correspondentes do *The Times*, de Cabul a Joanesburgo, que partilharam suas casas, escritórios e contatos conosco quando aparecíamos na cidade.

Há muitos anos, Bill Safire nos apresentou aos melhores agentes literários: Anne Sibbald e Mort Janklow. Eles têm sido muito dedicados desde então, e fizeram o "parto" de todos os nossos livros. Jonathan Segal, nosso editor na Knopf, é um alquimista editorial que acreditou neste projeto desde o começo e moldou cada estágio dele. A edição meticulosa é uma arte em extinção em grande parte do setor editorial, mas não no caso de Jon, e não na Knopf.

Várias pessoas leram todo o manuscrito e ofereceram sugestões detalhadas. Entre elas estão Esther Duflo, do MIT; Josh Ruxin, da Universidade de Colúmbia; Helene Gayle, da CARE; Sara Seims, da Hewlett Foundation; e Jason DeParle, Courtney Sullivan e Natasha Yefimov, do *The Times*.

Um grupo especial de pessoas tem trabalhado incansavelmente para divulgar a mensagem de *Metade do Céu* no universo multimídia, incluindo filme, televisão e espaço cibernético. Mikaela Beardsley formou um grupo extraordinário, incluindo o produtor cinematográfico Jamie Gordon, juntamente com Lisa Witter, da Fenton Communications, e Ashley Maddox e Dee Poku, de The Bridge. Eles estão apaixonadamente comprometidos em impulsionar um novo movimento em prol das mulheres do mundo. Além disso, Suzanne Seggerman, da Games for Change, e Alan Gershenfeld, da E-line Ventures, contribuíram com sua energia e conhecimento para criar um *videogame* de *Metade do Céu*.

Dedicamos nosso primeiro livro a nossos pais, Ladis e Jane Kristof e David e Alice WuDunn, e poderíamos dedicar cada livro e artigo que escrevemos a nossos pais sem chegarmos nem perto de pagar o que lhes devemos. Depois, vêm nossos filhos — Gregory, Geoffrey e Caroline —, que toleraram certa negligência por causa de nosso trabalho e de nossos escritos. Nossa mesa de jantar muitas vezes foi o palco para novas ideias, e eles nos ajudaram apontando quando as ideias eram insossas.

O coração deste livro são os relatos que registramos nos muitos anos em que percorremos Ásia, África e América Latina. Nós fomos invasivos ao pedir às mulheres que descrevessem experiências íntimas, assustadoras ou estigmatizantes e, surpreendentemente, elas concordaram. Algumas vezes, elas se arriscaram a ser punidas pelas autoridades ou deixadas no ostracismo por parte de suas comunidades, mas ainda assim cooperaram porque queriam ajudar a combater a opressão. Nunca esqueceremos Suad Ahmed, uma mulher de 25 anos, de Darfur, que conhecemos em um campo para refugiados no Chade, cercado por milícias janjaweed. Suad havia saído com sua querida irmã mais nova, Halima, para juntar lenha para cozinhar, quando viu os janjaweed correndo na direção delas. Suad disse a Halima para correr de volta ao campo e, depois, corajosamente,

distraiu os homens correndo na direção oposta para que Halima pudesse escapar. Os janjaweed viram Suad e correram atrás dela; depois, eles a espancaram e oito deles a estupraram. Ela nos permitiu contar sua história e usar seu nome. Quando lhe perguntamos por que fez isso, ela respondeu: *Esse é o único modo de lutar contra os janjaweed, contando o que aconteceu comigo e dizendo o meu nome.*

Suad Ahmed, contando sua história em um campo de refugiados no Chade (Nicholas D. Kristof)

Devemos muito a mulheres como Suad, não só por seu auxílio, mas também por nos inspirarem com sua coragem e dedicação a uma causa maior do que elas. Esse é um dos motivos pelos quais dedicamos nosso livro a elas. Muitas dessas mulheres são analfabetas, pobres e moram em aldeias remotas — e, mesmo assim, elas nos ensinaram demais. Nós nos sentimos honrados por nos sentarmos aos pés delas.

As mulheres sustentam metade do céu.
— PROVÉRBIO CHINÊS

INTRODUÇÃO

O efeito feminino

O que os homens seriam sem as mulheres? Poucos, senhor, muito poucos.
— MARK TWAIN

Srey Rath é uma adolescente cambojana autoconfiante, cujo cabelo preto cai sobre um rosto redondo e moreno. Ela está em um agitado mercado de rua, em pé ao lado de uma carroça, e conta sua história com calma e desapego. O único sinal de ansiedade ou trauma é o modo como ela afasta o cabelo que cai na frente de seus olhos negros, talvez um tique nervoso. Depois, ela abaixa a mão e seus dedos longos gesticulam e flutuam no ar com uma graça incongruente, enquanto ela conta sua odisseia.

Rath é pequena, uma garota bonita e vibrante, cuja baixa estatura contrasta com uma personalidade forte e expansiva. Quando os céus despejam abruptamente uma chuva de verão que nos ensopa, ela simplesmente ri e nos apressa a achar abrigo sob um telhado de zinco. Depois, continua a contar sua história animadamente enquanto a chuva cai sobre nós. Mas a personalidade cativante e a atração que Rath exerce são dons perigosos para uma garota cambojana da zona rural; e sua natureza confiante, segura de si e otimista aumenta o perigo.

Quando Rath tinha 15 anos, sua família ficou sem dinheiro e ela decidiu trabalhar como lavadora de pratos na Tailândia por dois meses, para ajudar a pagar as contas. Os pais temiam por sua segurança, mas ficaram tranquilos quando

Rath combinou de viajar com quatro amigas que também iriam trabalhar no mesmo restaurante tailandês. O agente de trabalho levou as moças para o interior da Tailândia e, depois, as entregou a gângsteres, que as levaram para Kuala Lumpur, capital da Malásia. Rath ficou deslumbrada com suas primeiras visões das avenidas limpas e dos prédios altos da cidade; inclusive, na época, os prédios gêmeos eram os mais altos do mundo. A cidade parecia segura e acolhedora. No entanto, os marginais sequestraram Rath e duas outras moças para um caraoquê que operava como um bordel. Um gângster, com 30 e poucos anos, que era chamado de "o chefe", cuidou das moças e lhes explicou que havia pago por elas e que eram obrigadas a reembolsá-lo. "Vocês precisam conseguir o dinheiro para pagar a dívida e, depois, eu as mandarei de volta para casa", disse ele, garantindo-lhes repetidamente que, se cooperassem, elas acabariam sendo libertadas.

Rath ficou abalada quando se deu conta do que havia acontecido. O chefe a trancou com um cliente, que tentou obrigá-la a fazer sexo com ele. Ela reagiu e o cliente ficou enfurecido. "Então, o chefe ficou furioso e me bateu no rosto, primeiro com uma mão e, depois, com a outra", lembra-se, contando sua história com ingênua resignação. "A marca ficou no meu rosto por duas semanas." Depois, o chefe e os outros gângsteres a estupraram e bateram nela com os punhos.

"Você tem de servir aos clientes", disse-lhe o chefe, enquanto batia nela. "Se não fizer isso, nós a espancaremos até a morte. Você quer isso?" Rath parou de protestar, mas chorou e se recusou a cooperar ativamente. O chefe a obrigou a engolir uma pílula; os gângsteres a chamavam de "a droga feliz" ou "a droga que derruba". Ela não sabe exatamente o que era, mas aquilo deixou sua cabeça tonta e induziu a letargia, felicidade e concordância por cerca de uma hora. Quando não estava drogada, Rath ficava chorosa e não concordava o bastante — ela precisava sorrir alegremente para todos os clientes. Até que o chefe disse que não desperdiçaria mais tempo com ela: ou ela concordava em fazer o que ele mandava ou ele a mataria. Então, Rath cedeu. As moças eram obrigadas a trabalhar no bordel sete dias por semana, 15 horas por dia. Elas eram mantidas nuas para dificultar uma fuga e para que não escondessem dinheiro. Também eram proibidas de pedir aos clientes que usassem camisinhas. Eram espancadas até que sorrissem constantemente e fingissem alegria ao ver os clientes, porque os homens não pagariam muito por sexo com garotas de olhos vermelhos e rostos tristes. As moças não podiam sair nem recebiam por seu trabalho.

"Eles só nos davam comida, mas não muita, porque os clientes não gostavam de mulheres gordas", disse Rath. As moças eram transportadas, sob guarda, entre o bordel e um apartamento no 10º andar, onde doze delas ficavam alojadas. A porta do apartamento era trancada por fora. Contudo, certa noite, algumas das moças foram até a sacada e soltaram uma tábua longa, com 12 cm de largura, de um suporte usado para secar roupas. Elas equilibraram a tábua precariamente entre nossa sacada e outra no prédio ao lado, a 4 metros de distância. A tábua oscilava muito, mas Rath estava desesperada e montou a cavalo na tábua, conseguindo atravessar.

"Quatro de nós fizemos isso", disse ela. "As outras estavam assustadas demais, porque era muito arriscado. Eu também estava com medo e não podia olhar para baixo, mas tinha ainda mais medo de ficar. Pensamos que, mesmo que morrêssemos, seria melhor do que ficar ali. Se ficássemos, também iríamos morrer."

Quando chegaram à outra sacada, as moças bateram na janela e acordaram o morador, que ficou surpreso. Elas mal podiam se comunicar porque nenhuma delas falava malaio, mas ele as deixou entrar em seu apartamento e, depois, sair pela porta da frente. As moças desceram pelo elevador e vagaram pelas ruas silenciosas até encontrarem uma delegacia. A polícia, primeiro, tentou enxotá-las, depois, prendeu-as por imigração ilegal. Rath ficou um ano na prisão sofrendo as duras leis anti-imigração da Malásia para, depois, ser repatriada. Ela pensou que o policial malaio a estava levando para casa quando chegaram à fronteira da Tailândia, mas ele a vendeu para um traficante que a levou a um bordel tailandês.

A saga de Rath nos dá uma ideia da brutalidade infligida rotineiramente às mulheres e moças em algumas partes do mundo; maldade que lentamente está sendo reconhecida como um dos principais problemas de direitos humanos deste século.

As questões, porém, mal foram registradas na agenda global. De fato, quando começamos a fazer relatos sobre assuntos internacionais, nos anos 1980, não podíamos imaginar que escreveríamos este livro. Supúnhamos que as questões de política internacional que deviam nos preocupar eram amplas e complexas, como a não proliferação nuclear. Era difícil, na época, visualizar o Conselho de Relações Exteriores ocupando-se da mortalidade materna ou da mutilação genital feminina. Na época, a opressão das mulheres era um assunto secundário, o tipo de causa para a qual as escoteiros poderiam arrecadar dinheiro. Nós preferíamos tratar dos "assuntos sérios" ocultos.

Assim, este livro é o resultado de nosso próprio despertar enquanto trabalhamos juntos como jornalistas para o *The New York Times*. O primeiro marco dessa jornada aconteceu na China. Sheryl é uma chinesa-americana que cresceu em Nova York, e Nicholas nasceu e foi criado em uma fazenda de ovelhas e cerejas perto de Yamhill, no Oregon. Depois de nos casarmos, fomos para a China, e, sete meses depois, estávamos na periferia da Praça Tiananmen, vendo os soldados dispararem suas armas automáticas contra os que protestavam a favor da democracia. O massacre ceifou entre 400 e 800 vidas e chocou o mundo. Foi a história de direitos humanos do ano, e parecia ser a violação mais chocante que podíamos imaginar.

No ano seguinte, encontramos um obscuro, mas meticuloso, estudo demográfico que descrevia uma violação de direitos humanos que ceifara dezenas de milhares de vidas. Esse estudo descobriu que 39 mil meninas morriam anualmente na China porque os pais não lhes davam o mesmo cuidado médico e atenção que os meninos recebiam — e isso só no primeiro ano de vida. Um oficial chinês de planejamento familiar, chamado Li Honggui, explicou deste modo: "Se um menino fica doente, os pais talvez o mandem imediatamente para o hospital. Mas, se uma menina fica doente, os pais podem dizer a si mesmos: 'Bom, vamos ver como ela estará amanhã'". O resultado é a morte desnecessária de tantas meninas a cada semana na China, como morreram no incidente em Tiananmen. Essas meninas chinesas nunca receberem uma notinha na cobertura da imprensa, e nós começamos a nos questionar se nossas prioridades jornalísticas estavam equivocadas.

Algo similar ocorre em outros países, especialmente no sul da Ásia e nos países muçulmanos. Na Índia, há uma "noiva queimada" — para punir uma mulher por um dote inadequado ou para eliminá-la para que o marido possa se casar novamente — aproximadamente a cada duas horas, mas raramente chega aos noticiários. Nas cidades gêmeas de Islamabad e Rawalpindi, no Paquistão, cinco mil mulheres e meninas foram molhadas com querosene e queimadas por parentes consanguíneos ou agregados, ou, ainda pior, queimadas com ácido por causa de uma suposta desobediência, só nos últimos nove anos. Imagine o escândalo se o governo paquistanês ou indiano estivesse queimando esse mesmo número de mulheres vivas. Mas, como o governo não está diretamente envolvido, as pessoas cruzam os braços.

Quando um dissidente famoso foi preso na China, nós escrevemos um artigo de primeira página; quando 100.000 moças são rotineiramente raptadas e traficadas para bordéis, nós nem consideramos que isso seja notícia. Em parte, isso acontece porque nós, jornalistas, tendemos a ser bons na cobertura de eventos que acontecem em um dia determinado, mas deixamos de cobrir eventos que acontecem todos os dias — como as crueldades cotidianas infligidas a mulheres e moças. Nós, jornalistas, não somos os únicos que deixaram cair a peteca desse assunto:

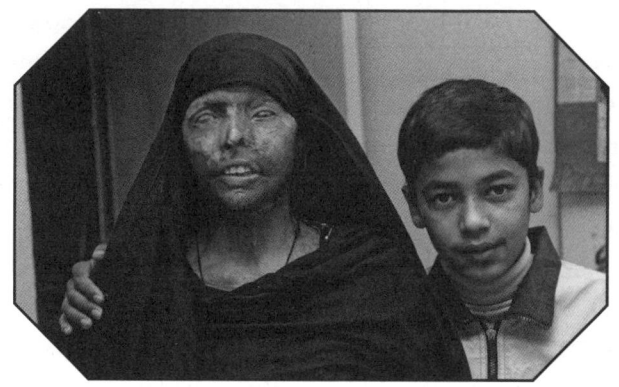

uma parcela minúscula da ajuda estrangeira americana é voltada especificamente para mulheres e meninas.

Amartya Sen, o famoso economista ganhador do Prêmio Nobel, desenvolveu uma medida da desigualdade dos sexos, que é um lembrete chocante dos riscos envolvidos. "Mais de 100 milhões de mulheres estão desaparecidas." Sen escreveu um artigo clássico em 1990 no *The New York Review of Books*, lançando um novo campo de pesquisa. Ele notou que, em circunstâncias normais, as mulheres vivem mais que os homens e, portanto, existem mais mulheres do que homens na maior parte do mundo. Mesmo nas regiões pobres, como a maior parte da América Latina e em grande parte da África, existem mais mulheres do que homens. Mas, nos lugares em que as mulheres enfrentam um *status* profundamente desigual, elas desaparecem. A China tem 107 homens para cada 100 mulheres em sua população geral (e uma desproporção ainda maior entre os recém-nascidos), a Índia tem 108 e o Paquistão tem 111. Isso não está ligado à biologia. No estado de Kerala, no sudoeste da Índia, que tem promovido a educação e a igualdade feminina, há o mesmo excesso de mulheres que existe nos Estados Unidos.

O significado da proporção entre os sexos, como o professor Sen descobriu, é que cerca de 107 milhões de mulheres estão desaparecidas no mundo atualmente. Outros estudos usaram um cálculo ligeiramente diferente, obtendo outros totais para as "mulheres que faltam", entre 60 milhões e 101 milhões. A cada ano, pelo menos mais 2 milhões de meninas desaparecem em todo o mundo por causa da discriminação sexual.

Naeema Azar, uma corretora de imóveis, foi queimada com ácido em Rawalpindi, no Paquistão, supostamente por seu ex-marido. Como o ácido a cegou, seu filho de 12 anos, Ahmed Shah, guia-a por toda parte. (Nicholas D. Kristof)

O Ocidente tem seus próprios problemas relacionados ao sexo. Mas a discriminação nos países ricos é, muitas vezes, uma questão de pagamento desigual ou de equipes esportivas sem patrocínios ou de assédio de um chefe. Por outro lado, boa parte da discriminação mundial é fatal. Na Índia, por exemplo, as mães têm menor probabilidade de levar as filhas para serem vacinadas do que os filhos — só isso representa um quinto das mulheres na Índia —; e os estudos revelaram que, em média, as meninas são levadas ao hospital quando estão mais doentes do que os meninos. Considerando-se tudo isso, na Índia, as meninas de 1 a 5 anos têm 50% mais chance de morrer do que os meninos da mesma idade. A melhor estimativa demonstra que uma menina indiana morre por discriminação a cada quatro minutos.

Um afegão alto e de barba chamado Sedanshah certa vez nos disse que sua esposa e seu filho estavam doentes. Ele queria que ambos sobrevivessem, mas suas prioridades eram claras: um filho é um tesouro indispensável, enquanto uma esposa é substituível. Ele tinha comprado remédios apenas para o garoto. "Ela sempre está doente", comentou de modo áspero sobre a esposa, "então nem vale a pena comprar remédios para ela".

A modernização e a tecnologia podem agravar a discriminação. Desde os anos 1990, a disseminação das máquinas de ultrassom permitiu que as mulheres grávidas soubessem o sexo de seus bebês, e fariam abortos caso descobrissem que dariam à luz meninas. Na província Fujian, na China, um camponês elogiou o ultrassom: "Não precisamos mais de ter filhas!".

Para impedir o aborto para seleção do sexo do bebê, a China e a Índia agora proíbem médicos e técnicos de ultrassom de contar a uma mulher grávida qual é o sexo do seu bebê. Mas essa é uma solução falha. A pesquisa mostra que, quando os pais são impedidos de abortar seletivamente os fetos femininos, uma proporção maior de suas filhas morre quando bebês. As mães não matam deliberadamente as meninas que são obrigadas a deixar nascer, mas se mostram desinteressadas em cuidar delas. Nancy Qian, economista do desenvolvimento na Universidade Brown, quantificou a terrível escolha: em média, a morte de 15 bebês femininos pode ser evitada se for permitido que 100 fetos femininos sejam abortados seletivamente.

As estatísticas globais sobre abuso de meninas são chocantes. Parece que mais meninas foram mortas nos últimos 50 anos, simplesmente por serem meninas, do que homens foram mortos em todas as batalhas do século XX. Mais meninas são mortas nesse "sexocídio" de rotina em uma década do que pessoas foram massacradas em todos os genocídios do século XX.

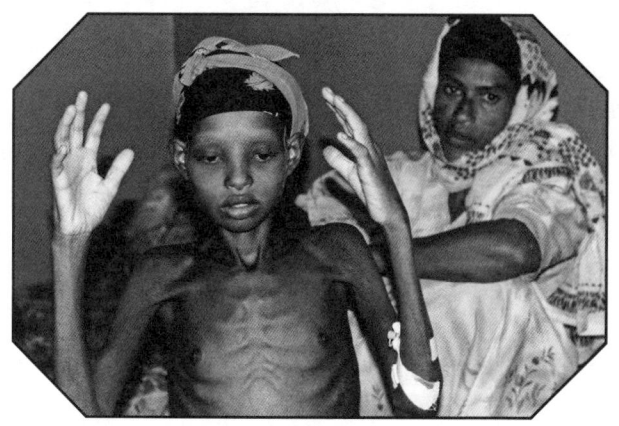

No século XIX, o principal desafio moral era a escravidão. No século XX, havia a batalha contra o totalitarismo. Acreditamos que, neste século, o desafio moral mais importante seja a luta pela igualdade de sexo em todo o mundo.

Os proprietários do bordel tailandês para quem Rath foi vendida não a espancavam nem a vigiavam constantemente. Assim, dois meses depois, ela conseguiu fugir e retornar ao Camboja.

Depois de sua volta, Rath encontrou uma assistente social que a colocou em contato com um grupo que auxiliava moças vítimas de tráfico a começarem uma vida nova. O grupo, American Assistance for Cambodia (Assistência Americana para o Camboja), usou US$ 400 de fundos doados para comprar uma pequena carroça e algumas mercadorias para que Rath pudesse se tornar uma vendedora ambulante. Ela encontrou um bom lugar em uma área aberta entre as alfândegas tailandesa e cambojana, na cidade fronteiriça de Poipet. Os viajantes que cruzam a fronteira entre a Tailândia e o Camboja caminham por essa faixa do tamanho de um campo de futebol, que é ladeada por ambulantes vendendo bebidas, lanches e lembranças.

Rath abasteceu sua carroça com saias, chapéus, bijuterias, cadernos, canetas e pequenos brinquedos.

Ummi Ababiya, uma garota etíope de 13 anos, em um posto de alimentação de emergência no sul da Etiópia. A mãe dela, Zahra, à direita na foto, disse que todos os homens na família eram bem alimentados. Das dezenas de crianças no centro de alimentação, quase todas eram meninas, refletindo o modo como os pais geralmente dão prioridade aos meninos quando a comida é escassa. Essa discriminação mata até 2 milhões de meninas por ano em todo o mundo. (Nicholas D. Kristof)

Sua boa aparência e sua personalidade expansiva começaram a trabalhar a seu favor, transformando-a em uma vendedora eficiente. Ela economizou e investiu em novas mercadorias, os negócios cresceram e ela pôde ajudar os pais e as duas irmãs mais novas. Ela se casou, teve um filho e começou a economizar para a educação dele.

Em 2008, Rath transformou sua carroça em uma barraca e, depois, também comprou a barraca do lado. Ela também iniciou um comércio de "telefone público", cobrando para que as pessoas usassem seu celular. Se alguma vez você cruzar da Tailândia para o Camboja, em Poipet, procure uma loja à sua esquerda, na metade da faixa, onde uma adolescente irá chamá-lo, sorrir e tentar lhe vender um boné de lembrança. Ela vai rir e dizer que está fazendo um preço especial, e é tão simpática e atraente que provavelmente fará a venda.

O sucesso de Rath é um lembrete de que, se as meninas tiverem uma chance, sob a forma de educação ou de microempréstimo, podem ser mais do que uma buginganga ou uma escrava; muitas delas podem ser empresárias. Ao falar com Rath atualmente — depois de comprar o boné —, você verá que ela irradia confiança enquanto ganha uma renda sólida, que trará um futuro melhor para suas irmãs e seu filho pequeno. Muitas das histórias deste livro são terríveis, mas tenha em mente esta verdade central: as mulheres não são o problema, mas a solução. A situação das meninas não é mais uma tragédia, mas sim uma oportunidade.

Essa foi uma lição que aprendemos na aldeia ancestral de Sheryl, no final de uma estrada de terra, em meio a plantações de arroz no sul da China. Por muitos anos, percorremos regularmente os caminhos lamacentos de Taishan até Shunshui, a vila em que o avô paterno de Sheryl cresceu. Tradicionalmente, a China tem sido um dos países mais repressivos e opressores para as meninas, e podemos ver sinais disso na própria história da família de Sheryl. De fato, em nossa primeira visita, acidentalmente descobrimos um segredo de família: uma avó perdida há muito. O avô de Sheryl tinha ido para os Estados Unidos com sua primeira esposa, mas ela havia tido apenas filhas. Por isso, o avô de Sheryl desistiu dela e levou-a de volta a Shunshui, onde se casou com uma mulher mais nova (sua segunda esposa) e a levou para os Estados Unidos. Essa foi a avó de Sheryl, que deu à luz um filho — o pai dela. A esposa e as filhas anteriores foram apagadas da memória da família.

Algo nos incomodava cada vez que andávamos por Shunshui e pelas aldeias vizinhas: onde estavam as jovens? Os jovens estavam trabalhando diligentemente nos campos de arroz ou se abanando indolentemente à sombra, mas as

Srey Rath e seu filho frente de sua loja no Camboja. (Nicholas D. Kristof)

mulheres jovens e as meninas eram raras. Finalmente, nós as vimos quando entramos nas fábricas, que estavam se espalhando pela província de Guangdong, o epicentro da explosão econômica da China. Essas fábricas produziam sapatos, brinquedos e blusas que enchiam *shoppings* dos Estados Unidos, gerando taxas de crescimento econômico quase sem precedentes na história do mundo — e criando o mais eficiente programa antipobreza conhecido. As fábricas eram colmeias barulhentas, cheias de operárias. Oitenta por cento dos empregados nas linhas de montagem do litoral da China são mulheres, e a proporção no cinturão fabril do leste da Ásia é de, pelo menos, 70%. A explosão econômica na Ásia foi, em grande parte, um resultado da capacitação econômica das mulheres. "Elas têm dedos menores e são mais hábeis com as agulhas", explicou o gerente de uma fábrica de bolsas. "Elas são obedientes e trabalham mais do que os homens", disse o chefe de uma fábrica de brinquedos. "E nós podemos pagar menos a elas."

As mulheres, sem dúvida, estão no centro da estratégia de desenvolvimento da região. Os economistas que examinaram o sucesso do leste da Ásia observaram um padrão comum. Esses países usaram as mulheres jovens, que anteriormente pouco tinham contribuído para o produto interno bruto (PIB), inserindo-os na economia formal, aumentando em muito a força de trabalho. A fórmula básica foi diminuir a repressão, educar as meninas assim como os meninos, dar às meninas a liberdade de mudar para as cidades e trabalhar nas fábricas. Depois se beneficiam de um dividendo demográfico ao se casar, mais tarde, diminuindo o número de filhos. Em decorrência, as mulheres financiaram a educação dos parentes mais jovens e pouparam o bastante para impulsionar a taxa de poupança nacional. Isso tem sido chamado de "efeito feminino". Em uma alusão aos cromossomos femininos, também poderia ser chamado de "solução XX".

Há cada vez mais evidências de que ajudar as mulheres pode ser uma boa estratégia de luta contra a pobreza, em qualquer parte do mundo, não só nas economias em expansão do leste da Ásia. A Self Employed Women's Association (Associação de Trabalhadoras Autônomas) foi fundada na Índia em 1972 e, desde então, tem auxiliado as mulheres mais pobres a iniciarem um negócio — aumentando os padrões de vida de uma forma que tem surpreendido estudiosos e fundações. Em Bangladesh, Muhammad Yunus criou os microfinanciamentos no Grameen Bank e estabeleceu as mulheres como público-alvo — acabando por receber o Prêmio Nobel da Paz pelo impacto social e econômico de seu trabalho. Outro grupo de Bangladesh, o BRAC, a maior organização antipobreza do mundo, trabalhou com as mulheres mais pobres para salvar vidas e aumentar rendas. O Grameen e o BRAC mostraram à ajuda mundial que cada vez mais as mulheres não são só beneficiárias potenciais de seu trabalho, mas são agentes de mudança.

No início dos anos 1990, as Nações Unidas e o Banco Mundial começaram a perceber o recurso potencial representado pelas mulheres e moças. "O investimento na educação das meninas pode ser o investimento de retorno mais elevado, disponível no mundo em desenvolvimento", escreveu Lawrence Summers na época em que era o economista-chefe do Banco Mundial. "A questão não é se os países podem arcar com esse investimento, mas se os países podem arcar com o custo de não educar mais meninas." Em 2001, o Banco Mundial realizou um estudo influente, *Engendering Development Through Gender Equality in Rights, Resources, and Voice* (Estimulando o desenvolvimento por meio da igualdade entre os sexos quanto a direitos, recursos e voz), argumentando que promover a igualdade entre os sexos é crucial para combater a pobreza global. A Unicef emitiu um importante relatório afirmando que a igualdade entre os sexos rende um "dividendo duplo", pois eleva não só as mulheres, mas também seus filhos e comunidades. O Programa das Nações Unidas para o Desenvolvimento (PNUD) resumiu as pesquisas desta forma: "A capacitação das mulheres ajuda a elevar a produtividade econômica e a reduzir a mortalidade infantil, contribui para melhorar a saúde e a nutrição, e aumenta as chances de educação para a geração seguinte".

Cada vez mais, os mais influentes estudiosos de desenvolvimento e de saúde pública — entre eles, Sen e Summers, Joseph Stiglitz, Jeffrey

Sachs e o Dr. Paul Farmer — pedem mais atenção para as mulheres em desenvolvimento. Os grupos de ajuda privados e as fundações também têm se manifestado. "As mulheres são a chave para acabar com a fome na África", declarou o Hunger Project (Projeto Fome). O ministro das relações exteriores da França, Bernard Kouchner, que fundou a organização "Médicos Sem Fronteiras", declarou diretamente: "O progresso é conseguido por meio das mulheres". O Center for Global Development (Centro para Desenvolvimento Global) emitiu um importante relatório explicando "por que e como colocar as meninas no centro do desenvolvimento". A CARE está colocando as mulheres e as meninas no centro de seus esforços antipobreza. A Fundação Nike e a Fundação NoVo estão se concentrando em criar oportunidades para mulheres nos países em desenvolvimento. "A desigualdade entre os sexos fere o crescimento econômico", concluiu o Goldman Sachs em um relatório de pesquisa de 2008, que enfatizava quanto os países em desenvolvimento podiam melhorar seu desempenho econômico ao educar as meninas. Em parte como resultado dessa pesquisa, o Goldman Sachs alocou US$ 100 milhões para a campanha "10.000 Mulheres", direcionada a dar para muitas mulheres uma educação para os negócios.

As preocupações com o terrorismo, depois dos ataques de 11 de setembro, estimularam o interesse por essas questões em um público improvável: os militares e as agências de combate ao terrorismo. Alguns especialistas em segurança observaram que os países que sustentam os terroristas são, desproporcionalmente, aqueles em que as mulheres são marginalizadas. A razão de haver tantos terroristas muçulmanos, dizem eles, está pouco relacionada ao Alcorão, mas sim com a falta de participação feminina sólida na economia e na sociedade de alguns países islâmicos. Conforme o Pentágono começou a compreender o contraterrorismo mais profundamente, percebendo que lançar bombas não costuma ajudar muito, esse órgão passou a se interessar cada vez mais por projetos básicos, como a educação das meninas. Alguns militares argumentam que, capacitando as meninas, diminuirá o poder dos terroristas. Quando os Chefes do Estado discutem a educação das meninas no Paquistão e no Afeganistão, como fizeram em 2008, percebemos que a igualdade entre os sexos é um assunto sério que precisa ter lugar na pauta das questões internacionais. Isso também é evidente no Conselho de Relações Exteriores. As salas revestidas de lambris que têm sido usadas para discussões de mísseis MIRV e de políticas da OTAN agora são usadas também para a realização de sessões concorridas sobre mortalidade materna.

Tentaremos estabelecer uma pauta para a questão das mulheres do mundo concentrando-nos em três abusos específicos: tráfico de mulheres e prostituição forçada; violência com base no sexo, incluindo assassinatos em defesa da honra e estupros em massa; e mortalidade materna, que ainda ceifa, desnecessariamente, uma mulher por minuto. Vamos esboçar soluções como educação das meninas e microfinanciamentos, que estão funcionando no momento.

É verdade que existem muitas injustiças no mundo, muitas causas importantes que precisam de atenção e de auxílio, e que todos temos lealdades divididas. Nós nos concentramos nesse assunto porque, para nós, esse tipo de opressão parece transcendente — e o mesmo acontece com a oportunidade. Vimos que estrangeiros podem realmente fazer uma diferença importante.

Pense em Rath uma vez mais. Ficamos tão impressionados com a história dela que quisemos localizar o bordel na Malásia, falar com os proprietários e tentar libertar as moças ainda aprisionadas lá. Infelizmente, não conseguimos descobrir o nome nem o endereço do bordel. (Rath não sabia inglês nem conhecia o alfabeto romano e, por isso, não conseguiu ler placas enquanto esteve lá.) Quando lhe perguntamos se estaria disposta a voltar a Kuala Lumpur e nos ajudar a encontrar o bordel, ela ficou pálida. "Não sei", disse ela. "Não quero enfrentar isso de novo." Ela hesitou, conversou com a família e acabou concordando em voltar, na esperança de resgatar as amigas.

Rath viajou para Kuala Lumpur com a proteção de um intérprete e de um ativista local contra o tráfico de mulheres. Ainda assim, tremeu quando entrou na zona de prostituição e viu os alegres sinais de néon, que eram associados a tanta dor. Mas, desde a fuga dela, a Malásia tinha sido envergonhada pela crítica pública sobre o tráfico de mulheres, e a polícia tinha fechado os piores bordéis que aprisionavam moças à força. Um desses bordéis era aquele em que Rath estivera. Um pouco de pressão internacional havia levado um governo a agir, resultando em uma melhora observável da vida das moças no fundo da pirâmide de poder. O resultado destaca que esse é um caso cheio de esperança, não uma ação inútil.

Assassinatos em defesa da honra, escravidão sexual e mutilação genital podem parecer, aos olhos dos leitores ocidentais, algo trágico; porém, é inevitável em um mundo muito, muito distante. Do mesmo modo, a escravidão foi, em certa época, considerada por muitos europeus e americanos uma característica lamentável, mas inevitável, da vida humana. Era apenas mais um horror que já existia há milhares de anos. Então, na década de 1780, alguns britânicos indignados, liderados por William Wilberforce, decidiram que a escravidão era tão ofensiva que precisavam aboli-la. E conseguiram. Hoje, vemos a semente de algo similar, istoé, um movimento global para emancipar mulheres e meninas.

Desse modo, sejamos claros desde o princípio: esperamos estimulá-lo a se unir a um movimento incipiente para emancipar as mulheres e lutar contra a pobreza global, libertando o poder das mulheres como catalisador econômico. Esse é o processo que está em andamento — não é um drama da vitimização, mas de capacitação, o tipo de processo que transforma adolescentes cheias de energia e ex-escravas de bordéis em empresárias bem-sucedidas.

Esta é uma história de transformação. É uma mudança que já está acontecendo e que pode ser acelerada se você abrir seu coração e se unir à luta.

CAPÍTULO 1

Emancipando as escravas do século XXI

As mulheres podem ter algo com que contribuir para a civilização além da vagina.
— CHRISTOPHER BUCKLEY, *Florence of Arabia*

A zona de prostituição da cidade de Forbergunge não tem luzes vermelhas. Na verdade, nem tem eletricidade. Os bordéis são simplesmente vilas comuns com paredes de terra batida ao longo de uma rua de terra, com cabanas de teto de palha reservadas para os clientes. As crianças brincam e correm nos caminhos de terra, e uma pequena loja, com apenas uma sala vende óleo de cozinha, arroz e alguns doces. Aqui em Bihar, um estado pobre do norte da Índia, perto da fronteira com o Nepal, não há quase nada disponível no comércio — exceto sexo.

Quando Meena Hasina anda pelo caminho, as crianças param e olham para ela. Os adultos também param, alguns irritados, e a tensão aumenta. Meena é uma bela indiana de pele escura, com cerca de 30 anos, olhos amigáveis e enrugados e um brinco na narina esquerda. Ela usa um sari, prende o cabelo negro e parece totalmente à vontade enquanto anda entre pessoas que a desprezam.

Meena é uma indiana muçulmana que, durante anos, foi prostituída em um bordel dirigido pelos nutts, uma tribo de baixa casta que controla o comércio sexual local. Os nutts tradicionalmente se dedicam à prostituição e aos pequenos crimes, e o mundo deles é caracterizado pela prostituição intergeracional, com as mães vendendo sexo e criando as filhas para fazer o mesmo.

Meena Hasina com seu filho Vivek, em Bihar, Índia. (Nicholas D. Kristof)

Meena anda entre os bordéis, vai até uma grande cabana que funciona como escola em meio período, senta-se e fica à vontade. Atrás dela, os aldeões aos poucos retomam suas atividades.

"Eu tinha oito ou nove anos quando fui raptada e traficada", contou Meena. Ela é de uma família pobre da fronteira do Nepal e foi vendida a um clã nutt. Depois, foi levada a uma casa na zona rural onde o proprietário do bordel mantinha meninas pré-adolescentes até que estivessem crescidas o bastante para atrair clientes. Aos 12 anos — ela lembra que foi cinco meses antes de sua primeira menstruação —, foi levada ao bordel.

"Trouxeram o primeiro cliente de quem haviam cobrado muito dinheiro", disse Meena, falando de modo clínico e sem emoção. A indução foi similar à que ocorreu com Rath, na Malásia, pois o tráfico de sexo opera com o mesmo modelo de negócios em todo o mundo, e os mesmos métodos são usados para dominar as meninas em toda parte. "Comecei a lutar e a gritar, e assim ele não conseguiu o que queria", disse Meena. "Eu resisti tanto que tiveram de lhe devolver o dinheiro. Eles me espancaram duramente, com um cinto, com varas, com hastes de ferro. A surra foi horrível." Ela balança a cabeça para clarear a lembrança. "Mas mesmo assim eu resisti. Eles me mostraram espadas e disseram que me matariam se eu não concordasse. Quatro ou cinco vezes, trouxeram clientes, eu resisti e eles continuaram a me espancar. Finalmente, eles me drogaram; eles me deram vinho para beber e me deixaram completamente bêbada." Então, um dos donos do bordel a estuprou. Meena acordou, com ressaca e dor, e percebeu o que havia acontecido. "Agora estou estragada", pensou. Assim desistiu de lutar contra os clientes.

Gângsteres em Bihar, Índia, tentaram obrigar este homem a vender a filha para a prostituição. Quando ele se recusou e a menina se escondeu, eles destruíram a casa. A organização de ajuda Apne Aap Women Worldwide está ajudando a família. (Nicholas D. Kristof)

No bordel de Meena, a tirana era a matriarca da família, Ainul Bibi. Algumas vezes, a própria Ainul batia nas meninas e, em outras vezes, ela delegava a tarefa a sua nora ou a seus filhos, que eram brutais ao aplicar punições.

"Eu nem podia chorar", relembrou Meena. "Se caísse uma lágrima, eles me batiam. Eu costumava pensar que era melhor morrer do que viver daquele jeito. Uma vez eu pulei da varanda, mas não aconteceu nada. Eu nem quebrei uma perna."

Meena e as outras meninas não tinham permissão para sair do bordel e nunca eram pagas. Elas geralmente tinham 10 ou mais clientes por dia, sete dias por semana. Se uma menina adormecesse ou reclamasse de dor de estômago, a questão era resolvida com uma surra. E, quando uma delas demonstrava algum sinal de resistência, todas as meninas eram chamadas para assistir enquanto a rebelde era amarrada e espancada de forma selvagem.

"Eles ligavam o rádio alto para encobrir os gritos", disse Meena secamente.

A Índia certamente tem mais escravas modernas, em condições como essas, do que qualquer outro país. Existem de 2 a 3 milhões de prostitutas na Índia, e, embora muitas delas agora vendam sexo com um pouco de concordância, e sejam pagas, uma parte significativa entrou no comércio sexual sem desejar. Um estudo dos bordéis indianos, realizado em 2008, descobriu que, das prostitutas indianas e nepalesas que começaram na adolescência, cerca de metade havia sido coagida a isso; as mulheres que começaram a trabalhar por volta dos 20 anos tinham maior probabilidade de fazer a escolha voluntariamente, muitas vezes para alimentar seus filhos. As que começam como escravas muitas vezes acabam por aceitar seu destino e vendem sexo voluntariamente, porque não sabem fazer mais nada e são estigmatizadas demais para conseguir outros empregos.

A China tem mais prostitutas do que a Índia — algumas estimativas falam na emancipação de 10 milhões ou mais escravas no século XXI —, mas poucas delas são forçadas a ir para os bordéis contra a vontade. Sem dúvida, a China tem poucos bordéis. Muitas das prostitutas são *free-lancers* que trabalham como senhoritas *ding-dong* (chamadas assim porque ligam para os hotéis em busca de trabalho). E mesmo as que trabalham em saunas e em casas de massagem estão geralmente ali por comissão e podem ir embora se quiserem.

Paradoxalmente, são nos países com sociedades mais reprimidas e sexualmente conservadoras, como Índia, Paquistão e Irã, que existem números desproporcionalmente altos de prostitutas forçadas. Como os jovens nessas sociedades raramente transam com as namoradas, considera-se aceitável que aliviem suas frustrações sexuais com prostitutas.

O acordo implícito é que as moças de classe alta irão manter sua virtude, enquanto os jovens encontrarão satisfação nos bordéis. E os bordéis funcionarão com garotas escravas, traficadas do Nepal, de Bangladesh ou de aldeias pobres da Índia. Enquanto as moças forem camponesas de casta baixa e tiverem pouca educação, como Meena, a sociedade olhará para o outro lado — do mesmo modo que muitos americanos antigos não se importavam com os horrores da escravidão porque as pessoas que eram açoitadas pareciam diferentes deles.

Ninguém usava preservativo no bordel em que Meena ficou. Ela está saudável até o momento, mas nunca fez um exame de AIDS (embora o HIV seja pouco disseminado na Índia, as prostitutas correm mais riscos devido ao grande número de clientes). Por não usar preservativos, Meena ficou grávida e isso a deixou desesperada.

"Eu costumava pensar que nunca ia querer ser mãe, porque minha vida tinha sido desperdiçada e eu não queria estragar outra vida", disse Meena. Mas o bordel de Ainul, como muitos na Índia, considerava a gravidez uma chance de criar uma nova geração de vítimas. As meninas eram criadas para serem prostitutas, e os meninos eram empregados que lavavam e cozinhavam.

No bordel, sem ajuda médica, Meena teve uma menina, a quem deu o nome de Naina. Logo depois, Ainul tirou o bebê de Meena, em parte para impedi-la de amamentar — os clientes não gostam das prostitutas que estão amamentando —, e em parte para manter o bebê refém a fim de garantir que Meena não tentaria fugir.

"Não vamos deixar que Naina fique com você", disse-lhe Ainul. "Você é uma prostituta e não tem honra. Além disso, você poderia fugir." Depois, Meena teve mais um filho, Vivek, e os donos do bordel também o afastaram dela. Os dois filhos de Meena foram criados por outras pessoas no bordel, em partes do edifício em que ela não tinha permissão de entrar.

"Eles prenderam meus filhos, pensando que assim eu não tentaria fugir", disse ela. A estratégia funcionou até certo ponto. Uma vez, Meena ajudou 13 moças a fugirem, mas não fugiu porque não suportaria abandonar os filhos. A punição por ficar para trás foi um espancamento brutal pela cumplicidade na fuga.

Ainul também tinha sido prostituta quando jovem e não sentia simpatia pelas jovens. Ela dizia às moças: "Se minhas filhas podem ser prostitutas, vocês também podem ser". E era verdade que ela havia prostituído suas duas filhas. ("Elas tiveram de ser espancadas para aceitar", explicou Meena. "Ninguém quer viver assim.")

Meena estima que, nos 12 anos em que esteve no bordel, tenha sido espancada, em média, cinco dias por semana. A maioria das moças rapidamente desistia e se submetia, mas Meena nunca desistiu. Sua característica mais marcante é a obstinação. Ela pode ser teimosa e persistente, e esse é um dos motivos de os aldeões a considerarem tão desagradável. Ela rompe o padrão da mulher na Índia rural ao responder e lutar.

A polícia não é uma ajuda para as moças nos bordéis porque os policiais visitavam os bordéis regularmente, sem ter de pagar. Mas Meena estava tão desesperada, que, certa vez, saiu e foi até a delegacia pedir ajuda.

"Eu fui forçada a me prostituir em um bordel na cidade", disse Meena ao atônito policial na delegacia. "Os chefes me espancam e transformaram meus filhos em reféns." Outros policiais vieram assistir à cena, zombaram dela e lhe disseram para voltar.

"Você é muito audaciosa para vir aqui!", disse um policial. No final, o policial a mandou de volta, depois que os donos do bordel prometeram que não a espancariam. Eles não a puniram de imediato. Porém, um vizinho avisou Meena que os donos do bordel haviam decidido assassiná-la. Isso não é frequente nas zonas de prostituição, pois seria como fazendeiros matarem boas vacas leiteiras, mas, de vez em quando, uma prostituta se torna tão incômoda que os donos a matam como um aviso para as outras moças.

Temendo pela vida, Meena abandonou seus filhos e fugiu do bordel. Ela viajou várias horas de trem até Forbesgunge. Alguém dessa aldeia contou a

Manooj, um dos filhos de Ainul, sobre o paradeiro dela, e ele logo chegou para espancar Meena. Manooj não queria que ela causasse problemas em seu bordel novamente, então lhe disse que poderia morar sozinha em Forbesgunge e se prostituir, mas teria de lhe dar dinheiro. Sem saber como poderia sobreviver de outro modo, Meena concordou.

Sempre que Manooj ia a Forbesgunge para receber o dinheiro, ele ficava insatisfeito com a quantia que Meena lhe dava e a espancava. Certa vez, Manooj jogou Meena no chão e começou a espancá-la furiosamente com um cinto, quando um homem respeitável interveio.

"Você já a está agenciando, já está sugando o sangue dela", reprovou o salvador, um farmacêutico chamado Kuduz. "Por que espancá-la até a morte?"

Não que ele tivesse trocado socos com Manooj para defendê-la, mas, para uma mulher como Meena, desprezada pela sociedade, era surpreendente que alguém falasse em sua defesa. Manooj foi embora e Kuduz a ajudou a se levantar. Meena e Kuduz moravam próximos um do outro, em Forbesgunge, e o incidente criou um vínculo entre eles. Logo estavam conversando com regularidade e, depois, ele a pediu em casamento. Emocionada, ela aceitou.

Manooj ficou furioso quando soube do casamento e ofereceu 100 mil rúpias (US$ 2.500) a Kuduz para que desistisse de Meena — uma soma que talvez refletisse a preocupação de que ela tentasse usar a respeitabilidade de mulher casada para causar problemas para o bordel. Kuduz não se interessou pela proposta.

"Mesmo que você me ofereça 250 mil rúpias, não desistirei dela", disse Kuduz. "O amor não tem preço." Depois de se casarem, Meena teve duas filhas com Kuduz e voltou à sua antiga aldeia para procurar os pais. A mãe havia morrido — os vizinhos contaram que ela chorava constantemente depois do desaparecimento de Meena, e que depois enlouquecera —, mas o pai ficou surpreso e emocionado ao reencontrar a filha.

A vida era muito melhor, mas Meena não conseguia esquecer os dois filhos que deixara no bordel. Assim, ela começou a viajar cinco horas de ônibus até o bordel de Ainul Bibi. Lá, ficava na rua e implorava para ver Naina e Vivek.

"Sempre que podia, eu voltava para lutar pelos meus filhos", ela relembrou. "Eu sabia que não me deixariam levá-los. Eu sabia que me bateriam. Mas eu tinha de continuar tentando."

Não funcionou. Ainul e Manooj não deixaram que Meena entrasse no bordel; eles bateram nela e a enxotaram. A polícia também não lhe deu ouvidos. Os donos do bordel não só ameaçaram matá-la, eles também ameaçaram raptar as duas filhas pequenas que ela tinha com Kuduz e vendê-las a um bordel. Certa vez, dois gângsteres foram até a casa de Meena em Forbesgunge para raptar as duas meninas, mas Kuduz pegou uma faca e disse: "Se vocês tentarem levá-las, eu vou cortá-los em pedaços".

Meena ficou com muito medo por suas filhas pequenas, mas não conseguia esquecer Naina. Ela sabia que Naina estava se aproximando da puberdade e logo seria colocada no mercado. Mas o que ela poderia fazer?

As entrevistas de mulheres como Meena, ao longo dos anos, nos levaram a mudar nossa opinião sobre o tráfico sexual. Por termos crescido nos Estados Unidos e depois morado na China e no Japão, pensávamos na prostituição como algo que as mulheres procuravam em busca de oportunidade ou por desespero econômico. Em Hong Kong, conhecemos uma prostituta australiana que levou Sheryl até o vestiário de seu "clube masculino", para conhecer as moças locais, que estavam lá porque viam uma oportunidade de enriquecer. Certamente não pensávamos nas prostitutas como escravas, obrigadas a fazer o que fazem, pois quase todas as prostitutas nos Estados Unidos, China e Japão não são realmente escravas.

No entanto, não é um exagero dizer que milhões de mulheres e moças são realmente escravizadas (a maior diferença entre elas e os escravos do século XIX é que muitas morrem de AIDS com 20 e poucos anos). O termo geralmente usado para esse fenômeno, "tráfico de sexo", é enganoso. O problema não é o sexo nem a prostituição em si. Em muitos países — China, Brasil e grande parte da África subsaariana —, a prostituição é disseminada, mas em geral é voluntária (no sentido de que é impulsionada por pressão econômica, e não por meios físicos). Nesses lugares, as mulheres não ficam trancadas e muitas delas trabalham sozinhas, sem cafetões nem bordéis. E o problema também não é exatamente o "tráfico", pois a prostituição forçada nem sempre depende de uma moça ser transportada por uma grande distância por um intermediário. O horror do tráfico sexual pode ser mais adequadamente chamado de "escravidão".

O número total de escravos modernos é difícil de estimar. A Organização Internacional do Trabalho, um órgão das Nações Unidas, estima que, em qualquer momento, existem 12,3 milhões de pessoas envolvidas em trabalhos forçados de todos os tipos, não só servidão sexual. Um relatório das Nações Unidas estima que um milhão de crianças, apenas na Ásia, são mantidas em condições de escravidão. O *The Lancet*, uma importante revista médica na Grã-Bretanha, calculou que "um milhão de crianças são forçadas a se prostituir a cada ano e que o número de crianças prostituídas pode chegar a 10 milhões".

Os ativistas antitráfico tendem a usar números mais altos, como 27 milhões de escravos modernos. Esse número surgiu a partir da pesquisa de Kevin Bales, que opera uma boa organização chamada Free the Slaves (Liberte os Escravos). Não é fácil calcular os números, em parte porque as trabalhadoras sexuais não podem ser divididas claramente em categorias: os que trabalham voluntariamente e os que trabalham contra a vontade. Alguns comentaristas olham para prostitutas e veem apenas escravas sexuais; outros veem apenas empreendedoras. Mas, na verdade, há um pouco em cada categoria; também há muitas mulheres que habitam uma zona cinzenta entre a liberdade e a escravidão.

Uma parte essencial do modelo de negócios dos bordéis é desestabilizar o espírito das moças por meio de humilhação, estupro, ameaças e violência. Conhecemos uma garota tailandesa de 15 anos cuja iniciação consistiu em ser forçada a comer fezes de cachorro para abalar sua autoestima. Depois de uma moça ser submetida a isso, ser aterrorizada e ter abandonado toda esperança de fuga, não será mais necessário usar a força para controlá-la. Ela pode sorrir ou rir para alguém que passa, tentar segurá-lo e levá-lo para o bordel. Muitos estrangeiros iriam supor que ela está lá voluntariamente. Mas, nessa situação, ceder à vontade do proprietário do bordel não significa consentimento.

Nossa estimativa é de que existam 3 milhões de mulheres e moças (e um pequeno número de meninos) em todo o mundo que, com justiça, podem ser considerados escravos no comércio sexual. Essa é uma estimativa conservadora que não inclui muitos outros, que são manipulados e intimidados para se prostituir. Também não inclui milhões de outros jovens que ainda não atingiram 18 anos e não podem realmente consentir em trabalhar nos bordéis. Estamos falando de aproximadamente 3 milhões de pessoas que, de fato, são propriedade de outra pessoa, e que, em muitos casos, podem ser mortas impunemente por seus donos.

Tecnicamente, o tráfico costuma ser definido como levar alguém (por meio de força ou de engodo) a cruzar uma fronteira internacional. O Departamento de Estado americano estimou que cerca de 600.000 a 800.000 pessoas são traficadas por fronteiras internacionais a cada ano e que 80% são mulheres e moças, principalmente para exploração sexual. Como Meena não cruzou uma fronteira, ela não foi traficada no sentido tradicional. Isso também acontece com a maioria das pessoas escravizadas em bordéis. Como o Departamento de Estado americano observa, essa estimativa não inclui "milhões de vítimas em todo o mundo que são traficadas dentro das fronteiras de seu país".

Em contraste, na década de auge do tráfico transatlântico de escravos, os anos 1780, uma média de pouco menos de 80.000 escravos era traficada anualmente da África, pelo Oceano Atlântico, até o Novo Mundo. Depois, a média caiu até pouco mais de 50.000, entre 1811 e 1850. Em outras palavras, muito mais mulheres e meninas são levadas aos bordéis a cada ano no início do século XXI do que escravos africanos foram levados para as plantações por ano nos séculos XVIII ou XIX — embora a população geral fosse, é claro, muito menor na época. Como observou o periódico *Foreign Affairs*: "Qualquer que seja o número exato, parece quase certo que o tráfico mundial moderno de escravos é maior, em termos absolutos, do que o tráfico de escravos transatlântico nos séculos XVIII e XIX".

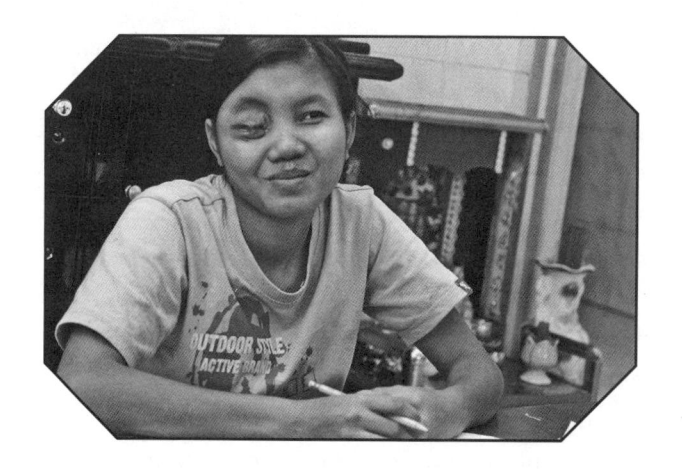

Como nas plantações que usavam escravos há dois séculos, ainda hoje existem poucas restrições práticas aos proprietários de escravos. Em 1791, a Carolina do Norte decretou que matar um escravo era cometer "homicídio"; mais tarde, a Geórgia estabeleceu que matar ou mutilar um escravo era juridicamente o mesmo que matar ou mutilar um branco. Mas essas doutrinas existiam mais no papel do que na realidade, do mesmo modo que as leis paquistanesas existem nos livros jurídicos, mas não impedem os donos de bordéis de eliminarem as garotas que criam problemas.

Embora tenha havido progresso em muitas questões humanitárias nas últimas décadas, a escravidão sexual, na verdade, piorou. Um motivo para isso foi a queda do comunismo na Europa Oriental e na Indochina. Na Romênia e em outros países, o resultado imediato foi a perturbação econômica e, por toda parte, surgiram gangues criminosas que preencheram o vácuo de poder.

Long Pross tinha 13 anos quando foi raptada e vendida para um bordel no Camboja. Quando ela se rebelou, a proprietária do bordel puniu-a arrancando-lhe o olho com uma haste de metal. (Nicholas D. Kristof)

O capitalismo criou novos mercados para arroz e batatas, mas também para o corpo feminino.

Um segundo motivo para o aumento do tráfico é a globalização. Na geração passada, as pessoas ficavam em sua terra natal; agora, é mais fácil e barato ir para uma cidade ou para um país distante. Uma moça nigeriana cuja mãe nunca saiu da área de sua tribo agora pode estar em um bordel na Itália. Na Moldávia rural, é possível ir de aldeia em aldeia sem encontrar uma única mulher entre 16 e 30 anos.

Um terceiro motivo para a piora da situação é a AIDS, pois o fato de ser vendida para um bordel sempre foi um triste destino, mas não era uma sentença de morte. Agora, muitas vezes é. E, por causa do medo da AIDS, os clientes preferem as garotas mais novas, pois acreditam terem menor probabilidade de estar infectadas. Na Ásia e na África, existe a lenda de que a AIDS pode ser curada pelo sexo com uma virgem, e isso alimentou o número de jovens raptadas de suas aldeias.

Esses fatores explicam nossa ênfase nas escravas sexuais, em vez dos outros tipos de trabalho forçado. Qualquer um que tenha passado um tempo nos bordéis indianos e também, digamos, nos crematórios de tijolos sabe que é melhor ser escravo trabalhando em um crematório. Os trabalhadores dos crematórios quase sempre moram com a família e o trabalho não os expõe ao risco da AIDS. E, assim, sempre existe a esperança de fugir no futuro.

No bordel, Naina e Vivek eram espancados, passavam fome e sofriam abusos. Eles também se sentiam confusos sobre seus pais. Naina cresceu chamando Ainul de avó e Vinod, um dos filhos de Ainul, de pai. Algumas vezes, diziam à menina que Pinky, esposa de Vinod, era sua mãe; outras vezes, diziam-lhe que sua mãe tinha morrido e que Pinky era sua madrasta. Mas, quando Naina pediu para ir à escola, Vinod recusou e descreveu o relacionamento deles em termos bem duros.

"Você tem de me obedecer", disse ele a Naina, "porque eu sou seu dono".

Os vizinhos tentavam aconselhar as crianças. "As pessoas costumavam dizer que eles não podiam ser meus pais verdadeiros porque me torturavam demais", lembrou Naina. Às vezes, as crianças ouviam ou até viam Meena chegar até a porta e chamar por elas. Certa vez, Meena viu Naina e lhe disse: "Eu sou sua mãe".

"Não", respondeu Naina. "Pinky é a minha mãe".

Vivek também se lembra das visitas de Meena. "Eu costumava vê-la apanhando e sendo enxotada", disse ele. "Eles me disseram que minha mãe estava morta, mas os vizinhos me disseram que Meena era mesmo minha mãe, e eu a via voltando para tentar lutar por mim."

Naina e Vivek nunca iam à escola, nunca consultavam um médico e raramente tinham permissão de sair. Suas tarefas eram varrer o chão e lavar as roupas. Tinham apenas trapos para vestir e não usavam sapatos, pois isso poderia incentivá-los a fugir. Quando Naina tinha 12 anos, ela foi exibida diante de um homem mais velho de um modo que a deixou pouco à vontade. "Quando eu perguntei à minha 'mãe' sobre o homem", lembrou Naina, "ela me bateu e me mandou dormir sem jantar".

Alguns dias depois, a 'mãe' disse a Naina para se banhar. Depois a levou ao mercado, onde comprou belas roupas e um anel de nariz. "Quando perguntei por que ela estava comprando essas coisas para mim, ela começou a me repreender. Ela disse que eu tinha de fazer tudo que o homem dissesse. Ela também disse: 'Seu pai aceitou dinheiro desse homem por você'. Eu comecei a chorar alto."

Pinky mandou Naina vestir as roupas, mas a garota as jogou longe, chorando inconsolavelmente. Vivek tinha apenas 11 anos e era um menino pequeno com ar manso. Porém, ele tinha herdado da mãe a aversão à submissão. Então ele pediu aos "pais" e à "avó" que deixassem sua irmã ir embora ou que encontrassem um marido para ela. Cada pedido só provocava mais surra e mais zombarias. "Você não tem nenhum dinheiro", disse o "pai" zombeteiramente, "então, como acha que pode cuidar de sua irmã?"

Mas Vivek encontrou coragem para continuar a confrontar repetidamente os que o atormentavam, pedindo liberdade para a irmã. Em uma cidade em que os policiais, agentes governamentais, sacerdotes hindus e cidadãos respeitáveis de classe média desviavam o olhar da prostituição forçada, a única voz da consciência pertencia a um menino de 11 anos que apanhava sempre que falava. Mas sua coragem não deu bons resultados. Vinod e Pinky o trancaram, obrigaram Naina a vestir as novas roupas e a carreira da menina como prostituta começou.

"Minha 'mãe' ficou dizendo para eu não ter medo, pois ele era um bom homem", lembrou Naina. "Depois me trancaram dentro do quarto com o homem. Ele me disse para trancar a porta por dentro. Eu bati nele... E então aquele homem me forçou. Ele me estuprou."

Uma vez, um cliente deu uma gorjeta a Naina e ela deu o dinheiro em segredo para Vivek. Eles pensaram que talvez Vivek pudesse usar um telefone, uma tecnologia com a qual não tinham experiência, para encontrar a mulher misteriosa que afirmava ser sua verdadeira mãe e buscar ajuda. Mas, quando

Vivek tentou usar o telefone, os donos do bordel descobriram e as duas crianças foram espancadas.

Ainul pensou que Vivek poderia ser distraído por mulheres e, assim, disseram a ele que tentasse fazer sexo com as prostitutas. Ele ficou assustado e intimidado com isso e, quando recusou, Pinky bateu nele. Perturbado e com medo do que aconteceria com a irmã, Vivek decidiu que a única esperança seria fugir e tentar encontrar a mulher que dizia ser mãe deles. Vivek havia ouvido que a mulher se chamava Meena e que morava em Forbesgunge, e, assim, numa manhã, ele fugiu para a estação de trem e usou o dinheiro de Naina para comprar uma passagem.

"Eu estava tremendo porque pensei que me seguiriam e fariam picadinho de mim", ele lembrou. Depois de chegar a Forbesgunge, ele perguntou onde ficavam os bordéis. Ele andou pela estrada até a zona de prostituição e perguntou a várias pessoas: *Onde está Meena? Onde ela mora?* Por fim, depois de uma longa caminhada, ele sabia que estava perto da casa dela e gritou: *Meena! Meena!* Uma mulher saiu de uma pequena casa — o lábio de Vivek tremia enquanto ele contava esta parte da história — e olhou para ele inquisitivamente. O menino e a mulher olharam um para o outro longamente e, depois, a mulher disse surpresa: "Você é Vivek?".

A reunião foi sublime. Foram algumas semanas de alegria abençoada e pura, a primeira felicidade que Vivek tinha conhecido na vida. Meena é uma mulher calorosa e emotiva, e Vivek adorou sentir o amor da mãe pela primeira vez. Mas, agora que Meena tinha notícias de Naina, sua obstinação veio novamente à tona: Ela estava determinada a recuperar a filha.

"Eu a pari e não posso esquecê-la", disse Meena. "Tenho de lutar por ela enquanto eu viver. Cada dia sem Naina parece um ano."

Meena tinha visto que a Apne Aap Women Worldwide, uma organização que luta contra a escravidão sexual na Índia, abrira um escritório em Forbesgunge. A sede da Apne Aap situa-se em Calcutá, a cidade anteriormente chamada de Calcutá, mas sua fundadora — uma resoluta ex-jornalista chamada Ruchira Gupta — morou em Forbesgunge quando criança. Outros grupos de auxílio relutam em trabalhar na zona rural de Bihar por causa da alta criminalidade, mas Ruchira conhecia a área e achou que valia a pena abrir uma filial. Uma das primeiras pessoas a procurá-los foi Meena. "Por favor", Meena implorou à Ruchira, "ajude-me a trazer minha filha de volta!"

Nunca tinha havido uma batida policial em um bordel no estado de Bihar, até onde se sabia, mas Ruchira decidiu que essa poderia ser a primeira. Embora o bordel de Ainul Bibi tivesse laços fortes com a polícia local, Ruchira tinha fortes conexões com as autoridades policiais nacionais. E Ruchira podia ser tão intimidante quanto qualquer dono de bordel.

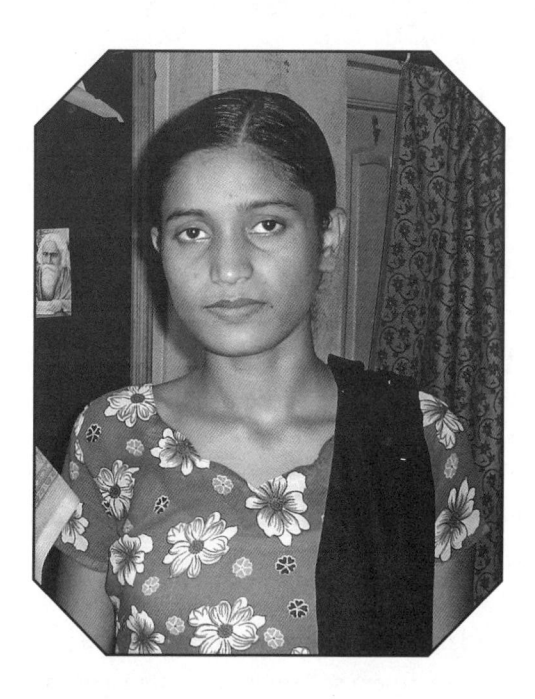

Naina logo depois de ser resgatada do bordel. (Sraboni Sircar)

Assim, a Apne Aap convenceu a polícia local a fazer uma batida no bordel para resgatar Naina. A polícia entrou, encontrou Naina e levou-a para a delegacia. Mas a moça tinha sido tão drogada e maltratada que, na delegacia, ela olhou para Meena e declarou em tom apático: "Não sou sua filha". Meena ficou abalada.

Naina explicou depois que ela se sentia só e assustada, em parte porque Ainul Bibi lhe havia dito que Vivek estava morto. Mas, depois de uma hora na delegacia, Naina começou a perceber que talvez pudesse escapar do bordel e, finalmente, murmurou: "Sim, você é a minha mãe".

A Apne Aap levou Naina para um hospital em Calcutá, onde ela recebeu tratamento para os ferimentos graves e a dependência de morfina. O bordel havia drogado Naina constantemente para mantê-la submissa, e a abstinência de morfina foi brutal.

Em Forbesgunge, a vida ficou mais difícil e perigosa para Meena e sua família. Alguns donos de bordéis locais eram parentes de Ainul e Manooj, e ficaram furiosos com Meena. Mesmo a comunidade nutt que não gostava de prostituição reprovou a batida policial. Assim os moradores passaram a evitar a escola e o abrigo da Apne Aal. Meena e seus filhos foram estigmatizados, e um rapaz que trabalhava para a Apne Aap foi esfaqueado. As duas filhas de Meena com Kuduz foram ameaçadas. Mesmo assim, Meena mostrava-se serena ao andar pelas ruas. Ela ria diante da ideia de que devia se envergonhar.

"Eles pensam que o bem é ruim", zombou ela ao falar dos moradores locais. "Eles podem não falar comigo, mas sei o que é certo e vou me manter firme. Nunca mais aceitarei a prostituição para mim ou para meus filhos enquanto viver". Meena está trabalhando como agente comunitária em Forbesgunge, tentando desestimular os pais a prostituírem, suas filhas e insistindo para que eduquem seus filhos e suas filhas. Com o tempo, o ressentimento contra ela diminuiu um pouco, mas ela ainda é vista como autoritária e pouco feminina.

A Apne Aap abriu uma escola em regime de internato em Bihar, em parte com doações de colaboradores americanos, e os filhos de Meena foram colocados ali. A escola tem guardas e é um local muito mais seguro para eles. Agora, Naina estuda em um internato e espera se tornar professora, para ajudar especificamente crianças necessitadas.

Certa tarde, Meena cantava para as duas filhas menores, ensinando-lhes uma canção:

> *A Índia não será livre*
> *Até que todas as mulheres sejam livres.*
> *E as garotas neste país?*
> *Se as garotas forem insultadas, abusadas e escravizadas neste país,*
> *Ponha a mão em seu coração e pergunte:*
> *Este país é verdadeiramente independente?*

Lutando contra a escravidão em Seattle

As pessoas sempre perguntam como podem ajudar. Considerando-se a preocupação com a corrupção, o desperdício e a má administração, como alguém pode realmente ajudar mulheres como Meena e derrotar a escravidão moderna? Existe algo que uma pessoa comum possa fazer?

Um ponto de partida é ser brutalmente realista em relação às complexidades de se conseguir a mudança. Falando francamente, os ativistas algumas vezes exageram e escondem as armadilhas. Às vezes, eles torturam os pobres coitados até que entreguem a "prova" de sucesso desejada. Em parte, isso ocorre porque as causas são nobres e inspiradoras; os que estudam a educação para meninas, por exemplo, naturalmente acreditam nela. Como veremos, o resultado é que a pesquisa muitas vezes não é realizada com o mesmo rigor encontrado em, digamos, exames da eficácia dos cremes dentais. Além disso, os grupos de ajuda muitas vezes relutam em reconhecer os erros. Em parte, porque a discussão franca dos erros é um impedimento para solicitar contribuições.

A realidade é que os esforços já realizados para ajudar as moças já tiveram um resultado indesejado. Em 1993, o senador Tom Harkin queria ajudar as moças de Bangladesh que trabalhavam em condições precárias e, por isso, apresentou uma lei para proibir a importação de produtos feitos por trabalhadores com menos de 14 anos. As fábricas de Bangladesh imediatamente demitiram milhares dessas jovens e muitas acabaram em bordéis. E, presumivelmente, já morreram de AIDS.

No entanto, muitas formas de auxílio — especialmente em saúde e educação — têm um histórico excelente. Vejamos o trabalho de Frank Grijalva, diretor da Overlake School em Redmond, Washington, uma boa escola particular com

450 alunos do sexto ano do ensino fundamental até o terceiro ano do ensino médio. As mensalidades somam cerca de US$ 22.000 ao ano, e quase todos os alunos são criados no ambiente protegido da classe média alta. Grijalva estava procurando um modo de ensinar seus alunos como as outras pessoas viviam.

"Ficou claro que nós, de uma comunidade muito privilegiada, precisávamos ser uma força maior e mais positiva no mundo", lembrou Grijalva. Frank Grijalva ouviu falar de Bernard Krisher, um ex-correspondente da *Newsweek*, que ficou tão chocado com a pobreza no Camboja que formou um grupo de auxílio: American Assistance for Cambodia (Krisher acredita que resgatar as meninas dos bordéis é importante, mas o melhor modo de salvá-las é impedir que sejam traficadas — e isso significa mantê-las na escola). Assim, a American Assistance for Cambodia concentra-se em educar as crianças da zona rural, especialmente as meninas. O principal programa de Bernard Krisher é o "Rural School Project". Com US$ 13.000, um doador pode abrir uma escola em uma aldeia cambojana. O valor da doação também é coberto pelo Banco Mundial e pelo Asian Development Bank. Grijalva teve uma ideia: seus alunos podiam patrocinar uma escola no Camboja, e isso seria um modo de enfatizar a importância do serviço público. A princípio, a resposta dos alunos e dos pais foi educada e cautelosa, mas, quando aconteceram os ataques de 11 de setembro, a comunidade passou a se preocupar apaixonadamente com o mundo e se envolveu no projeto. Os alunos venderam pães e bolos, lavaram carros, apresentaram *shows* de talento e também estudaram a história de guerra e genocídio do Camboja. A escola foi construída em Pailin, uma cidade cambojana na fronteira com a Tailândia, que é famosa pelos bordéis baratos frequentados por tailandeses.

Em fevereiro de 2003, a construção da escola foi concluída e Grijalva levou uma delegação de 19 alunos da Overlake School para o Camboja para a inauguração. Um cínico poderia dizer que o dinheiro da visita teria sido mais bem gasto na construção de outra escola no Camboja, mas de fato essa viagem foi uma visita a campo essencial, e uma oportunidade de aprendizado para aqueles estudantes americanos. Eles estavam carregados de caixas de materiais escolares. Ao se aproximarem de Pailin de carro, eles perceberam que as necessidades do Camboja eram maiores do que jamais poderiam ter imaginado. A estrada de terra e cascalho até Pailin estava tão estragada que mal era transitável, e eles viram um trator que havia atingido uma mina terrestre caído ao lado de uma cratera.

Quando os americanos chegaram à escola cambojana, viram uma placa que dizia, OVERLAKE SCHOOL, em inglês e em khmer. Na hora de cortar a faixa, os americanos foram saudados por muitos cambojanos animados — liderados por um diretor que não tinha uma das pernas, pois era uma vítima das minas terrestres. Os homens cambojanos da época tinham, em média, apenas 2,6 anos de escolaridade, e as mulheres cambojanas, em média, apenas 1,7 anos. Assim, uma nova escola era apreciada de um modo que os americanos mal podiam entender.

A dedicação na escola — e a semana no Camboja — deixou uma impressão indelével nos alunos americanos. Assim, os estudantes da Overlake e seus pais decidiram construir um relacionamento contínuo com a escola de mesmo nome no Camboja. Os americanos custearam um professor de inglês na escola e estabeleceram uma conexão de *internet* para uso de *e-mails*. Eles construíram um *playground* e enviaram livros. Mais tarde, em 2006, a escola americana decidiu enviar delegações anuais, mandando estudantes e professores durante as férias da primavera para ensinar inglês e artes aos alunos cambojanos. E, em 2007, o grupo decidiu ajudar também uma escola em Gana, enviando uma delegação até lá.

"Esse projeto é simplesmente a iniciativa mais significativa e valiosa que realizei em meus 36 anos de trabalho como educador", disse Frank Grijalva. A Overlake School no Camboja é, sem dúvida, um lugar extraordinário. Uma ponte foi destruída, então é preciso atravessar um riacho a pé para chegar até a escola, mas ela não se parece em nada com os prédios estragados que vemos em grande parte do mundo em desenvolvimento. Existem 270 alunos, de 6 a 15 anos. O professor de inglês tem formação universitária e fala bem inglês. O mais surpreendente de tudo, quando visitamos a escola, é que os alunos do sétimo ano estavam ocupados mandando *e-mails* por meio de suas contas no Yahoo, para os garotos da Overlake School dos Estados Unidos.

Uma das crianças que estavam escrevendo *e-mails* era Kun Sokkea, uma garota de 13 anos que logo seria a primeira da família a terminar o ensino fundamental. O pai havia morrido de AIDS e a mãe estava com a mesma doença e precisava de cuidados constantes. Kun Sokkea é muito magra, um pouco alta e desengonçada, com longos cabelos negros e lisos. Ela é reservada e seus ombros estão caídos por causa do fardo da pobreza. "Minha mãe me incentiva a continuar na escola, mas, às vezes, eu acho que devia largar a escola e ganhar dinheiro", explicou Kun Sokkea. "Não tenho pai para sustentar minha mãe, e talvez eu devesse sustentá-la. Em um dia, eu poderia ganhar 70 baht [um pouco mais de dois dólares] cortando feno ou plantando milho."

Kun Sokkea na frente da Overlake School, no Camboja. (Nicholas D. Kristof)

Para lidar com essas pressões financeiras, a American Assistance for Cambodia iniciou um programa chamado "Girls Be Ambitious", que, na verdade, dá assistência às famílias que mantenham as meninas na escola. Se uma menina não faltar nenhuma vez na escola por um mês, sua família ganha US$ 10. Uma abordagem similar tem sido usada de modo muito eficiente e barato para aumentar a escolaridade das meninas no México e em outros países. A família de Kun Sokkea agora recebe essa ajuda. Para os doadores que não podem financiar uma escola inteira, existe um modo de lutar contra o tráfico de mulheres ao custo de US$ 120 ao ano por menina. A abordagem ajuda porque são, em geral, as meninas como Kun Sokkea que acabam sendo vítimas do tráfico. As famílias estão desesperadas por dinheiro, as meninas têm baixa escolaridade e um traficante promete um ótimo emprego vendendo frutas em uma cidade distante.

Kun Sokkea mostrou-nos sua casa, um frágil barraco construído sobre pilares — como proteção contra inundações e animais — em um campo próximo à escola. A casa não tem eletricidade e suas posses estavam em uma sacola pequena. Ela nunca tem de se preocupar com a escolha do que vestir: só tem uma blusa e um par de sandálias de dedo. Kun Sokkea nunca foi a um dentista e só consultou o médico uma vez. Ela pega, em um riacho próximo, a água que a família bebe. Esse é o mesmo riacho em que a garota lava as roupas da família (ela pega a blusa de outra pessoa emprestada quando tem de lavar a dela). Ela divide um colchão no chão com o irmão, e três outros membros da família dormem a alguns metros de distância. Kun Sokkea nunca tocou num telefone, nunca andou de carro, nunca bebeu refrigerante. Quando lhe perguntaram se já havia tomado leite, ela pareceu confusa e disse que, quando era bebê, tinha tomado o leite da mãe.

Há, uma coisa que a cambojana tem ao lado da cama: uma foto dos estudantes da Overlake americana, sua escola nos Estados Unidos. De noite, antes de dormir, ela às vezes pega a foto e olha para os rostos sorridentes, os caminhos limpos e os prédios modernos. Em seu barraco, com a mãe doente e muitas vezes chorando, e com os irmãos famintos, essa é uma janela para uma terra mágica na qual as pessoas têm muitos alimentos e são tratadas quando ficam doentes. Num lugar assim, ela pensa, todos devem ser felizes o tempo todo.

Kun Sokkea e sua família não foram as únicas beneficiadas. Os americanos foram transformados tanto quanto os cambojanos. E isso é algo que se vê habitualmente. Nem sempre os projetos de ajuda conseguem ajudar as pessoas no exterior como pretendiam, mas em geral são ótimos para inspirar e educar os doadores. Algumas vezes, as lições são confusas, como Overlake descobriu ao tentar ajudar Kun Sokkea a frequentar o ensino médio depois da conclusão do ensino fundamental. Ela precisava de transporte porque a escola ficava distante e os jovens da região muitas vezes assediavam as garotas no caminho da escola.

Assim, por sugestão dos professores, a escola comprou uma bicicleta para Kun Sokkea, e por vários meses isso funcionou bem. Até que uma mulher mais velha, que era vizinha, pediu a bicicleta da menina emprestada, e ela sentiu que não podia dizer "não" para uma pessoa mais velha. A mulher então vendeu a bicicleta e ficou com o dinheiro. Frank Grijalva e os estudantes americanos ficaram sem palavras, mas aprenderam uma importante lição: derrotar a pobreza é mais difícil do que pode parecer. Os americanos decidiram que não podiam simplesmente comprar outra bicicleta para Kun Sokkea, e a garota voltou a caminhar por uma hora para ir à escola e outra para voltar para casa. Em parte por causa da distância e dos riscos enfrentados para frequentar a escola, Kun Sokkea começou a faltar bastante, suas notas caíram e, no início de 2009, ela abandonou a escola.

As escolas americanas raramente mostram muito entendimento sobre os 2,7 bilhões de pessoas (40% da população mundial) que vivem atualmente com menos de US$ 2 por dia. Então, embora o objetivo básico de um novo movimento a favor das mulheres seja acabar com a escravidão e com os assassinatos em defesa da honra, outro intuito é expor os jovens americanos à vida além de seu país para que eles possam aprender e se desenvolver, e, depois, continuar a lidar com os problemas quando forem adultos.

"Após ir ao Camboja, meus planos para o futuro mudaram", disse Natalie Hammerquist, uma moça de 17 anos que estuda em Overlake e que troca *e-mails* regularmente com dois estudantes cambojanos. "Este ano estou estudando três idiomas estrangeiros, e planejo estudar mais na faculdade."

A amiga cambojana de Natalie quer ser médica, mas não tem recursos para cursar uma universidade. Isso tocou Natalie: "Uma garota como eu tem de abandonar seus sonhos porque não tem recursos para eles". Agora, Natalie planeja trabalhar capacitando jovens em todo o mundo: "Todos deveriam usar suas habilidades do modo que for possível. E é assim que vou usar as minhas".

CAPÍTULO 2

Proibição e prostituição

> Embora livros e mais livros sejam escritos para provar que a escravidão é algo bom, nunca se soube de alguém que desejasse assumir o que há de bom nela e se tornar um escravo.
> — ABRAHAM LINCOLN

Depois de visitar Meena Hasina e Ruchira Gupta em Bihar, Nick cruzou a fronteira da Índia para o Nepal por uma pequena cidade repleta de barracas que vendiam roupa, comida e artigos mais sinistros. Por essa fronteira, passam milhares de meninas nepalesas que são traficadas para a Índia a caminho dos bordéis de Calcutá. Lá, elas são valorizadas por sua pele clara, boa aparência, docilidade e incapacidade de falar o idioma local, o que dificulta a fuga. Nick teve de preencher vários formulários no posto de imigração, mas os nepaleses entravam na Índia sem ter de preencher nada.

Enquanto estava sentado no posto, Nick começou a conversar com o policial indiano que falava inglês perfeitamente. O homem disse que tinha sido enviado pelo departamento de contraespionagem para monitorar a fronteira.

"Então, exatamente o que você está monitorando?", perguntou Nick.

"Estamos procurando terroristas ou suprimentos para o terrorismo", disse o homem, que não estava monitorando tão atentamente, pois os caminhões passavam sem ser examinados. "Depois de 11 de setembro, nós aumentamos a segurança aqui. Também estamos procurando mercadorias contrabandeadas ou pirateadas. Quando as encontramos, nós as confiscamos."

"E as meninas traficadas?", perguntou Nick. "Você as está monitorando também? Devem ser muitas."

"Ah, são mesmo. Mas não nos preocupamos com elas. Não há nada que se possa fazer sobre isso."

"Bom, vocês poderiam prender os traficantes. Traficar meninas não é tão importante quanto piratear DVDs?"

O policial sorriu e levantou as mãos. "A prostituição é inevitável." Ele riu. "Sempre existiu prostituição em todos os países. E o que um jovem vai fazer dos 18 anos até se casar, aos 30?"

"Bom, será que a melhor solução é mesmo raptar meninas nepalesas e aprisioná-las nos bordéis indianos?"

O policial deu de ombros, sem se perturbar. "É triste", ele concordou. "Essas meninas são sacrificadas para que possamos ter harmonia na sociedade; para que as boas moças possam ficar em segurança."

"Mas muitas dessas garotas nepalesas que são traficadas também são boas moças."

"Ah, sim, mas elas são camponesas. Nem sabem ler e vêm do interior. As boas moças indianas de classe média estão seguras."

Nick, que estava rangendo os dentes, fez uma sugestão provocadora: "Entendi! Sabe, nos Estados Unidos temos muitos problemas com a harmonia da sociedade. Então, deveríamos começar a raptar moças indianas de classe média e obrigá-las a trabalhar nos bordéis dos Estados Unidos! Assim, os jovens americanos poderiam se divertir também, não acha? Isso aumentaria a harmonia de nossa sociedade!"

Houve um silêncio ameaçador, mas finalmente o policial caiu na risada.

"Você está brincando!", disse o oficial, sorridente. "Isso é muito engraçado!"

Nick desistiu.

As pessoas concordam em escravizar moças de aldeias pelo mesmo motivo que as pessoas concordavam em escravizar negros há 200 anos: as vítimas são tidas como seres humanos de segunda classe. A Índia enviou um policial de contraespionagem para procurar mercadorias contrabandeadas porque sabe que os Estados Unidos se importam com a propriedade intelectual. Quando a Índia sentir que o Ocidente se importa tanto com a escravidão como com os DVDs pirateados, ela enviará policiais para as fronteiras para impedir o tráfico.

Existem ferramentas para acabar com a escravidão moderna, mas falta vontade política, que precisa ser o ponto de partida de qualquer movimento abolicionista. Não estamos argumentando que os ocidentais devam apoiar essa causa porque a culpa é do Ocidente. Os homens ocidentais não têm um papel central na prostituição na maioria dos países pobres. É verdade que os turistas do sexo, americanos e europeus, são parte do problema na Tailândia, Filipinas, Sri Lanka e Belize, mas são apenas uma pequena porcentagem dos clientes. A grande maioria é de homens locais. Além disso, os ocidentais, em geral, usam moças que são prostitutas mais ou menos voluntárias, porque querem levar as moças para o hotel em que estão hospedados, e as prostitutas forçadas normalmente não podem sair dos bordéis. Então, esse não é um caso em que nós, ocidentais, temos a responsabilidade de liderar, porque somos a fonte do problema. Ao contrário, nós destacamos o Ocidente, mesmo estando à parte da escravidão, porque nossa ação é necessária para superar um mal horrendo.

Um motivo de o movimento abolicionista moderno não ser mais efetivo é a política divisora da prostituição. Nos anos 1990, a esquerda e a direita americanas colaboraram e aprovaram o Trafficking Victims Protection Act de 2000, que foi um marco para elevar a consciência mundial sobre o tráfico internacional. Na época, o movimento antitráfico era incomumente bipartidário, sendo apoiado intensamente por alguns democratas liberais, como o falecido senador Paul Wellstone, e por alguns republicanos conservadores, como o senador Sam Browback. Hillary Rodham Clinton também foi uma líder nessa questão, e ninguém foi mais combativo do que Carolyn Maloney, uma deputada democrata de Nova York. Do mesmo modo, um dos poucos legados internacionais positivos de George W. Bush foi o grande impulso contra o tráfico. Vital Voices e outros grupos liberais foram decisivos contra o tráfico sexual, como também a International Justice Mission e outros grupos evangélicos conservadores. No entanto, embora tanto a esquerda como a direita façam trabalhos importantes na luta contra o tráfico, agem separadamente. O movimento abolicionista seria muito mais eficiente se promovesse a unidade em suas próprias fileiras.

Um motivo de discórdia é um desacordo sobre o modo como se vê a prostituição. A esquerda muitas vezes se refere de modo neutro a "trabalhadores sexuais" e tende a ser tolerante quanto a transações consensuais entre adultos. A direita, e também algumas feministas, referem-se a "prostitutas" ou a "mulheres prostituídas" e argumentam que a prostituição é inerentemente aviltante e ofensi-

Uma adolescente cambojana raptada e vendida a um bordel, no quarto em que trabalha. (Nicholas D. Kristof)

va. O resultado dessa controvérsia é a falta de cooperação no combate de algo que todos consideram repugnante: prostituição forçada e prostituição infantil.

"O debate está sendo realizado em um contexto teórico nas universidades", disse Ruchira Gupta, da Apne Aap, suspirando, enquanto descansava na antiga casa de sua família em Bihar, depois de um dia no bairro de prostituição. "Poucos desses teóricos vêm até o local para ver o que está acontecendo. Todo o debate sobre como devemos chamar o problema é irrelevante. O importante é que crianças estão sendo escravizadas."

Qual política devemos praticar a fim de eliminar essa escravidão? A princípio, simpatizávamos com a opinião de que a proibição não funcionaria melhor hoje contra a prostituição do que funcionou contra o álcool nos Estados Unidos, nos anos 1920. Em vez de tentar inutilmente proibir a prostituição, acreditávamos que seria preferível legalizá-la e regulamentá-la. Esse modelo pragmático de "controle de danos" é preferido por muitos grupos de ajuda, porque permite que profissionais da área da saúde distribuam preservativos e impeçam o avanço da AIDS; além disso, permite acesso aos bordéis para que a presença de menores de idade seja verificada com mais facilidade.

Com o tempo, mudamos de ideia. Esse modelo de legalizar e regulamentar simplesmente não funcionou muito bem em países nos quais a prostituição é, muitas vezes, forçada. Por um lado, isso ocorre porque as instâncias de controle às vezes são deficientes e, por isso, a regulamentação é ineficaz, por outro lado, porque os bordéis legais tendem a atrair um negócio paralelo ilegal com meninas jovens e prostituição forçada. Em contraste, existem evidências empíricas de que as "batidas" policiais podem ser bem-sucedidas, quando combinadas com serviços sociais como retreinamento para o trabalho e reabilitação da dependência de drogas. E essa é a abordagem que nós apoiamos atualmente. Nos países com tráfico disseminado, somos a favor de uma estratégia de aplicação das leis que pressione por uma mudança fundamental na atitude da polícia, bem como por inspeções policiais regulares para verificar a presença de menores de idade ou qualquer pessoa mantida contra a vontade. Isso significa tornar os governos responsáveis não só por aprovar as leis, mas também por aplicá-las monitorando quantos bordéis foram vistoriados e quantos cafetões foram presos. Bordéis que se parecem com prisões devem ser fechados, operações especiais devem ser montadas contra os compradores de virgens, e os chefes de polícia nacionais devem ser pressionados a acabar com a corrupção no que diz respeito ao tráfico. A ideia é reduzir os lucros dos donos desses estabelecimentos.

Não queremos eliminar a prostituição. No Irã, os bordéis são estritamente proibidos, e o prefeito de Teerã era um cumpridor severo das leis, até que, segundo os noticiários iranianos, foi preso em uma batida policial em um bordel onde estava na companhia de seis prostitutas nuas. Assim, as intervenções policiais não funcionam perfeitamente, pois tendem a fazer com que a polícia tenha medo e exija subornos mais altos, o que reduz a lucratividade para os cafetões. Pode acontecer de a polícia fechar, pelo menos, aqueles bordéis que não são gerenciados por outros policiais. Com esses métodos, podemos quase certamente reduzir o número de garotas de 14 anos que são mantidas presas até morrerem de AIDS.

"Isso é bem viável", diz Gary Haugen, que opera a International Justice Mission. "Não é preciso prender todo mundo. Só é preciso fazer o bastante para espalhar mensagens e mudar os cálculos. Isso irá mudar o comportamento dos cafetões. E pode levar os traficantes de meninas virgens a contrabandear rádios roubados."

Muitos liberais e muitas feministas são contrários à atitude de intolerância que advogamos, argumentando que só vai empurrar os estabelecimentos sexuais para a clandestinidade. Eles argumentam a favor de um modelo de legalização e regulamentação, com base na capacitação das trabalhadoras sexuais e citam um sucesso: o Projeto Sonagachi.

Sonagachi, que significa "árvore de ouro", é um vasto bairro de prostituição em Calcutá. No século XVIII, foi um local lendário para concubinas. Hoje, tem centenas de bordéis com vários andares, construídos ao longo de ruas estreitas, que abrigam mais de 6.000 prostitutas. No início dos anos 1990, os especialistas de saúde ficaram muito preocupados com a disseminação da AIDS na Índia, e, em 1992, eles começaram o Projeto Sonagachi com o apoio da Organização Mundial de Saúde (OMS). Um importante elemento foi a criação de um sindicato das trabalhadoras sexuais, Durbar Mahila Samanwaya Committee (DMSC), que incentivou o uso de preservativos e, assim, reduziu a contaminação por HIV por meio da prostituição.

O DMSC parece ter sido bem-sucedido ao incentivar o uso de preservativos. A publicidade mostra seu papel como uma solução pragmática para os problemas de saúde pública da prostituição. Um estudo revelou que o Projeto Sonagachi aumentou o uso regular de preservativos em 25%. Um estudo de 2005 revelou que apenas 9,6% das trabalhadoras sexuais de Sonagachi estavam infectadas com o HIV, em comparação com 50% em Mumbai (anteriormente chamada de Bombaim), onde não existe sindicato de trabalhadoras sexuais. O DMSC ganhou familiaridade com a mídia e passou a oferecer visitas a Sonagachi, enfatizando que seus membros impedem a chegada de meninas menores de idade ou forçadas, e que vender sexo é apenas um modo pelo qual as trabalhadoras não qualificadas podem ganhar um salário decente. O modelo Sonagachi também tem o apoio indireto da CARE e da Fundação Bill & Melinda Gates, duas organizações que merecem nosso respeito. E muitos especialistas em desenvolvimento aplaudiram o modelo.

Quando examinamos os números, no entanto, vimos que eram mais inconsistentes do que pareciam inicialmente. A prevalência do HIV era inexplicavelmente elevada entre as recém-chegadas a Sonagachi — 27,7% entre as trabalhadoras sexuais com menos de 20 anos. A pesquisa também mostrou que, a princípio, todas as trabalhadoras sexuais entrevistadas em Sonagachi afirmavam usar preservativos praticamente todo o tempo. Mas, quando pressionadas, admitiam taxas de uso mais baixas: apenas 56% disseram ter usado preservativos com seus três últimos clientes. Além disso, o contraste com Mumbai era enganoso, porque o sul e o oeste da Índia sempre tiveram taxas bem mais altas de HIV do que o norte e o leste. De fato, na época em que o Projeto Sonagachi começou em Calcutá, a prevalência de HIV entre as trabalhadoras sexuais em Mumbai já era de 51%, e em Calcutá era de 1%, segundo um estudo da Harvard School of Public Health (Escola de Saúde Pública de Harvard). O DMSC pode ter incentivado o uso de preservativos, mas os benefícios para a saúde pública parecem mais modestos do que afirmam seus partidários.

Nick criticou o DMSC em seu *blog* e uma indiana respondeu:

> Nunca deixo de me surpreender ao ver como pensadores progressistas e feministas como você, muitas vezes, ficam nervosos com a perspectiva de as mulheres realmente assumirem seu direito a decisões sobre sexo e trabalho... É muito desagradável que você explore as difíceis histórias das trabalhadoras sexuais como um argumento contra o trabalho sexual como profissão, em um momento em que as trabalhadoras sexuais estão finalmente obtendo progressos na obtenção de segurança para si mesmas. A sua postura parece a dos missionários ocidentais que queriam salvar os negros de seu destino."

Muitos liberais indianos concordam com essa perspectiva. Mas ouvimos opiniões contrárias de mulheres com muita experiência na luta contra o tráfico nos bairros de prostituição de Calcutá. Uma delas é Ruchira Gupta. Outra é Urmi Basu, que dirige uma fundação chamada New Light (Luz Nova), que luta pelas prostitutas em atividade e pelas ex-prostitutas. Tanto Ruchira quanto Urmi disseram que o DMSC transformou-se em uma fachada para os donos de bordéis e que o apoio ocidental bem-intencionado para o DMSC forneceu cobertura para os traficantes.

Urmi nos apresentou Geeta Ghosh, que retratou um Sonagachi muito diferente do que é visto nas visitas do sindicato. Geeta cresceu em uma aldeia pobre de Bangladesh e fugiu de pais abusivos quando tinha 11 anos. A "tia" de uma amiga ofereceu ajuda a Geeta e a levou a Sonagachi, onde era dona de um bordel. Geeta nunca viu nenhuma indicação de que o DMSC estivesse impedindo o tráfico de meninas como ela.

A princípio, a tia tratava Geeta bem. Mas, quando Geeta fez 12 anos, a tia a embonecou com um novo penteado, deu-lhe um vestido muito curto e a trancou em um quarto com um cliente árabe.

"Eu fiquei aterrorizada ao ver aquele homem enorme na minha frente", disse ela. "Eu chorei muito e caí aos pés dele, implorando. Mas não consegui fazê-lo me entender. Ele tirou meu vestido, e os estupros continuaram por um mês desse modo. Ele me fazia dormir nua ao lado dele e bebia demais... Foi uma experiência muito dolorosa. Tive muitos sangramentos."

Durante os primeiros três anos como prostituta em Sonagachi, Geeta não tinha permissão para sair e nenhuma das liberdades que o sindicato afirma existir. Ela era espancada regularmente com varas e ameaçada com um faca de açougueiro.

"Havia um grande ralo na casa para o esgoto", lembrou Geeta. "A madame disse: 'Se você tentar fugir, nós vamos cortá-la e jogar os pedaços neste ralo'". Como Geeta pôde ver, a suposta campanha do DMSC para impedir o tráfico era simplesmente uma ilusão voltada para os estrangeiros. Mesmo quando finalmente teve permissão para ficar na rua em frente ao bordel, a fim de acenar para os clientes, ela era observada de perto. Contrariando a ideia de que as moças recebem um salário decente, Geeta nunca recebeu uma única rúpia por seu trabalho. Era trabalho escravo, realizado sob a ameaça de execução. Outras mulheres que trabalharam em Sonagachi depois de o DMSC assumir o controle contaram histórias semelhantes.

Qualquer um pode andar por Sonagachi de noite e ver menores de idade. Nick visitou Sonagachi várias vezes, entrando nos bordéis como se fosse um cliente. Ele viu muitas jovens, mas não pôde tirá-las do local, possivelmente por medo de que elas fugissem. E como elas só falavam bengalês, nepalês ou hindi, e ele não fala nenhum desses idiomas, não pôde entrevistá-las. Porém, Anup Patel, um estudante de medicina da Universidade de Yale, que fala hindi, realizou uma pesquisa sobre o uso de preservativos em Calcutá no ano de 2005. Ele descobriu que o preço do sexo em Sonagachi é negociado entre o cliente e o dono do bordel (e não com a prostituta), e que o cliente pode pagar ao dono do bordel algumas rúpias a mais pelo direito de não usar preservativo. A moça não tem poder sobre essa decisão.

Anup fez uma visita com o DMSC e ouviu uma madame se vangloriando em como quase todas as prostitutas iam a Sonagachi para entrar "na nobre profissão do trabalho sexual". Em um bordel, Anup e dois outros sentaram-se em uma cama nos fundos, perto de uma prostituta que estava ouvindo calada enquanto a madame dizia que as moças escolhem voluntariamente o ganho rápido e os direitos humanos que o sindicato pode lhes garantir. Ele explicou:

> "Enquanto a madame falava com os outros na sala, elogiando o sucesso do grupo, nós três, na cama, pedimos, em hindi, que a prostituta nos dissesse se essas coisas eram verdadeiras. Com medo e tímida, a prostituta permaneceu em silêncio até que lhe garantimos que não lhe traríamos problemas. Em tom muito baixo, ela nos disse que quase nenhuma das prostitutas em Sonagachi chegava com aspirações de se tor-

nar uma trabalhadora sexual. Quase todas, como ela própria, foram traficadas... Quando eu lhe perguntei se gostaria de sair de Sonagachi, seus olhos se iluminaram, porém, antes que ela pudesse dizer qualquer coisa, a dirigente do DMSC colocou a mão nas minhas costas e disse que estava na hora de prosseguir.

Fomos para o próximo bordel da visita, passando por centenas de prostitutas ao longo do caminho. Uma pessoa em nosso grupo perguntou se podíamos visitar Neel Kamal, o bordel em que se acreditava ainda ter menores de idade como prostitutas. A dirigente do sindicato rapidamente rejeitou a ideia, dizendo que o DMSC não tinha solicitado permissão e não queria violar os direitos das prostitutas ao não avisá-las. Ameaças funcionam bem na Índia: ao ser confrontada com uma leve ameaça de 'fazer alguns telefonemas', se a assustada dirigente do DMSC não cooperasse, ela nos levou na direção do famoso Neel Kamal.

Cinco homens guardavam o portão trancado que marcava a entrada para os vários andares do bordel. Enquanto um deles abria o portão, os outros quatro correram para dentro com um aviso: "Temos visitantes!". Nosso grupo se apressou em subir a escadaria para o primeiro andar, mas paramos estupefatos: dezenas de meninas com no máximo 16 anos, de batom vermelho brilhante nos lábios, começaram a correr pelos corredores sombrios, desaparecendo em salas escondidas.

Os homens continuaram a gritar enquanto a dirigente do DMSC nos dizia para ficarmos parados. Para onde quer que eu olhasse havia meninas fugindo. Enquanto isso, consegui bloquear a porta de um quarto onde duas adolescentes, que não tinham mais de 14 anos, estavam deitadas na cama, com as pernas bem abertas e os genitais visíveis sob as minissaias de *jeans*."

Embora o Projeto Sonagachi tenha obtido algum sucesso em diminuir a AIDS, existe um contraste intrigante com a abordagem de intolerância assumida em Mumbai. Historicamente, os bordéis de Mumbai eram piores que os de Calcutá e famosos pelas "garotas engaioladas", que eram mantidas atrás de grades nessas casas. Porém, em resultado de batidas policiais e, também por causa da pressão americana, o número de prostitutas no centro de Mumbai caiu vertiginosamente em vários anos. O bairro central de prostituição em Mumbai tem apenas cerca de 6.000 prostitutas atualmente, contra 35.000 há uma década. O número em Sonagachi continuou inalterado.

É verdade que as batidas em Mumbai levaram alguns bordéis para a clandestinidade. Isso tornou difícil determinar o verdadeiro sucesso das batidas, e ainda mais difícil fornecer preservativos e serviços médicos às prostitutas. É possível que a prevalência do HIV nesses bordéis tenha aumentado, embora seja impossível ter certeza, porque não há como fazer testes nas moças nesses bordéis clandestinos. Mas as batidas policiais também tornaram a prostituição menos lucrativa para os donos de bordéis e, assim, o preço de uma moça comprada ou vendida entre os bordéis de Mumbai despencou. Por isso, os traficantes começaram a enviar as jovens a Calcutá, onde podiam conseguir um preço melhor. Isso sugere que existe agora menos tráfico para Mumbai, o que representa ao menos algum sucesso.

A Holanda e a Suécia exemplificam as diferenças entre a abordagem de intolerância e o modelo de legalização e regulamentação. Em 2000, a Holanda legalizou formalmente a prostituição (que sempre tinha sido tolerada), na crença de que seria mais fácil fornecer saúde e direitos trabalhistas às prostitutas e impedir que menores e vítimas de tráfico fossem levadas à prostituição. Em 1999, a Suécia tomou a atitude oposta, criminalizando a compra de serviços sexuais, mas não sua venda pelas prostitutas. Um homem flagrado pagando por sexo é multado (em teoria, ele pode ser preso por até seis meses), enquanto a prostituta não é punida. Isso reflete a visão de que a prostituta é mais vítima do que criminosa.

Uma década depois, a postura sueca parece ter obtido mais êxito na redução do tráfico e da prostituição forçada. O número de prostitutas na Suécia caiu em 41% nos primeiros cinco anos, segundo fonte, e o preço do sexo também caiu — uma boa indicação de que a demanda diminuiu. As prostitutas suecas não gostaram da mudança por causa da queda dos preços, mas esse declínio transformou a Suécia em um destino pouco atraente para os traficantes. De fato, alguns traficantes acreditam que traficar garotas para a Suécia não é mais lucrativo, e que as meninas devem ser levadas para a Holanda. Os suecos consideram a medida um sucesso, embora fosse polêmica na época em que foi instituída. Uma pesquisa recente mostrou que 81% dos suecos aprovam a lei.

Na Holanda, a legalização facilitou os exames de saúde para as mulheres nos bordéis legais, mas não existem evidências de que as doenças sexualmente transmissíveis (DSTs) ou o HIV tenham declinado. Os cafetões na Holanda ainda oferecem meninas menores, e o tráfico e a prostituição forçada continuam. Pelo menos a princípio, o número de prostitutas ilegais aumentou, aparentemente, porque Amsterdã tornou-se um centro para o turismo sexual. O conselho municipal de Amsterdã achava o turismo sexual e a criminalidade tão incômodos que, em 2003, terminou o experimento com as "zonas de tolerância" para prostituição na rua, embora mantivesse os bordéis legais. Qual é a questão fundamental? Os clientes podem encontrar facilmente uma garota menor de idade do leste europeu trabalhando como prostituta em Amsterdã, mas não em Estocolmo.

Outros países europeus concluíram que o experimento sueco tem sido bem-sucedido e agora estão passando a adotá-lo. Nós também gostaríamos que alguns estados americanos tentassem determinar se isso seria viável nos Estados Unidos.

No mundo em desenvolvimento, porém, esse debate difícil e polarizador é apenas uma distração. Na Índia, por exemplo, os bordéis são tecnicamente ilegais, mas, como dissemos anteriormente, eles estão por toda parte. O mesmo ocorre no Camboja. Nos países pobres, a lei muitas vezes é irrelevante, especialmente fora da capital. Nosso foco deve mudar a realidade, não mudar as leis.

O congresso americano deu um passo importante nessa direção, em 2000, ao exigir que o Departamento de Estado emita anualmente o *Trafficking in Persons Report* — o relatório TIP. Esse relatório classifica os países segundo o modo como lidam com o tráfico, e os que se situam na camada mais baixa são sancionados. Isso significa que, pela primeira vez, as embaixadas americanas tiveram de reunir informações sobre o tráfico de pessoas. Os diplomatas americanos começaram a realizar discussões com ministros das relações exteriores, que então tiveram de acrescentar o tráfico à lista de preocupações, como a proliferação de armas e o terrorismo. Como resultado, os ministros das relações exteriores questionaram os órgãos policiais nacionais.

Simplesmente o fato de se fazer perguntas coloca a questão em pauta. Os países começam a aprovar leis, realizar batidas e compilar relatórios e fatos. Os cafetões descobrem que o custo de subornar a polícia aumenta, diminuindo suas margens de lucro.

Essa abordagem pode ser levada adiante. Dentro do Departamento de Estado, o departamento de tráfico tem sido marginalizado, foi até mesmo relegado a outro prédio. Se o Secretário de Estado desse importância pública e efetiva ao departamento de tráfico, levando seu diretor nas viagens relevantes, por exemplo, elevaria o perfil da questão. O presidente poderia visitar um abrigo como o da Apne Aap em uma visita à Índia. A Europa deveria ter transformado o tráfico de mulheres em uma questão a ser discutida durante a negociação do acesso dos países do leste europeu, que desejavam entrar na União Europeia, e ainda pode fazer isso em relação à Turquia.

A abordagem de intolerância deveria se focar especialmente na venda das virgens. Essas transações, especialmente na Ásia, representam uma parcela majoritária dos lucros dos traficantes e raptores de adolescentes. E as garotas, depois de estupradas, frequentemente se resignam a ser prostitutas até a morte. Muitas vezes são asiáticos ricos, especialmente chineses emigrados, que fazem a compra — se alguns deles forem presos, coisas boas irão acontecer: o mercado para virgens irá diminuir, o preço irá cair, as gangues irão passar para linhas de negócios menos arriscados ou mais lucrativos, a idade média das prostitutas irá aumentar um pouco, e o grau de compulsão à prostituição irá diminuir também.

Vimos essa mudança em Svay Pak, uma aldeia cambojana que costumava ser um dos lugares mais famosos do mundo em relação à escravidão sexual. Na primeira visita de Nick, os bordéis tinham meninas de 7 e 8 anos para venda. Nick foi confundido com um cliente e pôde conversar com uma menina de 13 anos que tinha sido vendida ao bordel e estava esperando, assustada, pela venda de sua virgindade. Porém o Departamento de Estado começou a divulgar o relatório TIP e criticou pesadamente o Camboja, a imprensa noticiou a escravidão das meninas no Camboja e a International Justice Mission abriu um escritório lá. Svay Pak tornou-se um símbolo da escravidão sexual, e o governo cambojano decidiu que os subornos pagos pelos proprietários de bordéis não valiam a confusão e o constrangimento. Então, a polícia começou a agir.

Nas últimas vezes em que Nick visitou Svay Pak, as meninas não estavam abertamente em exibição e os portões dos bordéis estavam fechados com correntes. Os donos do bordel, imaginando que ele fosse um cliente, levaram-no rapidamente para dentro pelo portão de trás e chamaram algumas prostitutas, mas parecia haver no máximo um décimo do que havia antes. E, quando Nick pediu para ver meninas mais novas ou virgens, os donos disseram que estavam sem nenhuma e que teriam de tomar providências para marcar um encontro com uma delas, um ou dois dias depois. Esse é um sinal de que um progresso significativo é possível. Provavelmente, sempre haverá algum grau de prostituição, mas não precisamos tolerar a escravidão sexual.

Resgatar as meninas é a parte fácil

Nós nos tornamos donos de escravos no século XXI ao modo antigo. Pagamos por duas escravas e recebemos dois recibos. As meninas então eram nossas para fazermos com elas o que quiséssemos.

Porém, resgatar as moças dos bordéis é a parte fácil. O desafio é impedi-las de retornar. O estigma que as moças enfrentam em suas comunidades depois de serem libertadas, associado à dependência de drogas ou ameaças dos cafetões, muitas vezes as levam a retornar à zona de prostituição. É incrivelmente desanimador para os bem-intencionados trabalhadores sociais supervisionar uma batida policial em um bordel para levar as moças a um abrigo e lhes dar comida e cuidados médicos, apenas para vê-las pulando o muro dos fundos depois.

Nossa compra incomum ocorreu quando Nick viajava com Naka Nathaniel, então repórter do *The New York Times*, até uma área no noroeste do Camboja famosa por sua criminalidade. Nick e Naka chegaram à cidade de Poipet e, por US$ 8 por noite, se registraram como hóspedes em uma pousada que também funcionava como bordel. Eles concentraram as entrevistas em duas adolescentes, Srey Neth e Srey Momm, cada uma em um bordel diferente.

Neth era muito bonita, baixa e de pele clara. Ela parecia ter 14 ou 15 anos, mas pensava que era mais velha; a moça não tinha ideia de sua data de nascimento verdadeira. Uma cafetina levou-a até o quarto de Nick, e Neth se sentou na cama tremendo de medo. Ela estava na casa há apenas um mês, e Nick seria seu primeiro cliente estrangeiro. Nick precisava que seu intérprete também ficasse no quarto e isso intrigou a cafetina, que mesmo assim concordou.

O cabelo negro caía sobre os ombros de Neth e sobre sua camiseta rosa justa. Ela vestia uma calça *jeans* igualmente justa e sandálias. Neth tinha bochechas fofas, mas o resto de seu corpo era magro e frágil; uma maquiagem pesada cobria seu rosto de um modo que parecia incongruente, como se ela fosse uma criança brincando com os cosméticos da mãe.

Depois de um início de conversa desajeitado por meio do intérprete, quando Nick perguntou a Neth como ela tinha crescido e sobre a família, ela começou a se acalmar. Ela parou de tremer e ficou olhando na direção da TV no canto do quarto, que Nick tinha ligado para abafar o som de suas vozes. Ela respondeu às perguntas de modo breve e sem interesse.

Nos cinco primeiros minutos, Neth afirmou que estava vendendo seu corpo por vontade própria. Ela insistiu que era livre para ir e vir quando como quisesse. Mas, quando ficou claro que esse não era um tipo de teste da cafetina e que ela não seria espancada por contar a verdade, contou sua história em um tom monótono.

Uma prima tinha levado Neth de sua aldeia, dizendo à família que a menina ia vender frutas em Poipet. Chegando a Poipet, ela foi vendida a um bordel, onde era muito vigiada. Depois que um médico confirmou que seu hímen estava intacto, o bordel leiloou sua virgindade a um gerente tailandês de um cassino, que a trancou por vários dias em um quarto de hotel e teve relações sexuais com ela três vezes por dia (mais tarde, ele morreu de AIDS). Agora, Neth ficava confinada à casa de hóspedes e, como era jovem o bastante e tinha pele clara, era alugada por preços altos.

"Posso caminhar por Poipet, mas só com um parente próximo do proprietário", explicou Neth. "Eles me mantêm sob vigilância. Não me deixam sair sozinha porque têm medo de que eu fuja."

"Por que não tenta fugir de noite?" perguntou Nick.

"Eles me trariam de volta e algo ruim aconteceria. Talvez uma surra. Eu soube que, quando um grupo de moças tentou escapar, eles as trancaram nos quartos e as espancaram."

"E a polícia? As moças não poderiam pedir ajuda à polícia?"

Neth deu de ombros, sem interesse. "A polícia não me ajudaria porque recebe suborno dos donos do bordel", disse de modo robótico, ainda olhando para a TV.

"Você quer sair daqui? Se fosse libertada, o que você faria?"

Neth de repente desviou o olhar da TV, com um brilho de interesse nos olhos.

"Eu voltaria para casa", disse ela, parecendo avaliar se a pergunta era séria. "Voltaria para minha família. Eu gostaria de tentar abrir uma lojinha para ganhar dinheiro."

"Você realmente quer ir embora?", perguntou Nick. "Se eu a comprasse do bordel e a levasse de volta à sua aldeia, você tem certeza absoluta de que não iria voltar para cá?"

Srey Neth na entrada de sua casa, pouco depois de a levarmos de volta para a família. (Nicholas D. Kristof)

A desatenção de Neth desapareceu imediatamente. Ela deu as costas à TV e o brilho voltou a seus olhos. "Isto é um inferno", reclamou ela, falando com paixão pela primeira vez. "Você acha que eu quero fazer isto?"

Assim, com calma e cuidado, Nick combinou com Neth que a compraria dos donos do bordel e a levaria de volta à família. Depois de alguma negociação, o dono de Neth vendeu-a por US$ 150 e deu um recibo a Nick.

Em outro bordel, encontramos Momm, uma moça frágil com grandes olhos, que era prostituta há cinco anos e parecia perto de ter um colapso por estresse. Num momento, Momm ria e contava piadas e no momento seguinte ela desabava em soluços e raiva, mas implorou para ser comprada, libertada e levada de volta para casa. Negociamos com o dono de Momm e ele acabou por vendê-la por US$ 203. E também deu um recibo.

Tiramos as moças da cidade e as levamos para suas famílias. A casa de Neth era mais próxima; nós e lhe demos dinheiro para abrir uma pequena quitanda em sua aldeia. Inicialmente, os negócios foram bem. A American Assistance for Cambodia concordou em cuidar dela e apoiá-la. Neth tinha ficado longe por apenas seis semanas e a família acreditou na história de que ela tinha vendido vegetais, acolhendo-a em casa sem suspeitas.

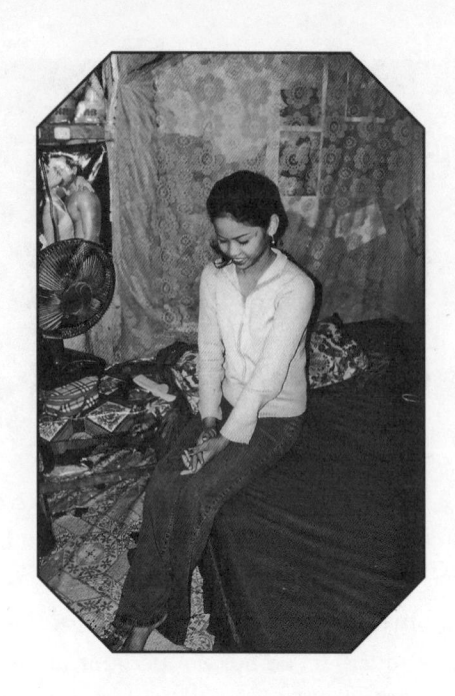

Momm em seu quarto no bordel em Poipet. (Nicholas D. Kristof)

Momm morava do outro lado do Camboja e, a cada quilômetro de nossa longa viagem, ela ficava mais ansiosa, sem saber se a família a aceitaria ou a rejeitaria. Havia passado cinco anos desde que ela fugira e fora vendida a um bordel, e ela não tinha se comunicado com a família. Momm estava inquieta e agitada enquanto nos aproximávamos de sua aldeia. De repente, ela gritou e, embora o carro ainda estivesse em movimento, escancarou a porta e saiu. Ela correu para uma mulher de meia-idade que estava olhando fixamente para o carro. E, então, a mulher, que era tia de Momm, também começou a gritar e as duas se abraçaram e choraram.

Um momento depois, parecia que todos na aldeia estavam gritando e correndo para Momm. A mãe dela estava em sua barraca no mercado, a um quilômetro e meio de distância, quando uma criança foi correndo lhe dizer que Momm tinha voltado. A mãe voltou apressada para a aldeia, com lágrimas correndo pelo rosto. Ela abraçou a filha, que estava tentando se ajoelhar para pedir perdão, e ambas caíram. Passaram-se 90 minutos antes que os gritos parassem e os olhos secassem, depois houve um banquete improvisado. Os membros da família podem ter suspeitado que Momm tivesse sido traficada, mas não a pressionaram quando ela disse vagamente que tinha trabalhado no oeste do Camboja. A família decidiu que Momm venderia carne em uma barraca no mercado ao lado da mãe, e Nick deixou algum dinheiro para financiar o projeto. A American Assistance for Cambodia concordou em monitorar Momm e ajudá-la na transição. Nos dias seguintes, Momm telefonou várias vezes com informações.

"Alugamos a barraca ao lado da de minha mãe e começarei a trabalhar lá amanhã", ela nos disse. "Tudo está indo bem. Nunca vou voltar a Poipet."

Uma semana depois, Lou Chandara, nosso intérprete, enviou um *e-mail* doloroso:

> *Notícias muito ruins. Srey Momm voltou voluntariamente ao bordel em Poipet, segundo o pai dela. Perguntei ao pai se alguém tinha batido nela ou a tratado mal, mas ele me disse que nada de ruim havia acontecido. Ela deixou a aldeia às 8 horas da manhã da segunda-feira, sem falar com a família. Srey Momm deixou seu telefone com a família e, na noite passada, ligou para eles para dizer que estava em Poipet.*

Momm, como muitas moças nos bordéis, estava viciada em metanfetaminas. Muitas vezes, os donos de bordéis dão metanfetaminas às moças para que fiquem obedientes e dependentes. Em sua aldeia, a síndrome de abstinência havia sido demais, e Momm fora consumida pela necessidade de voltar ao bordel e conseguir metanfetamina.

Assim que conseguiu a dose, Momm quis deixar o bordel. Bernie Krisher, da American Assistance for Cambodia, levou-a para Phnom Penh mais duas vezes, mas ela voltou a fugir depois de alguns dias, desesperada para conseguir a droga. Momm não é, de modo algum, uma "mulher durona": ela é doce, até um pouco submissa e está sempre comprando presentes para os amigos e rezando no altar budista por uma intervenção divina que a ajude. Ela queria deixar o bordel para sempre, mas não conseguiu superar a dependência.

Quando visitamos Poipet novamente, um ano havia se passado. Quando Nick entrou no bordel de Momm, ela o viu e saiu chorando. Depois de ter se controlado, ela voltou e se ajoelhou no chão, pedindo perdão.

"Nunca minto para as pessoas, mas menti para você", disse ela, em tom desanimado. "Eu disse que não voltaria e voltei. Eu não queria voltar, mas voltei."

Neth e Momm mostram que muitas prostitutas não agem livremente nem são escravas, mas vivem em um mundo repleto de ambiguidades em algum ponto entre esses dois extremos. Depois de seu retorno, Momm ficou presa ao bordel por drogas e dívidas, mas o proprietário permitia que ela saísse livremente com clientes. Momm poderia ter escapado facilmente, se quisesse fazer isso. No decorrer dos anos, conforme ficou mais velha, o preço de Momm para os clientes caiu para apenas US$ 1,50 por sessão. Ela passou a ter uma colega de quarto em seu cubículo no bordel, exceto quando uma delas estava atendendo um homem. A nova colega de quarto, Wen Lok, era uma garota de 16 anos que tinha fugido de casa depois que a motocicleta da família fora roubada dela; ela não pôde enfrentar a ira do pai e fugiu. Um traficante lhe prometeu um emprego como camareira de um hotel em Poipet e depois a vendeu ao bordel de Momm, onde ela foi espancada até aceitar os clientes. Momm tornou-se a guardiã da nova moça, para que ela não escapasse. Momm tinha sido maltratada há anos nos bordéis, mas agora ela parecia estar começando a assumir um papel gerencial. Se isso continuasse, ela começaria a guiar as meninas mais novas no negócio — ou a espancá-las, como tinha acontecido com ela. A escrava estava se transformando na feitora.

Mas o destino não deixou que isso acontecesse, e uma batida policial nos bordéis terminou com a carreira gerencial de Momm. A dona do bordel era uma mulher de meia-idade chamada Sok Khorn, que estava sempre reclamando dos negócios. "Isto mal dá lucro e há muito trabalho a fazer", reclamava ao se sentar na sala do bordel (que também era a casa dela). "Além dos bêbados — que tantas vezes são desagradáveis —, os policiais sempre querem receber algo." A decepção de Sok Khorn surgiu em parte porque o marido nunca ajudou no bordel e sempre fazia sexo com as moças, deixando-a indignada; eles acabaram por se divorciar. Além disso, sua filha estava com 13 anos, e Sok Khorn se preocupava com ela, pois a menina fazia as lições de casa na sala de estar, com bêbados cambaleando e passando a mão em todas as mulheres. O golpe final aconteceu em 2008, quando as autoridades cambojanas reagiram à crescente pressão ocidental e começaram a investigar o tráfico sexual. Isso aumentou o custo de novas meninas e a polícia começou a exigir subornos maiores dos donos dos bordéis. Qualquer policial da vizinhança podia entrar e exigir US$ 5. Nessa época, cerca de metade dos bordéis em Poipet fecharam. Sok Khorn anunciou, desgostosa, que iria tentar outro trabalho. "Eu não estava ganhando dinheiro, então desisti e pensei em abrir uma pequena quitanda", disse ela.

Nenhum dos outros bordéis estava comprando moças e, de repente, Momm descobriu que estava livre. Foi uma sensação estonteante e assustadora. Ela se casou rapidamente com um de seus clientes, um policial, e eles foram morar em uma nova casa. Nas férias de Natal de 2008, levamos nossa família para o Camboja — inclusive nossos três filhos — e tivemos uma alegre reunião com

Momm, em Poipet. "Agora sou uma dona de casa", disse ela, radiante de orgulho. "Não tenho mais nenhum cliente. Deixei aquela vida para sempre."

Quanto a Neth, sua quitanda inicialmente fez muitos negócios, pois não havia outra na aldeia. Ela e a família ficaram empolgadas, mas, quando outros aldeões viram o negócio de Neth prosperar, abriram suas lojas. Logo a aldeia tinha meia dúzia de lojas, e as vendas de Neth começaram a diminuir.

Pior ainda, a família de Neth continuava a considerá-la uma menina tola, sem nenhum direito. Assim, qualquer homem da família que precisasse de algo pegava da loja de Neth — algumas vezes pagando e outras vezes, não. Quando houve um festival cambojano, os homens na família de Neth não tinham dinheiro suficiente para comprar comida para um banquete, e assim saquearam a loja dela. Neth reclamou.

Depois, a mãe dela lembrou: "Neth ficou brava. Ela disse que nós [a família] tínhamos de nos afastar ou tudo iria acabar. Ela disse que precisava ter dinheiro para comprar novas coisas." Mas, em uma aldeia cambojana, ninguém dá ouvidos a uma adolescente sem estudo. O banquete continuou e a loja foi esvaziada. Depois disso, Neth não tinha dinheiro para repor seu estoque. Quatro meses depois de abrir a loja, seu plano de negócios tinha desabado.

Desolada por seu capital ter acabado, Neth começou a discutir com algumas amigas a ideia de procurar emprego na cidade. Um traficante prometeu conseguir empregos para as moças como lavadoras de pratos na Tailândia. Mas as moças teriam de pagar US$ 100 para serem levadas até o local e, como elas não tinham esse dinheiro, teriam de se endividar com o traficante. Esse é um meio clássico de obter controle sobre as moças. As dívidas aumentam com taxas de juros exorbitantes e, quando as moças não podem pagar os empréstimos, o traficante as vende para um bordel.

Neth sabia dos riscos, mas estava desesperada para ganhar dinheiro. Seu pai tinha tuberculose, estava tossindo sangue e não havia dinheiro para o tratamento. Então, ela decidiu enfrentar o risco e ir para a Tailândia. Quando Neth e as amigas estavam para partir, um funcionário da American Assistance for Cambodia passou por lá para ver como ela estava. O funcionário, conhecedor dos métodos dos traficantes, persuadiu a moça a não correr o risco. Mas o que ela poderia fazer?

Bernie Krisher, da American Assistance for Cambodia, tentou outra abordagem. Ele conseguiu que Neth se mudasse para Phnom Penh e estudasse para ser cabeleireira no Sapor's, o melhor salão de beleza da cidade. Neth morava no prédio da American Assistance e estudava inglês, enquanto trabalhava em período integral no salão de beleza, aprendendo a cortar cabelo e ser manicure. Ela conseguiu o terceiro lugar em uma competição de maquiagem e vivia de modo focado e tranquilo, direcionando toda a sua energia para os estudos.

"Estou feliz com Srey Neth", disse, sem hesitar, o dono do salão, Sapor Rendall. "Ela estuda muito." Sapor disse que tinha apenas um problema com Neth: "Ela não quer fazer massagens. Já conversei com ela muitas vezes sobre isso, mas ela ainda reluta." Neth nunca ousou explicar ao patrão qual era o motivo de sua hesitação em relação a massagens. Em um salão de beleza respeitável como o de Sapor, elas não são sexuais, mas, para uma moça com o passado de Neth, a ideia de fazer qualquer tipo de massagem trazia lembranças horríveis.

Com o tempo, Neth relaxou. Ela, que sempre fora muito magra e um pouco triste, engordou um pouco e ficou mais relaxada; às vezes, até parece vivaz e alegre. Ela estava agindo como uma adolescente, e os garotos notavam. Eles flertavam com ela, mas Neth os ignorava.

"Fico longe deles", ela explicou secamente. "Não quero me divertir com garotos. Só quero aprender a ser cabeleireira para abrir o meu salão."

Neth decidiu que, depois de completar seu curso, iria trabalhar em um pequeno salão de beleza para conseguir experiência na administração de um negócio. Então, depois de um ano mais ou menos, ela iria abrir seu salão na cidade de Battambang, perto de sua aldeia. Desse modo, ela poderia cuidar do pai e também conseguir dinheiro para que ele recebesse tratamento médico.

Entretanto, a saúde de Neth começou a enfraquecer. Ela sofreu com febres e dores de cabeça inexplicáveis que persistiram por meses e emagreceu repentinamente. Foi a uma clínica em Battambang e a equipe fez um exame de rotina para AIDS. Meia hora depois, eles lhe deram um pedaço de papel: o resultado era positivo para HIV.

Neth ficou abalada. Ela saiu da clínica com o papel amassado na mão. Na zona rural do Camboja, um diagnóstico de HIV era como uma sentença de morte; ela achou que não fosse viver muito tempo. Passou dias chorando e não conseguia dormir à noite. Neth não confiava em ninguém e nem expressava emoções, mas a pressão aumentava dentro dela, e finalmente ela compartilhou as más notícias conosco. A American Assistance for Cambodia tentou conseguir tratamento médico para ela, mas Neth achava que isso seria inútil. Ela estava tensa, cheia de negação e raiva, e voltou para sua aldeia para morrer perto da família. Um jovem chamado Sothea começou a cortejá-la. Ele era um ótimo partido para uma camponesa como ela: um homem com educação universitária que falava um pouco de inglês. Alto e culto, ele era mais velho e mais maduro, empolgado por ter encontrado uma moça tão bonita. Ela o rejeitou, mas ele não lhe deu ouvidos.

"Quando me apaixonei por Srey Neth, ela tentou me afastar", disse Sothea. "Ela me falou: 'Sou pobre. Moro perto de Battambang [ele é de Phnom Penh]. Não me ame'. Mas eu disse a ela que a amava e que a amaria até o fim."

Neth acabou se apaixonando por ele. Logo, ele a pediu em casamento. Ela concordou. Neth lhe disse que tinha trabalhado em Poipet e que era amiga de um jornalista americano, mas não disse que tinha sido prostituta, nem que era portadora do HIV. O segredo a incomodava constantemente, mas ela nunca teve coragem de contar.

Logo depois do casamento, Neth ficou grávida. Se uma mulher grávida tomar um medicamento chamado nevirapina antes do parto e não amamentar depois, pode reduzir drasticamente o risco de infectar seu filho com HIV. Mas, para fazer isso, Neth teria de dizer a Sothea que era HIV positivo e que contraíra a doença enquanto era prostituta. Era triste observar Neth e Sothea durante a gravidez, porque Sothea estava apaixonado por uma mulher que, secretamente, punha em risco a vida dele e a de seu filho. Uma tarde, estávamos sentados do lado de fora da casa deles quando Sothea nos disse como seus pais haviam depreciado Neth porque ela tinha trabalhado por algum tempo em um restaurante. Eles consideravam que esse era um comportamento de classe baixa para uma jovem. "Meus pais estão bravos comigo, mas eu prometi a Srey Neth que a amaria para sempre", disse Sothea. "Meus pais disseram que nunca permitiriam que eu fosse para casa com ela. Eles disseram: 'Se você escolher Srey Neth, não vamos querer mais saber de você'. Tentaram nos separar me mandando para a Malásia, mas, ainda que eu tivesse boa comida e morasse em um bom lugar, sentia tanta falta de Srey Neth que tive de voltar para ela. Mesmo que eu tenha problemas, nunca a deixarei, nem mesmo se passar fome. Quero estar com ela."

Neth parecia pouco à vontade com essa declaração de amor em público, mas eles olharam um para o outro e começaram a sorrir. Esse devia ter sido um ponto alto na vida de Neth, mas ela estava muito magra e parecia doente. Ela parecia já estar manifestando a AIDS.

"Ela está ficando cada vez mais fraca", disse Sothea. "Normalmente, as mulheres grávidas querem comer, mas ela não tem fome."

Quando Sothea saiu por alguns minutos, Neth voltou-se para nós, parecendo cansada.

"Eu sei, eu sei", ela murmurou, com angústia na voz. "Eu quero contar a ele, eu tento contar a ele. Mas ele me ama tanto, como ele irá se sentir?" Ela balançou a cabeça e sua voz falhou: "Pela primeira vez, alguém me ama de verdade. É tão difícil contar a ele o que aconteceu comigo".

Nós lhe dissemos que, se ela amava Sothea, precisava contar a ele. Quando Sothea retornou, tentamos dirigir a conversa para o assunto da saúde de Neth. "Vocês dois deviam fazer um teste de HIV antes de o bebê nascer", sugeriu Nick com um tom que fazia força para ser casual. "As pessoas se contaminam de muitas formas, e esse é um bom momento para verificar."

Sothea sorriu calmamente e acenou que não. "Tenho certeza de que minha esposa não tem HIV", disse ele. "Nunca saio com outras mulheres, nem vou a bordéis. Como ela poderia ser infectada?"

Em várias ocasiões, nós visitamos Neth e lhe demos sacos de comida e leite em pó para a gravidez, mas, cada vez que a víamos, era muito triste. O curto período no bordel parecia tê-la deixado com uma doença que mataria a ela, ao seu marido e ao seu filho ainda na barriga. No momento em que sua vida parecia estar indo bem, ela estava sendo destruída.

Então, como a hora do parto se aproximava, Neth concordou em fazer o teste de novo. E, dessa vez, de um modo incrível, o resultado foi negativo. Esse teste era mais moderno e confiável que o anterior. Neth tinha estado doente e muito magra, mas talvez tivesse sido por causa de tuberculose, parasitas ou exaustão. De qualquer modo, ela não tinha AIDS.

Assim que soube disso, Neth começou a se sentir melhor. Ganhou peso e logo parecia mais saudável. A ideia de ter um neto fez com que os pais de Sothea perdoassem o casal e a família foi reunida.

Em 2007, Neth deu à luz um filho. O bebê era forte, saudável e gordinho. Neth irradiava alegria enquanto o embalava no quintal de sua casa. Quando nossa família se encontrou com Neth e seu marido no final de 2008, ela mostrou o garoto aos nossos filhos e riu enquanto ele cambaleava tentando andar. A moça tinha voltado à escola para terminar seu curso de cabeleireira, e a sogra estava planejando comprar uma pequena loja onde Neth pudesse abrir um negócio como esteticista e cabeleireira. "Sei o nome que vou dar à loja", disse ela, "Nick and Bernie's". Depois de tantas voltas e retrocessos, Neth organizava sua vida novamente. A jovem que tremia de medo no bordel deixara de existir para sempre.

Para nós, existem três lições nessa história. A primeira é que resgatar moças dos bordéis é complicado e incerto. Sem dúvida, algumas vezes é impossível, e por isso é mais produtivo concentrar os esforços na prevenção e no fechamento desses locais. A segunda lição é não desistir nunca. Ajudar as pessoas é difícil e imprevisível, e nossas intervenções nem sempre funcionam, mas existem histórias de sucesso, e essas vitórias são incrivelmente importantes. A terceira lição é que, mesmo quando um problema social é tão vasto a ponto de ser insolúvel em sua totalidade, ainda vale a pena melhorá-lo. Podemos não conseguir educar *todas* as garotas nos países pobres, nem impedir *todas* as mulheres de morrer no parto, nem salvar *todas* as moças que estão aprisionadas nos bordéis. Mas pensamos em Neth e nos lembramos de uma parábola havaiana que nos foi contada por Naka Nathaniel, ex-cinegrafista da *Times*, que era havaiano:

> Um homem vai até a praia e vê que ela está coberta por estrelas-do-mar trazidas pela maré. Um menininho está andando, pegando-as e jogando-as de volta na água.
> "O que está fazendo, filho?", pergunta o homem. "Você está vendo quantas estrelas-do-mar existem? Você nunca vai fazer diferença."
> O menino para, pensativo, pega outra estrela-do-mar e a joga no oceano.
> "Com certeza fiz diferença para aquela", diz ele.

CAPÍTULO 3

Aprendendo a falar

As pessoas sensatas se adaptam ao mundo.
As pessoas insensatas tentam adaptar o mundo a elas.
Portanto, todo progresso depende de pessoas insensatas.
— GEORGE BERNARD SHAW

Um dos motivos de tantas mulheres e meninas serem raptadas, traficadas, estupradas e sofrerem outros tipos de abuso é que aguentam firme. A docilidade estoica — em especial, a aceitação de qualquer ordem masculina — é incutida nas meninas, na maior parte do mundo, desde a época em que nascem. Assim, muitas vezes elas agem como aprenderam, mesmo quando aprendem a sorrir enquanto são estupradas 20 vezes por dia.

Não estamos culpando as vítimas. Existem boas razões práticas e culturais para que as mulheres aceitem o abuso em vez de lutar e se arriscar a serem mortas. Mas, na realidade, enquanto as mulheres e meninas permitirem que outros as prostituam e as espanquem, o abuso irá continuar. Quanto mais moças gritam e protestam e fogem dos bordéis, mais o modelo de negócios do tráfico é enfraquecido. Os traficantes sabem disso e tendem a atacar camponesas com baixa escolaridade, precisamente porque elas têm maior probabilidade de obedecer às ordens e de aceitar seu destino. Como Martin Luther King Jr. disse durante a luta pelos direitos civis nos Estados Unidos:"Podemos endireitar nossas costas e trabalhar pela nossa liberdade. Ninguém pode montar em você a menos que suas costas estejam curvadas".

Obviamente, essa é uma questão delicada, e haverá perigo se estrangeiros empolgados incitarem as moças locais a assumir riscos indevidos. Mas também é essencial ajudá-las a encontrarem sua voz. A educação e o treino de capacitação podem mostrar às moças que a feminilidade não exige submissão e podem alimentar a assertividade para que consigam se afirmar. Foi exatamente o que aconteceu na favela de Kasturba Nagar, na periferia da cidade indiana de Nagpur.

Os fossos fétidos de Kasturba Nagar estão cheios de esgoto, mau cheiro e desalento. Os habitantes são os dalits (impuros, intocáveis). Quase todos têm pele escura e demonstram em suas vestes e no modo de agir que são pobres. Eles vivem em barracos em ruas de terra, que se transformam em um rio de esgoto e lama sempre que chove. Os homens de Kasturba Nagar dirigem riquixás ou trabalham em empregos humildes ou sujos; as mulheres trabalham como empregadas domésticas ou ficam em casa e cuidam dos filhos.

Nesse ambiente improvável, uma jovem chamada Usha Narayane deixou de lado o desalento e prosperou, apesar das probabilidades contrárias. Usha é uma mulher segura de si aos 28 anos: baixa, com longos cabelos negros, rosto redondo e sobrancelhas grossas. Em uma terra como a Índia, que há muito sofre com desnutrição, quilos extras podem dar prestígio, e Usha tem peso suficiente para indicar seu sucesso. E ela fala sem parar.

Seu pai, Madhukar Narayane, também é um dalit, mas conseguiu terminar o ensino médio e tem um bom emprego na companhia telefônica. Alka, a mãe de Usha, também tem uma escolaridade mais alta do que o usual. Embora tenha se casado aos 15 anos, ela terminou o ensino fundamental e sabe ler e escrever. Ambos queriam que seus filhos tivessem uma boa educação para poder escapar de Kasturba Nagar. Assim, eles viveram de modo simples e economizaram cada rúpia para educar os filhos — e conseguiram algo heroico. Em uma favela na qual mais ninguém terminou o ensino médio, todos os cinco filhos deles, inclusive Usha, formaram-se na universidade.

A mãe de Usha está deliciada e um pouco chocada pelo que a educação causou à sua filha. "Ela é destemida", disse Alka. "Ela não tem medo de ninguém." Usha formou-se em hotelaria e parecia destinada a gerir um bom hotel em algum lugar da Índia. Ela já tinha escapado de Kasturba Nagar e estava se preparando para trabalhar em um hotel, quando voltou para uma visita e confrontou-se com as ambições e a autoconfiança de Akku Yadav.

Em certo sentido, Akku Yadav era o outro "sucesso" de Kasturba Nagar. Ele era um homem de casta mais alta que era aprendiz de matador e se transformou em gângster e líder da favela. Ele dirigia uma gangue de criminosos que controlava Kasturba Nagar e que roubava, matava e torturava com impunidade. As autoridades indianas teriam evitado que um gângster atacasse tão impiedosamente um bairro de classe média. Mas, nas favelas de dalits ou de moradores de casta baixa, as autoridades raramente intervinham, exceto para aceitar subornos. A assim os gângsteres algumas vezes se tornavam governantes absolutos desses lugares.

Usha Narayane na favela em que mora, na Índia. (Naka Nathaniel)

Durante 15 anos, Akku Yadav havia aterrorizado Kasturba Nagar enquanto construía um pequeno império de negócios. Uma de suas especialidades era a ameaça de estupro para aterrorizar qualquer pessoa que tentasse enfrentá-lo. O assassinato deixava para trás inconvenientes pilhas de corpos e exigia subornos para manter a polícia afastada, enquanto o estupro era tão estigmatizante que as vítimas geralmente preferiam guardar silêncio. A humilhação sexual era, portanto, uma estratégia eficiente e de baixo risco para intimidar as pessoas e controlar a comunidade.

Segundo os vizinhos na favela, Akku Yadav certa vez estuprou uma mulher recém-casada. Outra vez, ele despiu um homem e o queimou com cigarros, e depois o obrigou a dançar diante da própria filha de 16 anos. Disseram ainda que ele pegou uma mulher, Asho Bhagat, e a torturou diante da filha e de vários vizinhos, cortando os seios dela. Depois, ele a esquartejou na rua.

Um dos vizinhos, Avinash Tiwari, ficou horrorizado com o assassinato de Asho e planejou ir à polícia, e por isso Akku Yadav também o matou.

Akku Yadav continuou com seus ataques. Ele e seus capangas estupraram uma mulher chamada Kalma apenas 10 dias depois de ela ter dado à luz. Ela ficou tão arrasada que derramou querosene no corpo e se queimou viva. A gangue tirou outra mulher de sua casa, quando ela estava grávida de sete meses, tirou as roupas dela e a estuprou na rua, à vista de todos. Quanto mais bárbaro o comportamento, mais a população obedecia, aterrorizada.

Vinte e cinco famílias se mudaram de Kasturba Nagar, mas a maioria dos dalits não tinha escolha. Eles se adaptaram, tirando as filhas da escola e mantendo-as trancadas em casa, onde ninguém poderia vê-las. Os vendedores de vegetais passavam longe de Kasturba Nagar e as donas de casa tinham de caminhar até mercados distantes para comprar alimentos. E, enquanto o alvo de Akku Yadav fosse apenas os dalits, a polícia não interferiria.

"A polícia era muito consciente de classe", observou Usha. "Então, se você tivesse pele mais clara, eles pensariam que você era de classe mais alta e poderiam ajudar. Mas enxotariam qualquer pessoa com pele mais escura ou com barba. Muitas vezes, as pessoas iam até a polícia para reclamar e acabavam presas", disse Usha. Uma mulher foi até a polícia para se queixar de ter sido estuprada por Akku Yadav e seus comparsas; os policiais a estupraram em grupo.

A família de Usha era a única que Akku Yadav não atormentava. Ele evitava os Narayane, ciente de que a educação deles poderia lhes dar poder para reclamar e ser ouvidos. Nos países em desenvolvimento, atormentar os analfabetos geralmente traz riscos; atacar os educados é mais perigoso. Mas, finalmente, quando Usha veio para uma visita, as duas famílias se encontraram.

Akku Yadav havia estuprado uma garota de 13 anos. Ele estava se sentindo invencível. Ele e seus homens foram até a vizinha dos Narayanes Ratna Dungiri, para exigir dinheiro. Os marginais arrebentaram os móveis e ameaçaram matar a família. Quando Usha chegou, ela disse a Ratna para ir à polícia. Ratna não teve coragem. Usha foi até a polícia e deu queixa. A polícia informou Akku Yadav da ação de Usha, e ele ficou enfurecido. Então, ele e 40 de seus comparsas foram até a casa dos Narayane e a cercaram. Akku Yadav estava com uma garrafa de ácido e gritou através da porta, para que Usha se retratasse. "Você retira a queixa e eu não lhe farei mal", disse ele.

Usha fez uma barricada na porta e gritou que nunca cederia. Depois, ela ligou freneticamente para a polícia, que disse que iria até lá, mas nunca apareceu. Enquanto isso, Akku Yadav estava batendo na porta.

"Vou jogar ácido no seu rosto, e você nunca mais dará nenhuma queixa", ameaçou ele. "Se nós a encontrarmos, você não sabe o que faremos com você. Estupro em grupo não é nada. Você nem imagina o que vamos fazer com você."

Usha gritou insultos e Akku Yadav respondeu com descrições detalhadas de como a estupraria, a queimaria com ácido e a mataria. Ele e seus homens tentaram derrubar a porta. Então, Usha abriu o gás do botijão que a família usava para cozinhar e pegou um fósforo.

"Se você invadir a casa, vou acender o fósforo e explodir todos nós", ela gritou raivosamente. Os marginais sentiram o cheiro do gás e hesitaram. "Vão embora ou vou explodi-los", Usha gritou novamente. Os atacantes se retiraram.

Enquanto isso, a notícia do confronto tinha se espalhado pelo bairro. Os dalits tinham muito orgulho do estudo e do sucesso de Usha, e a ideia de que Akku Yadav pudesse destruí-la era insuportável. Os vizinhos se reuniram a distância, sem saber o que fazer. Mas, quando viram Usha lutando e gritando insultos para Akku Yadav, finalmente obrigando a gangue a se retirar, encontraram coragem. Logo, havia uma centena de dalits revoltados na rua, começando a pegar pedras e paus.

"As pessoas perceberam que, se ele fizesse isso com Usha, não haveria mais esperança", explicou um vizinho. As pedras começaram a voar na direção dos homens de Akku Yadav, que perceberam o estado de espírito da multidão e fugiram. O clima na favela foi de euforia. Pela primeira vez, as pessoas tinham vencido um confronto. Os dalits marcharam pela favela, celebrando. Depois, desceram a rua até a casa de Akku Yadav e a queimaram até os alicerces.

Akku Yadav foi até a polícia, que o prendeu para sua própria proteção. Aparentemente, os policiais planejavam mantê-lo em custódia até que os ânimos se acalmassem e, depois, o soltariam. Uma audiência de fiança foi marcada para Akku Yadav, e se espalharam boatos de que a polícia estava planejando soltá-lo como parte de uma negociação corrupta. A audiência de fiança deveria acontecer a quilômetros de distância, no centro de Nagpur. Centenas de mulheres marcharam até lá desde Kasturba Nagar e encheram a grande sala de audiências com pé-direito alto, piso de mármore e grandeza britânica desbotada. As mulheres dalit estavam pouco à vontade ali com suas sandálias e saris desbotados, mas se sentaram na frente. Akku Yadav entrou confiante e sem arrependimentos, sentindo que as mulheres estavam desorientadas no ambiente da sala de audiências. Vendo uma mulher que tinha estuprado, ele zombou dela como se fosse uma prostituta e gritou que a estupraria novamente. Ela correu até a frente e o atingiu na cabeça com um chinelo.

"Desta vez, ou eu o mato, ou você me mata", ela gritou. Com isso, a represa arrebentou, como se tudo tivesse sido combinado. Todas as mulheres de Kasturba Nagar foram até a frente e cercaram Akku Yadav, gritando e berrando. Algumas tiraram pimenta em pó de dentro de suas roupas e atiraram nos rostos de Akku Yadav e dos dois policiais que o escoltavam. Os policiais, cegos e em minoria, fugiram imediatamente. Então, as mulheres tiraram facas de dentro das roupas e começaram a esfaquear Akku Yadav.

"Perdoem-me", gritou ele aterrorizado. "Perdoem-me! Não vou fazer isso de novo." As mulheres passaram as facas para as outras e continuaram a esfaqueá-lo. Cada mulher havia concordado em esfaqueá-lo pelo menos uma vez. Assim, em uma vingança macabra por ele ter cortado os seios de Asho Bhagat, as mulheres cortaram o pênis de Akku Yadav. Por fim, ele ficou em pedaços. Quando visitamos o local, as paredes da sala de audiências ainda estavam manchadas com o sangue dele.

As mulheres ensanguentadas marcharam triunfantes de volta a Kasturba Nagar, para dizer a seus maridos e pais que haviam destruído o monstro. A favela explodiu em celebração. As famílias tocaram música e dançaram nas ruas. Eles usaram suas economias para comprar carneiro e doces, e deram frutas a seus amigos. Em toda Kasturba Nagar, as festividades pareciam um casamento gigante.

Estava claro que o ataque a Akku Yadav fora cuidadosamente planejado, e Usha era a provável líder. Então, mesmo que Usha pudesse provar que não havia estado na sala de audiências naquele dia, a polícia a prendeu. Porém, o assassinato havia chamado a atenção do público para a situação de Kasturba Nagar, e houve um protesto. Um juiz aposentado do tribunal superior, Bhau Vahane, colocou-se publicamente do lado das mulheres, dizendo: "Nas circunstâncias em que viviam, elas não tinham outra alternativa a não ser matar Akku. As mulheres pediram ajuda repetidamente à polícia, que não as protegeu".

As centenas de mulheres da favela decidiram entre si que, se todas assumissem a responsabilidade, nenhuma pessoa seria culpada pelo assassinato. Elas raciocinaram que, se várias centenas de mulheres tivessem esfaqueado Akku Yadav uma vez, nenhuma facada isolada teria sido a fatal. Em toda Kasturba Nagar, havia um único dizer entre as mulheres: "Todas nós o matamos. Prendam todas nós!".

"Todas nós assumimos a responsabilidade pelo que aconteceu", disse Rajashri Rangdale, uma mãe jovem e tímida. Jija More, uma dona de casa de 45 anos, acrescentou: "Tenho orgulho do que fizemos... Se alguém tiver de ser punido, todas nós seremos punidas". Com considerável satisfação, Jija afirmou: "Nós, mulheres, perdemos o medo. Estamos protegendo os homens".

Os policiais, sombrios e frustrados, soltaram Usha depois de duas semanas, mas com a condição de que ela permanecesse na área. Sua carreira como gerente de hotel provavelmente acabou, e ela tem certeza de que os membros da gangue de Akku Yadav irão buscar vingança, estuprando-a ou jogando ácido em seu rosto. "Não me incomodo com isso", diz ela calmamente e com um gesto confiante. "Não me preocupo com eles." Ela começou uma nova vida como organizadora comunitária, usando suas habilidades gerenciais para unir os dalits a fim de fabricar picles, roupas e outros produtos para vender nos mercados. Ela quer que os dalits abram empresas para aumentar a renda e poderem pagar por mais educação.

Agora, Usha está lutando para pagar as contas. Ela é a nova líder de Kasturba Nagar, a heroína da favela. Quando fomos visitá-la, o motorista de táxi teve dificuldade para encontrar a casa dela. Ele parou várias vezes em Kasturba Nagar para perguntar o caminho, mas cada pessoa a quem o motorista perguntava insistia em dizer que não existia essa pessoa ou então mandava o carro para o outro lado do bairro. Por fim, ligamos para Usha para contar nossa dificuldade e ela foi até a rua principal para acenar para nós e nos mostrar o caminho, explicando que cada pessoa que nos dera informações erradas havia enviado uma criança até ela, para alertá-la que um estranho estava à sua procura. "Eles estão tentando me proteger", explicou Usha, rindo. "Toda a comunidade está cuidando de mim."

A saga de Kasturba Nagar é incômoda, sem uma moral fácil. Depois de anos observando as mulheres aceitarem o abuso em silêncio, é catártico ver alguém como Usha liderar um ataque — mesmo que fiquemos incomodados com o derramamento de sangue, não é possível condenar o assassinato.

"Capacitação" é um clichê na comunidade de ajuda, mas é isso que realmente é preciso. O primeiro passo em direção a um lugar mais justo é transformar essa cultura de passividade e subserviência feminina, para que as mulheres se tornem mais assertivas e exigentes. Como já dissemos antes, podemos dizer isso com muita facilidade justamente por sermos de fora. Não somos nós que corremos riscos terríveis por falar claramente. Mas, quando uma mulher toma iniciativa, é imperativo que os estranhos a apoiem; também devemos apoiar as instituições que protegem essas pessoas. Algumas vezes, podemos até precisar oferecer asilo para as pessoas cujas vidas estejam em perigo. De modo mais amplo, a coisa mais importante para incentivar as mulheres e as meninas a lutarem por seus direitos é a educação, e nós podemos fazer muito mais para promover a educação nos países pobres.

Em última análise, mulheres como as de Kasturba Nagar precisam juntar-se à revolução dos direitos humanos. Elas constituem parte da resposta ao problema. Haverá menos tráfico e menos estupros, se mais mulheres pararem de dar a outra face e começarem a esbofetear.

Os novos abolicionistas

Zach Hunter tinha 12 anos e morava com a família em Atlanta, quando ouviu na escola que ainda existem formas de escravidão no mundo atual. Ele ficou atônito e começou a ler sobre o assunto. Quanto mais lia, mais horrorizado ficava e, embora estivesse apenas no oitavo ano, pensou que podia arrecadar dinheiro para combater os trabalhos forçados. Assim, ele formou um grupo chamado Loose Change to Loosen Chains, apelidado de LC2LC, uma campanha de estudantes contra a escravidão moderna. No primeiro ano, ele conseguiu US$ 8.500. A partir de então, sua campanha progrediu.

Zach, que agora está no ensino médio, viaja constantemente pelo país, falando em escolas e em igrejas a respeito do tráfico de pessoas. Sua página no MySpace descreve sua profissão como "abolicionista/estudante", e seu herói é William Wilberforce. Em 2007, Zach apresentou à Casa Branca uma petição com 100.000 assinaturas, que exigia mais ação contra o tráfico. Ele também publicou o livro para adolescentes *Be the Change: Your Guide to Ending Slavery and Changing the World*, e está criando outros grupos LC2LC em escolas e em igrejas de todo o país.

Zach é parte de uma explosão de "empreendedores sociais", que oferecem novas abordagens para ajudar mulheres no mundo em desenvolvimento. Os voluntários trabalham no contexto de uma burocracia de ajuda, enquanto os empreendedores sociais criam seu próprio contexto, fundando uma nova organização, empresa ou movimento para lidar com um problema social de modo criativo. Os empreendedores sociais tendem a não manifestar o preconceito liberal tradicional em relação ao capitalismo, e muitos cobram por seus serviços e usam um modelo empresarial para alcançar a sustentabilidade.

"Os empreendedores sociais não se contentam apenas em dar um peixe ou ensinar como pescar", diz Bill Drayton, um ex-consultor gerencial e agente do governo que popularizou a ideia de empreendedorismo social. "Eles não vão descansar até terem revolucionado a indústria da pesca." Drayton é o fundador da Ashoka, uma organização que apoia e treina empreendedores sociais de todo o mundo. Eles são chamados de *Empreendedores Ashoka* e, atualmente, somam mais de 2.000 integrantes — muitos deles envolvidos em campanhas dos direitos das mulheres. A breve história de Drayton sobre a ascensão dos empreendedores sociais é a seguinte:

> A revolução agrícola produziu apenas um pequeno superávit e, assim, apenas uma pequena elite pôde se mudar para as cidades a fim de criar cultura e história consciente. Esse padrão persistiu desde então. Apenas uns poucos mantiveram o monopólio da iniciativa porque apenas eles tinham as ferramentas sociais. Esse é um dos motivos de a renda *per capita* do Ocidente ter permanecido estacionada desde a queda do Império Romano até 1700. Porém, por volta de 1700, uma arquitetura nova e mais aberta estava começando a se desenvolver no norte da Europa: empresas empreendedoras/competitivas, impulsionadas por políticas mais abertas e tolerantes. Como resultado: o Ocidente rompeu 1.200 anos de estagnação e logo foi além de qualquer coisa que o mundo já tinha visto antes. A renda média *per capita* subiu 20% nos anos 1700, 200% nos anos 1800 e 740% no século passado. [...] Porém, até cerca de 1980, essa transformação deixou de lado a parte social das operações do mundo. Foi apenas por volta de 1980, o gelo começou a quebrar e a arena social como um todo deu um salto estrutural para essa nova arquitetura empresarial competitiva. Porém, depois de o gelo ser quebrado, conseguir fundos passou a ser a prioridade. Isso ocorreu praticamente no mundo inteiro, e as principais exceções eram as áreas nas quais os governos tinham medo. Como tinha a vantagem de não ter de ser pioneira, mas sim de seguir os negócios, essa segunda grande transformação tem conseguido manter o crescimento da produtividade em um ritmo muito rápido. Em relação a isso, ela se parece com o que ocorre nos países em desenvolvimento que têm conseguido sucesso,

como a Tailândia. A melhor estimativa da Ashoka é que o setor voltado para os cidadãos esteja cortando pela metade o abismo entre seu nível de produtividade e de negócios a cada 10 ou 12 anos.

Pense em como um movimento de direitos das mulheres poderia ser muito mais eficaz se apoiado por um exército de empreendedores sociais. As Nações Unidas e as burocracias assistencialistas têm realizado uma busca incansável por soluções técnicas, incluindo vacinas melhores e novos processos para abrir poços, e isso é importante. Mas o progresso também depende de remédios políticos e culturais, e, com certeza, de carisma. Muitas vezes, a chave é uma pessoa com um dom para a liderança: Martin Luther King Jr., nos Estados Unidos, Mahatma Gandhi, na Índia, e William Wilberforce, na Grã-Bretanha. É importante investir nesses líderes emergentes e também nos processos, mas as organizações de assistência, de modo geral, perderam o barco que Drayton lançou com a Ashoka.

"Parece haver um grande ponto cego nos esforços de desenvolvimento e do governo, observa David Bornstein, que escreveu um livro excelente sobre empreendedores sociais, chamado *How to Change the World*. Os grandes doadores, sejam de grupos de ajuda do governo, sejam, de grandes organizações filantrópicas, desejam fazer intervenções sistemáticas dimensionáveis, e existem bons motivos para isso. Mas, como resultado, eles perdem oportunidades de criar mudança social ao deixar de criar redes para identificar e apoiar líderes individuais, que possam fazer uma diferença nas trincheiras. Os doadores, geralmente, não se interessam em fazer pequenos investimentos comunitários, mas esses investimentos podem ser uma importante ferramenta para atingir a mudança. Alguns grupos operaram como fornecedores de capital para apoiar programas, em pequena escala, no exterior. É exatamente isso que a Ashoka faz com seu apoio aos empreendedores Ashoka. Do mesmo modo, o Global Fund for Women, dirigido por uma ex-colega de classe de Sheryl, Kavita Ramdas, desde 1987, tem apoiado mais de 3.800 organizações femininas em 167 países. A International Women's Health Coalition, com sede em Nova York, é mais conhecida pelo apoio, mas também fornece verbas a pequenas organizações que ajudam mulheres em todo o mundo.

Zach é um brilhante empreendedor social. O mesmo pode-se dizer de Ruchira Gupta e de Usha Narayane. Embora as mulheres em todo o mundo, de modo geral, não alcancem o escalão de líderes políticos, muitas vezes dominam a hierarquia dos empreendedores sociais. Mesmo em países nos quais os homens monopolizam o poder político, as mulheres formaram suas próprias organizações influentes e têm obtido sucesso considerável em provocar uma mudança. Em particular, muitas mulheres subiram como empreendedoras sociais para liderar o novo movimento abolicionista contra os traficantes de sexo. Uma delas é Sunitha Krishnan, uma empreendedora Ashoka da Índia, que é lendária entre os que lutam contra o tráfico. Ouvimos falar tanto sobre ela que, quando finalmente a encontramos, ficamos surpresos ao ver como ela é pequena. E sua pequena estatura, 1,40 metros, é acentuada por um pé esquerdo com um defeito congênito que a faz mancar.

Quando Sunitha era uma criança de classe média no jardim de infância, pegou uma lousa e foi ensinar um grupo de crianças pobres o que tinha aprendido na escola naquele dia. Ela ficou tão comovida com essa experiência que decidiu se tornar uma trabalhadora social. Estudou serviço social na faculdade na Índia; seu foco era a alfabetização. Depois, um dia, ela estava com um grupo de colegas tentando organizar as pessoas pobres em uma aldeia e uma gangue de homens se ressentiu da interferência.

"Eles não gostaram disso e decidiram nos dar uma lição", relembra Sunitha. Ela estava nos contando sua história no pequeno escritório vazio no abrigo que dirige na cidade de Hyderabad, cerca de 1.600 quilômetros a sudoeste da aldeia em Bihar, onde Ruchira Gupta estava lutando para manter Meena viva. Sunitha fala um inglês indiano culto, de alta classe, e parece mais uma professora universitária do que uma ativista. Ela se mostra fria e analítica, mas ainda assim é silenciosamente furiosa, ao explicar o que lhe aconteceu. A gangue de homens que se opunha a seus esforços a estuprou. Sunitha não deu queixa à polícia. "Eu reconheci a inutilidade de fazer isso", disse ela. Mas Sunitha foi responsabilizada e sua família foi estigmatizada. "O estupro em si não me afetou tanto", disse ela. "O que mais me afetou foi o modo como a sociedade me tratou, o modo como as pessoas começaram a me olhar. Ninguém questionou por que os homens fizeram isso. Eles questionaram por que eu tinha ido até lá, por que meus pais me davam liberdade. E eu percebi que o que acontecera comigo fora uma coisa isolada, mas que, para muitas pessoas, era um acontecimento diário."

Foi então que Sunitha decidiu mudar o foco de sua carreira da alfabetização para o tráfico sexual. Ela viajou pelo país conversando com o maior número possível

Sunitha conversando com crianças em seu abrigo, na Índia. (Nicholas D. Kristof)

de prostitutas, tentando entender o mundo do sexo comercial. Sunitha se estabeleceu em Hyderabad, um pouco antes de a polícia fazer batidas na zona de prostituição da cidade — talvez os donos dos bordéis não estivessem pagando suborno suficiente e precisassem de um susto. A operação foi uma catástrofe. Os bordéis da área foram fechados da noite para o dia, sem considerar as moças que trabalhavam lá. As prostitutas eram tão estigmatizadas que não havia aonde pudessem ir, nem lugar para ganharem a vida.

"Muitas das mulheres começaram a cometer suicídio", lembra Sunitha. "Eu estava ajudando a cremar os corpos. A morte uniu as pessoas. Eu voltei a falar com as mulheres e lhes disse: 'Falem exatamente o que querem de nós'. Elas responderam: 'Não faça nada por nós, faça algo por nossos filhos.'"

Sunitha trabalhava ao lado de um missionário católico, Irmão Joe Vetticatil. Ele já morreu, mas uma foto dele está no escritório dela, e a fé dele deixou uma profunda impressão nela. "Eu sou uma hindu fiel", disse ela, "porém o caminho de Cristo me inspira". Sunitha e o Irmão Joe abriram uma escola em um antigo bordel. A princípio, dos cinco mil filhos de prostitutas a quem a escola era voltada, apenas cinco se matricularam. Mas a escola cresceu, e logo Sunitha abriu também abrigos para os filhos e para as meninas e as mulheres que foram resgatadas dos bordéis. Ela chamou sua organização de Prajwala, que significa "chama eterna" (www.prajwalaindia.com).

Embora uma zona de prostituição tenha sido fechada, existem bordéis em outras áreas de Hyderabad, e Sunitha começou a organizar resgates nesses bordéis. Ela anda pelos bairros mais sórdidos e sujos da cidade, destemidamente conversando com prostitutas e tentando atraí-las para trabalhar juntas e denunciar os cafetões. Ela confrontou cafetões e donos de bordéis e reuniu evidências que levou para a polícia, forçando-a a realizar batidas. Tudo isso deixou os donos de bordéis furiosos, pois eles não conseguiam entender por que uma mulher do tamanho de um passarinho — uma garota — estava enfrentando-os e tornando os negócios pouco lucrativos. Os donos de bordéis se organizaram e revidaram. Marginais atacaram Sunitha e as pessoas que trabalhavam com ela; ela disse que seu tímpano direito foi perfurado, deixando-a surda desse ouvido, e seu braço foi quebrado.

O primeiro empregado de Sunitha foi Akbar, um ex-cafetão que havia ouvido a própria consciência. Ele trabalhou corajosamente para ajudar as moças que estavam aprisionadas na zona de prostituição. Mas os donos de bordéis retaliaram, esfaqueando Akbar até a morte. Quando Sunitha teve de contar à família dele que ele fora morto, a ativista reconheceu que precisava ser mais cautelosa.

"Nós percebemos com o tempo que isso não era sustentável", diz ela a respeito de sua atitude inicial. "Percebi que, se quero ficar aqui por muito tempo, tenho de ser responsável por minha equipe e por suas famílias. Não posso esperar que todos sejam loucos como eu."

Prajwala começou a trabalhar cada vez mais com o governo e com os grupos de ajuda para fornecer reabilitação, aconselhamento e outros serviços. Sunitha treinou as antigas prostitutas não só para fazer artesanato ou encadernar livros — como fazem as outras organizações de resgate —, mas também para ser soldadoras ou marceneiras. Até agora, Prajwala reabilitou cerca de 1.500 jovens com seis a oito meses de treinamento profissional, o que as ajudará a iniciar novas carreiras. Os centros de reabilitação são curiosos na Índia: eles estão vivos com os sons de marteladas e gritos, com jovens mulheres pregando, puxando barras de aço e operando equipamentos. Prajwala também ajuda algumas mulheres a voltarem para suas famílias, a se casarem ou a viverem de modo independente. Até agora, diz Sunitha, 85% das mulheres têm conseguido afastar-se da prostituição, embora 15% retornem à prática.

Sunitha diminui a importância de seu sucesso. "Ainda há mais prostituição agora do que quando começamos", disse ela com tristeza. "Eu diria que fracassamos.

Resgatamos 10 mulheres, mas 20 chegam aos bordéis." Mas essa é uma avaliação rigorosa demais.

Em um dia quente e ensolarado em Hyderabad, a brusca eficiência de Sunitha se evapora enquanto ela sai de seu escritório. A ferocidade férrea que ela demonstra em relação aos agentes do governo se derrete e é substituída por ternura, conforme as crianças da escola a rodeiam, rindo e gritando. Ela as chama pelo nome e pergunta sobre os estudos.

Um almoço simples com dal e chapati é servido em pratos de lata para todos na escola. Enquanto come seu chapati, Sunitha conversa com uma das voluntárias: Abbas Be, uma jovem com cabelos negros, pele levemente achocolatada e dentes brancos. Abbas foi levada a Délhi, quando era adolescente, para trabalhar como empregada doméstica, mas, em vez disso, foi vendida a um bordel e espancada com um bastão de críquete para ser forçada a obedecer. Três dias depois, Abbas e todas as 70 garotas no bordel foram reunidas para observar os cafetões castigarem outra adolescente que tinha brigado com os clientes e tentado liderar outras garotas em uma rebelião. A menina problemática foi despida, amarrada, humilhada e ridicularizada, espancada de modo selvagem e, depois, esfaqueada na barriga. Ela sangrou até a morte diante de Abbas e das outras.

Depois de Abbas ser libertada em uma batida no bordel, Sunitha a incentivou a ir para Prajwala para aprender uma profissão. Hoje, Abbas está aprendendo encadernação e também aconselha outras moças sobre como evitar ser vítima do tráfico. Sunitha fez com que Abbas fizesse um teste para HIV, e o resultado foi positivo. Assim, Sunitha está tentando encontrar um homem HIV positivo para casar com ela.

Sunitha e Abbas querem que todos os bordéis sejam fechados, não só regulamentados. E a voz de Sunitha tem peso crescente na região. Doze anos atrás, teria sido um absurdo pensar que uma jovem trabalhadora social, de pequena estatura e com um pé defeituoso, pudesse ter qualquer impacto sobre os donos de bordéis em Hyderabad. Os grupos de ajuda eram sensatos demais para lidar com o problema. Mas Sunitha corajosamente entrou nas zonas de prostituição e abriu sua própria organização, com o modo de agir típico dos empreendedores sociais. Eles podem ser pessoas difíceis e aparentemente irracionais, mas essas características algumas vezes são exatamente o que os faz ter sucesso.

Sozinha, Sunitha não teria recursos para travar sua campanha contra os bordéis, mas doações americanas a ajudaram e fizeram com que a campanha sur-

Abbas agora trabalha em um abrigo e está tentando encontrar um homem soropositivo, como ela, para se casar. (Nicholas D. Kristof)

tisse maior efeito. Catholic Relief Services, em especial, tem sido um grande apoio aos programas de Sunitha e da Prajwala. Os contatos e as apresentações que Bill Drayton lhe proporcionou, como uma empreendedora Ashoka, também ampliaram sua voz. Esse é um protótipo do tipo de aliança entre o primeiro mundo e o terceiro mundo, que é necessária ao movimento abolicionista.

CAPÍTULO 4

Dominar pelo estupro

A violência é o mecanismo que destrói as mulheres, controla as mulheres, diminui as mulheres e mantém as mulheres em seu suposto lugar.
— EVE ENSLER , *A Memory, a Monologue, a Rant, and a Prayer*

O estupro se tornou endêmico na África do Sul, e por isso uma técnica médica chamada Sonette Ehlers desenvolveu um produto que imediatamente chamou a atenção do país. Ehlers nunca esqueceu uma vítima de estupro que lhe disse em tom desconsolado: "Se ao menos eu tivesse dentes lá embaixo". Algum tempo depois, um homem deu entrada no hospital em que Ehlers trabalha sentindo dores terríveis porque seu pênis estava preso no zíper da calça. Ehlers fundiu essas imagens e criou um produto a que chamou de Rapex. Ele se parece com um tubo, com farpas por dentro. A mulher o insere como se fosse um absorvente interno, com um aplicador, e qualquer homem que tente estuprar essa mulher irá se prender nas farpas e precisará ir até um pronto-socorro para remover o objeto. Quando os críticos reclamaram que essa era uma punição medieval, Ehlers respondeu suscintamente: "Um equipamento medieval para uma ação medieval".

O Rapex é um reflexo da violência com fundo sexual, que está por toda parte no mundo em desenvolvimento, provocando muito mais baixas do que qualquer guerra. As pesquisas sugerem que cerca de um terço de todas as mulheres do mundo enfrentam espancamentos em casa. As mulheres entre 15 e

44 anos têm maior probabilidade de serem mutiladas ou de morrerem devido à violência masculina do que da combinação de câncer, malária, acidente de carro e guerra. Um grande estudo da Organização Mundial de Saúde descobriu que, na maioria dos países, de 30 a 60% das mulheres sofreram violência física ou sexual por parte de marido ou namorado. "A violência contra as mulheres cometida por um parceiro íntimo é um importante fator que contribui para a má saúde feminina", disse o ex-diretor geral da OMS, Lee Jong-Wook.

O estupro causa tamanho estigma que muitas mulheres não dão queixa, e assim os pesquisadores têm dificuldade para chegar a números precisos. No entanto, algumas evidências sugerem que é muito disseminado: 21% das mulheres de Gana relataram em uma pesquisa que sua iniciação sexual foi por estupro, 17% das mulheres nigerianas disseram que tinham sofrido estupro ou tentativa de estupro até os 19 anos de idade, e 21% das mulheres da África do Sul disseram ter sido estupradas antes dos 15 anos.

A violência contra as mulheres também está constantemente mudando. O primeiro ataque documentado com ácido aconteceu em 1967, em uma região que hoje pertence a Bangladesh. Agora, é cada vez mais comum que os homens do sul ou do sudeste da Ásia carreguem ácido sulfúrido e o joguem nas faces das moças ou mulheres que os rejeitarem. O ácido derrete a pele e, algumas vezes, também os ossos; se atingir os olhos, a mulher ficará cega. No mundo da misoginia, essa é a inovação tecnológica.

Essa violência muitas vezes funciona para manter as mulheres submissas. Um impedimento para as mulheres que planejam concorrer a um cargo político eletivo no Quênia é o custo da segurança 24 horas por dia, sete dias por semana. Essa proteção é necessária para impedir que inimigos políticos mandem estuprá-las. Os gângsteres calculam que as candidatas podem ser humilhadas e desacreditadas desse modo. O resultado é que as candidatas quenianas habitualmente carregam facas e vestem diversos conjuntos de cintas para deter, complicar e adiar qualquer tentativa de estupro.

Em muitos países pobres, o problema não está tanto em marginais e estupradores isolados, mas em toda uma cultura de predação sexual. Esse é o mundo de Woineshet Zebene.

Woineshet, uma jovem mulata de pele clara da Etiópia, mantém seu cabelo longo escovado para trás, deixando-o emoldurar um rosto que é quase sempre sério, determinado e estudioso. Ela cresceu em uma área rural onde o rapto e o estupro de moças é uma tradição antiga. Na Etiópia rural, se um jovem deseja uma moça, mas não tem o preço da noiva (o equivalente ao dote, mas pago pelo

Woineshet com seu pai, Zebene, em Adis-Abeba. (Nicholas D. Kristof)

homem), ou se acha que a família dela não o aceitará, ele e vários amigos raptam a moça e ele a estupra. Isso melhora imediatamente sua posição de negociação, porque ela está arruinada e terá dificuldade para se casar com outro homem. Os riscos que ele corre são mínimos, pois os pais da moça nunca processam o estuprador, já que isso iria aumentar o dano à reputação de sua filha e seria entendido pela comunidade como um rompimento com a tradição. De fato, na época do estupro de Woineshet, a lei etíope dizia explicitamente que um homem não poderia ser processado por violar uma mulher ou uma menina, se ele se casasse com ela.

"Existiram muitos casos assim em nossa aldeia", disse o pai de Woineshet, Zebene, que partiu anos atrás para trabalhar como vendedor na capital da Etiópia, Adis-Abeba, retornando de tempos em tempos para visitar sua família. "Eu sabia que era muito ruim para a moça, mas não havia nada a fazer. Todas elas se casavam com o homem... Quando ele fica livre, as pessoas veem e irão repetir esse ato."

Woineshet e o pai estavam sentados na cabana dele, tentando explicar o que tinha acontecido. A cabana fica na periferia de Adis-Abeba, e o barulho do trânsito com carros e ônibus buzinando era um fundo sonoro ruidoso. Havia vizinhos por todos os lados, separados por paredes finas, e Woineshet e o pai falavam em tom baixo para que ninguém ouvisse sobre o estupro da moça. Woineshet mostrava-se reservada, olhando para as mãos e, às vezes, para o pai, enquanto ele tentava explicar que os aldeões não eram pessoas ruins. "O roubo é um ato muito vergonhoso nas aldeias", disse ele. "Se alguém roubar uma cabra, as pessoas irão espancar o ladrão."

Mas tudo bem se raptar uma moça?

"Dá-se mais importância ao crime de roubar uma coisa do que ao crime de roubar uma pessoa", disse Zebene com tristeza. Ele olhou para Woineshet e continuou: "Nunca pensei que isso aconteceria com minha família".

Então Woineshet contou sua história. Continuando a olhar para baixo, ela sentou-se na pequena cabana e, com quieta dignidade, contou o que lhe acontecera enquanto ainda morava na aldeia e era uma garota de 13 anos que estava no oitavo ano.

"Estávamos dormindo quando eles chegaram", disse calmamente. "Talvez fossem 23h. Acho que eles eram mais de quatro. Não havia luz elétrica, mas eles estavam com uma lanterna. Então, arrombaram a porta e me levaram. Nós gritamos, mas ninguém nos ouviu. Ou, pelo menos, ninguém nos socorreu."

Woineshet não conhecia seu raptor, Aberew Jemma, e nunca tinha falado com ele; mas Aberew a notara. Durante dois dias, os raptores espancaram e estupraram a menina. Sua família e um professor foram até a polícia e exigiram que ela fosse resgatada. Quando a polícia se aproximou, a moça fugiu — correndo pelo caminho da aldeia, gritando e coberta de sangue e de hematomas.

Zebene voltou à aldeia, vindo da capital assim que soube do rapto da filha, e não estava disposto a deixar que sua filha amorosa e estudiosa se casasse com o homem que a estuprara. Em Adis-Abeba, ele tinha ouvido comerciais no rádio sobre os direitos femininos transmitidos pela Ethiopian Women Lawyers Association. Tinha visto mulheres na capital trabalhando com autoconfiança, com empregos importantes e desfrutando direitos e alguma igualdade. Assim, Zebene conversou com Woineshet, e ambos decidiram que ela devia se recusar a se casar com Aberew. Tanto o pai quanto a filha são quietos e humildes, mas têm uma vontade resistente; os dois não tendem a voltar atrás. Eles ficaram horrorizados com o que tinha acontecido e se recusaram a ser apaziguados, conforme exigido pela tradição. Ambos decidiram que Woineshet daria queixa do estupro.

Ela andou oito quilômetros até a parada de ônibus mais próxima, esperou dois dias por um veículo e depois suportou a difícil viagem até uma cidade em que havia um centro de saúde. Lá, ela passou por um exame ginecológico feito por uma enfermeira que escreveu em seu registro de saúde: "Ela não é mais virgem... Tem muitos hematomas e arranhões".

Quando a moça voltou à aldeia, os anciãos incentivaram a família a fazer um acordo com Aberew. Querendo evitar uma rixa sangrenta, eles pressionaram

Zebene para que aceitasse algumas vacas e permitisse que a filha se casasse com Aberew. O pai recusou-se a sequer discutir essa transação. Enquanto o impasse persistia, Aberew e sua família ficaram cada vez mais preocupados com a possibilidade de serem processados, então pensaram em uma solução. Aberew raptou Woineshet novamente, levou-a para longe e recomeçou com as surras e estupros, exigindo que ela consentisse com o casamento.

A moça conseguiu escapar, mas foi recapturada durante sua caminhada de três dias para casa. Surpreendentemente, Aberew até a levou para o tribunal local depois de raptá-la, para que ela pudesse ser intimidada a dizer aos agentes do tribunal que queria se casar com ele. Em vez disso, Woineshet — uma garota espancada e pequena, rodeada pelos homens que a ameaçavam — disse ao agente do tribunal que havia sido raptada e implorou para que permitissem que voltasse para casa. O agente, um homem, não queria ouvir uma garota e disse que ela deveria esquecer e se casar com Aberew.

"Mesmo que você volte para casa, Aberew irá atrás de você de novo", disse-lhe o agente. "Assim, a resistência será inútil."

Woineshet estava determinada a não se casar com ninguém ainda, muito menos com um raptor. "Eu queria continuar a estudar", lembrou ela, falando suavemente, mas com muita determinação. Aberew a estava mantendo em uma casa em um conjunto murado, mas uma vez ela conseguiu escalar o muro e fugiu. Todos a viram e ouviram seus gritos, mas ninguém a ajudou.

"As pessoas disseram que eu quebrei a tradição", disse Woineshet com amargura, e ela olhou para cima por um momento. "Eles me criticaram, dizendo que eu tinha fugido. Fiquei furiosa com a atitude deles." Na esperança de continuar viva, mudou-se para a delegacia e foi alojada em uma cela. Assim, a vítima de estupro estava em uma cela e o estuprador estava livre. A polícia acabou por reunir provas, inclusive a porta quebrada da casa de Woineshet e suas roupas rasgadas e ensanguentadas. Eles também reuniram depoimentos das testemunhas, que incluíam muitas pessoas da aldeia. Mas os juízes a quem o caso foi apresentado pensaram que a acusação contra Aberew era um engano. Em uma audiência, o juiz disse a Woineshet: "Ele quer se casar com você. Por que está recusando?"

Por fim, o juiz sentenciou Aberew a 10 anos de prisão. Mas, um mês depois, por razões pouco claras, o juiz o soltou. Woineshet fugiu para Adis-Abeba, onde foi morar na cabana do pai, retomando os estudos.

"Eu decidi partir para um lugar onde ninguém me reconheceria", disse ela. Depois, acrescentou de modo lento e firme: "Nunca vou me casar com ninguém. Não quero lidar com nenhum homem".

A cultura da Etiópia rural pode parecer imune à mudança. Mas Woineshet encontrou apoio em um lugar improvável: americanos indignados, na maioria mulheres, que escreveram cartas raivosas exigindo mudanças no código legal etíope. Elas não podiam desfazer o trauma que Woineshet sofrera, mas o apoio moral era importante para a garota e para o pai — apoiando-os quando praticamente todos a sua volta condenavam a família por não seguir a tradição. Os americanos também forneceram apoio financeiro e uma bolsa de estudos para ajudar Woineshet a continuar seus estudos em Adis-Abeba.

As pessoas que escreveram cartas foram mobilizadas pela Equality Now, uma organização de ajuda com sede em Nova York, que lida com abusos contra mulheres em todo o mundo. Sua fundadora, Jessica Neuwirth, tinha trabalhado na Anistia Internacional e visto como as campanhas de cartas podiam ajudar a libertar prisioneiros políticos. Assim, em 1992, ela fundou a Equality Now. Tem sido uma árdua batalha conseguir doações suficientes para manter suas ações, mas Jessica tem mantido Equality Now com o apoio de anjos da guarda, como Gloria Steinem e Meryl Streep. Hoje, a organização tem uma equipe de 15 pessoas em Nova York, Londres e Nairobi, com um orçamento anual de US$ 2 milhões — apenas uns trocados no mundo da filantropia.

A Equality Now lançou apelos em prol de Woineshet, mas parece improvável que Aberew seja preso novamente. Porém, o exército de pessoas que escreveram cartas pela Equality Now lançou luz suficiente sobre a Etiópia para que o país fosse constrangido a mudar suas leis. Hoje, um homem é responsabilizado pelo estupro mesmo que a vítima concorde em se casar com ele.

Obviamente, isso é apenas uma lei, e nos países mais pobres as leis raramente são obedecidas fora da capital. Algumas vezes, pensamos que os ocidentais investem esforço demasiado em mudar leis injustas, e não o suficiente em mudar a cultura por meio de construção de escolas ou de ajuda a movimentos de base. Mesmo nos Estados Unidos, afinal de contas, o que trouxe direitos iguais aos negros não foram a 13ª, a 14ª ou a 15ª emendas feitas à constituição, aprovadas após a Guerra Civil, mas sim os movimentos de direitos civis surgidos quase cem anos depois. As leis importam, mas, de modo geral, mudar apenas a lei tem pouco efeito. Mahdere Paulos, a mulher dinâmica que coordena a Ethiopian Women Lawyers Association, concorda. A associação faz grande parte de seu trabalho abrindo processos ou fazendo campanhas para mudar as leis, mas Mahdere reconhece que a mudança tem de ocorrer também na cultura, além do código legal.

"A capacitação das mulheres começa com a educação", disse ela. Ela vê o crescimento do número de mulheres que estudam. Cerca de 12.000 mulheres por ano agora são voluntárias na Ethiopian Women Lawyers Association, dando-lhe peso político e legal. A Equality Now trabalha junto com a Ethiopian Women Lawyers Association, e esse é um modelo útil. Nós, no Ocidente, podemos ajudar melhor ao apoiarmos as pessoas locais. E a Ethiopian Women Lawyers Association pode logo ter outra voluntária. Woineshet está no ensino médio, tem boas notas e planeja estudar direito na universidade.

"Se Deus quiser, eu gostaria de atuar em casos de rapto", disse ela com simplicidade. "Se não pude conseguir justiça para mim, conseguirei justiça para outras."

Por trás dos estupros e de outros abusos sofridos pelas mulheres em boa parte do mundo, não é difícil ver algo mais sinistro do que apenas libido e oportunismo, ou seja, sexismo e misoginia.

Como explicar o número tão maior de bruxas queimadas em fogueiras do que magos? Por que o ácido é jogado no rosto das mulheres, mas não no dos homens? Por que as mulheres têm uma probabilidade tão maior do que os homens a serem despidas e humilhadas sexualmente? Por que, em muitas culturas, os homens idosos são respeitados como patriarcas, enquanto as mulheres idosas são levadas para fora da aldeia e deixados para morrer de sede ou comidas por animais selvagens? Admitamos, nas sociedades em que esses abusos ocorrem, os homens também sofrem mais violência do que os homens dos Estados Unidos, mas a brutalidade infligida às mulheres é especialmente disseminada, cruel e fatal.

Essas atitudes estão enfronhadas na cultura e só mudarão com educação e liderança local. Mas os estrangeiros têm um papel de apoio a desempenhar também, em parte, ao divulgar essas atitudes retrógradas em um esforço de quebrar o tabu que muitas vezes existe. Em 2007, os senadores Joseph Biden e Richard Lugar apresentaram pela primeira vez o International Violence Against Women Act, que será reapresentado anualmente até que se transforme em lei. O projeto de lei prevê US$ 175 milhões por ano em ajuda externa para tentar impedir assassinatos em defesa da honra, noivas queimadas, mutilação genital, ataques com ácido, estupros em massa e violência doméstica. O projeto também cria um Office of Women's Global Initiatives, no departamento da secretaria de Estado, e um Women's Global Development Office, na Agência dos Estados Unidos para o Desenvolvimento Internacional (USAID). Os dois órgãos pressionariam para tornar prioridade toda a violência baseada em sexo. Mesmo com todo o nosso ceticismo em relação a leis, consideramos que, como a legislação de 2000, que exige relatórios anuais sobre o tráfico humano no exterior, essa nova lei teria um efeito real e cumulativo em todo o mundo. Por si só, não resolveria nenhum problema completamente, mas poderia fazer uma diferença para meninas como Woineshet.

Quando se fala sobre misoginia e violência baseada em sexo, seria fácil cair na armadilha de que os homens são os vilões. Mas isso não é verdade. Realmente, muitas vezes os homens são brutais com as mulheres. Mas são mulheres que costumam gerenciar os bordéis nos países pobres, são mulheres que garantem que os genitais de suas filhas sejam cortados, são mulheres que alimentam os filhos antes de alimentar as filhas, e que levam os filhos, mas não as filhas, para serem vacinados. Um estudo sugere que as mulheres estavam envolvidas, juntamente com os homens, em um quarto dos estupros por gangues na guerra civil de Serra Leoa. De modo geral, as combatentes atraíam uma vítima até o local do estupro e depois a seguravam enquanto ela era estuprada pelos homens. "Nós as capturávamos e as segurávamos", explicou uma ex-combatente. A autora do estudo, Dara Kay Cohen, cita evidências de Haiti, Iraque e Ruanda para sugerir que a participação feminina na violência sexual em Serra Leoa não foi uma anomalia. Ela afirma que o estupro por gangues nas guerras civis não tem a ver com gratificação sexual, mas é um modo para que as unidades militares — inclusive as mulheres que delas participam — estreitem seu vínculo interno, ao se envolverem em violência brutal contra as mulheres.

O infanticídio feminino persiste em vários países, e muitas vezes são as mães que matam suas filhas. O Dr. Michael H. Stone, um professor de psiquiatria clínica na Universidade de Colúmbia e especialista em infanticídio, conseguiu dados sobre mulheres paquistanesas que mataram suas filhas. Ele descobriu que elas, geralmente, agem assim porque os maridos ameaçam se divorciar, caso elas fiquem com a filha. Por exemplo, uma mulher chamada Shahnaz envenenou a filha para evitar que o marido se divorciasse dela. Perveen envenenou a filha depois de o sogro espancá-la porque ela dera à luz uma menina. Algumas vezes, mulheres no Paquistão ou na China matam suas filhas recém-nascidas simplesmente porque dão menos prestígio do que os filhos. Rehana afogou a filha porque "as meninas não trazem sorte".

Em relação ao espancamento de esposas, uma pesquisa descobriu que 62% das mulheres de uma aldeia indiana apoiavam esse ato. E ninguém abusa sistematicamente das jovens esposas com mais crueldade do que as sogras, que agem como matriarcas da família em boa parte do mundo e se encarregam de disciplinar as mulheres mais jovens. A experiência de Zoya Najabi, uma mulher de 21 anos de uma família de classe média de Cabul, no Afeganistão, é um bom exemplo. Ela chegou para a entrevista usando *jeans* com flores bordadas e parecia mais uma americana do que uma afegã. A menina estudou até o nono ano, mas, depois de seu casamento aos 12 anos com um garoto de 16 anos, foi submetida a constante punição física.

"Não só meu marido, mas seu irmão, sua mãe e sua irmã; todos me batiam", lembrou Zoya indignada, falando em um abrigo em Cabul. Ainda pior, eles a puniam por não fazer corretamente o trabalho doméstico, prendendo-a em um balde e depois mergulhando-a no poço, deixando-a com muito frio, sem ar e quase afogada. O pior momento foi quando a sogra a espancou e ela, sem pensar, reagiu.

Reagir a uma sogra é um pecado imenso. Primeiro, o marido de Zoya pegou um fio elétrico e bateu na esposa até que ela ficasse inconsciente. Então, no dia seguinte, o sogro amarrou os pés dela e deu uma vara à sogra, que chicoteou as solas dos pés da menina.

"Bateram tanto em meus pés até ficarem igual iogurte", disse Zoya. "Todos os meus dias eram infelizes, mas esse foi o pior."

"Esses espancamentos costumam acontecer porque os maridos não estudaram e são ignorantes", disse ela. "Mas também acontecem quando a esposa não cuida direito do marido ou não é obediente. Então, é correto bater na esposa."

Zoya sorriu um pouco quando viu o choque em nossos rostos. Ela explicou com paciência: "Eu não devia ter apanhado porque sempre fui obediente e fazia o que meu marido dizia. Mas, se a esposa for realmente desobediente, é claro que o marido tem de bater nela".

Em resumo, as próprias mulheres absorvem e transmitem esses valores, do mesmo modo que os homens. Esse não é um mundo organizado de homens tirânicos e mulheres vitimadas, mas um reino confuso de costumes sociais opressivos seguidos por homens e mulheres. Como dissemos, as leis

Zoya Najabi em um abrigo no Afeganistão, depois de fugir da família do marido. (Nicholas D. Kristof) podem ajudar, mas o maior desafio é mudar o modo de pensar. E talvez o melhor meio de combater tradições sufocantes seja a educação. Por meio de escolas, como uma de nossas favoritas em um local remoto do Punjab, no Paquistão, dirigida por uma das mulheres mais extraordinárias do mundo.

A escola de Mukhtar

Os agentes de mudança mais eficazes não são os estrangeiros, mas as mulheres locais (e também alguns homens) que dão força ao movimento — mulheres como Mukhtar Mai.

Mukhtar cresceu em uma família de camponeses na aldeia de Meerwala, no sul do Punjab. Quando as pessoas perguntam a idade dela, ela fala algum número, mas a verdade é que não tem ideia de quando nasceu. Mukhtar nunca foi à escola porque não havia escola para meninas em Meerwala; ela passava os dias ajudando nas tarefas domésticas.

Então, em julho de 2002, seu irmão mais novo, Shakur, foi raptado e estuprado por membros de um clã de *status* mais elevado, os Mastoi (no Paquistão, os estupros de garotos por homens heterossexuais não são incomuns e são menos estigmatizados do que os estupros de meninas). Shakur tinha 12 ou 13 anos na época. Depois do estupro, os Mastoi ficaram com medo da possibilidade de serem punidos. Por isso, eles se recusaram a liberar Shakur e ocultaram seu crime acusando-o de ter tido relações sexuais com uma garota Mastoi, Salma. Como os Mastoi tinham acusado Shakur de relações sexuais ilícitas, o conselho tribal da aldeia, dominado pelos Mastoi, realizou uma reunião. Mukhtar compareceu em nome da família para se desculpar e tentar acalmar os ânimos. Uma multidão se reuniu ao redor de Mukhtar, inclusive homens Mastoi, armados com revólveres, e o conselho tribal concluiu que um pedido de desculpas de Mukhtar não seria o bastante. Para punir Shakur e sua família, o conselho sentenciou Mukhtar a ser estuprada por um grupo de homens. Quatro homens a arrastaram, enquanto ela gritava e implorava, até um estábulo vazio próximo à área da reunião. Enquanto a

Mukhtar Mai, quando a conhecemos, com alunos em sua escola. (Nicholas D. Kristof)

multidão esperava, eles a despiram e a estupraram no chão de terra, um depois do outro.

"Eles sabem que uma mulher humilhada desse modo não tem outro recurso a não ser o suicídio", escreveu Mukhtar posteriormente. "Eles nem precisam usar suas armas. O estupro mata."

Depois de cumprir a sentença, os estupradores empurraram Mukhtar para fora do estábulo e a obrigaram a caminhar até sua casa, quase nua, diante de uma multidão barulhenta. Ao chegar à sua casa, ela se preparou para fazer o que qualquer camponesa paquistanesa faria nessa situação: matar-se. O suicídio é a forma como se espera que uma mulher limpe a si mesma e a sua família da vergonha. Mas a mãe e o pai de Mukhtar a mantiveram sob guarda e impediram esse ato. Depois, um líder muçulmano local — um dos heróis desta história — falou em favor dela nas preces de sexta-feira e denunciou o estupro como um insulto ao islã.

Conforme os dias se passavam, o sentimento de Mukhtar passou da humilhação para a raiva. Por fim, ela fez algo revolucionário: foi à polícia e deu queixa de estupro, exigindo uma investigação. Os policiais, um pouco surpresos, prenderam os atacantes. O então presidente Pervez Musharraf ficou sabendo do caso e ficou com pena, enviando a Mukhtar o equivalente a US$ 8.300, como forma de compensação. Mas, em vez de usar o dinheiro para si mesma, Mukhtar decidiu investi-lo no que a aldeia mais precisava — escolas.

"Por que eu deveria ter gastado o dinheiro comigo?", disse a Nick quando ele visitou Meerwala pela primeira vez. "Deste modo, o dinheiro está ajudando todas as moças, todas as crianças." Durante essa primeira visita, Mukhtar ficou em segundo plano. Quando seu pai cumprimentou Nick e o convidou a entrar, Nick precisou de algum tempo para identificar Mukhtar. O pai e os irmãos de Mukhtar eram os únicos a falar, e Mukhtar era simplesmente uma das várias mulheres que ouviam caladas. Ela cobria o rosto com uma echarpe, e ele só conseguia ver seus olhos, queimando com intensidade. Todas as vezes em que Nick fazia uma pergunta a Mukhtar, o irmão mais velho respondia.

"Então, Mukhtar, por que você usou o dinheiro para abrir uma escola?"

"Ela abriu uma escola porque acredita na educação."

Depois de algumas horas, a novidade de ter um americano na escola de Mukhtar deixou de chamar atenção, e os homens ficaram inquietos e saíram para realizar suas atividades. Finalmente, a própria Mukhtar começou a falar, com a voz abafada pela echarpe. Ela falava apaixonadamente sobre sua crença na qualidade redentora da educação e de sua esperança de que homens e mulheres nas aldeias pudessem viver juntos em harmonia, se fossem instruídos. O melhor modo de superar o que provocou seu estupro, disse ela, era difundir a educação.

A polícia estava de guarda na casa de Mukhtar, supostamente para protegê-la, e ouviu toda a entrevista. Depois, Mukhtar levou Nick para outro local para pedir ajuda. "A polícia está roubando minha família", disse com raiva. "Eles não estão ajudando, e o governo se esqueceu de mim. Fizeram promessas de ajudar na escola, mas nada foi feito." A Escola para Moças Mukhtar Mai ficava perto da casa e Mukhtar tinha se matriculado em sua própria escola, sentando-se ao lado das meninas menores e aprendendo a ler e a escrever com elas. Mas a escola estava inacabada e o dinheiro estava terminando.

Os textos de Nick sobre Mukhtar (que, na época, usava uma variação de seu nome, Mukhtaran Bibi) arrecadaram US$ 430.000 em contribuições dos leitores, encaminhadas por meio do Mercy Corps, um grupo de ajuda que trabalha no Paquistão. Mas também provocou pressão do governo. O presidente Musharraf inicialmente admirava a coragem de Mukhtar, mas ele queria que o Paquistão fosse conhecido pela economia em ascensão, e não por estupros bárbaros. Os comentários públicos de Mukhtar — inclusive sua insistência sobre o estupro de mulheres pobres ser um problema sistêmico — o envergonhavam. Assim, os serviços de inteligência começaram a pressionar Mukhtar para que ela se calasse. Ela se recusou a fazer isso e o governo deu-lhe um sinal de alerta: os policiais receberam ordem para libertar os homens que tinham sido condenados por estuprá-la. Mukhtar caiu em lágrimas.

"Temo por minha vida", ela nos disse ao telefone naquela noite. Ainda assim, ela não desistiu e sua resposta foi pedir que o governo paquistanês desse mais atenção aos direitos das mulheres. Mukhtar continuou com seus planos de visitar os Estados Unidos e falar em uma conferência sobre as mulheres. Então, o presidente Musharraf, conforme ele mesmo disse, colocou-a na "lista de controle de saída" – uma lista negra dos paquistaneses impedidos de sair do país. Mukhtar denunciou o governo paquistanês por fazer isso e se recusou a ser intimidada. Então, os serviços de inteligência a colocaram sob prisão domiciliar e cortaram sua linha telefônica. Mas ela ainda podia subir no telhado e conseguir um sinal fraco por meio do celular, e fez isso para nos descrever como a polícia, que devia protegê-la, agora a tinha sob mira.

Enfurecido com a atitude desafiadora de Mukhtar, Musharraf ordenou que ela fosse raptada (ou, como ele disse, usando um eufemismo, levada para a capital). Agentes da inteligência colocaram Mukhtar em um carro e um comboio a levou até Islamabad, onde ela foi furiosamente confrontada.

"Você traiu seu país e ajudou nossos inimigos!", disse-lhe o agente. "Você envergonhou o Paquistão diante do mundo." Depois, os agentes da inteligência levaram Mukhtar, que soluçava amargamente, para uma casa blindada, onde ela não podia ter contato com ninguém. Enquanto tudo isso estava ocorrendo, o ministro do exterior do Paquistão estava visitando a Casa Branca e ouviu o presidente George W. Bush elogiar publicamente a "corajosa liderança" do presidente Musharraf.

A publicidade sobre o assédio paquistanês a Mukhtar era constrangedora para a administração Bush e, por isso, a secretária de estado, Condoleezza Rice, ligou para o ministro do exterior do Paquistão e lhe disse que isso tinha de acabar. As autoridades soltaram Mukhtar. Os assessores de Musharraf propuseram que, quando a tempestade amainasse, os agentes paquistaneses acompanhassem Mukhtar a uma visita rigidamente supervisionada aos Estados Unidos, onde ela enfatizaria o bom trabalho do governo paquistanês. Mukhtar se recusou. "Só desejo ir se for em liberdade", disse ela. Mukhtar também reclamou publicamente que seu passaporte havia sido confiscado. Logo, Musharraf devolveu o passaporte e permitiu que ela visitasse os Estados Unidos sem escolta.

Agindo assim, Musharraf havia transformado Mukhtar em uma celebridade. Ela foi convidada para ir à Casa Branca e ao Departamento de Estado, e o ministro do exterior francês discutiu assuntos internacionais com ela. A revista *Glamour* levou Mukhtar de primeira classe para Nova York para homenageá-la como a "mulher do ano" em um banquete, no qual foi apresentada por alguém de quem nunca ouvira falar — Brook Shields. Laura Bush fez um tributo em vídeo, dizendo: "Por favor, não suponham que esta é apenas uma história comovente. Mukhtaran prova que uma mulher realmente pode mudar o mundo".

Nessa visita, Mukhtar sentou-se em sua suíte de hotel no Central Park West, meio zonza com as atenções e o luxo e com muita saudade de Meerwala. Ela se preocupava com o que poderia acontecer às alunas de sua escola durante sua ausência. Ela achava as entrevistas cansativas, em parte porque os repórteres não estavam interessados na escola, mas apenas no estupro. Eles só perguntavam: "Como foi ser estuprada por vários homens?". Mukhtar esteve em uma entrevista desastrosa no noticiário matinal da CBS no qual lhe perguntaram sobre isso. Mukhtar respondeu indignada: "Eu realmente não quero falar sobre isso....". Houve um silêncio constrangedor.

Durante a visita aos Estados Unidos, Mukhtar foi continuamente convidada por pessoas importantes para jantar em restaurantes da moda, mas continuava pedindo comida paquistanesa *delivery*. Ativistas diziam a Mukhtar como seus governos ou grupos de ajuda eram ativos no Paquistão, mas ela perguntava: "Onde vocês operam no Paquistão?". A resposta sempre era: Islamabad, Karachi, Lahore. Mukhtar sacudia a cabeça e dizia: "O interior precisa de ajuda. Vão para as aldeias e trabalhem lá".

A própria Mukhtar vivia por esse credo. Voluntários simpatizantes insistiam para que ela mudasse para Islamabad, onde estaria segura. Mas ela se recusava a falar sobre isso. "Meu trabalho é na minha aldeia", disse ela quando tocamos no assunto. "É lá que as necessidades estão. Tenho medo, mas vou cumprir meu destino. Ele está nas mãos de Deus."

Quem comparecia aos eventos em que Mukhtar era homenageada via uma mulher tímida com uma echarpe na cabeça, e que recebia uma ovação após a outra (quando apareceu na *Glamour*, ela bateu o recorde da revista em relação à porcentagem de pele coberta). Mas a paixão de Mukhtar sempre foi a escola e a sua aldeia, e a maior parte de seu trabalho não era nada glamoroso.

Por duas vezes, Nick foi palestrante em formaturas na escola de Mukhtar, e a cerimônia era algo digno de se ver. Mais de mil estudantes, pais e parentes se reuniam em uma grande tenda erguida em um campo e assistiam aos alunos cantarem e representarem contra espancamento de esposas ou casamento precoce. O clima era festivo e até mesmo os filhos de alguns dos estupradores de Mukhtar participavam. As meninas tinham acessos incongruentes de riso, quando fingiam ser espancadas por seus maridos. Mas a mensagem constante era para que os pais mantivessem as meninas na escola, e essa era uma obsessão de Mukhtar.

Ela estava especialmente determinada a impedir que Halima Amir, uma de suas alunas do quinto ano, fosse tirada da escola para se casar. Halima tinha 12 anos, era alta, magra e tinha cabelos longos e negros; ela estava noiva desde os sete anos de um menino cinco anos mais velho.

"Eu o vi uma vez", disse Halima sobre seu noivo, As-Salam. "Nunca falei com ele. Eu não o reconheceria se o visse de novo. Não quero me casar agora." Halima tinha sido a primeira de sua classe no ano anterior, e sua matéria favorita era inglês. Seu noivo era analfabeto. Mas seus pais se preocupavam porque estava chegando à puberdade e queriam que ela se casasse antes de poder se apaixonar por outra pessoa e as pessoas começassem a fofocar — ou que ela danificasse seu bem mais valioso, seu hímen. Várias vezes, Mukhtar foi até a casa da aluna, implorando para que os pais a mantivessem na escola. O drama estava acontecendo durante uma das visitas de Nick à escola. Por isso na viagem seguinte, ele perguntou sobre Halima.

"Ela não está mais aqui", explicou outra aluna. "Os pais arranjaram um casamento para ela. Eles esperaram até que Mukhtar estivesse viajando e aí tiraram Halima da escola e a casaram. Agora, ela mora muito longe daqui." Nem toda batalha termina com vitória.

Com a ajuda das contribuições que as pessoas lhe enviaram, Mukhtar expandiu suas atividades. Ela construiu uma escola de ensino médio para moças e também começou a administrar uma escola para meninos. Ela conseguiu um rebanho de vacas leiteiras para obter renda para sustentar as escolas. Comprou uma perua escolar, que também funciona como ambulância para levar mulheres grávidas a um hospital quando chega a hora do parto. Construiu outra escola em uma área controlada por gânsgsteres, onde nem o governo ousava entrar — e os gângsteres, em vez de roubarem a escola, matricularam seus filhos nela. Ela convenceu o governo da província a construir uma faculdade feminina para absorver as formandas do ensino médio.

Mukhtar aceita voluntários para ensinar inglês em suas escolas e lhes dá moradia e alimentação gratuitas, desde que se comprometam a ficar alguns meses. Não podemos imaginar uma experiência de aprendizado mais rica. Ela também fundou seu próprio grupo de ajuda, a Mukhtar Mai Women's Welfare Organization, que tem uma linha de emergência que funciona 24 horas para mulheres espancadas, uma clínica gratuita, uma biblioteca pública e um abrigo para vítimas de violência. Isso foi necessário porque, conforme a fama de Mukhtar se difundia — em parte por meio de um programa semanal de TV que ela lançou —, mulheres de todo o país começaram a aparecer na casa dela. Elas chegavam de ônibus, a pé, de táxi ou de riquixá — e muitas vezes nem tinham dinheiro para pagar o motorista. Os motoristas de riquixá perceberam que, se chegassem à casa de Mukhtar com uma mulher chorando, a ativista iria pagar a corrida. Então, ela usou sua fama para pressionar a polícia, os jornalistas e os advogados a ajudarem as vítimas. Ela não falava de modo sofisticado nem culto, mas foi incansável e eficaz. E, quando as mulheres vinham até ela com o rosto destruído por ataques de ácido ou com o nariz cortado — uma punição tradicional para mulheres "ruins" ou "perdidas" —, Mukhtar conseguia cirurgia plástica.

A própria Mukhtar mudou com o passar do tempo. Ela aprendeu a falar urdu e se tornou fluente. Quando visitamos Meerwala pela primeira vez, ela pedia permissão ao pai ou ao irmão mais velho a cada vez que saía de casa. Isso ficou menos viável quando ela recebia embaixadores, e começou a sair sem permissão. Isso ofendeu seu irmão mais velho (o pai e o irmão mais novo a admiram demais e não se incomodaram), e causou tensão à família. Em certo ponto, o irmão mais velho ameaçou matá-la se ela não fosse mais obediente. O fato de as mulheres desamparadas chegarem à casa de Mukhtar, onde comiam o alimento da família e competiam pelo uso do banheiro, também não ajudava. Mas o irmão mais velho se acalmou, pois também se comovia com as histórias das visitantes. Embora a contragosto, ele admite que a irmã faz um trabalho extraordinário e que os tempos estão mudando.

Mukhtar sempre costumava cobrir totalmente o rosto e o cabelo, deixando apenas uma fenda para olhar. Nos banquetes em que foi homenageada nos Estados Unidos, os homens precisavam ser avisados para não apertar a mão dela, nem abraçá-la, nem — o mais escandaloso — dar um beijo em seu rosto. Depois de um ano mais ou menos, Mukhtar passou a ter menos restrições em relação ao lenço no cabelo e começou a apertar as mãos dos homens. Sua fé ainda é incrivelmente importante para ela, mas percebe que o mundo não vai acabar se o lenço cair.

Conforme a fama de Mukhtar aumentava, o governo começou a pressionar. O presidente Musharraf ainda estava zangado com ela por "envergonhar" o Paquistão, e o serviço secreto perseguiu a ela e aos que a apoiavam. Um mandado de prisão foi emitido contra um dos irmãos da paquistanesa com acusações claramente falsas. Por algum tempo, o governo paquistanês nos negou vistos, porque tínhamos apoiado o caso dela e éramos próximos a ela. A inteligência plantou artigos nos jornais de idioma urdu, acusando Mukhtar de extravagância (totalmente falso) ou de ser um fantoche para indianos e para Nick em seus supostos esforços para prejudicar o Paquistão. Alguns paquistaneses de classe alta, embora inicialmente simpáticos a Mukhtar, zombavam dela por ser uma camponesa inculta e ficavam desconfortáveis com o modo que era tratada como celebridade no exterior. Eles acreditaram ingenuamente no boato de que ela apenas queria dinheiro e publicidade, e nos pediram para nos concentrarmos não em Mukhtar, mas no trabalho dos médicos e advogados nas cidades. "Mukhtar tem boa intenção, mas é apenas uma camponesa", disse um paquistanês desdenhosamente. Todos os boatos magoaram profundamente a mulher.

"Minha vida e morte estão nas mãos de Deus", disse ela, como já tinha dito antes. "Isso não me incomoda. Mas por que o governo continua a me tratar como se eu fosse uma mentirosa e criminosa?"

"Pela primeira vez, sinto que o governo tem um plano para lidar comigo", continuou Mukhtar. O plano, disse ela, era matá-la ou prendê-la ou criar um escândalo para desacreditá-la.

Certa vez, um policial alertou-a de que, se não cooperasse, o governo a prenderia por ter relações sexuais ilícitas. Relações sexuais? Em todas as noites, havia aproximadamente 12 mulheres abrigadas junto com Mukhtar no chão de seu quarto (ela dera a cama para Naseem Akhtar, sua assistente). O presidente Musharraf até enviou um aviso por um ajudante a Amna Buttar, uma corajosa médica paquistanesa-americana que estava planejando acompanhar Mukhtar em uma visita a Nova York: Mukhtar deveria controlar sua língua nos Estados Unidos, porque o governo paquistanês podia contratar bandidos locais para matá-la e fazer com que parecesse um roubo. Buttar nos informou do aviso.

Naseem nos disse: "Quero que saibam que não importa o modo como morrermos, mesmo que pareça um acidente, não é. Então, se morrermos em um acidente de trem, ou de carro, ou em um incêndio, contem ao mundo que não foi de fato um acidente".

A coragem de Mukhtar está tendo um impacto; ela tem mostrado que os grandes empreendedores sociais não vêm apenas das fileiras dos privilegiados. Os estupros costumavam ser comuns na zona rural do Paquistão porque não havia nada que os desestimulasse. Mas Mukhtar mudou o paradigma, e as mulheres e moças começaram a lutar e a ir à polícia.

Em 2007, um caso parecido com o de Mukhtar aconteceu em uma aldeia chamada Habib Labano. Um jovem fugiu com sua namorada de casta elevada, insultando a família da moça. Então, um conselho da alta casta resolveu vingar-se em uma garota de 16 anos, Saima, que era prima do jovem. Onze homens a raptaram e a fizeram desfilar nua pela aldeia. Depois, sob ordens do conselho, dois homens a estupraram.

Inspirada por Mukhtar, Saima não se matou. Em vez disso, sua família buscou justiça. Saima fez um exame médico que confirmou o estupro, e grupos de ajuda movimentaram-se para ajudá-la. Depois de um protesto que bloqueou uma estrada, as autoridades despediram dois policiais e prenderam cinco suspeitos de hierarquia mais baixa. Não foi exatamente justiça, mas foi um avanço. Estuprar moças pobres nem sempre é algo livre de punições, como no passado, e assim os estupros parecem ter diminuído consideravelmente no sul do Punjab. Não há dados, mas os habitantes das aldeias dizem que os estupros costumavam ser comuns, e agora são raros.

Mukhtar hoje em sua escola, que continua a se expandir. (Nicholas D. Kristof)

Mukhtar também inspirou outras pessoas a promoverem mudanças, criando ecos de si mesma. Farooq Leghari é um homem grande, um policial durão que fala inglês e que foi endurecido pelo serviço em algumas das áreas mais difíceis do Paquistão. Em uma longa conversa no posto policial que ele comanda, Farooq falou do domínio pelo medo e de espancar suspeitos para fazê-los confessar. Tudo que ele conhecia era a lei da selva e, então, foi enviado a Meerwala para ser o policial-chefe da vigilância a Mukhtar. Ele foi tocado por Mukhtar e seu compromisso com os pobres e os desamparados. Desse modo, passou a admirá-la profundamente.

"É uma sensação espiritual", ele lembrou. "Fico muito feliz quando vejo Mukhtaran Bibi indo para o exterior, quando abre escolas ou abrigos." Conforme Farooq era tocado pelo trabalho da mulher, ele ficava cada vez mais incomodado com as ordens de seus superiores para espioná-la e assediá-la. Quando os superiores zombaram de Farooq por proteger Mukhtar, ele falou aos chefes sobre o trabalho maravilhoso dela. Então, foi abruptamente transferido para um posto policial distante. Farooq continuou a denunciar publicamente a perseguição a Mukhtar. Nós lhe perguntamos por que ele arriscou sua carreira para proteger uma mulher que deveria ter punido.

"Tenho sido um policial ruim", disse ele. "Para pessoas ruins, é verdade, mas eu fui mau. Um dia, eu estava pensando: já fiz algo bom em minha vida? Bem, agora tenho uma chance vinda de Deus para fazer algo bom. Ela está ajudando as pessoas e eu devo ajudar Mukhtaran Bibi. Tenho de fazer algo bom. É por isso que, apesar dos perigos para a minha vida e minha carreira, eu apoio Mukhtaran Bibi."

Farooq disse que suas avaliações agora são muito negativas e que sua carreira policial está praticamente encerrada. Ele temia ser assassinado. Mas, ao vigiar Mukhtar, encontrou um novo propósito na vida: proteger as mulheres pobres das aldeias e falar por elas.

Depois que o governo de Musharraf caiu, em 2008, as operações de Mukhtar ficaram menos tensas. Os serviços de inteligência começaram a espionar terroristas, em vez de Mukhtar. Os espiões paquistaneses não nos seguiam mais quando ela nos levava às aldeias próximas. O governo parou de pressioná-la e os perigos diminuíram um pouco, permitindo que Mukhtar aumentasse suas atividades. Em 2009, ela casou-se com um policial que há muito pedia sua mão. Tornou-se a segunda esposa dele e transformou-se em um emblema estranho dos direitos femininos, mas o casamento só foi realizado depois de a primeira esposa convencer Mukhtar de que era isso que ela realmente desejava. Foi mais um capítulo incomum em uma vida incomum. Esta mulher inculta, de uma pequena aldeia, tinha enfrentado o presidente do país e um comandante do exército e, depois de anos suportando ameaças e pressões, viu-se livre dele. Ela pegou uma sórdida história de vitimação e, por meio de sua extraordinária coragem e visão, tornou-se uma inspiração para todos nós.

CAPÍTULO 5

A vergonha da "honra"

Se um homem tomar uma mulher por esposa e, após ter coabitado com ela, vier a desprezá-la, atribuir-lhe coisas escandalosas e contra ela divulgar má fama, dizendo: "Tomei esta mulher e, quando verifiquei, não achei nela os sinais da virgindade". O pai e a mãe da moça estenderão os lençóis [em que o casal dormiu] diante dos anciãos da cidade. Se, porém, esta acusação for confirmada, não se achando na moça os sinais da virgindade, a moça será levada à porta de seu pai e os homens da sua cidade a apedrejarão até a morte.
— DEUTERONÔMIO 22: 13–21

Dentre todas as coisas que as pessoas fazem em nome de Deus, matar uma moça porque ela não sangrou em sua noite de núpcias é uma das mais cruéis. No entanto, o hímen — frágil, raramente visto e praticamente inútil — continua a ser um objeto de adoração em muitas religiões e sociedades de todo o mundo, como um sinal de honra. Não importa qual seja o preço do ouro, um hímen é infinitamente mais valioso. Frequentemente, vale mais do que uma vida humana.

O culto da virgindade tem sido excepcionalmente difundido. Não só a Bíblia aconselha a apedrejar até a morte as moças que não sangrem nos lençóis nupciais, mas Sólon, o grande legislador da antiga Atenas, prescreveu que nenhum ateniense poderia ser vendido como escravo, exceto uma mulher que perdesse a virgindade antes do casamento. Na China, um ditado neoconfuciano da dinastia Song declara: "Que uma mulher morra de fome é um pequeno contratempo, mas que ela perca a castidade é uma calamidade".

Essa dura visão se dissipou na maior parte do mundo, mas continua a existir no Oriente Médio, e essa ênfase na honra sexual é hoje uma importante causa da violência contra as mulheres. Algumas vezes, isso toma a forma do estupro porque — como aconteceu com Mukhtar — muitas vezes o modo mais simples de punir uma família rival é violar a filha. Algumas vezes, isso toma a forma de um crime de honra, no qual uma família mata uma de suas filhas porque ela se comportou de modo pouco discreto ou se apaixonou por um homem (muitas vezes, não há provas de que tenham feito sexo e as autópsias das vítimas de crimes de honra frequentemente revelam que o hímen estava intacto). O paradoxo dos crimes de honra é que as sociedades com os códigos morais mais rígidos terminam sancionando um comportamento que é supremamente imoral: o assassinato.

Du'a Aswad era uma bela moça curda que vivia no norte do Iraque. Tinha 17 anos quando se apaixonou por um rapaz árabe do grupo sunni. Uma noite, ela ficou com ele. Ninguém sabe se eles realmente dormiram juntos, mas a família dela achou que isso tinha acontecido. Quando Du'a voltou, na manhã seguinte, ela viu a raiva em sua família e buscou abrigo na casa de um ancião da tribo, mas os líderes religiosos e seus próprios familiares insistiram que ela deveria morrer. Então, oito homens invadiram a casa do ancião e a arrastaram para a rua, enquanto uma grande multidão se formava ao redor deles.

Os crimes de honra são ilegais no Curdistão iraquiano, mas forças de segurança estavam presentes quando Du'a foi atacada e não interferiram. Pelo menos 1.000 homens participaram do ataque. Tantos homens na multidão fizeram videoclipes com seus celulares que é possível achar na *internet* várias versões do que aconteceu.

Du'a foi jogada no chão e sua saia preta foi rasgada para humilhá-la. Seu cabelo longo e espesso ficou solto sobre seus ombros. Ela tentou se levantar, mas os homens a chutaram como se fosse uma bola de futebol. Nervosa, ela tentou se defender dos golpes, levantar-se, cobrir-se, procurando um rosto solidário na multidão. Então, os homens pegaram pedras e blocos de concreto e os jogaram sobre ela. A maioria rolou para longe, mas ela começou a sangrar. Algumas das pedras atingiram sua cabeça. Du'a demorou 30 minutos para morrer.

Quando ela estava morta e não podia mais sentir vergonha, alguns homens na multidão cobriram as pernas e a parte inferior do corpo dela. Isso pareceu um gesto hipócrita de retidão, como se a obscenidade fosse o corpo nu de uma adolescente, e não seu cadáver ensanguentado.

O Fundo de População das Nações Unidas estimou que ocorrem 5.000 crimes de honra por ano, quase todos nas regiões muçulmanas (o governo paquistanês descobriu 1.261 crimes de honra apenas em 2003). Mas essa estimativa parece baixa demais porque muitas das execuções são disfarçadas como acidentes ou suicídios. Nossa estimativa é de que pelo menos 6.000, e provavelmente mais, crimes de honra ocorram por ano em todo o mundo.

De qualquer modo, esse número nem começa a demonstrar o alcance do problema, porque não inclui o que poderia ser chamado de estupros por honra — aqueles estupros que têm o objetivo de desgraçar a vítima ou punir seu clã. Em genocídios recentes, o estupro tem sido usado sistematicamente para aterrorizar alguns grupos étnicos. O estupro em massa é tão eficaz quanto massacrar povos, mas não deixa corpos que possam provocar manifestações de direitos humanos. E o estupro tende a minar as estruturas tribais dos grupos visados, porque os líderes perdem a autoridade quando não conseguem proteger as mulheres. Em resumo, o estupro transforma-se em uma arma de guerra nas sociedades conservadoras, exatamente porque a sexualidade feminina é tão sagrada. Os códigos de honra sexual, nos quais as mulheres são valorizadas com base em sua castidade, ostensivamente protegem as mulheres, mas na realidade criam um ambiente no qual elas são sistematicamente desrespeitadas.

Em Darfur, gradualmente ficou claro que as milícias janjaweed, apoiadas pelos sudaneses, procuravam e estupravam em grupo mulheres de três tribos africanas; depois, cortavam suas orelhas ou as mutilavam de outras maneiras para marcá-las para sempre como vítimas de estupro. Para impedir que o mundo exterior soubesse, o governo sudanês punia as mulheres que denunciavam os estupros ou procuravam tratamento médico. Quando Hawa, uma estudante, foi estuprada em grupo e espancada pelos janjaweed fora do acampamento kalma, seus amigos a levaram a uma clínica dos Doctors of the World, um grupo de ajuda. Duas enfermeiras francesas imediatamente começaram a tratar de seus ferimentos, mas vários caminhões com policiais invadiram a clínica, empurraram as enfermeiras francesas, que tentaram resistir, e atacaram Hawa. Eles a arrastaram para fora da clínica e a carregaram para a prisão, onde ela foi acorrentada por um braço e uma perna a um catre.

Qual foi seu crime? Relações sexuais. Ao procurar tratamento, ela estava reconhecendo que havia praticado sexo antes do casamento, e não havia indicado quatro homens muçulmanos adultos como testemunhas oculares que provassem que havia sido estuprada. O Sudão também impediu que grupos de ajuda levassem a Darfur kits profiláticos de pós-exposição, que reduzem em muito o risco de que uma vítima de estupro seja infectada com HIV.

Estupros em massa têm sido denunciados em níveis estarrecedores em conflitos recentes. Metade das mulheres em Serra Leoa sofreu violência sexual ou ameaça de violência durante os tumultos no país. Um relatório das Nações Unidas afirma que 90% das mulheres e meninas acima de 3 anos sofreram abuso sexual em algumas regiões da Libéria durante a guerra civil. Mesmo em países como o Paquistão, onde não há genocídio nem guerra declarada, os estupros por honra ocorrem devido à obsessão com a virgindade e à indiferença das autoridades diante das injustiças sofridas pelos pobres e incultos. Shershah Syed, um importante ginecologista em Karachi, diz que trata com frequência de jovens das favelas depois dos estupros. E, depois, a menos que a menina se mate, a família precisa se mudar, caso contrário, os perpetradores — que geralmente são ricos e bem conectados — irão aterrorizar a família e eliminar seus membros que foram testemunhas. E a polícia é pior do que indiferente.

"Quando trato de vítimas de estupro, digo às moças para não irem à polícia", acrescentou o Dr. Syed. "Porque, se uma moça for até a polícia, os policiais irão estuprá-la."

A região com mais estrupos no mundo é o leste do Congo. As milícias consideram arriscado demais entrar em tiroteios, então atacam os civis. Eles descobriram que o modo mais eficiente de aterrorizar as populações civis é cometer estupros extremamente brutais. Com frequência, as milícias congolesas estupram mulheres com varas, facas ou baionetas, ou então disparam suas armas nas vaginas das mulheres. Em um exemplo, os soldados estupraram uma garota de 3 anos e depois dispararam as armas dentro dela. Quando os cirurgiões a examinaram, viram que não sobrara nenhum tecido para reconstituição. O pai da menina, atormentado pela dor, cometeu suicídio.

"Todas as milícias daqui estupram mulheres para mostrar sua força e para mostrar a fraqueza das pessoas", disse Julienne Chakupewa, uma conselheira que atende a casos de estupros em Goma, no Congo. "Em outros locais, existe estupro porque os soldados desejam uma mulher. Aqui, isso também acontece, mas, além disso, existe uma mentalidade de ódio, e são as mulheres que pagam o preço."

"Dizemos 'mulheres'", continuou Julienne, "mas essas vítimas não são adultos. São meninas de 14 anos ou até mesmo crianças de 6 anos".

Em 2008, as Nações Unidas declararam formalmente o estupro como uma "arma de guerra", e o Congo é constantemente mencionado nas discussões.

O major-general Patrick Cammaert, um ex-comandante das Nações Unidas, falou sobre a disseminação do estupro como uma tática de guerra e disse algo assombroso: "Provavelmente, tornou-se mais perigoso ser uma mulher do que um soldado em um conflito armado".

Uma dessas vítimas congolesas é Dina, uma garota de 17 anos da cidade de Kindu. Ao contar sua história, ela vestia uma blusa azul e uma saia multicolorida e trazia uma echarpe laranja amarrada sobre a cabeça para ocultar modestamente seus cabelos. Dina era tímida, falava de modo suave por meio de um intérprete, e sorria nervosamente.

Uma dentre seis filhos, Dina cresceu trabalhando na fazenda dos pais, cultivando banana, mandioca e feijão. Dois de seus irmãos frequentaram a escola por algum tempo, mas nenhuma das irmãs estudou. "É mais importante educar os meninos", explicou ela, parecendo acreditar no que dizia.

Todos os moradores sabiam que havia soldados da milícia hutu interahamwe na região, e Dina tinha medo sempre que ia trabalhar nos campos. Mas a alternativa era passar fome. Certo dia, por causa do perigo, Dina interrompeu o trabalho de cultivo de feijões e voltou para a cidade antes do pôr do sol. Enquanto ela caminhava, cinco membros da milícia hutu a cercaram. Eles tinham armas e facas e a obrigaram a se deitar no chão. Um deles carregava uma vara.

"Se você gritar, nós a mataremos", disse um deles. Então ela ficou quieta enquanto, um a um, os cinco homens a estupravam. Depois, eles a seguraram enquanto um deles enfiava a vara dentro dela.

Quando Dina não voltou para casa, seu pai e seus amigos foram corajosamente para os campos e a encontraram quase morta no mato. Eles a cobriram e a levaram de volta para casa. Havia um centro de saúde em Kindu, mas a família de Dina não tinha meios para levá-la até lá para ser tratada, e assim ela foi cuidada apenas em casa. Ela ficou paralisada na cama, sem conseguir andar. A vara havia quebrado em sua bexiga e reto, provocando uma fístula, um buraco, nos tecidos. O resultado foi que a urina e as fezes escorriam constantemente pela vagina e pelas pernas dela. Esses ferimentos, fístulas retovaginais e vesicovaginais, são comuns no Congo por causa da violência sexual.

"Meu povo não tem conflito tribal com eles", Dina disse sobre os soldados. "Eles só queriam me estuprar e me deixar sangrando e com as fezes escorrendo." Essa cultura de brutalidade se espalha de milícia a milícia, de uma tribo para a outra. Apenas na província congolesa de Kivu do Sul, a ONU estima que houve 27.000 ataques sexuais em 2006. Em outro relatório da ONU, três quartos das mulheres em algumas áreas tinham sido estupradas. John Holmes, o subsecretário-geral da ONU para assuntos humanitários, disse explicitamente: "A violência sexual no Congo é a pior do mundo".

Um dos chefes cujas tropas foram envolvidas nos estupros é Laurent Nkunda, um homem alto e simpático que nos serviu um jantar em sua casa confortável nas montanhas. Ele se faz passar por um pastor pentecostal e usa piedosamente um *bóton* REBELS FOR CHRIST (Rebeldes por Cristo) no uniforme, aparentemente porque achou que isso lhe traria o apoio americano. Antes de nos oferecer bebidas e comidas, ele deu graças. Nkunda insistiu que seus soldados nunca estupravam ninguém e continuou dizendo que a única vez em que um de seus soldados estuprou uma mulher, foi executado. Porém, todos sabem que o estupro é rotineiro. Quando Nkunda nos apresentou alguns dos prisioneiros de guerra que seus soldados fizeram entre as milícias armadas rivais, nós lhes perguntamos sobre estupro.

"Se virmos meninas, é nosso direito", disse um deles, Noel Rwabirinba, um garoto de 16 anos que afirmou carregar uma arma há dois anos. "Nós podemos violá-las."

Os soldados do Corpo da Paz das Nações Unidas pouco fizeram para impedir os estupros. O ex-embaixador do Canadá Stephen Lewis, um dos defensores mais eloquentes das mulheres no mundo, sugeriu que o secretário-geral da ONU, Ban Ki-moon, deveria tornar o estupro em massa uma prioridade e renunciar se os países membros não o apoiassem. "Estamos falando sobre mais de 50% da população mundial, em que estão incluídos exilados, mais necessitados e pobres da terra", disse Lewis. "Se não pode lutar pelas mulheres do mundo, então não deveria ser o secretário-geral."

As mulheres sofreram horrivelmente nos genocídios em Ruanda e em Darfur. Os homens também. Em Ruanda, quando o genocídio acabou, 70% da população do país era de mulheres porque muito mais homens haviam sido mortos. Em Darfur, depois de entrevistar várias mulheres que disseram ter sido estupradas quando saíam dos acampamentos para procurar lenha, fizemos uma pergunta óbvia: "Se as mulheres são estupradas quando buscam lenha, então por que elas não ficam no acampamento? Por que não deixam que os homens procurem lenha?".

"Quando os homens saem do acampamento, eles são mortos a tiros", explicou pacientemente uma das mulheres. "Quando as mulheres saem, elas são *apenas* estupradas." Em quase todos os conflitos, a mortalidade é desproporcionalmente masculina. Mas, enquanto os homens são vítimas normais da guerra, as mulheres se transformaram em uma arma de guerra — que devem ser desfi-

Noel Rwabirinba, um menino-soldado no Congo, disse que os soldados têm direito de estuprar as mulheres. (Nicholas D. Kristof)

guradas ou torturadas para aterrorizar o resto da população. Viajar pelo leste do Congo e falar com os aldeões é descobrir inúmeros casos de estupro rotineiro. Em um acampamento para pessoas desabrigadas, pedimos para falar com uma vítima de estupro e uma delas nos foi apresentada imediatamente. Para garantir sua privacidade, conversamos com ela sob uma árvore, longe das outras pessoas, mas 10 minutos depois uma longa fila de mulheres se formou perto dali.

"O que todas vocês estão fazendo aqui?", perguntamos.

"Todas nós somos vítimas de estupro", explicou a primeira da fila. "Estamos esperando para contar nossas histórias também."

Para Dina, com incontinência e paralisada em casa, a vida parecia ter acabado. Então, os vizinhos contaram à família sobre um hospital onde os médicos podiam curar ferimentos como os dela. O hospital chama-se HEAL Africa e se localiza em Goma, a maior cidade do leste do Congo. A família contatou um representante do HEAL Africa e ele conseguiu um avião missionário para levar Dina a Goma para ser tratada. O hospital cobriu os gastos.

Dina foi levada da pista de aterrissagem de Goma de ambulância até o hospital; foi a primeira vez que ela andou de carro. As enfermeiras lhe deram fraldas e a colocaram junto com dezenas de outras mulheres, todas com incontinência causada por fístulas. Isso deu a Dina coragem para tentar ficar de pé e caminhar. As enfermeiras lhe deram uma muleta e a ajudaram a andar com dificuldade. Elas a alimentaram, iniciaram sessões de fisioterapia e colocaram seu nome em uma lista de mulheres que esperavam pela cirurgia de fístula. Quando chegou o dia de Dina, o médico fechou a fístula retovaginal. Então, ela passou por mais fisioterapia enquanto se preparava para uma segunda operação para reparar o buraco em sua bexiga. Enquanto isso, Dina começou a pensar no que faria depois da cirurgia e decidiu ficar um tempo em Goma.

"Se eu voltar a Kindu", explicou ela, "simplesmente serei estuprada de novo". No entanto, depois da segunda cirurgia, que também foi bem-sucedida, Dina decidiu voltar a Kindu. Ela sentia saudade da família e, de qualquer modo, a guerra também estava chegando a Goma. Dina achava que ficaria igualmente vulnerável se ficasse em Goma, e por isso decidiu voltar ao turbilhão de Kindu.

"Estudar no exterior" — no Congo

No caldeirão de violência e misoginia que é o leste do Congo, o hospital HEAL Africa em que Dina recebeu atendimento é um santuário de dignidade. É um grande conjunto com prédios brancos e baixos onde os pacientes são respeitados. É um exemplo de um projeto de ajuda que faz uma diferença extraordinária na vida das pessoas. E uma das pessoas que ajudam os pacientes como Dina é uma jovem americana chamada Harper McConnell.

Harper tem longos cabelos loiro-acinzentados e pele muito branca, que se torna avermelhada, mas não se bronzeia sob o sol tropical. Ela se veste informalmente e, com exceção dos colares africanos que usa, parece saída de um *campus* universitário americano. Porém, aqui está ela, no Congo dividido pela guerra, falando swahili fluentemente e brincando com suas novas amigas que cresceram no interior do país. Ela seguiu um caminho em que mais jovens americanos deveriam pensar: viajar para o mundo em desenvolvimento para "se doar" a pessoas que precisam desesperadamente de ajuda.

Os jovens muitas vezes nos perguntam como podem ajudar em questões como tráfico sexual ou pobreza internacional. Nossa primeira recomendação a eles é que saiam e vejam o mundo. Se isso não for possível, também se pode arrecadar dinheiro ou chamar atenção para uma causa. Mas, para ser mais eficaz em sua ação, você precisa entender a questão, e é impossível fazer isso simplesmente com leituras. É preciso ter uma experiência pessoal e até viver onde a questão acontece.

Uma das maiores falhas do sistema educacional norte-americano, em nossa opinião, é o fato dos jovens poderem se formar na universidade sem compreender a questão da pobreza, seja nos Estados Unidos, seja no exterior. Os programas de estudo no exterior costumam ser grupos de estudantes que visitam Oxford, Florença ou Paris. Acreditamos que as universidades deveriam exigir que todos os estudantes de graduação passassem ao menos algum tempo no mundo em desenvolvimento, trancando a matrícula por um ano ou estudando no exterior. Se mais norte-americanos trabalhassem durante um verão ensinando inglês em uma escola como a de Mukhtar, no Paquistão, ou trabalhando em um hospital como o HEAL Africa, no Congo, toda a nossa sociedade teria uma compreensão mais rica do mundo que nos rodeia. E o resto do mundo poderia também ter uma imagem mais positiva dos norte-americanos.

Os jovens, especialmente as moças, muitas vezes se preocupam com a segurança ao se voluntariar para um trabalho no exterior. É claro que existem preocupações legítimas em relação a doenças e violência, mas, na maioria dos casos, existe um medo exagerado do desconhecido — a imagem espelhada de nervosismo que os africanos ou indianos sentem quando viajam para estudar nos Estados Unidos. Na realidade, americanos e europeus são geralmente tratados de modo hospitaleiro no mundo em desenvolvimento e têm muito menos probabilidade de serem roubados em uma aldeia africana do que em Paris ou em Roma. A parte mais perigosa de viver em um país pobre é muitas vezes andar de carro, pois ninguém usa cintos de segurança e os semáforos — se existirem — tendem a ser vistos como mera sugestão.

As mulheres americanas algumas vezes chamam atenção indesejável, especialmente se forem loiras, mas isso raramente é uma ameaça. Quando as mulheres se acomodam em seu destino, elas em geral descobrem que é mais seguro do que haviam imaginado. As ocidentais costumam ser poupadas das indignidades e do assédio locais, em parte porque os homens do lugar as consideram intimidadoras. As voluntárias muitas vezes têm mais opções do que os homens. Por exemplo, em culturas conservadoras, pode ser inadequado que um americano dê aulas a alunas ou até que ele fale com mulheres, enquanto uma mulher americana pode dar aulas a meninos ou meninas e pode conversar sem problemas com homens e mulheres do lugar.

Existem inúmeras oportunidades para fazer trabalho voluntário de base. A maioria dos programas de ajuda citados neste livro aceita voluntários, desde que fiquem por alguns meses para que a visita valha a pena. As informações de contato dessas organizações estão no apêndice. O tempo passado no Congo ou no Camboja pode não ser tão agradável quanto férias em Paris, mas será transformador.

Harper, que foi criada nos estados de Michigan e Kansas, estava estudando ciências políticas e inglês na Universidade de Minnesota, sem saber o que faria depois. Ela havia estudado pobreza e desenvolvimento e estava se sentindo inquieta e pressionada com a aproximação da formatura. Então, em maio do ano de conclusão do curso, ela soube que a igreja que frequentava estava iniciando um relacionamento com um hospital no Congo. A igreja Upper Room, em Edina, Minnesota, entendia algo importante: a congregação não deveria apenas preencher cheques, mas também se envolver ativamente. Harper conversou com o pastor sobre o Congo e, no final da conversa, tinha concordado em morar em Goma para supervisionar o relacionamento com o hospital *HEAL* Africa.

Harper McConnell com uma amiga no hospital HEAL Africa, no Congo. (Nicholas D. Kristof)

"Queremos informar nossa congregação sobre o leste do Congo e lhes dar uma chance de vir para cá e descobrir como é a vida aqui", disse ela. "Eu também dou à igreja informações sobre a realidade local, para garantir que os projetos sonhados nos escritórios dos Estados Unidos realmente supram as necessidades no campo."

Harper mora em uma casa agradável em estilo ocidental, em Goma, com o casal que fundou o hospital HEAL Africa: o médico congolês Jo Lusi, e sua esposa, Lyn, nascida na Inglaterra. Jo e Lyn ocupam um cômodo da casa, que está sempre cheia de visitantes e hóspedes. E, embora ela seja um santuário no caos do Congo, o gerador ainda é desligado às 22h e não se deve contar com um banho quente. E também existe o interior, que muitas vezes parece estar um ou dois séculos atrás de Goma. Um dia, Harper estava empolgada com as notícias: "Uma de nossas equipes acabou de ir a uma aldeia que não via um carro desde os anos 1980. Eles o chamam de 'uma casa que anda'". HEAL Africa é um grande hospital. Oficialmente, há 150 leitos, mas geralmente existem 250 pacientes, e é possível acomodar todos eles. Existem 14 médicos e uma equipe de 210 funcionários, todos congoleses, com exceção de Lyn, Harper e mais uma pessoa. O hospital consegue manter lençóis limpos, mas ainda existem apenas dois ginecologistas em uma área com cinco milhões de pessoas. Conseguir eletricidade, água e ataduras para o hospital é um pesadelo, e a corrupção é insuportável. Em 2002, um vulcão próximo entrou em erupção e o hospital foi incendiado quando a lava atingiu o prédio. A maior parte do terreno do hospital ficou coberta por 2,5 metros de lava, mas, com o apoio dos doadores americanos, foi reconstruído assim que a lava esfriou.

A vida em um lugar como Goma pode ser entediante e confinada para alguém jovem e solteiro. Harper terminou um namoro de dois anos quando se mudou para o Congo e, embora ela receba regularmente propostas de casamento dos motoristas, não existe a possibilidade de namoro. Uma vez, ela contraiu malária e acabou no hospital. Mas sentiu algum orgulho por finalmente superar a doença comum na África. Enquanto estava febril na cama do hospital, sendo alimentada por soro, ela acordou pensando que tinha visto Ben Affleck curvado sobre seu leito no hospital. Logo percebeu que isso não tinha sido criado por delírio: Affleck estava visitando o Congo e tinha ido desejar melhoras a ela.

Também existem compensações pela falta de *shopping centers* e de filmes em DVD. Harper assumiu dois projetos importantes que a deixam empolgada para sair da cama a cada manhã. Primeiro, abriu uma escola no hospital para as crianças que esperam tratamento médico. Podem se passar vários meses antes que as crianças com problemas ortopédicos recebam tratamento, e muitas vezes elas vêm de áreas rurais sem escolas adequadas. Então, Harper encontrou professores e abriu uma sala de aula. As crianças agora podem frequentar a escola seis dias por semana. Aos 23 anos, Harper se tornou diretora de sua própria escola.

Segundo projeto, Harper começou um programa de treinamento de habilidades para as mulheres que esperam cirurgia. Muitas das pacientes, como Dina, passam meses no hospital, e agora elas podem usar o tempo para aprender a costurar, ler, tecer cestos, fazer sabão e assar pão. Em geral, uma mulher escolhe uma das atividades e, depois, trabalha com um treinador até ter confiança de que pode ganhar a vida com isso. Quando a mulher sai, HEAL Africa lhe dá as matérias-primas de que precisa — até mesmo uma máquina de costura com pedal, se ela aprendeu a costurar — para que ela possa gerar renda para sua família. As mulheres que têm dificuldade em aprender certas habilidades vocacionais recebem, ao menos, um grande bloco de sal, que podem quebrar para vender em saquinhos no mercado e sobreviver. A capacidade de ganhar a vida transforma a vida das mulheres.

"As mulheres estão muito empolgadas com o programa de Harper", disse Dada Byamangu, contratada por ela para ensinar costura. Enquanto conversávamos, um barulhento grupo de mulheres rodeou Harper, brincando com ela e agradecendo, em swahili, tudo ao mesmo tempo — e ela estava rindo e respondendo rapidamente em swahili. Dada traduziu o que as mulheres estavam dizendo: "Elas dizem que vão erguer Harper e torná-la a sua rainha!".

Se você viesse jantar em nossa casa, veria lindos jogos americanos tecidos com junco feitos pelas mulheres em HEAL Africa. Harper abriu uma lojinha no hospital para vender mercadorias como essas que as mulheres estão fazendo, e está tentando vendê-las também pela *internet* e em lojas de departamento norte-americanas. Se você é um estudante universitário americano, há mais uma coisa que Harper fez e que pode ser mais relevante: ela está criando um programa de estudos no exterior para os americanos que quiserem passar um mês na ULPGL, uma universidade de Goma. Os americanos farão cursos junto com estudantes congoleses, passarão algum tempo na sala de aula e no campo, e escreverão artigos de pesquisa em pequenos grupos.

Harper também tenta incentivar os doadores nos Estados Unidos. O hospital tem um orçamento anual de US$ 1,4 milhão, e mais de um terço dessa quantia vem de contribuições de americanos (mais informações podem ser encontradas em www.healafrica.org). Apenas 2% dessas doações são destinados a gastos administrativos e despesas indiretas; o restante é utilizado no hospital, que até aceita doações de milhas aéreas para as viagens da equipe, e acolhe voluntários e visitantes.

"Prefiro que alguém venha até aqui para ver o que está acontecendo do que preencha um cheque de um ou dois mil dólares, porque essa visita vai mudar a vida dessa pessoa", disse Harper. "Eu tive o privilégio de ouvir da parte de membros da igreja e de outros visitantes sobre como o tempo que passaram em HEAL Africa mudou totalmente sua visão de mundo e seu estilo de vida em casa."

Enquanto Harper conversa em swahili com seus amigos africanos, fica claro que ela está recebendo muito, além de estar dando. Ela concorda: "Existem momentos em que tudo que eu quero é uma conexão rápida com a *internet*, um café com leite e uma rodovia asfaltada. Mas os cumprimentos dos meus colegas de manhã bastam para me manter aqui. Eu tenho a bênção de usar uma bolsa costurada por uma mulher que esperava uma cirurgia de fístula no hospital e de observar como as novas habilidades mudaram toda a sua postura e aumentaram sua confiança. Também me sinto abençoada ao comemorar com meu amigo congolês, que foi aceito em um emprego logo depois de se formar na universidade, ao ver as crianças na escola sabendo que elas não tinham essa chance antes, ao me alegrar com uma família por sua colheita ter sido boa, ao dançar com meus colegas com a felicidade de uma verba concedida a um programa. O principal fator que me separa de meus amigos daqui são as oportunidades que recebi como cidadã do primeiro mundo. E acredito que é minha responsabilidade trabalhar para que essas oportunidades estejam disponíveis para todos.

CAPÍTULO 6

Mortalidade materna — uma mulher por minuto

Prepararem-se para morrer é a coisa mais razoável e sensata que vocês podem fazer agora.
— COTTON MATHER, EM UM SERMÃO, ACONSELHANDO MULHERES GRÁVIDAS

Ninguém que esteja lendo este livro, esperamos, pode imaginar a crueldade sádica daqueles soldados que usaram uma vara pontuda para arrebentar as entranhas de Dina. Mas existe uma crueldade ou indiferença mais difusa e moderada: a indiferença global que deixa cerca de três milhões de mulheres e meninas incontinentes como Dina. Fístulas como a dela são comuns no mundo em desenvolvimento, mas, fora do Congo, elas são principalmente causadas não por estupro, mas por trabalho de parto obstruído e por falta de cuidados médicos durante o parto. Na maioria das vezes, essas mulheres não recebem nenhuma ajuda cirúrgica para reparar as fístulas, porque a saúde materna e os ferimentos no parto raramente são uma prioridade.

Para cada Dina, existem centenas de mulheres como Mahabouba Muhammad, uma mulher alta que cresceu no oeste da Etiópia. Mahabouba tem uma pele chocolate-clara e cabelo crespo, que ela costuma prender. Hoje, ela conta sua história, na maior parte do tempo, com facilidade, ocasionalmente pontuada por riso de deboche, mas existem momentos em que a dor antiga surge em seus olhos. Mahabouba foi criada em uma aldeia perto da cidade de Jimma, e seus pais se divorciaram quando ela era criança. Por conta disso, ela foi entregue à irmã do pai, que não a educou e, de modo geral, a tratava como empregada. Diante disso, Mahabouba e sua irmã fugiram juntas para a cidade e trabalharam como empregadas domésticas em troca de casa e comida.

"Então, um vizinho me disse que podia encontrar um trabalho melhor para mim", lembrou Mahabouba. "Ele me vendeu por 80 birr [dez dólares] e ficou com o dinheiro. Eu pensei que ia trabalhar para o homem que me comprou, na casa dele. Mas, depois, ele me estuprou e me bateu. Ele disse que tinha me comprado por 80 birr e não me deixaria ir. Eu tinha 13 anos."

O homem, Jiad, tinha cerca de 60 anos e havia comprado Mahabouba para ser sua segunda esposa. Na Etiópia rural, as meninas ainda são vendidas para fazer trabalho manual ou para ser a segunda ou a terceira esposas, embora isso esteja se tornando menos comum. Mahabouba esperava receber consolo da primeira esposa, mas, em vez disso, a mulher a espancava com um prazer selvagem. "Ela costumava me bater quando ele não estava por perto e, por isso, acho que ela estava com ciúme." Mahabouba lembrou com raiva e fez uma pausa momentânea enquanto a amargura antiga a invadia.

O casal não deixava Mahabouba sair de casa com medo de que ela fugisse. De fato, ela tentou fugir várias vezes, mas sempre foi pega e espancada com varas e punhos até ficar ensanguentada e com manchas pretas e azuladas. Logo, Mahabouba ficou grávida e, conforme chegava a data prevista para o parto, Jiad relaxou a guarda sobre ela. Quando estava com sete meses de gravidez, ela finalmente conseguiu fugir.

"Eu pensei que, se ficasse lá, poderia ser espancada até a morte junto com meu filho", disse Mahabouba. "Eu fugi da cidade, mas as pessoas disseram que me levariam de volta para Jiad. Então, eu fugi de novo para a aldeia onde nasci. Mas minha família não estava mais lá e mais ninguém queria me ajudar porque eu estava grávida e era casada com alguém. Eu tentei me afogar no rio, mas um de meus tios me encontrou e me levou de volta. Ele me disse para ficar em uma cabana ao lado de sua casa."

Mahabouba não podia pagar uma parteira e por isso ela tentou ter o filho sozinha. Infelizmente, sua pélvis não era grande o suficiente para acomodar a cabeça do bebê; uma ocorrência comum entre as adolescentes. Ela acabou tendo um parto obstruído, com o bebê preso no canal de parto. Depois de sete dias, Mahabouba ficou inconsciente e, alguém chamou uma parteira. Mas aí o bebê tinha ficado preso por tanto tempo que os tecidos entre a cabeça do bebê e a pélvis da mãe tinham perdido a circulação e morrido. Quando recuperou a consciência, ela descobriu que o bebê estava morto e que ela não tinha controle sobre a bexiga e os intestinos. Ela também não podia andar e nem mesmo ficar de pé em consequência do dano, que é um resultado colateral comum da fístula.

"As pessoas disseram que era uma maldição", lembrou Mahabouba. "Eles disseram: 'Se você foi amaldiçoada, não deveria ficar aqui. Você deveria ir embora'." O tio de Mahabouba queria ajudar a menina, mas sua esposa temia que ajudar alguém amaldiçoado por Deus fosse um sacrilégio. Ela insistiu com o marido que levasse Mahabouba para fora da aldeia e deixasse a garota ser comida por animais selvagens. Ele se sentiu dividido e deu comida e água a Mahabouba, mas também permitiu que os aldeões a levassem para uma cabana na periferia da aldeia.

"Depois, eles tiraram a porta da cabana", ela acrescentou sem demonstrar emoção, "para que as hienas fossem me pegar". Como se poderia prever, as hienas chegaram ao anoitecer. Mahabouba não conseguia mexer as pernas, mas segurou uma vara na mão e a agitou freneticamente para os animais, gritando com eles. A noite inteira, as hienas a cercaram; a noite inteira, Mahabouba as afastou.

Ela tinha 14 anos.

Quando chegou a luz da manhã, Mahabouba percebeu que sua única esperança era sair da aldeia para procurar ajuda, e foi impelida pela determinação feroz de continuar viva. Ela ouvira falar de um missionário ocidental em uma aldeia próxima e começou a se arrastar naquela direção, puxando o corpo com os braços. Estava quase morta quando chegou, um dia depois, à porta do missionário. Horrorizado, ele a levou para dentro, cuidou dela e salvou sua vida. Em sua viagem seguinte a Adis-Abeba, ele levou Mahabouba para um conjunto de prédios brancos e baixos na periferia da cidade: o Addis Ababa Fistula Hospital (Hospital de Fístula Adis-Abeba).

Nesse local, Mahabouba encontrou muitas outras meninas e mulheres que também sofriam com fístulas. Ao chegar, ela foi examinada, banhada, recebeu novas roupas e aprendeu a se lavar. As pacientes com fístula muitas vezes têm ferimentos nas pernas, causados pelo ácido da urina que corrói a pele, mas lavar-se frequentemente pode eliminar esses ferimentos. As meninas no hospital andam de chinelos de dedo, conversando umas com as outras e pingando urina constantemente — a equipe do hospital brinca que lá é a "cidade do xixi" —, mas os pisos são limpos diversas vezes por hora e as meninas estão muito ocupadas se socializando umas com as outras para ficarem constrangidas.

O hospital é dirigido por Catherine Hamlin, uma ginecologista que é realmente uma santa. Ela tem devotado a maior parte de sua vida às mulheres pobres da Etiópia, enfrentando perigos e dificuldades enquanto transforma a vida de incontáveis mulheres jovens como Mahabouba. Alta, magra e de cabelos brancos, Catherine é atlética, acolhedora e maravilhosamente gentil, — exceto quando as pessoas sugerem que ela é uma santa.

"Adoro este trabalho", disse ela exasperada da primeira vez em que nos encontramos. "Não estou aqui porque sou uma santa nem estou fazendo nada nobre. Gosto imensamente da minha vida... Estou aqui porque sinto que Deus quer que eu fique aqui. Sinto que estou fazendo algo bom e ajudando essas mulheres. É um trabalho muito gratificante." Catherine e seu falecido marido, Reg Hamlin, mudaram-se da Austrália para a Etiópia em 1959 para trabalhar como ginecologistas-obstetras. Na Austrália, eles nunca tinham visto um caso de fístula; na Etiópia, eles encontraram fístulas constantemente. "Essas são as mulheres mais dignas de compaixão do mundo", diz Catherine com firmeza. "Elas estão sozinhas no mundo e se envergonham de seus ferimentos. Existem organizações que ajudam leprosos ou vítimas de AIDS. Mas ninguém se interessa por essas mulheres nem as ajuda."

As fístulas costumavam ser comuns no Ocidente e até já existiu um hospital para tratar fístula em Manhattan, onde hoje fica o hotel Waldorf-Astoria. Mas, depois, a melhoria do atendimento médico eliminou completamente o problema; agora, praticamente nenhuma mulher no mundo rico passa quatro dias em trabalho de parto por estar obstruído — muito antes disso, os médicos fazem uma cesariana.

Em 1975, Catherine e Reg fundaram o Addis Ababa Fistula Hospital, que continua a ser um agradável conjunto de prédios brancos e jardins verdejantes. Catherine dirige o hospital, mora em uma casa aconchegante no centro do conjunto e planeja ser enterrada em Adis-Abeba, junto de seu marido. Ela coordenou mais de 25.000 cirurgias e treinou incontáveis médicos na especialidade. É uma cirurgiã excepcionalmente habilidosa, mas, como algumas pacientes não têm tecido suficiente sobrando para o reparo, são feitas colostomias, de modo que as fezes saem do corpo por meio de um orifício feito no abdome e são armazenadas em uma bolsa a fim de serem descartadas. As pacientes com colostomia necessitam de cuidados permanentes e moram em uma aldeia próxima ao hospital.

Mahabouba é uma daquelas que não puderam ser plenamente curadas. Graças à fisioterapia, ela voltou a andar, mas precisou aceitar uma colostomia. Ainda assim, quando ela recuperou a mobilidade, Catherine colocou-a para trabalhar no hospital. A princípio, Mahabouba apenas trocava lençóis ou ajudava os pacientes a se lavar, mas gradualmente os médicos perceberam que ela era inte-

Mahabouba no Addis Ababa Fistula Hospital, na Etiópia. (Nicholas D. Kristof)

ligente e estava ansiosa para aprender. E, assim, deram-lhe mais responsabilidades. Ela aprendeu a ler e escrever e deslanchou. Encontrou um propósito na vida. Hoje, se visitar o hospital, você poderia ver Mahabouba andando por lá — em seu uniforme de enfermeira. Ela foi promovida a auxiliar de enfermagem sênior.

Custa aproximadamente 300 dólares para operar uma fístula, e cerca de 90% delas podem ser curadas. Mas quase todas as mulheres que têm fístulas são camponesas pobres que nunca foram a um médico e nunca receberam cuidados médicos. L. Lewis Wall, um professor de obstetrícia na Escola de Obstetrícia da Universidade de Washington, que incansavelmente fez campanha por um hospital de fístulas no oeste da África, estima que de 30.000 a 130.000 novos casos de fístula ocorrem a cada ano apenas na África*.

Em vez de receber tratamento, essas jovens — muitas vezes meninas de 15 ou 16 anos — geralmente descobrem que suas vidas estão acabadas. Os maridos se divorciam delas e, como exalam um odor horrível por causa dos dejetos, são muitas vezes forçadas a viver em uma cabana, sozinhas, na periferia da aldeia,

---

* Foi a campanha do professor Wall que, nos anos 1990, nos apresentou às fístulas obstétricas. O doutor Wall coordena o Worldwide Fistula Fund (www.worldwidefistulafund.org) e está finalmente vendo seu sonho de um hospital de fístula no oeste da África sendo realizado. Com o apoio de Merrill Lynch e de doadores particulares americanos, o hospital está sendo construído em Níger, embora as verbas ainda sejam insuficientes. O professor Wall tem realmente sido um herói na luta para ajudar essas mulheres negligenciadas (N.T.).

como aconteceu com Mahabouba. Por fim, elas morrem de fome ou de uma infecção que se espalha pelo canal do parto.

"A paciente com fístula é a leprosa dos dias de hoje", observa Ruth Kennedy, uma parteira inglesa que trabalhou com Catherine no hospital de fístula. "Ela está desamparada, sem voz... O motivo de essas mulheres serem párias é porque são mulheres. Se isso acontecesse com os homens, doações e materiais viriam de todo o mundo."

Oprah Winfrey entrevistou Catherine e foi tão tocada por ela que, depois, visitou o hospital de fístula e doou uma nova ala para ele. Ainda assim, a saúde materna recebe atenção mínima porque as que morrem ou sofrem ferimentos têm três desvantagens: são mulheres, são pobres e são da área rural. "As mulheres são marginalizadas no mundo em desenvolvimento", diz Catherine. "Elas são uma mercadoria descartável."

Com certeza, o atendimento de saúde é deficiente nos países pobres até para os homens. Onze por cento dos habitantes do mundo vivem na África subsaariana e sofrem 24% dos problemas de doença do mundo — e recebem menos de 1% das verbas para cuidados de saúde do mundo. Mas o atendimento a grávidas é especialmente negligenciado e nunca recebe fundos adequados. Para o ano fiscal de 2009, o presidente George W. Bush, na verdade, propôs um corte de 18% nos gastos da USAID com cuidados maternos e infantis, para apenas 370 milhões de dólares ou cerca de US$ 1,20 por americano por ano.

Os conservadores lutam contra os abortos obrigatórios na China e os liberais lutam apaixonadamente pelo direito ao aborto nos outros países. Mas o problema das mulheres que morrem no parto nunca recebeu muita atenção. Nós, dos meios de comunicação, podemos incluir a falta de atenção ao problema como outra de nossas falhas. O total de mulheres que morrem no parto todos os dias é equivalente a cinco aviões jumbo, mas o problema nunca foi adequadamente abordado. A solução? Os Estados Unidos deveriam liderar uma campanha global para salvar as parturientes. O livro é de 2009, a quantia que nós, norte-americanos, gastamos em saúde materna é o equivalente a menos de 0,05% da quantia que gastamos com os militares.

A Organização Mundial de Saúde estima que 536.000 mulheres morreram na gravidez ou na infância em 2005, um número que mal foi modificado em 30 anos. A mortalidade infantil despencou, a longevidade aumentou, mas o parto continua tão mortal como sempre foi, com uma morte materna por minuto.

Aproximadamente 99% dessas mortes acontecem nos países pobres. A medida mais comum é a taxa de mortalidade materna. Isso se refere ao número de mortes maternas a cada 100.000 nascidos vivos, embora a coleta de dados seja geralmente tão ruim que os números são apenas estimativas imprecisas. Na Irlanda, o lugar mais seguro do mundo para dar à luz, a taxa de mortalidade materna é de apenas 1 para 100.000 nascidos vivos. Nos Estados Unidos, onde muito mais mulheres são vitimadas, a taxa de mortalidade materna é de 11. Em contraste, a taxa de mortalidade materna média no sul da Ásia (inclusive Índia e Paquistão) é de 490. Na África subsaariana, essa taxa é de 900. Serra Leoa tem a taxa mais alta do mundo: 2.100.

A taxa de mortalidade materna mede o risco durante uma única gravidez, mas as mulheres nos países pobres passam por muitas gestações. Então, os estatísticos também calculam o risco de morrer no parto durante a vida inteira. O risco mais elevado do mundo está em Níger, um país do oeste da África onde uma mulher ou garota tem chance de 1 em 7 de morrer no parto. De modo geral, na África subsaariana, o risco de morrer no parto é de 1 em 22. A Índia ocupa uma posição muito ruim porque, apesar de todos os progressos do país, uma mulher indiana ainda tem uma probabilidade de 1 em 70 de morrer no parto, em algum momento da vida. Por outro lado, nos Estados Unidos, o risco durante a vida é de 1 em 4.800; na Itália, é de 1 em 26.600; e na Irlanda uma mulher tem apenas a probabilidade de 1 em 47.600 de morrer no parto.

Assim, o risco de morte materna durante a vida é mil vezes mais elevado em um país pobre do que nos países ricos do Ocidente. Isso deveria ser um escândalo internacional. O pior é que a distância está aumentando. A OMS descobriu que, entre 1990 e 2005, os países desenvolvidos e de renda média reduziram significativamente a mortalidade materna, mas a África não. De fato, por causa do aumento da população, o número de mulheres africanas que morreram no parto subiu de 205.000, em 1990, para 261.000, em 2005.

A morbidade materna (ferimentos no parto) ocorre ainda com mais frequência do que a mortalidade materna. Para cada mulher que morre no parto, pelo menos 10 sofrem ferimentos significativos como fístulas ou rupturas graves. Abortos sem segurança causam a morte de 70.000 mulheres por ano e provocam ferimentos graves em outras 5 milhões. O custo econômico de cuidar dessas 5 milhões de mulheres é estimado em US$ 750 milhões anuais. E existem evidências de que, quando uma mulher morre no parto, os filhos que sobrevivem têm muito mais probabilidade de morrer ainda jovens, porque eles não têm mais a mãe para cuidar deles.

Francamente, nós hesitamos em citar muitos dados, pois, embora os números sejam persuasivos, eles não são inspiradores. Alguns estudos psicológicos mostram que as estatísticas têm um efeito amortecedor, enquanto as histórias individuais tocam as pessoas e as fazem agir. Em um experimento, os sujeitos de pesquisa foram divididos em vários grupos e se solicitou que cada pessoa doasse US$ 5 para aliviar a fome no exterior. Disseram a um dos grupos que o dinheiro iria para Rokia, uma garota de 7 anos de Mali. Disseram a outro grupo que o dinheiro seria destinado à luta contra a má nutrição de 21 milhões de africanos. Disseram ao terceiro grupo que as doações seriam destinadas a Rokia, como no primeiro grupo, mas desta vez a fome dela foi apresentada como parte do quadro mais amplo da fome global, com alguns números como pano de fundo. As pessoas estavam muito mais dispostas a doar para Rokia do que para 21 milhões de pessoas famintas, e até mesmo a menção do problema mais amplo tornou as pessoas menos inclinadas a ajudar.

Em outro experimento, pediu-se às pessoas que doassem para um fundo que necessitava de US$ 300.000 contra o câncer. Disseram a um grupo que o dinheiro seria usado para salvar a vida de uma criança, enquanto disseram a outro grupo que o dinheiro seria usado para salvar a vida de oito crianças. As pessoas contribuíram com quase duas vezes mais dinheiro para salvar uma criança do que para salvar oito. Os psicólogos sociais dizem que isso tudo reflete o modo como nossa consciência e sistemas éticos estão baseados em histórias individuais e são separados das partes de nosso cérebro ligadas à lógica e à racionalidade. De fato, quando se pede aos sujeitos dos experimentos que resolvam problemas de matemática, isso ativa as partes do cérebro que governam a lógica, e eles são menos generosos com os necessitados.

Assim, preferimos ir além das estatísticas e nos focar em um indivíduo: Simeesh Segaye. Se mais pessoas pudessem conhecer essa afetuosa camponesa de 21 anos, de voz suave, estamos certos de que a "saúde materna" iria se tornar uma prioridade. Simeesh estava deitada de costas em uma cama no final da ala principal do *Addis Ababa Fistula Hospital*, quando a vimos pela primeira vez. Ruth Kennedy, enfermeira-obstetra do hospital, traduziu enquanto Simeesh nos contava que havia estudado até o nono ano — o que é impressionante para a Etiópia rural. Ela tinha se casado aos 19 anos e se sentiu muito feliz quando ficou grávida. Todas as amigas a cumprimentaram e rezaram para que fosse abençoada com um filho.

Quando entrou em trabalho de parto, o bebê não saiu. Depois de dois dias de trabalho de parto obstruído, Simeesh mal estava consciente. Os vizinhos a carregaram durante horas até a estrada mais próxima e a levaram a um ponto de ônibus, quando, por fim, um deles passou. O ônibus demorou mais dois dias para chegar ao hospital mais próximo e, quando chegou, o bebê estava morto.

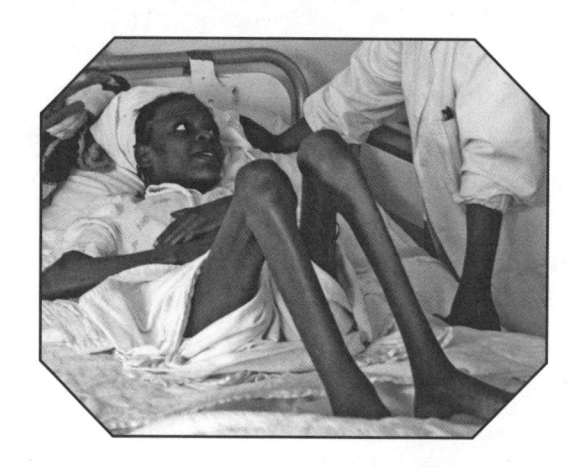

Quando Simeesh começou a se recuperar na aldeia, ela descobriu que não conseguia andar e que deixava vazar urina e fezes. Ela ficou abalada e humilhada pelo odor constante de seus dejetos. Seus pais e seu marido economizaram US$ 10 para pagar um ônibus público que a levasse de volta ao hospital com a esperança de que sua fístula pudesse ser curada. Quando o ônibus chegou, os outros passageiros sentiram seu odor e reclamaram em altos brados: *Nós não temos de andar ao lado de alguém que cheira tão mal! Nós pagamos a passagem — não pode nos obrigar a aguentar esse cheiro! Faça-a descer!*

Simeesh Segaye, com as pernas deformadas e dobradas, no Addis Ababa Fistula Hospital. (Nicholas D. Kristof)

O motorista do ônibus devolveu os US$ 10 a Simeesh e lhe ordenou que descesse do veículo. Toda a esperança de cura desapareceu. Então, o marido de Simeesh a abandonou. Seus pais a apoiaram, mas construíram uma cabana separada para ela porque nem mesmo eles conseguiam tolerar seu odor. A cada dia, eles levavam comida e água até lá e tentavam tranquilizá-la. Simeesh ficava naquela cabana — sozinha, envergonhada e desamparada. Segundo uma estimativa, 90% das pacientes com fístula pensam em suicídio, e Simeesh também decidiu que queria morrer. A depressão tomou conta dela, deixando-a entorpecida e quase catatônica. As pessoas que sofrem de depressão algumas vezes retomam a posição fetal e foi isso o que ocorreu com Simeesh, ela quase nunca se movia.

"Eu simplesmente me curvei", disse ela, "durante dois anos". Uma ou duas vezes por ano, os pais a tiravam da cabana, mas durante o resto do tempo ela simplesmente ficava deitada no chão, escondida, esperando que a morte a libertasse.

Mal comia, porque, quanto mais comia ou bebia, mais dejetos escorriam por suas pernas. E assim ela começou a morrer de fome.

Os pais de Simeesh amavam a filha, mas não sabiam se os médicos poderiam ajudar e não tinham dinheiro. Ela não pedia nada, praticamente nem falava, só ficava deitada em sua cabana desejando estar morta. Depois de dois anos dolorosos assistindo ao sofrimento da filha, os pais venderam todos os seus animais de criação — seus únicos bens — para tentar ajudar Simeesh. Estava claro que os ônibus não iriam transportá-la e, assim, eles pagaram US$ 250 para que um carro particular a levasse ao hospital na cidade de Yirga Alem, a um dia de distância. Os médicos de lá acharam que o caso de Simeesh era complexo demais e a mandaram para o hospital especializado em fístulas. Os médicos desse hospital tranquilizaram Simeesh, dizendo-lhe que poderiam resolver seus problemas, e ela começou a sair da depressão. No início, ela falava apenas em sussurros furtivos, mas aos poucos começou a se envolver com as pessoas que a rodeavam.

Antes que os médicos pudessem tentar reparar a fístula, eles tinham de tratar os outros problemas. Depois de dois anos constantemente deitada na posição fetal, as pernas de Simeesh haviam se deformado e ficado permanentemente dobradas; ela não conseguia movê-las e muito menos esticá-las, e estava magra e fraca demais para ser operada. Catherine e os outros médicos tentaram fortalecer Simeesh com boa alimentação, e as enfermeiras a ajudaram com fisioterapia para que ela pudesse esticar as pernas. Então, os médicos descobriram que sete centímetros de sua articulação púbica haviam desaparecido, aparentemente devido a infecção. Os médicos realizaram uma colostomia temporária e, depois de longas e dolorosas sessões de fisioterapia — em que Simeesh se empenhou conforme a depressão diminuía —, ela conseguiu ficar de pé novamente.

Com isso, teve fraturas de estresse nos pés. Os médicos prescreveram fisioterapia intensiva, e diversas ex-pacientes a massagearam e trabalharam com ela, sempre tomando o cuidado de parar quando a dor aumentava demais. Por fim, depois de vários meses de trabalho intenso, Simeesh conseguiu esticar as pernas e ficar em pé. E, com o tempo, ela pôde até mesmo andar sem ajuda. Igualmente importante, ela redescobriu a dignidade e o entusiasmo pela vida. Quando ficou forte o bastante, os cirurgiões repararam a fístula e ela se recuperou plenamente.

Mulheres como Simeesh têm sido abandonadas por quase todos no mundo. Mas, durante décadas, um médico americano liderou a luta para chamar atenção para a saúde materna. Mesmo enquanto lutava contra uma doença degenerativa fatal, ele se empenhou diariamente para diminuir as mortes no parto.

Um médico que trata países, não pacientes

Allan Rosenfield cresceu nos anos 1930 e 1940 em Brookline, Massachusetts, e era filho de um obstetra de sucesso em Boston. Ele estudou medicina na Universidade de Colúmbia e prestou serviço militar na força aérea na Coreia do Sul. Enquanto estava na Coreia, ele trabalhou como voluntário em um hospital local nos fins de semana, e ficou tocado pelo que via nas enfermarias. As mulheres da região rural da Coreia estavam sofrendo ferimentos terríveis no parto, que eram inimagináveis nos Estados Unidos. Allan voltou aos Estados Unidos, mas não conseguia esquecer as camponesas da Coreia.

Essa experiência provocou em Allan um profundo interesse pelas necessidades médicas dos países pobres. Quando ficou sabendo de uma vaga em uma escola de medicina em Lagos, Nigéria, ele se candidatou. Em 1966, ele levou a noiva, Clare, para Lagos e lá eles começaram uma nova vida juntos. Allan ficou perplexo com o que viu na Nigéria, especialmente com a necessidade de planejamento familiar e de cuidados maternos. Ele também foi tomado por dúvidas.

"Eu comecei a sentir que o modelo de atendimento que estávamos ensinando não era apropriado para a Nigéria", lembrou. Esse encontro prático com as realidades da África foi o início de um interesse vitalício pela saúde pública, pela prevenção das doenças em vez de simplesmente tratar os pacientes conforme eles apareciam. No Ocidente, tendemos a pensar na doença e na mortalidade como campo dos médicos, mas, de longe, os maiores progressos na saúde global têm sido feitos pelos especialistas em saúde pública. Os modelos de abordagem de saúde pública incluem programas de vacinação contra varíola, terapia de reidratação oral para salvar bebês com diarreia e campanhas para

Allan Rosenfield na Universidade de Colúmbia, Escola de Medicina em Nova York (Tamya Braganti) incentivar o uso de cintos de segurança e de *airbags* em veículos. Qualquer esforço sério para reduzir a mortalidade materna também requer uma perspectiva de saúde pública — reduzindo as gestações indesejadas e fornecendo cuidados pré-natais, a fim de que crises médicas de última hora sejam menos frequentes.

Algumas vezes, as abordagens mais eficazes não são médicas. Por exemplo, um modo criativo de reduzir a gravidez é subsidiar uniformes escolares para as meninas. Isso as mantém por mais tempo na escola, o que significa que irão esperar mais para se casar e engravidar, e serão mais capazes de ter filhos. Um estudo na África do Sul revelou que dar às meninas um uniforme de US$ 6 a cada 18 meses aumentava a probabilidade de ficarem na escola e reduzia significativamente o número de gestações. Allan Rosenfield esforçou-se por combinar essa perspectiva de saúde pública com a prática da medicina — e se tornou um empreendedor social no mundo da saúde materna.

Allan pretendia que seu trabalho na Nigéria fosse temporário; sua própria versão do Corpo de Paz. Mas, rodeado por tantas necessidades prementes, ele começou a perceber um chamado. Aceitou um trabalho com o Conselho da População na Tailândia. Os Rosenfield passaram seis anos lá, começaram sua família, aprenderam o idioma tailandês e se apaixonaram completamente pelo país. No entanto, a beleza das praias tailandesas era um mundo à parte dos horrores das enfermarias da maternidade. Além disso, o DIU e a pílula anticoncepcional só estavam disponíveis com apresentação de receita médica, o que significava que algumas das formas mais eficientes de contracepção não estavam disponíveis para 99% da população. Então, Allan trabalhou com o ministério da saúde em um esquema revolucionário: permitir que parteiras auxiliares treinadas receitassem a pílula. Primeiro, ele criou uma lista de perguntas para que uma parteira pudesse conversar com uma mulher e/ou lhe dar uma receita para a pílula, ou, se houvesse fatores de risco, encaminhá-la a um médico. Logo, o programa foi expandido para 3.000 locais em todo o país e, finalmente, as parteiras auxiliares também foram autorizadas a inserir DIUs. É difícil avaliar hoje como essa abordagem era incomum, pois os médicos são muito ciosos de suas prerrogativas, e era uma heresia delegar responsabilidades médicas a simples parteiras.

"Como essa era uma abordagem tão diferente, eu teria dificuldade em obter aprovação hoje", disse Allan. "Mas, como eu estava sozinho, pude fazer isso." A trajetória da carreira dele estava definida: trabalho de saúde pública para que as mulheres pudessem ter filhos em segurança. Em 1975, Allan foi para Nova York para coordenar o Center for Population and Family Health, na Universidade de Colúmbia. Ele desenvolveu uma rede global de aliados nesse campo e, em 1985, publicou um artigo que é um marco em sua área, em coautoria com sua colega Deborah Maine, no *The Lancet*, o periódico inglês que está há muito na vanguarda das questões globais de saúde. Ele declarava:

> É difícil entender por que a mortalidade materna recebe tão pouca atenção de profissionais de saúde, políticos e formuladores de políticas. Os obstetras são especialmente negligentes com suas obrigações a esse respeito. Em vez de chamar a atenção para o problema e de trabalhar pelos programas principais e pelas mudanças nas prioridades, a maioria dos obstetras se concentra em subespecialidades que enfatizam a alta tecnologia.

O artigo gerou um movimento global pela saúde materna e coincidiu com a indicação de Allan a reitor da Escola Mailman de Saúde Pública de Colúmbia. Depois, em 1999, com uma verba de US$ 50 milhões da Fundação Bill & Melinda Gates, ele criou uma organização chamada Averting Maternal Death and Disability (AMDD), que realizou um esforço global pioneiro para tornar o parto seguro.

Cada vez mais, Allan começou a abordar a morte materna não só como uma preocupação de saúde pública, mas também como uma questão de direitos humanos. "As soluções técnicas para reduzir a mortalidade materna não são suficientes", escreveu ele em um artigo. "Como um direito humano básico, as mulheres deviam poder ter filhos com segurança e com um atendimento de boa qualidade. O 'sistema' de direitos humanos — leis, políticas e convenções — deve ser usado para responsabilizar os estados pelas obrigações assumidas ao assinar tratados."

Allan era um desbravador quando foi ao exterior pela primeira vez. "No meu tempo, nós nem sabíamos o que era o atendimento global de saúde", ele lembrou. "O que eu fiz foi muito estranho. Mas hoje muitos jovens querem participar disso." Nas escolas de medicina atuais, a saúde pública global é um assunto de interesse, e médicos como Paul Farmer, da Escola de Medicina de Harvard, que passa mais tempo em hospitais no Haiti e em Ruanda do que em seu consultório em Boston, são vistos pelos estudantes como ícones.

A vida de Allan tomou uma direção trágica em 2005. Ele foi diagnosticado com esclerose lateral amiotrófica (ELA) e também com miastenia grave, duas doenças que afetam os nervos motores. Ele sempre tinha sido atlético e gostava da vida ao ar livre, mas então começou a ficar cada vez mais fraco. Perdeu peso, tinha dificuldade para andar e respirar e depois ficou preso a uma cadeira de rodas. Ele se preocupava com a possibilidade de ser um fardo para a família. Mesmo assim, ia trabalhar todos os dias e até participava de conferências internacionais. No banquete da International Women's Health Coalition (Coalizão Internacional de Saúde Feminina), ele mal conseguia se mover, mas foi o centro das atenções, procurado por admiradores de todo o mundo. Allan Rosenfield morreu em outubro de 2008.

Atualmente, a AMDD salva vidas em 50 países pobres. Vimos seu impacto quando paramos em uma clínica de Zinder, no leste de Níger, o país com o risco mais elevado de mortalidade materna no decorrer da vida em todo o mundo. Níger tem apenas 10 ginecologistas-obstetras em todo o país, e as áreas rurais têm sorte quando existe algum tipo de médico nas vizinhanças. A equipe da clínica em Zinder ficou surpresa e animada ao ver um casal de americanos, e eles ficaram felizes em mostrar-nos o local — até mesmo mostrando uma mulher no final da gravidez, Ramatou Issoufou, que estava deitada em uma maca, ofegante e tendo convulsões. Em meio à respiração difícil, ela reclamava que estava perdendo a visão.

O único médico na clínica era o nigeriano Obende Kayode, enviado para lá como parte de um programa de ajuda externa da Nigéria (se a Nigéria pode enviar médicos para o exterior, os Estados Unidos também podem!). Kayode explicou que Ramatou provavelmente tinha eclampsia, uma complicação da gravidez que mata cerca de 50.000 mulheres por ano no mundo em desenvolvimento. Ela precisava de uma cesariana, pois, assim que o bebê nascesse, as convulsões terminariam.

Ramatou tinha seis filhos, 37 anos, e sua vida estava se esvaindo em uma sala de espera de um pequeno hospital. "Acabamos de ligar para o marido dela", explicou o Dr. Kayode. "Quando ele fornecer os medicamentos e materiais cirúrgicos, podemos fazer a cirurgia."

A clínica em Zinder, como ficamos sabendo, era parte de um programa piloto em Níger, criado pelo Fundo de População das Nações Unidas (UNFPA)* e pela AMDD para lutar contra a mortalidade materna. Em resultado, todos os materiais necessários para uma cesariana eram mantidos em bolsas plásticas seladas, disponíveis se a família pagasse US$ 42. Isso foi um grande progresso em relação ao procedimento anterior de fazer as famílias percorrerem toda a cidade, gastando muito mais para comprar bandagens aqui, gazes ali, bisturis em outro lugar. Mas e se a família de Ramatou não tivesse US$ 42?

Nesse caso, ela provavelmente morreria. "Se a família disser que não tem dinheiro, então temos um problema", reconheceu o Dr. Kayode. "Algumas vezes, nós ajudamos, na esperança de sermos pagos. No início, eu ajudava muito, mas depois as pessoas não me pagavam." Ele deu de ombros e continuou: "Isso depende do estado de espírito. Se a equipe sentir que eles não podem pagar depois, só esperamos e observamos. E, às vezes, a mulher morre".

Ainda assim, a equipe do hospital não queria que Ramatou morresse conosco lá. As enfermeiras a levaram para a sala de cirurgia, limparam a barriga dela, e uma enfermeira administrou a anestesia epidural. Ramatou ficou na maca, respirando de modo pesado e irregular, sem se mover e aparentemente inconsciente. O Dr. Kayode entrou, cortou rapidamente o abdome de Ramatou e segurou um grande órgão que se parecia um pouco com uma bola de basquete. Esse era seu útero. Ele o cortou com cuidado e tirou um menino, que entregou a uma enfermeira. O bebê estava quieto e não ficou imediatamente claro se ele estava vivo. Do mesmo modo, Ramatou parecia comatosa enquanto o Dr. Kayode costurava seu útero, colocava-o de volta no abdome e, depois, suturava o corte externo da barriga

---

* A ONU não estabelece um padrão em relações públicas, mostra dificuldades em unificar a utilização de abreviações com o nome de suas organizações. Esse órgão originalmente era chamado de *UN Fund for Population Activities* (Fundo da ONU para atividades populacionais) e manteve a sigla UNFPA mesmo depois de mudar o nome para Fundo de População da ONU (N.T.).

dela. Então, 20 minutos depois, Ramatou estava recobrando a consciência, abatida e exausta, mas sem convulsões e com a respiração normalizada.

"Estou bem", ela conseguiu dizer, e, então, a enfermeira trouxe seu bebê que agora gritava e se mexia, com muita vida. O rosto de Ramatou se iluminou e ela estendeu as mãos para segurar seu filho. Parecia realmente um milagre, e mostrou o que poderia acontecer se transformarmos a saúde materna em uma prioridade. Um médico e algumas enfermeiras em uma sala de operações mal equipada, no meio do deserto de Níger, salvaram a vida de uma mulher e de seu bebê. Assim, o legado de saúde pública de Allan Rosenfield incluiu mais duas vidas salvas.

CAPÍTULO 7

Por que as mulheres morrem no parto?

O mundo permaneceria de braços cruzados se fossem os homens que estivessem morrendo simplesmente por completarem sua função reprodutiva?
—ASHA-ROSE MIGIRO, VICE-SECRETÁRIA-GERAL DAS
NAÇÕES UNIDAS, 2007

O primeiro passo para salvar a vida de mães é compreender as razões da mortalidade materna. A causa imediata da morte pode ser eclampsia, hemorragia, malária, complicações do aborto, parto obstruído ou sepsia. No entanto, por trás das explicações médicas estão os fatores sociológicos e biológicos. Considere os fatores que convergiram para matar Prudence Lemokouno.

Encontramos Prudence deitada em uma cama do pequeno hospital de Yokadouma, na remota região sudeste de Camarões, praticamente na área em que (conforme sugerem as evidências genéticas) a AIDS se transmitiu para seres humanos pela primeira vez, na década de 1920. Com 24 anos e mãe de três filhos, Prudence trajava um velho vestido vermelho xadrez e tinha uma enorme protuberância na barriga; a parte inferior de seu corpo estava coberta com um lençol. A dor era tremenda e ela periodicamente se agarrava à lateral da cama, mas nunca gritava.

Prudence vivia com a família em um vilarejo a 45 km de distância e não havia recebido nenhum atendimento pré-natal. Ela entrou em trabalho de par-

Prudence Lemokouno em seu leito de hospital em Camarões, sem receber tratamento da equipe. (Naka Nathaniel)

to, assistida por uma parteira tradicional que não tinha formação. Mas o colo uterino de Prudence estava bloqueado e o bebê não conseguia sair. Após três dias de trabalho de parto, a parteira sentou-se sobre o ventre de Prudence e aplicou-lhe diversas pancadas com o peso do corpo. Isso rompeu o útero de Prudence. A família pagou a um homem que tinha uma moto para levá-la ao hospital. O médico do hospital, Pascal Pipi, constatou que ela precisava de uma cesariana de emergência. Mas ele queria US$ 100 para a cirurgia, e o marido e os pais de Prudence disseram que só podiam juntar US$ 20. O Dr. Pipi tinha certeza de que a família estava mentindo e que poderia pagar mais. Talvez tivesse razão, pois um dos primos de Prudence tinha um telefone celular. Se ela fosse um homem, a família provavelmente teria vendido bens suficientes para reunir os US$ 100.

O Dr. Pipi tinha baixa estatura e corpo robusto, usava óculos, possuía um ar sério e inteligente e falava excelente francês — e sentia também um ressentido desprezo pelos camponeses do local. Ele trabalhava diligentemente e foi muito simpático conosco, mas desprezava os aldeões das redondezas que, como Prudence, não cuidam de si mesmos e não procuram atendimento médico com suficiente antecedência.

"Mesmo as mulheres que vivem na cidade, bem ao lado do hospital, dão à luz em casa", disse ele. No total, estimou que apenas cerca de 5% das mulheres da região têm filhos no hospital. Praticamente não há suprimentos, queixou-se ele, e em toda a história do hospital ninguém jamais fizera uma doação voluntária de sangue. O Dr. Pipi revelou-se amargo, irritado com as mulheres e também consigo mesmo por estar preso a um lugar tão provinciano, remoto e atrasado. Era absolutamente insensível às necessidades dessas mulheres.

Havíamos encontrado a clínica por acaso e entramos para indagar sobre a saúde materna na região. O Dr. Pipi nos deu uma avaliação inteligente das condições na região e, então, encontramos Prudence em uma sala desocupada do hospital. Ela já estava ali deitada havia três dias, de acordo com a família — apenas dois, disse-nos, indignado, o Dr. Pipi mais tarde. O feto havia morrido logo após ela dar entrada no hospital e agora estava se decompondo lentamente, envenenando Prudence. "Se eles tivessem feito algo imediatamente, meu filho ainda estaria vivo", disse revoltado Alain Madelin, o marido de Prudence, de 28 anos, enquanto ficava ao lado da esposa. Professor em uma escola pública, Alain era instruído o bastante para expressar incisivamente sua indignação com o modo como a esposa era tratada. "Salvem minha esposa!", suplicava. "Meu filho morreu. Salvem minha esposa!"

O Dr. Pipi e sua equipe ficaram furiosos com os protestos de Alain e constrangidos com o fato de uma mulher estar morrendo diante de visitantes. Argumentaram que o problema era a escassez de recursos, complicado por aldeões incultos que se recusavam a pagar por serviços médicos.

"Quase sempre, em situações de emergência, a família não paga", comentou Emilienne Mouassa, a enfermeira-chefe, que parecia ter anticongelante nas veias. "Eles simplesmente desaparecem."

O Dr. Pipi informou que, sem a intervenção, Prudence teria apenas algumas horas de vida e que ele poderia operá-la se recebesse os US$ 80 que faltavam. Então concordamos em pagá-los ali mesmo. O Dr. Pipi disse então que Prudence provavelmente estava anêmica e precisaria de uma transfusão de sangue para poder passar pela cesariana. Uma enfermeira consultou o prontuário de Prudence e informou que seu sangue era do tipo A positivo. Nick, Naka Nathaniel e o cinegrafista entreolharam-se.

"Sou A positivo", Nick sussurrou a Naka.

"E eu sou O positivo, um doador universal", Naka sussurrou de volta.

Eles se voltaram para o Dr. Pipi.

"E se nós doássemos o sangue?", indagou Nick. "Eu sou A positivo e ele é O positivo. Você poderia usar o sangue para a transfusão?"

Encolhendo os ombros, o Dr. Pipi concordou.

Então, Nick e Naka deram alguma quantia de dinheiro para que uma enfermeira fosse à cidade comprar o que supostamente seriam agulhas descartáveis novas em folha. Em seguida, o técnico de laboratório extraiu sangue de cada um deles.

Prudence não parecia plenamente consciente do que se passava, mas sua mãe tinha lágrimas de alegria correndo pelo rosto. A família tivera certeza de que ela morreria e, agora, subitamente parecia que sua vida poderia ser salva. Alain insistiu para que ficássemos por perto até que a cirurgia acabasse. "Se vocês forem embora", ele alertou sem rodeios, "Prudence vai morrer".

Emilienne e as outras enfermeiras haviam discutido com a família novamente, tentando arrancar-lhes mais dinheiro, mas interviemos e pagamos um pouco mais. Então, as enfermeiras conectaram as bolsas de sangue a um gotejador e o sangue de Nick e Naka começou a fluir para a corrente sanguínea de Prudence. Quase que imediatamente ela se reanimou e, em uma voz débil, nos agradeceu. As enfermeiras disseram que tudo estava pronto para a cirurgia, mas as horas foram se arrastando e nada acontecia. Às 22 horas, perguntamos à enfermeira de plantão onde estava o Dr. Pipi.

"Ah, o doutor? Ele saiu pelos fundos. Foi embora para casa. Ele vai operar amanhã. Provavelmente." Parecia que o Dr. Pipi e as enfermeiras haviam resolvido ensinar uma lição a Alain e aos familiares de Prudence pela petulância.

"Mas amanhã será tarde demais!", protestou Nick. "Prudence estará morta. O próprio médico disse que ela teria só algumas horas."

A enfermeira deu de ombros. "Isso cabe a Deus, não a nós", respondeu. "Se ela morrer, será por vontade de Deus." Estávamos a ponto de estrangulá-la.

"Onde mora o Dr. Pipi?", perguntou Nick. "Vamos à casa dele agora mesmo." A enfermeira se recusou a informar. Alain assistia, atônito e confuso.

"Vamos lá, você deve saber onde mora o médico. E se houver uma crise no meio da noite?"

Nesse ponto, nosso intérprete nos puxou de lado. "Olhem, eu tenho certeza de que podemos descobrir onde mora o Dr. Pipi se perguntarmos por aí", propôs. "Mas, se formos à casa dele e tentarmos arrastá-lo de volta para que faça a cirurgia, ele vai ficar extremamente furioso. Talvez até a opere, mas não se sabe o que ele vai fazer com o bisturi. Não seria bom para Prudence. A única esperança é esperar até amanhã cedo e ver se ela ainda estará viva." Então desistimos e retornamos à nossa pousada.

"Obrigado", disse Alain. "Vocês tentaram. Fizeram tudo o que podiam. Agradecemos a vocês." Mas ele estava aniquilado, em parte porque sabia que a equipe do hospital estava agindo assim para humilhá-lo. A mãe de Prudence estava enraivecida demais para falar; seus olhos brilhavam com lágrimas de frustração.

Na manhã seguinte, o Dr. Pipi finalmente realizou a cirurgia, mas pelo menos três dias já haviam transcorrido desde que Prudence dera entrada no hospital, e seu abdome estava gravemente infectado. Ele tinha de remover 20 cm de seu intestino delgado e não dispunha de nenhum dos antibióticos eficazes necessários para combater a infecção.

As horas passavam. Prudence permanecia inconsciente e, aos poucos, todos se deram conta de que não era apenas a anestesia; ela estava em coma. Seu ventre se expandia sem cessar por causa da infecção, mas as enfermeiras lhe davam pouca atenção. Quando a bolsa que recebia urina de seu cateter transbordou, ninguém a trocou. Ela estava vomitando um pouco, e coube à mãe de Prudence limpá-la.

Com o passar das horas, o clima na sala foi se tornando cada vez mais lúgubre. Os únicos comentários do Dr. Pipi eram críticas à família de Prudence, especialmente a Alain. O ventre de Prudence inchava grotescamente, e ela estava cuspindo sangue. Ela começou a lutar pela respiração, em espasmos intensos, aterrorizantes. Finalmente, seus familiares decidiram levá-la para casa para morrer. Contrataram um carro para transportá-los ao vilarejo e voltaram para lá, pesarosos e amargos. Três dias após a cirurgia, Prudence morreu.

Isso é o que acontece em algum lugar do mundo uma vez a cada minuto. O útero rompido de Prudence não foi a única causa de sua morte. Houve outros quatro fatores importantes.

- *Biologia*. Uma das razões de as mulheres morrerem no parto está ligada à anatomia, devido a duas adaptações evolutivas básicas. A primeira é que, quando nossos ancestrais começaram a andar eretos, ter uma pelve muito grande tornava cansativo e ineficiente caminhar e correr com postura ereta. Uma pelve estreita permite correr velozmente. Isso, no entanto, torna o parto extremamente difícil. Assim, por causa da adaptação evolutiva as mulheres geralmente têm pelves de tamanho médio que possibilitam locomoção moderadamente rápida e lhes permitem sobreviver ao parto — na maioria das vezes.

  A outra adaptação é o tamanho da cabeça. Começando com nossos antepassados de Cro-Magnon, o tamanho do crânio humano foi se expandindo para acomodar um cérebro mais complexo. Um cérebro maior proporciona uma vantagem evolutiva depois que a criança nasce, mas aumenta a chance de que um feto com a cabeça grande não consiga emergir vivo da mãe.

  Os seres humanos são os únicos mamíferos que precisam de assistência no nascimento. Alguns biólogos e psicólogos evolucionistas argumentam que, em decorrência disso, a primeira "profissão" a surgir nos tempos pré-históricos tenha sido, talvez, a de parteira. O risco para a mãe varia conforme a anatomia, e a pelve humana é classificada segundo os formatos que refletem variações evolutivas: ginecoide, androide, antropoide e platipeloide. Há certa discordância entre os especialistas sobre a significância dessas distinções. Como já sugerido pelo periódico científico *Journal of Reproductive Medicine*, elas são reflexo tanto de fatores ambientais no período da infância quanto de fatores genéticos.

Seja como for, a pelve mais comum entre as mulheres é a ginecoide, que melhor coopera com o processo de nascimento (mas não é encontrada em grandes atletas de corrida), e é particularmente comum entre mulheres caucasianas. Já a pelve antropoide é alongada, permite corrida veloz e tem maior probabilidade de resultar em parto obstruído. Há poucos dados sobre os formatos pélvicos, mas as mulheres africanas parecem desproporcionalmente propensas a ter pelve antropoide. E alguns especialistas em saúde materna veem isso com uma das razões para as taxas de mortalidade materna serem tão altas na África.

- *Falta de escolaridade*. Se os aldeões fossem mais escolarizados, as chances de Prudence teriam sido maiores, por diversas razões. A educação está associada a um menor número de pessoas da família, ao maior uso de contracepção e à maior utilização de hospitais. Assim, com mais educação, seria menos provável que Prudence engravidasse, e, caso ficasse grávida, haveria maior probabilidade de que desse à luz no hospital. E, se a parteira tivesse maior escolaridade, teria encaminhado um caso de parto obstruído ao hospital — e certamente não teria sentado no ventre de Prudence.

A educação e o planejamento familiar também tendem a possibilitar às famílias melhores condições para ganhar a vida, bem como oportunidades de acumular uma poupança. Como resultado, elas passam a ter maior capacidade de pagar por serviços de saúde, e as famílias com mais escolaridade também têm maior chance de destinar sua poupança à saúde da mulher que vai dar à luz. Com maior escolaridade, portanto, a família de Prudence teria maior capacidade de pagar os US$ 100 da cirurgia e tenderia mais a ver essa despesa como um investimento sensato. O Banco Mundial estima que, para cada 1.000 meninas que frequentarem um ano a mais de escola, duas mulheres a menos morrerão no parto. Como veremos, esses estudos por vezes superestimam o poder da educação, mas, mesmo que exagerem essa magnitude, o efeito da escolaridade é claro.

- *Falta de sistemas de saúde rurais.* Se Camarões contasse com uma melhor estrutura de saúde, o hospital teria feito a cirurgia em Prudence assim que ela tivesse dado entrada. Nele, haveria antibióticos eficazes para tratar sua infecção. O hospital teria treinado parteiras rurais na região, que disporiam de telefones celulares para chamar uma ambulância. Qualquer um desses fatores poderia ter salvo a vida de Prudence.

Um dos impedimentos à construção de um sistema de saúde na África rural é a escassez de médicos. O Dr. Pipi era insensível, mas também é preciso reconhecer que era um trabalhador esforçado que vivia extremamente sobrecarregado — e Camarões simplesmente não tinha médicos suficientes para escalar um segundo profissional para o hospital de Yokadouma. Os médicos e enfermeiros na África rural acabam sendo esmagados pelas horas infindáveis de trabalho, pela falta de suprimentos e pelas condições difíceis — que incluem riscos a sua própria saúde —, e assim tentam transferir-se para a capital. Com muita frequência, também emigram para a Europa ou a América, o que equivale de certa forma a uma ajuda externa da África para o Ocidente, deixando mulheres como Prudence sem ninguém para operá-las.

Um problema que apresentamos para que os países doadores invistam amplamente em cuidados maternos na África é o fato de não haver médicos — pelo menos, médicos dispostos a atender em áreas rurais. É bem mais fácil construir uma sala cirúrgica em uma área rural do que dotá-la de profissionais. Uma ação sensata seria iniciar cursos de formação na África que incrementassem o número de profissionais de saúde, mas na forma de programas de dois ou três anos de duração, que não formassem médicos que pudessem encontrar empregos no exterior. Mesmo formando menos médicos, a África estaria em melhores condições se, em contrapartida, um maior número de profissionais de saúde fosse obrigado a permanecer em seus países de origem. O propósito da formação médica não é alimentar a emigração, mas atender às necessidades de saúde nacionais.

Outro problema comum é que os médicos e enfermeiros muitas vezes não comparecem ao trabalho, principalmente em clínicas rurais. Um estudo detalhado conduzido em seis países da África, Ásia e América Latina constatou que, em um dia qualquer, 39% dos médicos estavam ausentes das clínicas, quando deviam estar de plantão. Os governos de países ocidentais e os órgãos das Nações Unidas que fazem doações deveriam tentar apoiar não apenas a construção de clínicas, mas também um sistema de auditoria que realizasse inspeções não programadas. A remuneração de membros da equipe médica que estivessem ausentes sem motivo justo seria então bloqueada, o que poderia se revelar uma forma barata de incrementar a eficiência e eficácia das clínicas existentes.

- *Desconsideração pelas mulheres*. Em boa parte do mundo, as mulheres morrem porque não são consideradas importantes. Há uma forte correlação entre países em que as mulheres são marginalizadas e países com alta mortalidade materna. De fato, nos Estados Unidos a mortalidade materna permaneceu bem elevada ao longo do século XIX e início do XX, mesmo enquanto a renda se elevava e o acesso ao atendimento médico crescia. Durante a Primeira Guerra Mundial, morreram mais mulheres americanas no parto do que homens americanos em combate. No entanto, da década de 1920 à de 1940, as taxas de mortalidade materna do país caíram visivelmente. Ao que parece, a mesma sociedade que estava dando às mulheres o direito de voto também estava encontrando a vontade política necessária para direcionar recursos à saúde materna. Quando as mulheres puderam votar, a vida delas subitamente se tornou mais importante, e emancipá-las acabou por proporcionar um impulso forte e imprevisto em prol de sua saúde.

Infelizmente, persiste-se em reduzir a saúde materna a uma "questão feminina". A preocupação com o tema jamais conta com espaço na pauta internacional predominante e nunca recebe recursos suficientes. "Mortes maternas em países em desenvolvimento são muitas vezes o desfecho trágico da negação cumulativa dos direitos humanos das mulheres", observou o periódico científico *Clinical Obstetrics and Gynecology*. "As mulheres não estão morrendo por causa de doenças incuráveis. Elas estão morrendo porque as sociedades ainda têm de entender que suas vidas devem ser salvas."

Seria mais fácil se as mulheres não menstruassem e o nascimento ficasse a cargo de cegonhas. Como observou o periódico médico *The Lancet*:

> A negligência com as questões das mulheres reflete determinado nível de preconceito inconsciente contra as mulheres em todos os níveis, desde a comunidade até os responsáveis pelas decisões em altos escalões... Ainda que ignoremos, a saúde materna envolve sexo e sexualidade, e também sangue e complicações; e parece-me que muitos homens (não todos, claro) têm uma antipatia visceral em lidar com essa área.

Na maioria das sociedades, criaram-se explicações mitológicas e teológicas para justificar por que as mulheres devem sofrer no parto, e essas explicações impediram as tentativas de tornar o processo mais seguro. Depois que se inventou a anestesia, por muitas décadas seu uso ainda foi rotineiramente negado à parturiente, pois se achava que "cabia" à mulher sofrer. Uma das poucas sociedades a adotar uma visão oposta foi a tribo dos huichol, do México. Os huichol acreditavam que a dor do parto devia ser partilhada, e assim a mãe agarrava um cordão que ficava amarrado aos testículos do marido. A cada contração dolorosa, ela dava um puxão no cordão para que o homem pudesse compartilhar o fardo. Certamente, se tal mecanismo fosse mais generalizado, as lesões que ocorrem no parto receberiam mais atenção.

A pobreza, evidentemente, também pesa, mas as altas taxas de mortalidade materna não são inevitáveis nos países pobres. A principal prova disso é o Sri Lanka. Desde 1935, o país conseguiu reduzir pela metade as mortes maternas a cada período de seis a doze anos. Ao longo do último meio século, o Sri Lanka diminuiu sua taxa de mortalidade materna, que era de 550 mortes maternas a cada 100.000 nascidos vivos, para apenas 58. A chance de uma mulher morrer na gravidez no Sri Lanka agora é de apenas 1 em 850, durante toda a vida.

Essa é uma conquista impressionante, principalmente porque o país tem sido assolado por uma guerra intermitente nas últimas décadas e ocupa a 117[a] posição mundial em renda *per capita*. E não é apenas uma questão de injetar dinheiro no problema, pois o Sri Lanka gasta 3% de seu PIB em saúde, em comparação com 5% na Índia, país vizinho em que uma mulher tem probabilidade oito vezes maior de morrer no parto. Mais propriamente, é uma questão de vontade política: salvar mães tem sido uma prioridade no Sri Lanka, mas não na Índia.

Em termos mais amplos, o Sri Lanka investe em saúde e educação em geral e presta especial atenção à igualdade de gênero. Aproximadamente 89%

das mulheres do Sri Lanka são alfabetizadas, enquanto apenas 43% são no sul da Ásia. A expectativa de vida no Sri Lanka é muito maior do que nos países vizinhos. Além disso, um excelente sistema de registro civil vem documentando os óbitos maternos desde 1900, de modo que o país realmente dispõe de dados, diferentemente das vagas estimativas existentes em muitos outros lugares. Os investimentos na educação de meninas permitiu que as mulheres tivessem maior valor e maior influência na sociedade, e essa parece ser uma razão do maior empenho para reduzir a mortalidade materna.

A partir da década de 1930, o Sri Lanka implementou uma infraestrutura nacional de saúde pública que abrange desde postos de saúde rudimentares, na linha de base, até hospitais rurais, um nível acima, seguidos de hospitais distritais com serviços mais sofisticados e, finalmente, hospitais provinciais e centros de maternidade especializados. Para assegurar que as mulheres chegassem aos hospitais, o país providenciou ambulâncias.

O Sri Lanka também estabeleceu uma importante rede de parteiras treinadas, espalhadas por todo o país, cada uma servindo uma população de 3.000 a 5.000 pessoas. As parteiras, que receberam dezoito meses de treinamento, oferecem atendimento pré-natal e encaminham aos médicos os casos de risco. Hoje, 97% dos partos são feitos por um médico especializado e mesmo as mulheres que vivem em aldeias costumam dar à luz no hospital. Ao longo dos anos, o governo aumentou o número de obstetras em seus hospitais e analisou os dados para saber quais eram as mulheres que continuavam sem acesso ao sistema — por exemplo, as que vivem em fazendas de chá —, e, com essa informação, abriu clínicas para atendê-las. A campanha contra a malária também reduziu a mortalidade materna, uma vez que as mulheres grávidas são especialmente vulneráveis a essa doença.

O Sri Lanka mostra assim o que é necessário para reduzir a mortalidade materna. O planejamento familiar e o casamento em idade mais tardia também ajudam, assim como a utilização de mosquiteiros. Um sistema de saúde que funcione em áreas rurais também é essencial.

"Enxergar a mortalidade materna é uma ótima maneira de enxergar o sistema de saúde como um todo, porque isso exige que se faça um grande número de coisas", diz o Dr. Paul Farmer, especialista em saúde pública da Universidade de Harvard. "Precisa-se de planejamento familiar, precisa-se de um hospital distrital para as cesarianas, e assim por diante."

Há outras inovações possíveis também. Um estudo revelou que fornecer suplementos contendo vitamina A para mulheres grávidas no Nepal diminuiu a mortalidade materna em 40%, porque, ao que parece, isso reduz as infecções em mulheres subnutridas. A evidência obtida em Bangladesh e em outros países sugere que, atenuando as restrições sobre o uso de antibióticos e incentivando as mulheres a utilizarem esses medicamentos após o parto, a ocorrência de morte por sepsia se reduz.

Uma das experiências mais interessantes está em andamento na Índia, onde um programa piloto implementado em algumas áreas está pagando US$ 15 a mulheres pobres que deem à luz em centros de saúde. Além disso, os trabalhadores dos serviços de saúde rural recebem uma recompensa de US$ 5 para cada mulher que trazem para dar à luz. Também são fornecidos vales para que as mulheres grávidas tenham como pagar pelo transporte até a clínica. Os resultados iniciais foram realmente impressionantes. A proporção de mulheres atendidas nos centros de saúde aumentou de 15 para 60%, e a mortalidade foi reduzida drasticamente. Além disso, as mulheres se tornaram mais propensas a retornar ao centro de saúde após o parto, para controle da natalidade e utilização de outros serviços.

"Nós temos o que é necessário", disse Allan Rosenfield. "Os países que têm dado atenção ao problema vêm se beneficiando de uma diferença real na mortalidade materna." O Banco Mundial resumiu essa experiência em um relatório de 2003: "A mortalidade materna pode ser reduzida à metade nos países em desenvolvimento a cada 7 ou 10 anos, independentemente do nível de renda e da taxa de crescimento."

Pelo fato de ser possível alcançar progresso na saúde materna, as pessoas frequentemente presumem que esse progresso é praticamente garantido. Em 1987, em parte como resultado do famoso artigo de Allan publicado no *The Lancet*, uma conferência da ONU foi realizada em Nairóbi para lançar a Safe Motherhood Initiative (Iniciativa Maternidade Segura), com o objetivo de "reduzir a mortalidade materna em 50% até ao ano 2000". Esse também foi o ano em que a ONU adotou formalmente a Meta de Desenvolvimento do Milênio de reduzir a mortalidade materna em 75% até 2015. O primeiro objetivo não foi alcançado e, por uma ampla diferença, a Meta do Milênio deixará de ser atingida.

Em retrospecto, os defensores da saúde materna cometeram alguns erros estratégicos. A vertente dominante — respaldada pela Organização Mundial de Saúde (OMS) e que inicialmente prevalecera — insistia para que a solução se baseasse na melhoria da atenção primária. A ideia era criar programas como o dos "médicos descalços", antes vigente na China, ou como a rede de parteiras do Sri Lanka, uma vez que isso seria muito mais eficaz, em termos financeiros, do que formar médicos (que, de qualquer modo, provavelmente acabariam servindo apenas aos moradores das cidades). Após uma conferência da OMS, em 1978, enfatizou-se a necessidade de investir em parteiras rurais, e alguns países chegaram até a desativar programas hospitalares de obstetrícia.

Esses programas de treinamento de parteiras provavelmente auxiliaram a salvar recém-nascidos, ensinando-as a utilizar lâminas de barbear esterilizadas para cortar o cordão umbilical, mas não foram de grande ajuda para a sobrevivência materna. No Sri Lanka, formar parteiras funcionou porque elas faziam parte de um conjunto completo de serviços de saúde e podiam encaminhar pacientes a hospitais, mas na maioria dos outros países a iniciativa de treinar parteiras foi apenas um substituto barato para um programa abrangente.

Uma vertente minoritária, liderada em parte por Allan Rosenfield, considerava que o passo crucial para salvar as mulheres grávidas consistia em proporcionar serviços obstétricos de emergência. "Preparar parteiras é útil", Allan argumentou, "mas insuficiente para salvar todas as mulheres grávidas". No mundo todo, cerca de 10% das mulheres que dão à luz necessitam de cesariana, sendo essa percentagem maior em países mais pobres, onde as mulheres grávidas tendem a ser desnutridas ou muito jovens. Provavelmente se realizam muitas cesarianas no Ocidente, mas seu número é insuficiente na África. Sem cesarianas, simplesmente não há como salvar a vida de muitas mulheres, e as parteiras comuns não têm como prestar esse serviço. Pode não ser necessário um obstetra-ginecologista para realizar uma cesariana, mas certamente é preciso mais que uma parteira munida de uma lâmina de barbear.

A importância da obstetrícia de emergência também foi evidenciada por um estudo em uma igreja cristã fundamentalista em Indiana, Estados Unidos, cujos membros eram americanos ricos, com boa escolaridade e bem nutridos, ainda que, por razões espirituais, evitassem hospitais e médicos. A taxa de mortalidade materna nesse grupo era de 872 em 100.000 nascidos vivos. Isso corresponde a 70 vezes a taxa nacional dos Estados Unidos e quase ao dobro da que hoje se observa na Índia. É difícil não concluir que o fator decisivo para salvar as mães seja o acesso a médicos em situações de emergência. Como informou um editorial do periódico científico *International Journal of Gynecology & Obstetrics*, o atendimento obstétrico é "a peça-chave para uma maternidade segura".

Na prática, o desafio é saber como proporcionar serviços obstétricos de emergência. Tais serviços não são simples nem baratos. Eles exigem uma sala cirúrgica, anestesia e um cirurgião. E a realidade é que as áreas rurais da África muitas vezes não dispõem de nada disso. Quebrando a cabeça com esse desafio,

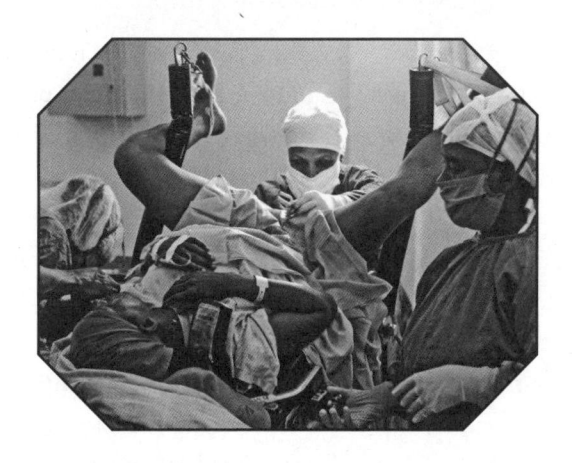

Allan Rosenfield continuou a rememorar sua experiência como jovem médico na Tailândia, ocasião em que treinou parteiras para que oferecessem serviços que normalmente são reservados a médicos. Considerando, particularmente, a frequência com que os profissionais de medicina emigram, por que razão os não médicos não poderiam ser treinados para realizar cesarianas de emergência?

O Addis Ababa Fistula Hospital com frequência utiliza profissionais da área médica que não dispõem de diploma. Como ocorre costumeiramente em países pobres, os que administram anestesia nesse hospital são enfermeiros, não médicos. Na verdade, um deles começou como carregador. O mais impressionante é que um dos melhores cirurgiões é Mamitu Gashe, que nunca cursou o ensino fundamental, e muito menos a de medicina. Mamitu cresceu analfabeta em uma aldeia remota da Etiópia e sofreu uma fístula em sua primeira gravidez, quando jovem. Ela chegou ao Addis Ababa Fistula Hospital para ser operada, e mais tarde começou a ajudar fazendo camas e dando assistência a Reg Hamlin durante as cirurgias. Enquanto permanecia ao lado dele e lhe passava o bisturi, ela observava com atenção. Poucos anos depois, ele lhe permitiu fazer trabalhos simples, como suturas, e com o tempo foi-lhe confiando outras tarefas cirúrgicas.

Mamitu tinha dedos ágeis e excelentes habilidades técnicas, e, mesmo que seu conhecimento biológico fosse limitado, ela acumulou experiência ininterruptamente reparando lesões internas. Chegou o dia em que Mamitu estava fazen-

Mamitu Gashe, uma paciente com fístula obstétrica que nunca frequentou o ensino fundamental, agora realiza cirurgias regularmente — um lembrete de que os não médicos podem prestar alguns trabalhos que consideramos exclusivos deles. Aqui, Mamitu repara uma fístula no Addis Ababa Fistula Hospital. (Nicholas D. Kristof)

do cirurgias de fístula sozinha. O hospital realiza maior número de reparos de fístula do que qualquer outro no mundo, e Mamitu tinha papel central nessa atividade. Ela também começou a ser responsável pelo programa de treinamento e, assim, quando médicos iam a Adis-Abeba por alguns meses para aprender a fazer cirurgias de fístula, sua professora muitas vezes era uma mulher analfabeta que não estivera na escola um dia sequer. Por fim, Mamitu se cansou de ser uma cirurgiã-mestra que não sabia ler e se matriculou na escola noturna. Na última vez em que a visitei, ela já estava no terceiro ano.

"Você pode treinar parteiras ou enfermeiras experientes para fazer cesarianas que irão salvar vidas", afirma Ruth Kennedy. De fato, alguns experimentos vêm sendo feitos em Moçambique, Tanzânia e Malauí para treinar não médicos a realizarem cesarianas. Essa abordagem permitiria salvar um grande número de vidas. Os médicos, porém, relutam em abrir mão de seu controle exclusivo sobre essas cirurgias e, por isso, a iniciativa não teve grande êxito.

Outra dificuldade é que a saúde materna simplesmente não tem um eleitorado internacional. Na eleição presidencial americana de 2008, os candidatos tentaram demonstrar sua boa-fé na ajuda externa defendendo um maior investimento no combate à AIDS e à malária. No entanto, a saúde materna não fazia parte do horizonte político, e os Estados Unidos, assim como a maioria dos outros países, contribuíram com quantias insignificantes para lidar com esse problema. A Noruega e a Grã-Bretanha são exceções raras, e anunciaram um importante programa de ajuda externa em 2007 destinado a combater a mortalidade materna. Os Estados Unidos poderiam fazer um benefício imensurável — e promover sua imagem internacional —, caso se unissem aos britânicos e noruegueses nesse esforço.

Ao se promover uma campanha global para reduzir as mortes maternas, é crucial evitar afirmações exageradas. Particularmente, seus defensores devem ser cautelosos ao repetir afirmações de que o investimento em saúde materna é altamente eficaz em termos de custo. Em 2007, com típico entusiasmo, um alto funcionário do Banco Mundial disse em uma conferência sobre saúde materna realizada em Londres: "Investir na melhoria da saúde das mulheres e de seus filhos é simplesmente economia inteligente". Bem, isso certamente se aplica à educação escolar de meninas, mas a triste realidade é que os investimentos em saúde materna dificilmente são tão rentáveis quanto outros tipos de trabalho em saúde. Salvar a vida das mulheres é imperativo, mas não é barato.

Como sugere um estudo, a meta de desenvolvimento do milênio de reduzir a mortalidade em 75% poderia ser alcançada com investimentos cada vez maiores, de um bilhão de dólares, em 2006, a seis bilhões, em 2015. Outro estudo sugeriu serem necessários outros US$ 9 bilhões ao ano para fazer com que todas as intervenções efetivas de saúde materna e neonatal estejam disponíveis a 95% da população mundial (compare-se tal montante à ajuda internacional total para a promoção da saúde materna e neonatal, que foi de meros US$ 530 milhões em 2004).

Suponhamos que a estimativa de US$ 9 bilhões ao ano esteja correta. Embora esse montante empalideça ao lado dos 40 bilhões que o mundo gasta anualmente em comida para animais de estimação, ainda é uma grande quantia. Se esses US$ 9 bilhões servissem para salvar três quartos das mães que agora estão morrendo, isso significaria que 402.000 mulheres seriam salvas a cada ano, além de muitos recém-nascidos (e muitas lesões maternas seriam também evitadas). O custo de cada vida materna salva poderia alcançar mais de US$ 22.000. Mesmo se estivermos errando, o custo de salvar cada uma dessas vidas seria ainda superior a US$ 4.000. Por sua vez, uma vacina de um dólar pode salvar a vida de uma criança. Como disse um líder do setor de desenvolvimento: "As vacinas são efetivas em relação ao custo. A saúde materna não é".

Então, não exageremos. A mortalidade materna é uma injustiça somente tolerada porque suas vítimas são mulheres pobres do meio rural. O melhor argumento para deter isso não é, porém, econômico, mas ético. O lado horrível da morte de Prudence não foi a má alocação de recursos feita pelo hospital, mas o fato de haver negligenciado atenção a um ser humano que estava sob seus cuidados. Como Allan Rosenfield argumenta, essa é, antes de qualquer coisa, uma questão de direitos humanos. É hora das organizações de direitos humanos aproveitarem essa oportunidade.

Um exemplo das medidas de que falamos — incluindo serviços obstétricos de emergência para salvar vidas em ambientes difíceis — pode ser encontrado em um hospital surpreendente em um país remoto que nem sequer existe.

O hospital de Edna

Edna Adan primeiro escandalizou seu país por aprender a ler e, desde então, vem chocando seus vizinhos. Agora, ela está surpreendendo os poucos ocidentais que se aventuram a visitar a região conhecida como Chifre da África e que acabam encontrando, brilhando em meio ao caos, o belo edifício de uma maternidade.

Os ocidentais se tornaram tão cínicos frente a corrupção e incompetência no Terceiro Mundo que, por vezes, acreditam nem valer a pena tentar apoiar boas causas na África. Edna e sua maternidade testemunham o fato de que os cínicos estão equivocados. Juntos, ela e alguns doadores dos Estados Unidos construíram um monumento que não poderiam ter realizado sozinhos.

Hargeisa, onde Edna cresceu, é uma cidade situada em pleno deserto do que era o protetorado britânico da Somalilândia, mais tarde denominado Somália, e que, hoje, é a república separatista da Somalilândia. Ali, as pessoas são pobres e a sociedade é profundamente tradicional. Os inúmeros camelos que ali vivem costumavam ter mais liberdade do que as mulheres.

"Eu era de uma geração que não tinha escolas para meninas", relembrou Edna, sentada na moderna sala de sua casa em Hargeisa. "Era considerado indesejável ensinar uma menina a ler e escrever. Não havia escolas para meninas porque, se elas recebessem educação, iriam crescer e ficar falando sobre órgãos genitais". Um brilho travesso em seus olhos revelou que ela estava brincando — um pouquinho.

Edna cresceu em uma família excepcional. Seu pai, Adan, era um médico que se tornaria o pai dos serviços médicos do país. Adan conheceu a mãe de

Edna, a filha do encarregado-geral dos correios, na quadra de tênis do governador britânico da Somalilândia. Mesmo em uma família de elite como a sua, o irmão recém-nascido de Edna morreu quando a parteira o deixou cair de cabeça no chão. E, quando ela tinha cerca de 8 anos, sua mãe a fez cumprir uma tradição somali: os genitais de Edna foram cortados em um procedimento chamado "circuncisão feminina". A intenção é reduzir o desejo sexual, refrear a promiscuidade e garantir que as filhas sejam desposáveis.

"Não fui consultada", Edna revela. "Pegaram-me, deitaram-me e foi feito. Minha mãe achava que era a coisa certa a fazer. Meu pai estava fora da cidade. Ele voltou e ficou sabendo, e foi a única vez em que eu o vi com lágrimas nos olhos. E isso me deu coragem, porque, se ele achava errado, então era algo que significava muito."

A mutilação de Edna, que era muito próxima ao pai, levou a uma discussão feroz entre ele e a esposa e a uma deterioração do casamento. E foi assim que ela se tornou adversária ferrenha da mutilação genital. Mas, em casa, a criação esclarecida de Edna prosseguiu. Um professor ia até a casa para lecionar aos meninos da família, e os pais permitiram que ela ficasse por perto para absorver as lições. Ela logo mostrou sua aptidão, e assim seus pais a enviaram a uma escola fundamental para meninas em Djibuti, colônia francesa vizinha. Como não havia escolas de ensino médio para meninas, ela retornou a Hargeisa para trabalhar como intérprete para um médico britânico. "Isso melhorou meu inglês, trouxe-me ao campo da saúde e aguçou ainda mais meu apetite pelo trabalho nessa área", diz Edna.

Em 1953, foi inaugurada em outra cidade uma escola para meninas e, com 5 anos, Edna foi trabalhar lá como professora estagiária. De manhã, dava aulas para as meninas e, à tarde, recebia aulas particulares do mesmo professor que lecionava aos rapazes do ensino médio (já que teria sido impróprio para Edna sentar-se com eles). A cada ano, algumas bolsas de estudo eram concedidas para levar somalis à Inglaterra para estudos, e considerava-se natural que os ganhadores fossem rapazes. Edna, porém, recebeu permissão para fazer os exames — em uma sala separada dos garotos — e logo se tornou a primeira aluna somali a estudar na Grã-Bretanha. Ali, ela passou sete anos estudando enfermagem, obstetrícia e gestão hospitalar.

Edna tornou-se a primeira enfermeira obstetra qualificada de seu país, a primeira mulher somali a dirigir veículos e, mais tarde, a primeira-dama da Somália — nada menos que isso. Ela se casou com o primeiro-ministro da Somalilândia, Ibrahim Egal, que se tornou primeiro-ministro da Somália em

1967, depois da união dos ex-territórios somalis britânico e italiano. Ela e seu marido visitaram o presidente Lyndon Johnson na Casa Branca. Em uma foto que nos mostrou, Edna aparece exuberante e cheia de vida ao lado de um Johnson que sorri, mais acima (ela tem apenas 1,57 m).

Mais tarde, Edna se divorciou e foi contratada pela Organização Mundial de Saúde. Viveu a boa vida de funcionária das Nações Unidas, sendo escalada para trabalhar em diferentes partes do mundo. Mas ela sonhava em abrir um hospital em sua terra natal — *o hospital em que meu pai teria gostado de ter trabalhado*. E, no início dos anos 1980, ela começou a construir sua instituição particular na capital da Somália, Mogadíscio. Quando a guerra estourou, o projeto teve de ser abandonado.

Edna chegou a ser a representante mais alta da ONU em Djibuti, com um lindo escritório e um Mercedes-Benz. Ela não queria, porém, que seu legado fosse um Mercedes; queria que fosse um hospital. O sonho era insistente e ela se sentia insatisfeita. Sabia que a Somalilândia tem uma das maiores taxas de mortalidade materna do mundo, embora não se conheçam os números precisos, porque ninguém faz a estatística dos óbitos. Assim, quando Edna se aposentou da Organização Mundial de Saúde, em 1997, anunciou ao governo da Somalilândia — que na época vencera uma guerra civil e se separara da Somália — que ia vender seu Mercedes e utilizar o dinheiro, bem como suas economias e sua pensão, para construir um hospital.

"Você já tentou fazer isso", disse-lhe o presidente da Somalilândia, que, aliás, era seu ex-marido.

"Eu tenho que fazer isso", ela respondeu. "Tenho que fazer isso agora, mais que nunca, porque tudo o que tínhamos de instalações de saúde foi destruído na guerra civil."

"Nós vamos lhe dar um terreno para o hospital na periferia da cidade", ele anunciou.

"Não", contrapôs Edna com firmeza. "Isso não é bom para as mulheres que dão à luz às duas da manhã."

Havia apenas um terreno disponível dentro da cidade de Hargeisa. Tratava-se de uma antiga área para os desfiles militares do governo anterior, famosa como local em que as pessoas eram presas, açoitadas e executadas. Quando a guerra civil terminou, o lugar ficou abandonado e os moradores da cidade o usaram como lixão. Edna inicialmente recuou ao visitar a área, mas também viu ali uma vantagem: estava localizada na parte pobre da cidade, perto das pessoas que mais necessitavam de seu auxílio. Foi assim que ela planejou seu próprio hospital maternidade, custeando-o com US$ 300.000 — as economias de sua vida inteira.

Foi um sonho audacioso, talvez até tolo. Um funcionário do pequeno posto da ONU em Hargeisa disse que a visão de Edna era nobre, mas demasiadamente ambiciosa para a Somalilândia, e ele tinha certa razão. Os países africanos estão atulhados de projetos inacabados e abandonados, daí o ceticismo frente a um projeto impulsionado não por planilhas, mas principalmente por sonhos. Outro desafio ao planejamento do hospital era que os possíveis parceiros, como a ONU e os grupos de ajuda privados, não são muito ativos em países separatistas como a Somalilândia, que ninguém reconhece e que, por isso, oficialmente não existem.

Quando o hospital estava quase concluído, mas ainda estava sem telhado, o dinheiro de Edna se esgotou. A ONU e os outros doadores eram simpáticos à causa, mas se recusavam a fornecer o restante do dinheiro necessário. Foi quando Ian Fisher publicou no *The New York Times* um artigo sobre Edna e seu sonho. Anne Gilhuly, uma professora de inglês, recém-aposentada da Greenwich High School, em um rico subúrbio de Connecticut, e sem nenhum interesse específico pela África ou pela saúde materna, leu o artigo. Ela lecionava sobre os clássicos em aulas de educação continuada para adultos e interessava-se especialmente por Shakespeare e por teatro. O artigo, porém, tocou-a assim como a foto que o acompanhava, mostrando Edna ao lado de seu hospital inacabado. Uma amiga de Anne em Greenwich, Tara Holbrook, também havia lido o artigo, e elas conversaram sobre ele ao telefone.

"Estávamos tão incomodadas com os brinquedos de plástico que nossos netos queriam para o Natal, que imediatamente vimos a oportunidade de fazer algo melhor pelas crianças do mundo: ajudar algumas de suas mães a sobreviverem", relembra Anne. Ela prontamente acrescenta, ironizando a si mesma: "Soa sentimentaloide, eu sei".

Então Anne e Tara entraram em contato com Edna. Perguntaram a vários especialistas se o objetivo de Edna era sensato, se era exequível. O ex-embaixador americano Robert Oakley, entre outros, disse que talvez pudesse ser, e Anne seguiu adiante. Em pouco tempo, ela e Tara souberam de um grupo em Minnesota que também havia lido o artigo de Ian e que desejava ajudar. O grupo de Minnesota incluía alguns imigrantes da Somalilândia, liderados por um executivo da área de informática chamado Mohamed Samatar e uma dinâmica agente de viagens chamada Sandy Peterson. A filha de Sandy havia sido violentada aos 6 anos por um vizinho e, posteriormente, passara por toda uma série de sessões de aconselhamento psiquiátrico e hospitais de psiquiatria, chegando a tentar o suicídio. Sandy percebeu que muitas meninas africanas sofriam experiências igualmente traumáticas sem receber nenhum tipo de ajuda. Os cidadãos de Minnesota haviam criado uma organização de apoio, a "Amigos do Hospital de Edna", e solicitado isenção fiscal. Os dois grupos uniram forças. Quando a isenção fiscal foi concedida, no mês de junho, Anne deu início aos pedidos.

Edna em frente ao seu hospital na Somalilândia. (Nicholas D. Kristif)

"Eu e Tara enviamos nossa primeira carta de arrecadação de fundos — voltada principalmente a mulheres de nossa geração que achávamos que ficariam orgulhosas de Edna por suas realizações em uma sociedade patriarcal", Anne lembra. "E elas responderam."

Com a ajuda de Anne e seus amigos, Edna concluiu seu hospital, depois de quebrar todos os protocolos da indústria da construção civil da Somalilândia. Antes de qualquer coisa, ela proibiu os operários de mascarem *khat*, uma folha que tem qualidades similares às de anfetaminas e que é apreciada pelos homens em toda a região. Os trabalhadores não acreditavam que ela estivesse falando sério, até ela despedir alguns deles por desobediência. Ela, então, insistiu para que os pedreiros ensinassem as mulheres a fazer tijolos. Eles inicialmente resistiram, mas ela fazia os pagamentos, e assim a Somalilândia logo dispunha de suas primeiras oleiras. Os comerciantes locais de Hargeisa também apoiaram o hospital, permitindo que Edna utilizasse equipamento de construção gratuitamente e doando 860 sacos de cimento.

O resultado é um hospital de três andares, todo branco, tendo à frente um letreiro em inglês em que se lê: "EDNA ADAN MATERNITY HOSPITAL"

(Hospital Maternidade Edna Adan). Não há traço do sórdido depósito de lixo que ali existira. Qualquer pessoa habituada ao estado de má conservação dos hospitais africanos ficaria boquiaberta, pois ele reluz ao sol da tarde e tem a higiene e a eficiência de um hospital ocidental. Tem 60 leitos e uma equipe de 76 profissionais, e Edna vive em um apartamento dentro do hospital para que possa estar sempre de plantão. Ela não aceita receber nenhum salário e utiliza sua pensão da OMS para complementar as despesas operacionais do lugar.

"Coisas assim são muito preciosas para nós", disse ela, segurando uma máscara cirúrgica, que não pôde ser adquirida em lugar nenhum da Somalilândia. O hospital importa todos os suprimentos médicos e sobrevive graças às doações, incluindo as de aparelhagens de segunda mão. O gerador veio do Conselho Dinamarquês para Refugiados. O ultrassom foi doado por um médico alemão que uma vez visitou o local e cedeu seu aparelho antigo. O refrigerador de sangue veio de um somali que devia um favor a Edna. A Agência para os Refugiados da ONU doou uma ambulância. A Holanda enviou duas incubadoras. O USAID, órgão americano de ajuda exterior, construiu um centro ambulatorial. A Grã-Bretanha equipou a sala cirúrgica. A UNICEF doa vacinas. A OMS fornece reagentes para as transfusões de sangue.

O grupo "Amigos do Hospital de Edna" inicialmente angariava equipamentos e suprimentos médicos nos Estados Unidos e os enviava à Somalilândia. Gradualmente, a ênfase se deslocou exclusivamente para a arrecadação de fundos, a fim de pagar pelo equipamento e pelos suprimentos que Edna adquire mais perto do hospital. O grupo também está financiando a escola médica para dois dos ex-alunos de enfermagem de Edna, para que ela disponha de dois "dos seus" trabalhando em período integral como médicos no hospital. E, ao mesmo tempo, os amigos estão tentando criar um fundo para que o hospital possa sobreviver após a morte de Edna.

De algum modo, e contra todas as previsões, tudo acontece ao mesmo tempo. Às três horas de certa madrugada, chegou um homem trazendo a esposa em um carrinho de mão. Ela estava em trabalho de parto. A equipe entrou prontamente em ação, trazendo sem demora a mulher à sala de parto. Em outra vez, uma mulher nômade deu à luz no deserto e ficou com uma fístula. O marido, não aguentando o cheiro da esposa e o fato de ela estar sempre molhada, a esfaqueou na garganta. A faca lhe atravessou a língua e parou no palato. Os outros nômades lhe costuraram a garganta com linha e agulha e a levaram ao hospital de Edna. Um cirurgião visitante especializado em fístulas costurou a mulher mais uma vez, a garganta e a bexiga.

Edna fazendo um parto pélvico em seu hospital. (Nicholas D. Kristof)

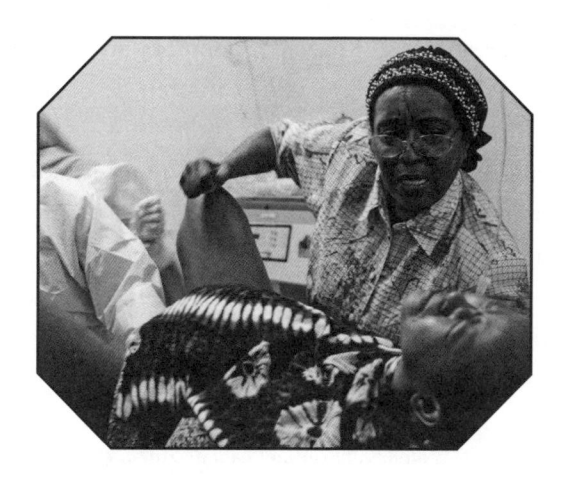

Enquanto percorre seu hospital, Edna é como o clima naqueles meses em que há céu azul e tempestades se alternando. Uma das principais funções de seu hospital é treinar turmas de parteiras, enfermeiros e anestesistas, e ela está constantemente fazendo perguntas em inglês a seus formandos, porque deseja que todos falem essa língua fluentemente. No corredor, ela faz uma pausa para repreender uma aluna de enfermagem sobre um erro, para que ela nunca o cometa novamente. Pouco depois, Edna é pura simpatia ao conversar com uma paciente com fístula. A paciente soluça ao descrever como seu marido a forçou a sair de casa.

"Sou mulher também!", diz Edna à jovem, segurando-lhe a mão. "Também sinto vontade de chorar."

Uma vez, um carro entrou em velocidade pelo portão do hospital. O motorista era um homem que trazia a esposa em trabalho de parto no banco de trás. O bebê nasceu no momento em que chegaram, e em seguida o homem tentou reconduzir o veículo à rua.

"Não! Não!", gritou Edna. "Você vai matar sua esposa. A placenta ainda precisa sair."

"Eu não vou pagar", gritou de volta o homem. "Estou indo."

"Fechem o portão!", berrou Edna para o guarda, impedindo o carro de sair. Em seguida, Edna voltou-se para o homem.

"Esqueça o pagamento", disse ela, e retirou a placenta ali mesmo, no banco de trás, antes de abrir o portão e permitir que ele fosse embora.

Segundo uma superstição somali, queimar um bebê no peito irá prevenir a tuberculose, e por isso Edna tem de estar constantemente atenta para que as mães não tentem levar seus recém-nascidos para fora do hospital a fim de fazer-lhes a queimadura. Pelo menos uma vez, aconteceu de uma mãe queimar seu bebê na cozinha do hospital.

Os financiadores americanos do hospital têm visitado a Somalilândia para ver o resultado de suas ações. Sandy Peterson, a agente de viagens, foi a primeira a viajar a Hargeisa. Em seguida, foram outros, entre eles Anne Gilhuly e seu marido, Bob, que ali estiveram quando Edna fazia dupla jornada ocupando também o cargo de ministra do exterior da Somalilândia, há poucos anos. Anne nos escreveu por *e-mail*:

> *Nadar com ela no Golfo de Áden, em Berbera, claro que inteiramente vestidas (com exceção de Bob, que podia vestir calção porque era homem), naquelas águas cálidas cor de turquesa, com as montanhas cor-de-rosa ao longe e seu guarda-costas marchando para cima e para baixo com uma metralhadora, em uma praia que era absolutamente deserta, é bem mais interessante do que jogar bridge no clube local.*

Anne também observou o lado severo de Edna. Certa vez, uma enfermeira demorou demais para chamar o médico para realizar uma cesariana. Acreditando que a enfermeira tinha posto em risco a vida de uma mulher, Edna explodiu em fúria e lhe deu tamanha reprimenda que Anne e Bob ficaram chocados. Mais tarde, eles concluíram que Edna estava certa: se ela pretendia salvar pacientes e mudar atitudes, só lhe cabia ser firme.

"Edna estava determinada a não deixar que isso ocorresse de novo. Tinha a certeza de que eles não haviam sido sensíveis o bastante frente à situação da mulher", relembra Anne. "Em seu hospital, ela requer atenção total a cada indivíduo. Sem dúvida, entendi o recado. O incidente me fez refletir sobre a magnitude da tarefa que Edna estabeleceu para si mesma e sobre quanto é difícil para nós compreendermos plenamente o que ela está combatendo."

CAPÍTULO 8

Planejamento familiar e o "Golfo de Deus"

Sempre que os canibais estão à beira da inanição, o Céu, em sua infinita misericórdia,
envia um missionário bem gordinho.
— OSCAR WILDE

Rose Wanjera, uma mulher de 26 anos, do Quênia, chegou a uma clínica de maternidade certa tarde. Ela trazia uma criança pequena e sua barriga apontava que outra estava a caminho. Rose estava doente, sem dinheiro e não tinha recebido nenhum atendimento pré-natal. Era uma visitante incomum em uma clínica na favela porque tinha feito faculdade e falava inglês. Ela se sentou em um canto da clínica esquálida e pouco iluminada, esperando pacientemente pelo médico, e nos contou como cães selvagens haviam atacado seu marido até que ele morresse, poucas semanas antes.

Uma enfermeira a chamou e ela se deitou em uma cama. O médico examinou-a, auscultou seu ventre e depois anunciou que ela tinha uma infecção que ameaçava sua vida e a vida de seu filho ainda não nascido. Ele a inscreveu em um programa de maternidade segura, para que ela conseguisse atendimento pré-natal e ajuda durante o parto.

A clínica que Rose visitou representa um posto avançado incomum de um consórcio formado por organizações de ajuda para fornecer cuidados de saúde reprodutiva para mulheres refugiadas, que tendem a estar entre as pessoas mais carentes e esquecidas do mundo. O consórcio inclui a CARE, o International Rescue Committee (Comitê Internacional de Resgate) e a AMDD, a organização de Allan Rosenfield na Universidade de Colúmbia. Essa clínica particular era dirigida por outro membro do consórcio, Marie Stopes International — até que George W. Bush cortou as verbas de Marie Stopes e de todo o consórcio em todo o mundo, porque estavam ajudando a realizar abortos na China. Pode-se entender o corte de verbas para o programa chinês, mas cortar as verbas para o consórcio na África foi detestável.

O corte de verbas obrigou Marie Stopes a cancelar um programa de ajuda para refugiados da Somália e de Ruanda. Foi preciso fechar duas clínicas no Quênia e demitir 80 médicos e enfermeiras — exatamente a equipe que estava cuidando de Rose. Ela se tornou uma das vítimas anônimas da política americana contra o aborto, que eliminou efetivamente sua única fonte de cuidados de saúde. "Essas eram clínicas que focavam nos mais pobres, nos marginalizados, nas favelas", disse Cyprian Awiti, a coordenadora de Marie Stopes no Quênia.

Esse incidente reflete o "Golfo de Deus" na política externa americana. A religião desempenha um papel particularmente profundo na formulação de políticas sobre população e planejamento familiar, e os liberais e os cristãos conservadores costumam entrar em confrontos. Cada lado tem a melhor das intenções, mas, ainda assim, cada um olha o outro com suspeitas profundas — e essas suspeitas dificultam uma ampla coalizão esquerda/direita, que seria muito mais eficaz para confrontar o tráfico e superar os piores tipos de pobreza. O principal campo de batalha desses conflitos tem sido a questão de dar ou não verbas a organizações, como a de Marie Stopes, que têm algumas conexões com o aborto.

Impelidos em parte pelos cristãos conservadores, os presidentes republicanos, inclusive os dois Bush, instituíram a "regra de silêncio", cancelando as verbas de qualquer grupo de ajuda estrangeira, que, mesmo com outros fundos, aconselhasse as mulheres sobre as opções de aborto ou que tivesse qualquer conexão com abortos. Em resultado, disse uma médica de Gana chamada Eunice Brookman-Amissah, "ao contrário de suas intenções explícitas, a regra de silêncio global resulta em mais gestações indesejadas, mais abortos inseguros e mais mortes de mulheres e moças".

Um dos principais alvos dos conservadores tem sido a UNFPA, que trabalha para promover o planejamento familiar, a saúde materna e a sobrevivência dos recém-nascidos. Os órgãos das Nações Unidas tendem a ser ineficientes e burocráticos, bem menos ágeis e eficazes em termos de custo do que os grupos privados de ajuda e, provavelmente, fazem mais pela indústria de fotocópias do que pelos mais necessitados do mundo — mas ainda são insubstituíveis. Relembre a clínica em Zinder, Níger, em que o médico salvou Ramatou e seu bebê; esse hospital foi equipado pela UNFPA. Inversamente, Prudence pode ter morrido em parte porque o programa de saúde materna da UNFPA em Camarões não tinha recursos para chegar a seu hospital.

Quando a UNFPA foi criada, em 1969, o governo Nixon era um forte patrocinador, e o governo dos Estados Unidos era o maior doador. Mas, nos anos 1980, os ativistas americanos antiaborto começaram reparar na organização. Embora não realize abortos nem os patrocine, os críticos observaram que ela aconselha a China sobre questões de população e que o país tem um programa de planejamento familiar coercitivo. A UNFPA cometeu um infeliz engano em 1983, ao conceder sua medalha de ouro Population Award a Qian Xinzhong ao coordenador de planejamento familiar chinês que estava então à frente de um planejamento familiar brutal que envolvia abortos forçados. Os próprios líderes do partido comunista chinês ficaram bastante constrangidos com o excessivo "zelo" de Qian e o demitiram um ano depois.

O governo dos Estados Unidos não tinha nenhum mecanismo para punir a China pelos abortos forçados e, em vez disso, puniram a UNFPA. Em 1985, o presidente Ronald Reagan reduziu as verbas para o órgão. Depois, George H. W. Bush e George W. Bush eliminaram as verbas americanas para o órgão. O deputado Chris Smith, um republicano de Nova Jersey, liderou a luta contra a UNFPA. Ele é um bom homem que se importava sinceramente com as mulheres chinesas e ficou horrorizado com os abortos forçados. Ele não estava tentando marcar pontos políticos, ao criticar a entidade, já que a maioria dos eleitores de Nova Jersey nunca tinha ouvido falar no órgão. Essa era uma questão com a qual Smith se importava sinceramente.

A realidade, porém, era que, embora os abusos chineses fossem reais, a UNFPA não era parte deles. Depois de dar a medalha de ouro a Qian, a ONU mudou sua postura e se tornou um freio importante para o comportamento chinês. Uma missão de investigação do Departamento de Estado, enviada pelo governo de George W. Bush, relatou: "Nós não encontramos evidências de que a UNFPA tenha apoiado ou participado da gestão de um programa de aborto forçado ou de esterilização involuntária na República Popular da China". Nos 32 condados da China em que a instituição opera programas piloto, as taxas de aborto foram reduzidas a 40%, uma taxa mais baixa do que a dos Estados Unidos.

De fato, a UNFPA conseguiu uma importante transformação para as mulheres chinesas sem que nunca tivesse recebido crédito por isso. No passado, as mulheres na China sempre haviam usado um DIU com anel de aço, cuja fabricação custava apenas quatro centavos, mas que muitas vezes falhava ou provocava desconforto intenso. Esse anel de aço provocou milhões de gestações indesejadas e, por consequência, abortos. Sob a pressão da UNFPA, a China acabou mudando para um tipo de DIU chamado de "T", feito de cobre. A fabricação desse tipo de DIU era mais cara — 22 centavos de dólar cada —, mas o dispositivo era muito mais confortável e eficiente. Esse foi um enorme progresso para as 60 milhões de chinesas com DIU e evitou cerca de 500.000 abortos por ano. Em resumo, desde então, a UNFPA tem impedido quase 10 milhões de abortos na China. É um registro muito melhor do que o de qualquer organização pró-vida.

Esse padrão tem se repetido: com a melhor das intenções, os conservadores pró-vida têm assumido algumas posições em saúde reprodutiva que, na verdade, prejudicam aqueles a quem eles tentam ajudar, e resultam em mais abortos. Os campos pró-escolha e pró-vida, apesar de suas diferenças, deviam encontrar um terreno comum e trabalhar juntos em muitos pontos, em especial em uma pauta para reduzir o número de abortos. Visite clínicas na Estônia, onde os abortos eram amplamente usados como uma forma de controle populacional, onde algumas mulheres fizeram 10 ou mais abortos, e você verá os altos níveis de infertilidade e complicações resultantes. E, nos países pobres, os abortos são, às vezes, tão letais para a mãe quanto para o feto. Uma mulher morre para cada 150 abortos sem segurança na África subsaariana; nos Estados Unidos, o risco é de menos de 1 em 100.000. Assim, liberais e conservadores deviam ser capazes de concordar com os passos que evitam gestações indesejadas, e, portanto, reduzem a frequência de abortos.

Mas isso não acontece. Um dos escândalos do início do século XXI é que 122 milhões de mulheres em todo o mundo querem meios de contracepção e não conseguem. Seja qual for sua posição sobre o aborto, é trágico que até 40% de todas as gestações no mundo sejam não planejadas ou indesejadas — e que quase metade delas resultem em abortos induzidos. Com medidas, mais de um quarto de todas as mortes maternas poderiam ser evitadas se não houvesse gestações não planejadas ou indesejadas. É uma desgraça adicional que nos últimos 12 anos tenha havido um progresso mínimo em planejamento familiar, especialmente na África. Hoje, só 14% das mulheres etíopes usam formas modernas de contracepção.

"Nós perdemos uma década", disse o professor John Cleland, britânico especialista em fertilidade, a um grupo de estudo parlamentar, em 2006. "O uso de anticoncepcionais entre as mulheres casadas na África mal aumentou nos últimos 10 anos. Isso é um desastre."

Controlar o crescimento populacional não é tão simples como os ocidentais supõem. Nos anos 1950, um projeto pioneiro de planejamento familiar em Khanna, Índia, patrocinado pela Fundação Rockefeller e pela Universidade de Harvard, prestou ajuda intensiva com métodos anticoncepcionais a 8.000 aldeões. Depois de cinco anos, a taxa de nascimentos entre essas pessoas era mais alta do que a de um grupo de controle que não tinha recebido anticoncepcionais. Os programas de contracepção, comumente, têm um efeito modesto na redução da fertilidade, ainda menor do que os patrocinadores esperam.

Um experimento conduzido cuidadosamente em Matlab, Bangladesh, descobriu que, depois de três anos, os programas de planejamento familiar reduziram o número médio de nascimentos a 5,1 na área-alvo, em comparação a 6,7 na área de controle. Isso não é uma revolução, mas reflete um impacto significativo. Peter Donaldson, do Conselho de População, afirma que os programas de planejamento familiar foram responsáveis ao menos por 23% do declínio da fertilidade nos países pobres entre 1960 e 1990.

A chave para conter a população é, muitas vezes, menos uma questão técnica de fornecimento de anticoncepcionais e mais um desafio sociológico de incentivar famílias menores. Um modo de fazer isso é reduzir a mortalidade infantil, de modo que os pais possam ter certeza de que, se tiverem menos filhos, estes sobreviverão. Talvez o modo mais eficiente de incentivar famílias menores seja promover a educação, especialmente para as meninas. Por exemplo, a Inglaterra diminuiu expressivamente a taxa de fertilidade nos anos 1870, provavelmente, por causa do Education Act (Lei de Educação), de 1870, que instituiu a educação obrigatória. Isso reflete uma forte correlação global entre o aumento dos níveis educacionais e o declínio no tamanho da família. Parece que o anticoncepcional mais eficiente é a educação das meninas, embora suprimentos de métodos anticoncepcionais também sejam obviamente necessários.

Existe alguma evidência de que as decisões sobre a criação de filhos refletem tensões profundamente enraizadas entre homens e mulheres sobre as estratégias para passar seus genes adiante. As pesquisas tendem a confirmar aquilo que os biólogos evolucionistas têm sugerido, que em nível genético os homens costumam agir como Johnny Appleseed, acreditando que o melhor modo de alcançar uma colheita futura é plantar o máximo de sementes possível, sem fazer muito para cultivá-las depois. Considerando-se as diferenças biológicas, as mulheres preferem ter menos filhos, mas investir bastante em cada um deles. Um modo de diminuir a fertilidade, portanto, pode ser dar mais voz ativa às mulheres na família.

Muito além de estabelecer uma base para o desenvolvimento econômico, os programas de planejamento familiar são também cruciais atualmente para lutar contra a AIDS. O HIV é um problema especial para as mulheres, em parte por causa da biologia: as mulheres têm duas vezes mais probabilidade do que os homens de serem infectadas, durante o sexo heterossexual com um parceiro HIV positivo. Isso ocorre porque o sêmen tem uma carga viral maior do que as secreções vaginais, e porque as mulheres têm mais membranas mucosas expostas do que os homens durante o sexo.

Um dos maiores fracassos morais e políticos nos últimos 30 anos é a indiferença que permitiu que a AIDS se espalhasse pelo mundo. Essa indiferença surgiu, em parte, da hipocrisia dos moralizadores. Em 1983, Patrick Buchanan declarou: "Os homossexuais declararam guerra contra a natureza e agora a natureza está exercendo seu direito de vingança". Retrospectivamente, a maior imoralidade dos anos 1980 não aconteceu nas saunas de São Francisco, mas nos corredores do poder, onde líderes que se consideravam virtuosos demonstraram uma indiferença insensível diante da disseminação da doença.

Um dos desafios para conter o vírus é uma suspeita em relação aos preservativos que é mantida por muitos conservadores. Muitos deles temem que até mesmo discutir como tornar o sexo mais seguro o torne mais provável; pode haver um elemento de verdade nisso, mas os preservativos inquestionavelmente salvam vidas. Hoje, preservativos custam dois centavos de dólar quando comprados em grandes volumes e são extraordinariamente eficazes em termos de redução de doenças. Um estudo da Universidade da Califórnia sugeriu que o custo de um ano de vidas salvas por meio de um programa de distribuição de preservativos era de US$ 3,50 *versus* US$ 1.033 de um programa de tratamento de AIDS (reconhecidamente o dado é da época em que os medicamentos contra a AIDS eram mais caros). Outro estudo descobriu que cada milhão de dólar gasto em preservativos economizava US$ 466 milhões em custos relacionados à AIDS.

No entanto, mesmo sendo tão eficazes em termos de custo, os preservativos são racionados com mesquinhez extraordinária. Em Burundi, considerado pelo Banco Mundial como o país mais pobre do mundo, os países doadores fornecem menos de três preservativos por homem ao ano. No Sudão, o homem médio recebe um preservativo a cada cinco anos. Algum dia, as pessoas irão olhar para trás e perguntar: no que eles estavam pensando?

Alguns críticos dos preservativos começaram a espalhar a informação científica falsa de que os preservativos têm poros de 10 microns de diâmetro, enquanto o vírus da AIDS tem menos de um mícron de diâmetro. Isso é falso e a evidência de casais discordantes (nos quais um parceiro tem HIV e o outro não) sugere que os preservativos são bastante eficazes na prevenção da AIDS, embora nem tanto quanto a abstinência. Em El Salvador, a Igreja Católica ajudou a aprovar uma lei que exige que os pacotes de preservativos tenham uma etiqueta de alerta declarando que não protegem contra a AIDS. Mesmo antes da lei, menos de 4% das mulheres salvadorenhas usaram preservativos na primeira vez em que fizeram sexo.

George W. Bush nunca apoiou totalmente a campanha antipreservativos, que era promovida por muitos dentro de seu governo, e os Estados Unidos continuaram a doar mais preservativos do que qualquer outro país, com aumentos moderados no decorrer dos anos. Ironicamente, foi o governo Clinton (e o congresso republicano avarento da época) que cortou as doações americanas de preservativos: de 800 milhões de preservativos doados por ano durante o governo de George H. W. Bush para menos de 190 milhões, em 1999. O governo de George W. Bush doou mais de 400 milhões de preservativos por ano durante seu segundo mandato.

O governo Bush focou sua campanha de prevenção à AIDS em programas de abstinência. Existe alguma evidência de que a educação sobre a abstinência pode ser útil, quando acompanhada pela discussão sobre preservativos, contracepção e saúde reprodutiva. Mas o programa Bush foi além de apoiar a educação sobre abstinência; insistia em "apenas abstinência" para os jovens, o que significava nenhuma discussão sobre preservativos nas escolas (embora o programa contra a AIDS distribuísse preservativos prontamente a grupos de alto risco, como prostitutas e motoristas de caminhão na África).

De fato, um terço dos gastos em prevenção à AIDS foi dirigido por lei para a educação sobre "apenas abstinência". Uma abordagem de "apenas abstinência" patrocinada pelos americanos consistia em distribuir pirulitos em forma de coração com a mensagem: NÃO SEJA UMA CHUPADORA! DEIXE O SEXO PARA O CASAMENTO. Depois, o facilitador da sessão convidava as meninas a chuparem os pirulitos e explicava:

> Seu corpo é um pirulito embrulhado. Quando você faz sexo com um homem, ele desembrulha seu pirulito e o chupa. Pode ser ótimo na hora, mas, infelizmente, quando ele tiver terminado, tudo o que sobrou para seu próximo parceiro é um pirulito mal embrulhado e com restos de saliva.

Os estudos sobre o impacto dos programas de "apenas abstinência" não são conclusivos e parecem depender, em alguma medida, da ideologia dos que realizam o estudo. Mas, de modo geral, a evidência sugere que eles atrasam um pouco o início da atividade sexual; porém, depois de ter sido iniciada, os jovens têm menor probabilidade de usar métodos anticoncepcionais. Os estudos sugerem que o resultado é mais gestações, mais abortos, mais doenças sexualmente transmissíveis e mais HIV. Os grupos de pressão, como o International Women's Health Coalition, lutaram heroicamente por políticas de saúde sexual baseadas em evidências. E a congressista Carolyn Maloney lutou com perseverança pelos programas da UNFPA, mas a Casa Branca não ouviu. Por fim, o presidente Barack Obama — logo depois de assumir o cargo — anunciou que acabaria com a "regra do silêncio" e voltaria a conceder verbas aos grupos de planejamento familiar e à UNFPA.

Uma das premissas da campanha de "apenas abstinência" aborda de que o problema de AIDS na África foi uma consequência da promiscuidade, mas isso pode não ser verdade, especialmente no caso das mulheres africanas. Emily Oster, uma economista da Universidade de Chicago, observa que aproximadamente 0,8% dos americanos adultos estão infectados com o HIV, em comparação a 6% dos adultos na África subsaariana. Ao examinar os dados, ela não conseguiu encontrar nenhuma indicação de que os africanos são mais promíscuos. Na verdade, americanos e africanos relatam um número similar de parceiros sexuais (embora alguns especialistas acreditem que, na África, eles tenham maior probabilidade de ser simultâneos, em vez de consecutivos). A maior diferença que Oster descobriu foi que as taxas de transmissão são muito mais altas na África do que nos Estados Unidos. Em um relacionamento sexual sem proteção com uma pessoa infectada, os africanos têm 4 a 5 vezes mais probabilidade de contrair o HIV.

Essa taxa mais elevada pode ser parcialmente explicada porque as feridas genitais dos americanos são tratadas, mas as dos africanos nem sempre são. A todo instante, 11% dos africanos têm infecções genitais bacterianas sem tratamento, e essas feridas facilitam a transmissão do vírus. Os especialistas em saúde pública reconhecem amplamente que um dos modos mais eficazes em termos de custo para tratar o HIV é oferecer exames e tratamentos gratuitos para as DSTs. Oster observa que, quando os recursos de prevenção à AIDS são dirigidos para tratar as DSTs, o custo anual por vida salva da AIDS é de apenas US$ 3,50.

De qualquer modo, para as mulheres, o fator de risco letal muitas vezes não é a promiscuidade, mas o casamento. Rotineiramente, na África e na Ásia, as mulheres estão seguras até se casarem depois, elas contraem AIDS de seus maridos. No Camboja, uma ex-prostituta de 27 anos nos contou sobre sua luta contra a AIDS, e nós supusemos que ela havia sido infectada no bordel.

"Ah, não", disse ela, "eu peguei AIDS depois, do meu marido. No bordel, eu sempre usava preservativos. Mas, como estava casada, não usava preservativo. Uma mulher com um marido corre muito mais perigo do que uma garota em um bordel".

Isso é um exagero, mas destaca uma realidade importante: a AIDS é muitas vezes uma doença da desigualdade de gênero. Especialmente no sul da África, as jovens frequentemente não têm poder para recusar o sexo sem proteção. As adolescentes, por exemplo, muitas vezes se tornam amantes de homens de meia-idade, e assim o HIV se espalha sem cessar. Como disse Stephen Lewis, um ex-embaixador da ONU, sobre a AIDS: "A desigualdade de gênero está impelindo a pandemia".

Um teste de um programa deveria entender como se lida com o desafio de uma garota de 14 anos como Thabang, que mora na aldeia de Kwa Mhlanga, na parte nordeste da África do Sul. Alta, paqueradora e fã de maquiagem, Thabang é uma adolescente rebelde que seria um desafio para qualquer programa. O pai de Thabang, um eletricista, morreu depois de uma prolongada batalha contra a AIDS, que consumiu as economias da família. A mãe de Thabang, Gertrude Tobela, teve um resultado positivo para o HIV, aparentemente depois de ser infectada pelo marido e, depois, infectar seu filho mais novo, Victor, durante o parto. Gertrude tinha sido a primeira da família a cursar o ensino médio e a faculdade, e a família tinha um padrão de vida de classe média. Mas logo Gertrude ficou doente demais para trabalhar, e a família teve de sobreviver com uma pensão mensal de US$ 22,50 paga pelo governo. A atmosfera na cabana em que vivem era desesperadora.

Thabang é inteligente e talentosa e, como qualquer adolescente, ansiava por diversão, calor e amor. Ela odiava a miséria da cabana e, assim, começou a ficar na cidade. Fez um corte da moda no cabelo e usava roupas sensuais, buscando a diversão dos meninos para escapar da claustrofobia de sua casa. Ela também desejava mais independência, ansiava por ser adulta e se ressentia dos esforços da mãe para dominá-la. Thabang tinha também a sorte dúbia de ser muito atraente, e assim os homens a lisonjeavam com suas atenções. Na África do Sul, homens de meia-idade bem-sucedidos muitas vezes têm adolescentes como amantes, e muitas adolescentes veem esses "tios" como um trampolim para uma vida melhor.

Quando Thabang começou a flertar com homens, Gertrude gritou com ela e a espancou. Thabang era a única pessoa da família que não tinha AIDS, e Gertrude ficou abalada com a possibilidade de ela também contrair o vírus. Mas as surras deixaram a adolescente furiosa, confirmaram a suspeita da garota de que sua mãe a odiava e a fizeram fugir de casa. Ela também parecia sentir vergonha da mãe abatida pela AIDS, fraca, frágil e pobre; e todas as brigas deixaram Gertrude ainda mais exausta e deprimida. A mãe falou de um modo calmo sobre sua morte iminente e a de Victor, mas perdeu completamente o controle ao falar de Thabang.

"Minha filha me deixou porque deseja liberdade", disse Gertrude, soluçando. "Ela é sexualmente ativa e fica nos bares e em quartos de aluguel." A mãe via com horror o gosto da filha por maquiagem e roupas justas e não conseguia suportar o pensamento de que o ciclo de AIDS iria se repetir na próxima geração. Por sua parte, Thabang insistia que, embora suas amigas dormissem com homens por dinheiro ou presentes, ela não fazia o mesmo.

"Sou virgem, mesmo que minha mãe diga que não", disse Thabang, que e também começou a chorar. "Ela nunca acredita em mim. Ela só grita comigo."

"Sua mãe ama você", Nick lhe disse. "O único motivo de ela brigar com você é porque ela a ama e se preocupa com o que aconteça com você."

"Ela não me ama!", respondeu Thabang raivosamente, com lágrimas escorrendo pelo rosto enquanto estava em pé fora de casa, a 5 metros de distância da mãe, que também estava chorando. "Se ela me amasse, conversaria comigo, em vez de me bater. Ela não diria essas coisas sobre mim e aceitaria meus amigos."

Não há dúvida de que as escolas locais deveriam incentivar meninas como Thabang a manterem abstinência sexual. Mas esses programas não deveriam parar por aí. Eles deveriam explicar que os preservativos podem reduzir drasticamente o risco de transmissão do HIV e demonstrar como usar os preservativos corretamente. Os governos deveriam estimular a circuncisão masculina, que reduz significativamente o risco do HIV, e incentivar o teste gratuito e o tratamento das doenças sexualmente transmissíveis. O teste para HIV deveria se tornar rotina, exigindo que as pessoas optassem por não fazê-lo, em vez de optar por fazê-lo. Desse modo, quase todos os adultos conheceriam sua situação em relação à AIDS, o que é crucial, porque é impossível conter uma epidemia quando as pessoas não sabem se foram ou não infectadas. Esse tipo de abordagem de prevenção ampla seria o mais eficiente na redução de riscos para moças como Thabang. E esses métodos de prevenção são muito mais baratos do que tratar um paciente de AIDS durante anos.

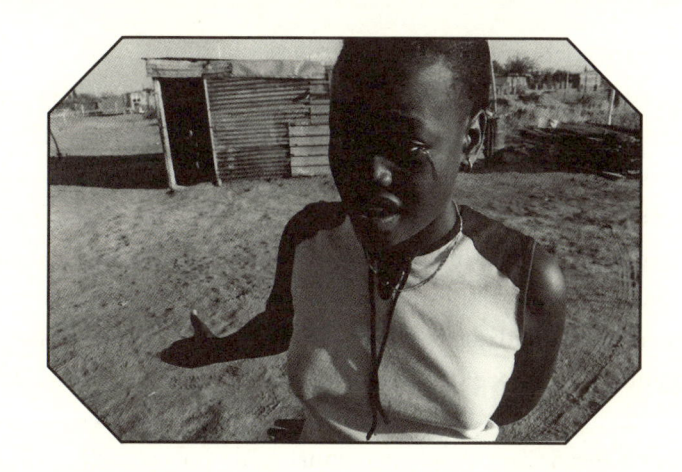

Thabang diante da cabana que odeia na África do Sul, onde sua mãe está morrendo de AIDS. (Nicholas D. Kristof)

A maioria dos estudos sobre prevenção à AIDS não são rigorosos, mas os pesquisadores do Poverty Action Lab do Massachusetts Institute of Technology — que faz as melhores pesquisas sobre desenvolvimento do mundo — examinaram quatro estratégias diferentes contra a AIDS em pesquisas cuidadosas na África. Cada estratégia foi experimentada em áreas escolhidas aleatoriamente, e os resultados foram comparados com os resultados em áreas de controle. O sucesso foi medido pelas gestações evitadas (em comparação com as áreas de controle), desde que isso presumivelmente refletisse a quantidade de sexo sem proteção que também poderia transmitir AIDS.

Uma estratégia foi treinar professores do ensino fundamental em educação sobre AIDS; isso custou apenas US$ 2 por estudante, mas não teve impacto na redução de gestações. Uma segunda abordagem foi incentivar os debates entre alunos e trabalhos escolares sobre preservativos e AIDS; isso custou apenas US$ 1 por estudante, mas não reduziu as gestações. Uma terceira abordagem era dar às alunas uniformes gratuitos para incentivá-las a permanecer na escola por mais tempo; isso custou aproximadamente US$ 12 por estudante e reduziu as gestações. Usando a comparação com as áreas de controle, os pesquisadores calcularam que o custo foi de US$ 750 por gravidez evitada. A quarta abordagem, de longe a mais eficaz em termos de custo, foi também a mais simples: alertar as meninas sobre os perigos dos "tios". Os alunos viram um breve vídeo sobre os perigos que as adolescentes corriam ao sair com homens mais velhos e, depois, foram informados de que os homens mais velhos têm taxas de infecção por HIV muito mais altas do que os garotos. Poucos estudantes sabiam desse fato crucial.

O alerta não reduziu a atividade sexual das garotas, mas elas acabaram dormindo com namorados de sua idade, em vez de dormir com homens mais velhos. Os garotos tenderam mais a usar preservativos — aparentemente porque ficaram abalados ao saber, durante a apresentação na escola, que as adolescentes têm muito mais probabilidade do que os rapazes de ter HIV. Esse programa simples foi um grande sucesso, e custou menos de US$ 1 por aluno, e uma gravidez pôde ser evitada por apenas US$ 91. Ele é também um lembrete da necessidade de empiricismo incansável no desenvolvimento de políticas. Os conservadores, que presumiram que a chave para prevenir a AIDS é a educação voltada para "apenas abstinência", e os liberais, que se focaram na distribuição de preservativos, deveriam observar que a intervenção que se mostrou mais eficaz em termos de custo na África não é nenhuma em que acreditam.

Os religiosos conservadores lutaram contra a distribuição de preservativos e contra as verbas para a UNFPA, mas eles também salvaram um grande número de vidas ao patrocinar e operar clínicas em algumas das partes mais carentes da África e da Ásia. Quando viajamos pelos países mais pobres em planejamento familiar e pelo "Golfo de Deus", na África, repetidamente encontramos diplomatas, equipes da ONU e organizações de ajuda nas capitais ou grandes cidades. E, depois, quando chegamos a aldeias remotas e pequenas cidades, onde a ajuda ocidental é mais necessária, a ajuda é escassa. Os "Médicos Sem Fronteiras" trabalham heroicamente nas áreas remotas, e isso também ocorre com outros grupos de ajuda não religiosos. Mas as pessoas que encontramos quase sempre são médicos missionários e voluntários patrocinados por igrejas.

Certa vez, o avião de Nick quebrou enquanto estava atravessando a região central do Congo, e ele decidiu prosseguir de carro. Em quase uma semana atravessando uma ampla área desse país dilacerado pela guerra, a única presença estrangeira que ele encontrou foram duas missões católicas. O sacerdote de uma havia acabado de morrer de malária, mas a outra missão era dirigida por um padre italiano que distribuía alimentos e roupas e tentava manter uma clínica funcionando em meio a uma guerra civil.

Do mesmo modo, a Catholic Relief Services luta contra a pobreza em todo o mundo — e sustenta o abrigo de Sunitha para ex-prostitutas na Índia. No todo, cerca de 25% do atendimento à AIDS em todo o mundo é fornecido por grupos ligados à Igreja. "Na maior parte da África, esses grupos são a pedra fundamental do sistema de saúde", disse a Dra. Helene Gayle, chefe da CARE, sobre as clínicas católicas. "Em alguns países, eles atendem mais pessoas do que o sistema de saúde do governo."

Além disso, a Igreja Católica como um todo sempre foi muito mais simpática aos preservativos do que o Vaticano. Padres e freiras locais muitas vezes ignoram Roma e silenciosamente fazem o que podem para salvar os paroquianos. Em Sonsonate, no sudoeste pobre de El Salvador, o hospital católico aconselha as mulheres sobre DIU e pílula anticoncepcional, e as incentiva a usar preservativos para se protegerem da AIDS. "O bispo fica em San Salvador e nunca vem aqui", explicou a Dra. Martha Alica De Regalada. "Assim, nunca temos problemas." Ela também não se preocupou com a possibilidade de ter problemas por ser citada falando tão francamente.

Os missionários têm operado redes indispensáveis de educação e saúde em alguns dos países mais pobres há décadas, e seria muito benéfico trazer suas escolas e clínicas para um movimento global que capacite mulheres e moças. Esses missionários têm uma experiência prática valiosa. Os trabalhadores de ajuda e diplomatas vêm e vão, mas os missionários se fixam na sociedade, aprendem o idioma local, mandam seus filhos para as escolas locais e, algumas vezes, permanecem ali a vida inteira. É verdade que alguns missionários são hipócritas, como em qualquer grupo de pessoas, mas muitos são como Harper McConnell no hospital, no Congo, esforçando-se para agir conforme um evangelho de justiça social e também de moralidade individual.

Um movimento bem-sucedido em prol das mulheres dos países pobres terá de unir o "Golfo de Deus". Corações bondosos não religiosos e religiosos terão de forjar uma causa comum. Foi isso que aconteceu há dois séculos no movimento abolicionista, quando deístas liberais e evangélicos conservadores uniram forças para derrubar a escravidão. Esse é o único modo de reunir vontade política para colocar as mulheres invisíveis na pauta internacional.

É especialmente crucial incluir as igrejas pentecostais em um movimento pelos direitos das mulheres em todo o mundo, porque está ganhando terreno mais rapidamente do que qualquer outra fé, particularmente na África, Ásia e América Latina. A igreja com maior número de fiéis aos domingos em toda a Europa é agora uma megaigreja pentecostal em Kiev, Ucrânia, fundada em 1994 por um nigeriano carismático chamado Sunday Adelaja. Segundo as estimativas mais altas, uma pessoa em 10 é pentecostal atualmente. Essas estimativas podem ser muito exageradas, mas não há dúvida sobre a difusão das igrejas pentecostais por todos os países pobres. Um dos motivos é a sugestão feita por algumas igrejas de que Deus irá recompensar os fiéis com riquezas nesta vida. Algumas até ensinam variações de cura pela fé, ou afirmam que Jesus protegerá seus seguidores da AIDS.

Portanto, vemos a expansão pentecostal com alguma suspeita, mas, sem dúvida, ela também tem um efeito positivo sobre o papel das mulheres. As igrejas pentecostais normalmente incentivam todos os membros da congregação a falar e a pregar durante o culto. Assim, pela primeira vez, muitas mulheres comuns se veem exercendo liderança e declarando suas posições sobre questões morais e religiosas. Aos domingos, as mulheres se reúnem e trocam conselhos sobre como aplicar pressão na comunidade para colocar na linha os maridos voluntariosos. Igualmente importante, as igrejas pentecostais e outras denominações evangélicas conservadoras desestimulam a bebida e o adultério, e esses são dois comportamentos que causaram muitas dificuldades, em especial para as mulheres africanas.

Até o final da década de 1990, os cristãos conservadores eram, em sua maioria, uma força pelo isolacionismo, preocupando-se (como disse Jesse Helms) que a ajuda estrangeira fosse "dinheiro jogado pelo ralo". Mas, sob a influência de Franklin Graham (filho de Billy Graham, agora chefe da organização de ajuda Samaritan's Purse [Bolsa do Samaritano]) e do senador Sam Brownback e de muitos outros, os evangélicos e outros cristãos conservadores acabaram por se focar em questões como AIDS, tráfico sexual e pobreza. Agora, a National Association of Evangelicals (Associação Nacional dos Evangélicos) é uma força importante para as causas humanitárias e a ajuda externa. Foi devido ao incentivo dos evangélicos, inclusive Michael Gerson, um ex-escritor chefe de discursos da Casa Branca, que George W. Bush patrocinou sua iniciativa presidencial de luta contra a AIDS — a melhor coisa que ele fez, que salvou mais de nove milhões de vidas. Michael Horowitz, um agitador para causas humanitárias com base no Hudson Institute, em Washington, fez campanha para que os conservadores religiosos apoiassem uma iniciativa para reparar fístulas obstétricas. Atualmente, os corações compassivos evangélicos estão ao lado dos corações compassivos liberais na luta por verbas para lidar com esses problemas, e também com a malária. Essa é uma importante mudança em relação a uma ou duas décadas atrás.

"A pobreza e a doença não estavam na minha pauta", disse Rick Warren, pastor da megaigreja Saddleback, na Califórnia, e autor de *Uma vida com propósitos*. "Eu não compreendia a AIDS. Não tinha ideia de que fosse tão importante." Então, em 2003, Warren foi para a África do Sul para treinar pastores e encontrou uma pequena congregação em uma tenda, cuidando de 25 órfãos da AIDS. "Eu percebi que eles estavam fazendo mais pelos pobres do que toda a minha igreja enorme", disse ele, com exagero animado. "Foi uma facada no meu coração."

Desde então, Warren tem inspirado sua igreja a lutar contra a pobreza e a injustiça em 68 países. Mais de 7.500 membros da igreja pagaram a própria viagem para trabalhar como voluntários em países pobres — e, quando veem a pobreza de perto, eles querem fazer mais.

Os liberais poderiam imitar a disposição de muitos evangélicos para o dízimo e doar 10% de sua renda todos os anos para a caridade. O Índice de Filantropia Global calcula que as organizações religiosas americanas dão US$ 5,4 bilhões por ano para os países em desenvolvimento, mais de duas vezes o que é dado pelas fundações americanas. Arthur Brooks, um economista, descobriu que um terço dos americanos que frequentam os cultos pelo menos uma vez por semana são "sem dúvida, mais caridosos em todas as formas mensuráveis" do que os dois terços que são menos religiosos. Não só doam mais, diz ele, mas também tendem a voluntariar seu tempo para as instituições de caridade. Brooks descobriu, porém, que, embora os liberais sejam menos generosos com seu próprio dinheiro, tendem a apoiar as verbas governamentais para causas humanitárias.

Os dois grupos poderiam trabalhar mais para garantir que suas contribuições realmente cheguem aos necessitados. Os cristãos conservadores contribuem muito generosamente para causas humanitárias, mas uma parcela significativa desse dinheiro é usada para construir igrejas imponentes. Do mesmo modo, as contribuições liberais muitas vezes vão para universidades de elite ou para orquestras. Essas podem ser boas causas, mas não são humanitárias. Seria bom ver os liberais e os conservadores expandindo seu modo de doar, de modo que mais ajuda chegue aos verdadeiros necessitados.

Também seria útil se houvesse mecanismos melhores para as pessoas doarem seu tempo. O Corpo da Paz é um programa valioso, mas exige o compromisso intimidante de 27 meses, e a programação não segue o ano acadêmico para acomodar aqueles que estão tentando adiar a pós-graduação. Teach For America (Ensino pelos Estados Unidos) gerou um interesse enorme entre os jovens que querem servir aos outros, mas é um programa nacional. Precisamos de verbas para Teach the World (Ensino pelo Mundo), uma versão internacional de Teach For America, para enviar os jovens para o exterior por um ano, um período que seria renovável. Isso ofereceria um novo canal importante de ajuda externa para apoiar a educação das meninas nos países pobres, e também ofereceria aos jovens americanos um encontro com o mundo em desenvolvimento que poderia mudar suas vidas.

Jane Roberts e seus 34 milhões de amigos

Quando George W. Bush anunciou, no início de seu primeiro governo, que os Estados Unidos iriam reter os 34 milhões de dólares que haviam sido alocados para a UNFPA, muitas pessoas reclamaram. Mas Jane Roberts, uma professora de francês aposentada de Redlands, Califórnia, resmungou e começou um movimento. Tudo começou com uma carta ao editor do jornal local, o *San Bernardino Sun*:

> Uma semana se passou desde que o governo Bush decidiu negar os US$ 34 milhões votados pelo congresso para o Fundo de População das Nações Unidas. Bom, é época de férias. Colunistas escreveram a respeito disso e os jornais publicaram editoriais lamentando. Mais mulheres morrem de parto em poucos dias do que o terrorismo mata pessoas em um ano. Uma menininha está tendo seus genitais cortados com um espinho de cacto. Bem, isso é só algo cultural.
> Como um exercício de democracia ultrajada, será que 34 milhões de companheiros e cidadãos poderiam se juntar a mim enviando um dólar cada para o Comitê Americano da UNFPA? Isso corrigiria algo terrivelmente errado.

Jane tem olhos azuis, cabelo loiro curto e carrega um toque dos anos 1960 em suas roupas e modo de agir: um gosto por colares africanos e roupas simples, como mocassins pretos. Ela estava em uma missão. Jane contatou grupos como o Sierra Club e a League of Women Voters. Depois de ver uma menção em um jornal sobre National Council of Women's Organizations, ela inundou o conselho com telefonemas e *e-mails*. Uma semana depois, o conselho administrativo apoiou seu esforço.

Ao mesmo tempo, uma avó do Novo México chamada Lois Abraham estava pensando como Jane. Ela tinha lido uma coluna que Nick escreveu de Cartum, no Sudão, sobre uma adolescente com fístula obstétrica, observando que o governo estava agora atacando uma das poucas organizações que ajudavam moças como essa. Lois raivosamente rascunhou uma carta sobre a UNFPA e o corte de verbas. Ela terminava assim:

> Se 34 milhões de mulheres americanas enviassem um dólar cada ao Fundo de População da ONU, poderíamos ajudar a continuar seu "valioso trabalho" e, ao mesmo tempo, confirmar que fornecer serviços de planejamento familiar e saúde reprodutiva a mulheres que não têm nada é uma questão humanitária, e não política.
> POR FAVOR, AGORA: coloque um dólar, embrulhado em uma folha de papel dentro de um envelope com a inscrição "34 milhões de amigos". Coloque no correio hoje. AINDA MAIS IMPORTANTE: envie esta carta a pelo menos 10 amigos — mais seria ainda melhor! — que possam se unir nesta mensagem.

Lois ligou para a UNFPA e disse a um funcionário que estava enviando o *e-mail*. A UNFPA não era conhecida pelo público e raramente recebia contribuições.

"Alguns na UNFPA tinham dúvidas sobre esse esforço de formiguinhas", lembra Stirling Scruggs, um ex-funcionário sênior do órgão. "Eles pensaram que duraria algumas semanas, que as duas mulheres se cansariam, e que tudo acabaria rapidamente. Isto é, até os sacos de cartas começarem a se empilhar na sala de correio da UNFPA."

O dilúvio de notas de um dólar desencadeado por Lois e Jane logo provocou um problema. A UNFPA tinha prometido que todo o dinheiro iria para programas, mas alguém tinha de distribuir a correspondência. A princípio, os membros da equipe devotaram sua hora de almoço a abrir envelopes. Então, partidários do U.S. Committee for UNFPA (Comitê Americano pela UNFPA) se ofereceram como voluntários. Finalmente, a ONU concedeu verbas para contratar funcionários para cuidar da correspondência.

Jane Roberts. (cortesia de Jane Roberts)

A maior parte do dinheiro consistia de notas de US$ 1 enviadas por mulheres — e por alguns homens — de todo o país. Alguns enviaram quantias maiores. "Estes US$ 5 são em honra das mulheres da minha vida: minha mãe, minha esposa, minhas duas filhas e minha neta", escreveu um homem. A UNFPA informou Lois e Jane uma sobre a outra e elas uniram forças, formalizando a campanha como 34 Million Friends da UNFPA (34 Milhões de Amigos) (www.34millionfriends.org). Elas começaram a fazer turnês, e o movimento ganhou impulso. Pessoas de todo o país estavam exasperadas com as campanhas sociais conservadoras contra a saúde reprodutiva — o corte de verbas para a UNFPA, as denúncias contra os preservativos e a educação sexual ampla, as tentativas de cortar o apoio para planejamento familiar dos grupos de ajuda como Marie Stopes International — e também estavam ansiosas para fazer algo concreto para ajudar. Enviar uma nota de um dólar não era uma panaceia, mas era muito fácil de fazer.

"Ninguém pode dizer 'não posso dar um dólar'", disse Jane. "Nós recebemos doações até de estudantes universitários e do ensino médio. Você pode tomar uma posição a favor das mulheres do mundo pelo preço de um refrigerante."

Ellen Goodman e Molly Ivins escreveram colunas elogiando Jane e Lois e seu trabalho, e as doações atingiram US$ 2.000 por dia. Jane viajou com a UNFPA a Mali e Senegal — sua primeira visita à África — e começou a falar e a fazer campanha sem parar.

"A partir daí, dediquei minha vida a isso", disse ela a Sheryl. "Vou continuar com isso até o fim do mundo para lutar por esta causa. Quarenta mulheres a cada minuto procuram abortos sem segurança. Para mim, isso é simplesmente um crime contra a humanidade."

Depois de o presidente Obama anunciar, em janeiro de 2009, que iria restaurar as verbas para a UNFPA, surgiu a questão: o grupo 34 Million Friends ainda é necessário? Ele deveria desaparecer? Até então, o grupo iniciado por duas mulheres indignadas havia arrecadado um total de US$ 4 milhões, e elas viam que muitas necessidades permaneciam, por isso decidiram continuar seu trabalho como um suplemento às verbas do governo americano para a UNFPA. "Existe uma grande demanda insatisfeita por planejamento familiar no mundo atual", disse Jane. "Existe uma grande necessidade de prevenção e tratamento de fístulas. Com as pressões da população, pressões ambientais e pressões econômicas em grande parte do mundo, as mulheres irão carregar o fardo da violência de gênero ainda mais do que hoje. Então, para mim, 34 Million Friends é o meu trabalho. É a minha paixão. Eu não acho que nenhuma causa seja mais importante a longo prazo para as pessoas, o planeta e a paz. Então, por mim, continuaremos!"

CAPÍTULO 9

O islã é misógino?

A maioria dos habitantes do inferno será de mulheres, que praguejam demais e são ingratas a seus esposos.
— MUHAMMAD IMRAN, *Ideal Woman in Islam*

Na primeira visita de Nick ao Afeganistão, ele contratou um intérprete que havia estudado inglês na universidade. Era um homem muito corajoso e parecia muito moderno até tocarmos em um assunto específico.

"Minha mãe nunca foi a um médico", disse o intérprete, "e nunca irá".

"Por que não?", perguntou Nick.

"Não existem médicas aqui no momento, e não posso permitir que ela vá a um médico. Isso seria contra o islã. E, desde a morte de meu pai, eu devo zelar por ela. Ela não pode sair de casa sem a minha permissão."

"Mas e se sua mãe estivesse morrendo e o único modo de salvá-la fosse levá-la ao médico?"

"Isso seria algo terrível", disse o intérprete com ar sério. "Eu ficaria de luto por minha mãe."

Algo politicamente incorreto deve ser mencionado aqui. Dentre os países em que as mulheres são controladas e sujeitas a abusos sistemáticos, como assassinatos por honra e mutilação genital, uma grande proporção é predominantemente muçulmana. A maioria dos muçulmanos de todo o mundo não acredita nessas práticas, e alguns cristãos acreditam. Porém, permanece o fato de que os países em que as meninas são mutiladas, assassinadas por motivo de honra ou mantidas fora da escola ou do trabalho geralmente têm uma grande população muçulmana.

Se examinarmos uma ampla avaliação de bem-estar, dentre os 130 países classificados, em 2008, pelo Fórum Econômico Mundial segundo o *status* das mulheres, 8 dentre os 10 piores eram majoritariamente muçulmanos. O Iêmen estava no último lugar, com Chade, Arábia Saudita e Paquistão. Nenhum país muçulmano classificou-se nos 40 primeiros lugares. O Cazaquistão foi o mais bem colocado, na 45ª posição, seguido pelo Usbequistão, na 55ª.

Tendemos a pensar na América Latina, com seu legado de machismo, como um mundo de homens. Mas o México e outros países latinos na verdade se saem muito bem ao educar as meninas e ao mantê-las vivas. A maioria dos países latinos tem populações predominantemente femininas. As maternidades, mesmo nas cidades pobres da América do Sul, como Bogotá e Quito, oferecem atendimento pré-natal e parto gratuitos, porque salvar a vida das mulheres é considerado prioridade pela sociedade.

Em contraste, as pesquisas de opinião destacam que os muçulmanos em alguns países simplesmente não acreditam em igualdade. Apenas 25% dos egípcios acreditam que uma mulher deveria ter o direito de se tornar presidente. Mais de 34% dos marroquinos aprovam a poligamia. Aproximadamente 54% das mulheres afegãs dizem que as mulheres devem usar a burca fora de casa. Os muçulmanos conservadores muitas vezes se aliam à autoridade religiosa suprema na Arábia Saudita, Grande Mufti Sheikh Abdulaziz, que declarou em 2004: "A permissão para as mulheres se misturarem aos homens é a fonte de todo mal e catástrofe".

Os muçulmanos às vezes observam que essas atitudes conservadoras têm pouco a ver com o Alcorão, pois surgem da cultura mais do que da religião. Isso é verdade: nesses lugares, mesmo as minorias religiosas e as pessoas não religiosas costumam ser muito repressoras em relação às mulheres. No Paquistão, encontramos uma jovem mulher da minoria cristã que insistia em escolher seu marido; furiosos com essa quebra da honra familiar, seus irmãos discutiam se deviam matá-la ou enviá-la para um bordel. Enquanto eles discutiam, ela fugiu. Depois que o Talibã foi derrubado no Afeganistão, a bandidagem se espalhou e a Anistia Internacional citou um voluntário que disse: "Durante a era Talibã, se uma mulher fosse ao mercado e mostrasse um centímetro de carne, teria sido açoitada; agora, ela é estuprada". Em resumo, muitas vezes culpamos a religião de uma região quando a opressão pode estar enraizada na cultura. No entanto, dito isso, também é verdade que a religião é responsabilizada por muitas vezes ser citada pelos opressores. No mundo muçulmano, por exemplo, os misóginos geralmente citam Maomé para se justificar.

Então, vamos encarar a questão diretamente: o islã é misógino?

A resposta histórica é "não". Quando Maomé introduziu o islã, no século VII, houve um progresso para as mulheres. A lei islâmica proibiu a prática anteriormente comum do infanticídio feminino e limitou a poligamia a quatro esposas, que deviam ser tratadas com igualdade. As mulheres muçulmanas costumavam ter propriedades com direitos protegidos por lei, enquanto as mulheres nos países europeus muitas vezes não tinham os direitos de propriedade equivalentes. Considerando-se tudo, Maomé surge no Alcorão e nas tradições associadas a ele como alguém que respeitava as mulheres muito mais do que os primeiros líderes cristãos. Afinal de contas, o apóstolo Paulo queria que as mulheres mantivessem silêncio na igreja, e o primeiro líder cristão Tertuliano denunciou as mulheres como "o portal do demônio".

No entanto, no decorrer dos séculos, a cristandade superou isso. Em contraste, o islã conservador mal se moveu. Ele ainda está congelado na visão de mundo da Arábia do século VII, em meio a atitudes que eram progressivas para a época e estão um milênio atrasadas. Quando uma escola de ensino médio feminina pegou fogo na Arábia Saudita, em 2002, a polícia religiosa supostamente obrigou as adolescentes a voltar ao prédio em chamas, em vez de lhes permitir escapar sem a cabeça coberta pelos mantos negros. Quatorze meninas morreram queimadas.

O Alcorão apoia explicitamente alguma discriminação de gênero: o depoimento de uma mulher tem metade do valor do de um homem, e uma filha herda apenas metade do que um filho. Quando passagens semelhantes surgem na Bíblia, os cristãos e os judeus costumam reinterpretá-las. Tem sido muito mais difícil para os muçulmanos ignorarem passagens desagradáveis ou antiquadas no Alcorão, porque se acredita que ele não tem apenas inspiração divina, mas é literalmente a palavra de Deus.

Ainda assim, muitos muçulmanos de mente moderna estão pressionando por maior igualdade de gênero. Amina Wadud, uma estudiosa islâmica nos Estados Unidos, escreveu uma reinterpretação sistemática das disposições chauvinistas no Alcorão. Por exemplo, o verso 3:34 refere-se a esposas e é geralmente traduzido mais ou menos assim: "Quanto àquelas de quem se teme a rebelião, repreenda-as, envie-as para camas separadas e as espanque".

Uma mulher totalmente coberta em Cabul, Afeganistão, com sua filha. (Nicholas D. Kristof)

Os estudiosos feministas, como Wadud, citam inúmeros motivos para argumentar que isso seja uma tradução errônea. Por exemplo, as palavras traduzidas acima como "as espanque" podem ter muitos outros significados, inclusive fazer sexo com alguém. Assim, uma nova tradução apresenta essa mesma passagem desta forma: "Quanto às mulheres que pareçam rebeldes, converse com elas de modo persuasivo; depois, deixe-as sozinhas na cama (sem as molestar) e vá para a cama com elas (quando elas se mostrarem dispostas)".

As feministas islâmicas, como essas estudantes são chamadas, argumentam que é absurdo que a Arábia Saudita proíba as mulheres de dirigir já que Maomé permitia que suas esposas dirigissem camelos. Elas dizem que a estipulação de que duas testemunhas femininas sejam iguais a uma testemunha masculina aplicava-se apenas a casos financeiros, porque as mulheres da época estavam menos familiarizadas com as finanças. Essa situação agora é obsoleta, dizem elas, e o mesmo acontece com essa norma. A exegese feminista argumenta que, se o Alcorão era originalmente progressista, então ele não deveria se tornar uma apologia para as atitudes retrógradas.

Uma analogia útil diz respeito à escravidão. O islã melhorou a posição dos escravos em comparação a seu *status* nas sociedades pré-islâmicas, e o Alcorão incentiva a libertação dos escravos como um ato meritório. Ao mesmo tempo, o próprio Maomé tinha muitos escravos, e a lei islâmica indiscutivelmente aceita a escravidão. De fato, a Arábia Saudita aboliu a escravidão apenas em 1962, e a Mauritânia, em 1981. Por fim, apesar desses profundos laços culturais, o mundo islâmico renunciou inteiramente à escravidão. Se o Alcorão pode ser lido de modo diferente hoje, por causa da mudança das atitudes em relação aos escravos, então por que não emancipar também as mulheres?

O próprio Maomé era progressista quanto às questões de gênero, mas alguns de seus primeiros sucessores, como o califa Omar, eram claramente chauvinistas. Uma razão para sua hostilidade diante de mulheres fortes pode ter sido confrontos de personalidade com a esposa mais jovem do profeta, Aisha, a primeira feminista islâmica do mundo.

Aisha era a única das esposas de Maomé que era virgem quando ele se casou com ela. Aisha amadureceu como uma mulher de vontade forte, com quem ele passava bastante tempo. Ela conheceu em primeira mão os perigos de uma sociedade que trata a mulher como um frágil cálice de honra, pois ela mesma foi acusada de adultério. Enquanto viajava pelo deserto em uma caravana, ela perdeu um colar e foi procurá-lo — e, então, foi deixada para trás. Um homem chamado Safwan encontrou Aisha e a resgatou, mas, como tinham estado juntos sem uma companhia, foram acusados de ter um caso. Maomé ficou ao lado dela — foi quando ele teve a revelação de serem necessárias quatro testemunhas para atestar o adultério antes que a punição fosse aplicada — e ordenou que os acusadores recebessem 40 chibatadas.

Depois de Maomé morrer nos braços de Aisha (segundo a doutrina sunni, que é questionada pelos xiitas), ela assumiu um papel ativo e público, de um modo que incomodou muitos homens. Aisha contestou vigorosamente as visões do islã que eram hostis às mulheres e registrou 2.210 *hadith*, ou lembranças de Maomé usadas no islã para completar e esclarecer os ensinamentos do Alcorão. Por fim, ela até liderou uma rebelião armada contra um adversário de longa data, Ali, depois de ele se tornar califa. Essa insurreição foi chamada de "Batalha do Camelo", porque Aisha comandou os soldados montando um camelo junto deles. Ali esmagou a rebelião e, então, por séculos, os estudiosos islâmicos desconsideraram a importância de Aisha e rejeitaram as interpretações femininas. Com exceção de 174, seus *hadith* foram descartados.

Mas, nas décadas recentes, algumas feministas islâmicas, como Fatema Mernissi, uma marroquina, recuperaram o trabalho de Aisha para fornecer uma voz poderosa às mulheres muçulmanas. Existe, por exemplo, uma afirmação bem conhecida e atribuída a Maomé, que estipula que as preces de um homem são ineficazes se uma mulher, um cão ou um burro passarem na frente do crente. Como observa Mernissi, Aisha ridicularizou isso mostrando ser sem sentido: "Vocês nos comparam agora aos burros e cães. Em nome de Deus, eu vi o profeta fazendo suas preces enquanto eu estava lá". Do mesmo modo,

Aisha negou diversas sugestões de que seu marido considerava impuras as mulheres que estivessem menstruando.

Outra discussão sobre o Alcorão diz respeito às lindas virgens de olhos negros, que supostamente irão atender aos homens na vida póstuma islâmica. Elas são as *houri*, e alguns teólogos islâmicos têm sido muito específicos ao descrevê-las. Um estudioso do século XIX, Al-Tirmidhi, contava que as *houri* eram lindas jovens de pele branca, que nunca menstruavam, não urinavam e nem defecavam. Ele acrescentou que elas tinham "seios grandes" que "não tendem a cair". Os terroristas suicidas têm escrito sobre suas expectativas de serem recompensados pelas *houri*. Muhammad Atta tranquilizou os outros sequestradores na véspera de 11 de setembro, dizendo: "As *houri* estão chamando vocês".

Os terroristas podem acabar tendo uma surpresa. O idioma árabe nasceu como linguagem escrita apenas com o Alcorão e, assim, muitas de suas palavras são intrigantes. Os estudiosos estão começando a examinar as primeiras cópias do Alcorão com rigor acadêmico, e alguns argumentam que várias dessas palavras intrigantes podem ser realmente de origem síria ou aramaica. Um estudioso que usa o pseudônimo de Christoph Luxenberg para sua proteção argumenta que "*houri*" é provavelmente uma referência à palavra aramaica para "uvas brancas". Isso seria plausível porque o Alcorão compara a *houri* a pérola e cristal e porque os relatos do paraíso da época do Alcorão muitas vezes incluíam frutas abundantes, em especial as uvas, para reanimar os cansados.

Haveria tantos terroristas suicidas se a expectativa fosse de que os mártires chegariam aos Portais de Pérola e recebessem um prato de uvas verdes?

Os ocidentais muitas vezes têm pena das mulheres muçulmanas de um modo que as deixa incomodadas e até mesmo bravas. Quando Nick perguntou a um grupo de médicas e enfermeiras sauditas, em Riad, sobre os direitos das mulheres, elas ficaram irritadas. "Por que os estrangeiros sempre perguntam sobre as roupas?", perguntou uma médica. "Por que as roupas que usamos importam tanto? No meio de tantas questões no mundo, isso é mesmo tão importante?" Outra disse: "Vocês acham que somos vítimas porque cobrimos o cabelo e usamos roupas discretas. Nós achamos que as mulheres ocidentais é que são reprimidas, porque elas têm de mostrar o corpo e até passar por cirurgia para mudar o corpo e agradar aos homens". Uma terceira médica percebeu que Nick ficara desconcertado com as respostas e tentou explicar a indignação: "Olhe, quando estamos entre nós, é claro que reclamamos das regras", disse ela. "É ridículo não podermos dirigir. Mas esses problemas são nossos, não seus. Não queremos que ninguém lute por nós e, com certeza, não queremos que ninguém sinta pena de nós."

Os americanos não apenas agem de um modo superior, mas muitas vezes deixam de entender a complexidade dos papéis dos gêneros no mundo islâmico. "Sou uma ganhadora do prêmio Nobel da Paz e professora universitária, mas, se eu der um depoimento em um tribunal, ele não será levado em conta porque sou mulher", diz Shirin Ebadi, uma advogada iraniana. "Um homem sem instrução seria levado mais a sério. O Irã está cheio de contradições. As mulheres não podem depor plenamente no tribunal, mas mesmo assim elas podem ser juízas e presidir uma audiência. Temos juízas. Qualquer mulher que queira viajar para o exterior precisa do consentimento do marido. Mas nossa vice-presidente é uma mulher. Então, quando a vice-presidente viaja ao exterior, ela precisa do consentimento do marido. Ao mesmo tempo, 65% dos estudantes universitários iranianos são mulheres, porque elas se saem melhor nos exames admissionais do que os homens."

As atitudes estão mudando em todo o Oriente Médio. Em parte, devido à liderança de mulheres importantes, como a rainha Rania, da Jordânia, e Sheikha Mozah, a primeira-dama do Catar, a aceitação dos direitos femininos está aumentando. Uma pesquisa da ONU no Egito, Jordânia, Líbano e Marrocos revelou que mais de 98% das pessoas em cada um desses países acreditavam que "as meninas têm o mesmo direito à educação que os meninos". Jordânia, Catar e Marrocos têm estado entre os países líderes em dar papéis mais importantes às mulheres. No Marrocos, o rei Muhammad VI casou-se com uma engenheira da computação que não usa véus e que se tornou um modelo para muitas marroquinas. Ele também reformou a lei de famílias, dando às mulheres mais direitos no divórcio e no casamento, e apoiou a nomeação pioneira de 50 mulheres *imans* ou sacerdotes.

Um dos esforços mais promissores para estimular a mudança no mundo árabe é liderado por Soraya Salti, uma jordaniana de 37 anos que está promovendo o empreendedorismo nas escolas de ensino médio. O programa de Soraya, Injaz, ensina aos jovens como criar um plano de negócios e, depois, abrir e operar uma empresa de pequeno porte. Muitos deles acabam realmente abrindo empresas, e as habilidades são especialmente úteis para as meninas por causa da discriminação que as mulheres enfrentam no mercado de trabalho formal. Ao dar às mulheres um modo alternativo de seguir uma carreira e ter uma renda, como empreendedoras, o Injaz também facilita a expansão da força de trabalho e o desenvolvimento econômico como um todo. A rainha Rania tem apoiado Soraya intensamente, e o programa tem recebido muitos elogios. Injaz se expandiu para 12 países árabes e ensina 100.000 estudantes por ano como abrir uma empresa.

"Se puder atingir os jovens e mudar o modo como pensam, então você pode mudar o futuro", disse Soraya.

Um exemplo de recursos humanos desperdiçados nas sociedades muçulmanas conservadoras é o Women's Detention Center, em Cabul, Afeganistão. A prisão é um conjunto de prédios térreos, atrás de um muro alto no centro da cidade, sem torres de guarda nem cercas de arame farpado. Dentre as detentas, estão adolescentes e mulheres jovens suspeitas de terem um namorado e, depois, sujeitas a um "teste de virgindade" — uma inspeção do hímen. Aquelas cujos himens não estavam intactos foram então processadas e, em geral, aprisionadas por alguns anos*.

Rana, a mulher de meia-idade que é diretora do centro de detenção, é, em alguns aspectos, uma pioneira dentre as trabalhadoras, pois subiu na hierarquia policial até chegar à diretoria da prisão. Mas ela acredita que as moças que não tenham o hímen intacto devem ser processadas, ao menos para protegê-las de suas famílias. Todos os anos, o presidente do Afeganistão perdoa algumas detentas durante o festival Eid al-Fitr, que conclui o Ramadã. Quando as mulheres são libertadas, algumas são mortas a tiros por parentes ou, ainda pior, "acidentalmente" mortas com água fervente. A prisão é, algumas vezes, o lugar mais seguro para uma mulher afegã corajosa.

Uma detenta, Ellaha, uma moça de 19 anos com cabelos negros e curtos e um rosto redondo e confiante, nos surpreendeu ao nos cumprimentar em inglês e se aproximar de nós. Ela se sentou na esquálida sala da prisão e falou livremente sobre sua formatura no ensino médio e sobre o ano de universidade que cursou, enquanto a família morava estava refugiada no Irã. Ellaha é simpática, disciplinada e ambiciosa; em outra cultura, ela seria uma empreendedora. Seus problemas começaram quando a família retornou ao Afeganistão. Ellaha irritou-se com os costumes afegãos mais rígidos, como a burca e a expectativa de que uma mulher ficasse em casa por toda a vida.

"Minha família queria me obrigar a casar com meu primo", disse ela. "Eu não concordei em me casar com ele porque ele não é instruído e porque não gosto do trabalho dele — ele é um açougueiro! Além disso, ele é três anos mais novo do que eu. Eu queria estudar e continuar minha educação, mas meu pai e meu tio não permitiram."

---

* O exame do hímen obviamente é uma prova pouco confiável da virgindade, mas é percebida como confiável o bastante em países pobres, com baixos níveis de escolaridade. E pobre da moça que tenha perdido o seu! (N.T.).

Ellaha conseguiu emprego em uma construtora americana e rapidamente impressionou os gerentes com sua inteligência e dedicação. A família ficou dividida entre o horror de ver a filha trabalhando com infiéis e a alegria com o dinheiro que ela trazia para casa. Então, um dos chefes, um americano chamado Steve, conseguiu que a menina estudasse em uma universidade no Canadá, com bolsa integral. Ellaha viu isso como uma oportunidade que poderia transformar sua vida e a aceitou rapidamente — mesmo que seus pais se preocupassem por ser não islâmico uma mulher viajar para tão longe e estudar com homens. A família ainda queria que ela se casasse com o primo, em parte porque ele era filho do irmão mais velho do pai dela, o patriarca da família. A irmã de Ellaha, dois anos mais nova, deveria se casar com o irmão mais novo do primo, mas ela seguiu o exemplo de Ellaha e resistiu. Então, a família agiu novamente.

"Quando estava se aproximando a hora de eu ir para o Canadá e começar a pesquisar os voos, eles me amarraram e me trancaram em um quarto", disse Ellaha. "Era na casa do meu tio. Meu pai disse: 'Tudo bem, batam nela'. Nunca fui espancada daquele jeito em toda a minha vida. Meu tio e meus primos me bateram. Eles quebraram minha cabeça e eu sangrei muito." A irmã de Ellaha teve o mesmo tratamento. Depois de uma semana de surras diárias e de serem mantidas com os pulsos e tornozelos presos com correntes, Ellaha e a irmã concordaram em se casar com os primos.

"Minha mãe garantiu que não fugiríamos, e nossa família nos levou de volta para casa depois de prometermos obedecer", disse Ellaha. A família permitiu que Ellaha voltasse ao trabalho, mas o chefe retirou a oferta de estudo no exterior, quando percebeu que a família dela se opunha tão intensamente ao plano. Ellaha ficou muito triste, mas continuou a trabalhar duro. Ela recebeu um celular para usar no trabalho. A família ficou perturbada por ela poder se comunicar com homens sem supervisão e exigiu que ela desistisse do telefone.

"Nosso pai decidiu que tínhamos de nos casar. Minha mãe veio até nós e disse: 'Não tenho como ajudar'. Então, nós fugimos." Ellaha e a irmã fugiram para uma hospedaria barata, planejando ir para o Irã e ficar com parentes enquanto estudavam em uma universidade iraniana. Mas alguém as viu na hospedaria e contou aos pais delas. A polícia foi até lá para prender Ellaha e a irmã como fugitivas. Ambas foram submetidas ao teste de virgindade, mas seus himens estavam intactos.

Elas foram presas "porque suas vidas estavam em perigo", explicou Rana. "Ela está aqui para ser protegida da fúria do pai." Ellaha reconhece que essa era uma preocupação legítima. "Eles ficaram muito bravos", disse ela sobre o pai e o tio. "Eu fiquei com medo de que me matassem." O pai de Ellaha, um carpinteiro chamado Said Jamil, estava indignado quando o encontramos em Cabul. Ele não nos deixou entrar na casa e, por isso, conversamos na rua. Nós lhe pedimos que prometesse não machucar Ellaha e ele prometeu, mas também jurou que não permitiria mais que ela "fosse tão livre".

Não culpamos o profeta Maomé nem o islã pelas dificuldades de Ellaha. O islã não é misógino. Mas, como muitos muçulmanos já disseram, enquanto mulheres inteligentes e corajosas como Ellaha terminarem desproporcionalmente na prisão ou em caixões em alguns países muçulmanos, esses países estarão pondo a perder suas próprias esperanças de desenvolvimento.

Existem muitos motivos para o aumento dos terroristas muçulmanos nas últimas décadas, entre eles a frustração com o atraso do mundo islâmico, bem como o ressentimento com os líderes corruptos. Mas outro motivo pode ser o aumento dos jovens no islã — em parte por causa dos poucos esforços para planejamento familiar — e a marginalização mais ampla das mulheres. Uma sociedade que tem mais homens do que mulheres — em especial homens jovens — muitas vezes está associada com crime ou violência. O historiador David Courtwright argumentou que um motivo de os Estados Unidos serem relativamente violentos, em comparação com a Europa, é o legado do excesso de homens. Até a Segunda Guerra Mundial, os Estados Unidos eram desproporcionalmente masculinos, e a diferença era enorme. O resultado, segundo ele, foi uma tradição de agressividade, temperamentos explosivos e violência que ainda ecoa nas taxas de homicídio relativamente altas do país. A mesma análise, embora polêmica, também pode explicar por que as sociedades muçulmanas dominadas por homens têm tendências similares que enfatizam autoconfiança, honra, coragem e uso da violência.

Tudo isso se mistura quando os homens são jovens. Nos países ocidentais, os jovens de 15 a 24 anos correspondem a cerca de 15% da população adulta. Em contraste, em muitos países muçulmanos, essa parcela tem sido de mais de 30%. "Para cada ponto percentual de aumento de jovens na população adulta", disse o pesquisador norueguês Henrik Urdal, "o risco de conflito aumenta em mais de 4%".

O aumento dos jovens pode ser especialmente desestabilizador nos países muçulmanos conservadores, porque as mulheres são amplamente passivas e silenciosas — aumentando o impacto. Além disso, em outras partes do mundo, os jovens entre 15 e 24 anos passam muito tempo acordados perseguindo garotas. Por outro lado, nos países muçulmanos conservadores, alguns jovens fazem guerra, não amor.

Em países muçulmanos rigorosos, como o Afeganistão, muitos jovens têm pouca esperança de encontrar uma esposa. Normalmente, nesses países existem pelo menos 3% mais homens do que mulheres, em parte porque as mulheres não recebem o mesmo atendimento médico que os homens. Além disso, a poligamia significa que os homens mais ricos têm duas ou três esposas, deixando menos mulheres disponíveis para os pobres. A incapacidade de um jovem em constituir família pode aumentar a probabilidade de ele recorrer à violência.

Os jovens desses países crescem em um ambiente masculino, em um mundo saturado de testosterona, com o clima de um vestiário masculino de colégio do ensino médio. Organizações compostas desproporcionalmente por jovens — quer sejam gangues, ou escolas só para meninos, ou prisões, ou unidades militares — costumam ser particularmente violentas. Suspeitamos que o mesmo seja verdade quanto aos países.

Os países que reprimem as mulheres também tendem a ser atrasados economicamente, aumentando as frustrações que alimentam o terrorismo. Os líderes muçulmanos de visão se preocupam com o fato de a desigualdade de gênero impedi-los de usar o maior recurso econômico inexplorado de seus países: a metade da população que é feminina. No Iêmen, as mulheres são apenas 6% da força de trabalho não agrícola; e são 9% no Paquistão. Compare isso com cerca de 40 a 50% em países como a China e os Estados Unidos. Como disse um relatório de desenvolvimento humano árabe da ONU: "A ascensão das mulheres é, de fato, um pré-requisito para o renascimento árabe".

Bill Gates lembrou que certa vez foi convidado para falar na Arábia Saudita e se encontrou diante de um público segregado. Quatro quintos dos ouvintes eram homens, à esquerda. O outro quinto era de mulheres, todas cobertas com véus e mantos negros, à direita. Metade de uma parede separava os dois grupos. Quase no final, durante a sessão de perguntas e respostas, um membro do público observou que a Arábia Saudita queria estar entre os principais países do mundo em tecnologia em 2010, e perguntou se isso era realista. "Bom, se vocês não estão utilizando plenamente metade do talento no país", disse Gates, "vocês não vão nem conseguir chegar perto dos dez primeiros". O pequeno grupo à direita explodiu em aplausos, enquanto o grupo maior, à esquerda, aplaudiu desanimadamente.

Algumas evidências sugerem que, onde as famílias reprimem as mulheres, os governos terminam reprimindo todos os cidadãos. "O *status* das mulheres, mais do que os outros fatores que predominam no pensamento ocidental sobre sistemas religiosos e políticas, juntam o islã e o déficit de democracia", escreveu o estudioso M. Steven Fish. Isso pode acontecer porque um ambiente autoritário e patriarcal em casa é espelhado em um sistema político autoritário e patriarcal.

As consequências de reprimir as mulheres podem ser ainda mais profundas. David Landes, um eminente historiador de Harvard, em seu livro magistral *The Wealth and Poverty of Nations*, explora o motivo de a Europa ter realizado uma revolução industrial, que não ocorreu na Ásia nem no Oriente Médio. Ele argumenta que uma das principais forças que trabalharam em favor da Europa foi a abertura a novas ideias e que uma das melhores medidas dessa abertura era o modo como um país tratava suas mulheres:

> As implicações econômicas da discriminação de gênero são mais sérias. Negar às mulheres é privar um país de seu trabalho e talento, e — ainda pior — sabotar o impulso de realização dos meninos e homens. Não se pode criar jovens de tal forma que metade deles se considerem superiores pela biologia, sem entorpecer a ambição e desvalorizar a realização. Não se pode chamar os meninos de "Paxá" nem, como no Irã, dizer a eles que têm um pênis de ouro*, sem reduzir sua necessidade de aprender e agir.
>
> Em geral, a melhor indicação para o potencial de crescimento e desenvolvimento é o *status* e o papel das mulheres. Essa é a maior desvantagem das sociedades muçulmanas atuais do Oriente Médio, a falha que as impede de chegar à modernidade.

---

* Landes está certo ao dizer que os iranianos muitas vezes chamam os bebês de *doudoul tala*, ou "pênis de ouro". Mas isso não é necessariamente um sinal de discriminação de gênero, pois os iranianos chamam as meninas por um equivalente: *nanaz tala*, ou "área púbica de ouro" (N.T.).

A rebelde afegã

O mais conhecido esforço de ajuda no Afeganistão e no Paquistão é o projeto de construção de escolas de Greg Mortenson, um alpinista que quase morreu numa tentativa fracassada de escalar o segundo pico mais alto do mundo, o K2. Os aldeões do Himalaia reviveram Greg e compartilharam com ele o pouco que tinham. Quando se recuperou, ele descobriu que a aldeia tinha 78 meninos e 4 meninas estudando em livros escolares ao ar livre — sem escola e sem professor — e prometeu voltar e construir uma escola para eles. Greg enviou 580 cartas pedindo contribuições e recebeu um cheque de Tom Brokaw. Por fim, ele encontrou outros doadores e vendeu seu carro, seus livros e até seu equipamento de alpinismo para arrecadar o dinheiro. Desde então, Greg tem construído escolas em toda a região, seguindo a indicação dos moradores locais para cada caso.

Greg tornou-se famoso como o construtor de escolas do Paquistão e, depois do Afeganistão, sempre trabalhando em áreas remotas e sempre se concentrando em escolas para meninas. "Se educar um menino, você estará educando um indivíduo", disse Greg, citando um provérbio africano. "Se educar uma menina, você estará educando toda uma aldeia". Mais recentemente, Greg tem treinado as formadas em atendimento de saúde materna e acrescentado um componente médico a seus programas. Greg escreveu sobre seu trabalho em seu intenso livro *Three Cups of Tea*, e é o tipo de programa rural, de base, com adesão local, que com grande frequência tem sido o mais bem-sucedido no mundo em desenvolvimento.

Além disso, ele é também atípico, pois os esforços de ajuda ocidentais têm sido particularmente ineficientes nos países muçulmanos, como o Afeganistão

Sakena Yacoobi visitando uma de suas clínicas, em Herat, Afeganistão. (Afghan Institute of Learning)

e o Paquistão. Depois da vitória contra o Talibã no Afeganistão, no final de 2001, grupos de ajuda bem-intencionados enviaram jovens americanos a Cabul. Eles alugaram casas e escritórios — inflacionando os preços dos imóveis em Cabul — e compraram frotas de veículos utilitários. A vida noturna de Cabul se aqueceu, surgiram restaurantes e lojas de DVD, e os flocos de milho Kellogg's apareceram nas mercearias. Em uma noite de fim de semana em Cabul, seria possível ir a um restaurante que atendesse voluntários e ver US$ 1 milhão em veículos utilitários estacionados na frente.

A inundação de programas de ajuda se voltava para as mulheres afegãs e fazia algum bem. Mas, de modo geral, eles não penetraram na zona rural, onde eram mais necessários.

Além disso, muitos afegãos sentiam-se ameaçados por cristãos ou judeus que entravam em seu país, andavam seminus (pelos padrões afegãos) e diziam às mulheres: "Aprendam a ler! Arrumem um emprego! Capacitem-se! Tirem suas burcas!". Um grupo de ajuda, tentando inocentemente obter os nomes dos moradores locais para montar um banco de dados, perguntou os nomes não só dos homens em cada residência, mas também das mulheres e meninas. Isso foi entendido como escandalosamente invasivo.

Outro grupo de ajuda ocidental, tentando melhorar a higiene e a saúde das mulheres afegãs, deu-lhes sabonetes — quase provocando um tumulto. No Afeganistão, lavar-se com sabonete está associado à atividade pós-coital, e assim o grupo foi interpretado como se mostrasse que as mulheres eram promíscuas.

No outro extremo da eficácia está Sakena Yacoobi, uma força da natureza que dirige uma organização de ajuda chamada Afghan Institute of Learning. Baixa e corpulenta, com o cabelo preso em uma echarpe, acenando para uma pessoa enquanto conversa animadamente em inglês com outra, Sakena está perpetuamente em movimento. Talvez o motivo de os fundamentalistas não a terem silenciado é por ela ser uma afegã muçulmana, menos ameaçadora do que um estrangeiro. As organizações americanas teriam realizado muito mais se tivessem financiado e apoiado Sakena, em vez de enviar seus próprios representantes a Cabul. Isso costuma ser verdade: o melhor papel para os americanos que queiram ajudar as mulheres muçulmanas não é segurar o microfone no palco do comício, mas preencher cheques e carregar as bolsas nos bastidores.

Sakena cresceu em Herat, no noroeste do Afeganistão, e, embora tivesse sido aceita pela Universidade de Cabul, ela não pôde estudar por causa da violência na época. Então, ela atravessou meio mundo até Stockton, Califórnia, e estudou na Universidade do Pacífico com uma bolsa para estudantes de medicina. Depois disso, ela estudou saúde pública na Universidade de Loma Linda (enquanto levava 13 membros da família para a segurança dos Estados Unidos). Mas Sakena queria ajudar seu povo e, assim, ela se mudou para o Paquistão para trabalhar nos campos de refugiados afegãos, onde tentou fornecer atendimento de saúde e educação. Ela começou abrindo uma escola para meninas em Peshawar, que tinha 300 alunas; um ano depois, tinha 15.000 estudantes. O Talibã proibia as meninas de estudar no Afeganistão, mas ainda assim Sakena abriu uma cadeia de escolas secretas para elas.

"Não foi fácil e foi muito arriscado", lembra ela. "Eu negociava que, se as pessoas fornecessem as casas e protegessem as escolas e as alunas, nós pagaríamos os professores e forneceríamos os materiais. Então, tínhamos 3.800 alunas em escolas clandestinas. Tínhamos regras de que as alunas chegariam com intervalos, nenhum homem podia entrar e as pessoas trabalhariam como vigias."

A operação foi imensamente bem-sucedida, protegendo 80 escolas secretas e sofrendo apenas uma inspeção do Talibã. "Isso foi culpa minha", admite Sakena. "Permiti que uma inglesa nos visitasse, as crianças falaram e o Talibã nos investigou no dia seguinte. Mas fomos avisados com antecedência, então a professora dispensou as crianças e transformou a sala de aula em uma sala comum da casa. Tudo deu certo no final."

A operação de Sakena para os refugiados afegãos no Paquistão foi ainda maior e incluiu uma universidade para mulheres, bem como aulas de alfabetização de adultos. Quando o Talibã caiu, Sakena levou seu Afghan Institute of Learning de volta a Cabul, e agora oferece educação e outros serviços para 350.000 mulheres e crianças no Afeganistão. O instituto tem 480 funcionários, 80% são mulheres, e opera em sete províncias. Muitas das mulheres que estudam na Universidade de Cabul formaram-se em seus programas.

O instituto realiza um programa de treinamento de professores, bem como *workshops* que focam em ensinar às mulheres seus direitos legais tanto na lei civil quanto na lei islâmica. É claro que esse é um assunto delicado, mas é mais aceitável aos sacerdotes quando abordado por uma mulher muçulmana com uma echarpe na cabeça, e não por infiéis americanos.

"A educação é a questão-chave para superar a pobreza, para superar a guerra", diz Sakena. "Se as pessoas forem educadas, as mulheres não sofrerão abuso nem serão torturadas. Elas também irão se expressar e dizer: 'Minha filha não deve se casar tão jovem'." O instituto também ensina religião, mas de um modo que poderia horrorizar os fundamentalistas. São ensinadas passagens moderadas do Alcorão, a fim de que as mulheres possam mostrar a seus maridos as passagens que evocam respeito pelas mulheres. Muitas vezes é a primeira vez que mulheres e homens percebem que existem esses versos no Alcorão.

Sakena coordena um arquipélago de clínicas de saúde fixas e móveis, que oferecem aos afegãos serviços de planejamento familiar e preservativos gratuitos. Outra parte fundamental de seu trabalho envolve medidas de capacitação econômica. "Quando as pessoas têm estômagos vazios, elas não podem aprender", disse ela. Então, o instituto oferece aulas de diversas especialidades que capacitam as mulheres a terem uma renda. As alternativas incluem cursos de cabeleireira, costura, bordado e computação. As jovens que conseguem dominar as habilidades de computação conseguem empregos assim que se formam, ganhando US$ 250 por mês, várias vezes mais do que a maioria dos jovens ganham.

Sakena tem sido amplamente reconhecida por seu trabalho, e a UNFPA e outros grupos canalizam assistência por meio dela. A equipe de Bill Drayton escolheu-a para ser a primeira empreendedora Ashoka no Afeganistão. Ela é sem dúvida um dos grandes empreendedores sociais do Afeganistão (um modelo perfeito para Ellaha, a jovem afegã presa, se ela não for morta pelo pai) e está constantemente em perigo. Ela dá de ombros.

"Todos os dias há uma ameaça de morte." Ela ri. "Estou sempre mudando de carro, mudando de guarda-costas." Ela se entristece, como uma muçulmana, por alguns fundamentalistas quererem matá-la em nome do islã. Inclina-se para a frente e fica ainda mais animada. "Do fundo do coração, eu lhe digo: se fossem educados, eles não se comportariam desse modo. O Alcorão tem citação atrás da outra dizendo que as mulheres devem ser bem tratadas. As pessoas que fazem coisas ruins não são educadas. Sou muçulmana. Meu pai era um bom muçulmano, e rezava todos os dias, mas ele não tentou me casar. Houve muitas ofertas por mim quando eu estava no sétimo ano, e ele disse não.

"É por isso que essas pessoas têm medo de educar as mulheres — elas têm medo de que as mulheres façam perguntas e falem o que pensam. É por isso que acredito na educação. Ela é uma ferramenta muito poderosa para superar a pobreza e reconstruir o país. Se pegássemos a ajuda estrangeira que vai para a compra de armas e só usássemos um quarto disso na educação, transformaríamos completamente este país."

Sakena mexe a cabeça com ar exasperado e diz: "A comunidade internacional deveria se focar na educação. Em nome das mulheres e crianças do Afeganistão, eu lhe peço! Para superarmos o terrorismo e a violência, precisamos de educação. Esse é o único modo de vencermos."

CAPÍTULO 10

Investindo em educação

Se você acha que a educação é cara, imagine só a ignorância.
— DEREK BOK

Por meio de um casal de recém-casados, que morava na China há quase vinte anos, viemos a conhecer uma garota esquelética de 13 anos nas difíceis montanhas Dabie, na região central da China. A garota Dai Manju morava com a mãe, o pai, dois irmãos e uma tia-avó em uma cabana de madeira na colina, a duas horas de caminhada da estrada mais próxima. A família não tinha eletricidade, água corrente, bicicleta, relógio de pulso, relógio, rádio — eles praticamente não tinham nada —, e dividiam a casa com um grande porco. Eles só tinham dinheiro para comer carne uma vez por ano, em celebração ao Ano-Novo chinês. Não havia quase nenhum móvel na cabana, exceto por um caixão que o pai tinha feito para a tia-avó. "Eu tenho saúde agora", explicou alegremente a tia-avó, "mas é melhor estar preparada".

Os pais de Dai Manju tinham parado de estudar no ensino fundamental e mal sabiam ler. Eles não viam muita razão para as meninas estudarem. Por que uma mulher precisaria ler ou escrever quando vai passar seus dias trabalhando nos campos com enxada e cerzindo meias? A taxa da escola — US$ 13 por ano, no ensino fundamental — parecia um desperdício do dinheiro suado da família que podia usá-lo para algo útil, como comprar arroz. Assim, quando Dai Manju ia começar o sétimo ano, eles lhe disseram para sair da escola.

Uma garota magra e baixa, com cabelo preto e áspero e ar tímido, Dai Manju era menor do que uma garota americana de 13 anos seria. Ela não podia comprar livros e nem mesmo lápis e papel, mas era a melhor aluna de sua classe e ansiava por continuar a estudar.

"Meus pais estavam doentes e disseram que não poderiam pagar para me mandar para a escola", disse timidamente, olhando para os pés e falando tão baixo que mal se podia ouvir. "Como eu sou a filha mais velha, meus pais pediram para que eu parasse de estudar e ajudasse nas tarefas domésticas." Ela ficava rodeando a escola, esperando aprender algo mesmo que os pais não pagassem a taxa e ainda sonhava em ser a primeira pessoa de sua família a terminar o ensino fundamental. Os professores ajudavam Dai Manju, dando-lhe lápis usados e pedaços de papel, na esperança de ajudá-la nos estudos. E a apresentaram a nós quando visitamos a escola pela primeira vez. Em nossa outra visita, ela nos guiou em uma caminhada de 6 km por uma trilha até sua cabana para conhecermos seus pais.

Escrevemos um artigo sobre ela em 1990 e um leitor solidário de Nova York nos transferiu US$ 10.000 para pagar pelos estudos dela, por meio de seu banco, o Morgan Guaranty Trust Company. Nós passamos a doação para a escola e todos ficaram exultantes. "Agora, podemos educar todas as crianças daqui", disse o diretor. "Nós até podemos construir uma nova escola!" O dinheiro foi realmente usado para construir uma escola fundamental muito melhor e para custear bolsas de estudo para as meninas da região. Quando uma boa parcela do dinheiro havia sido gasta, nós ligamos para o doador para lhe fazer um relatório.

"Você foi muito, muito generoso", dissemos, genuinamente entusiasmados. "Você não acreditaria em toda a diferença que US$ 10.000 fazem em uma aldeia chinesa."

Houve uma pausa surpresa. "Mas eu não doei US$ 10.000", disse ele. "Doei US$ 100."

Depois de alguma investigação, descobriu-se que o Morgan Guaranty tinha errado. Ligamos para um alto executivo do banco e lhe perguntamos publicamente se ele pretendia mandar seus próprios funcionários para obrigar as crianças a saírem da escola para compensar o erro do banco. "Sob essas circunstâncias", disse ele, "ficaremos felizes em doar a diferença".

Os aldeões ficaram muito impressionados com a generosidade americana — e com a falta de cuidado. Como Dai Manju havia inspirado a doação, as autoridades lhe concederam estudo gratuito enquanto ela fosse aprovada nos exames. Ela terminou o ensino fundamental, o ensino médio e depois o equivalente ao técnico de contabilidade. Dai Manju foi trabalhar na província de Guangdong como contadora em fábricas locais. Depois de ter trabalhado ali por alguns anos, ela conseguiu empregos para amigos e parentes. Ela enviou somas crescentes de dinheiro para a família, e seus pais se tornaram uns dos mais ricos na aldeia. Quando fizemos uma nova visita, há poucos anos, os pais de Dai Manju estavam felizes com uma casa de concreto de seis cômodos (a tia-avó havia morrido). Ainda havia um porco, mas ele vivia na antiga cabana, que agora era um celeiro. A família tinha eletricidade, fogão, televisão e ventilador.

Dai Manju, que não queria parar de estudar no sétimo ano, na frente de sua escola, na China, com o diretor. (Nicholas D. Kristof)

Dai Manju casou-se com um trabalhador qualificado — um especialista em moldagens — em 2006 e teve uma menininha um ano depois, quando tinha 30 anos. Ela estava trabalhando como executiva em uma empresa eletrônica de Taiwan, na cidade de Dogguan, mas estava pensando em abrir sua própria empresa. O chefe concordou em apoiá-la e isso parecia lhe oferecer uma oportunidade de se tornar uma *dakuan*, ou empresária.

Por causa de todas as bolsas fornecidas pelo Morgan Guaranty, muitas outras meninas das montanhas também conseguiram estudar mais do que era comum e foram trabalhar nas fábricas de Guangdong. Elas enviaram dinheiro para casa e ajudaram a pagar pelos estudos dos irmãos menores, que também acabaram por encontrar bons empregos na região costeira da China. Tudo isso trouxe mais prosperidade e influência para a aldeia, e com isso uma estrada foi construída até a aldeia, bem perto da nova casa dos Dai. Algum dia, pode haver uma estátua ali do doador, ou de Dai Manju — ou de um bancário descuidado.

Esse é o poder da educação. Vários estudos têm mostrado que educar as meninas é um dos modos mais eficazes de lutar contra a pobreza. A educação também é, muitas vezes, um pré-requisito para que meninas e mulheres se levantem contra a injustiça e para que sejam integradas à economia. Até que as mulheres saibam ler e fazer contas, é difícil que abram empresas ou que contribuam significativamente para a economia de seu país.

Infelizmente, o efeito da educação das moças é muito difícil de examinar estatisticamente. Poucas áreas de desenvolvimento foram mais estudadas, mas aqueles que realizam e financiam as pesquisas têm se convencido tão facilmente das virtudes de educar as moças que o trabalho não tem sido muito rigoroso. A metodologia desses estudos geralmente é fraca e não discrimina adequadamente causa e efeito. "A evidência, na maioria dos casos, tem distorções óbvias: as moças instruídas vêm de famílias mais ricas e se casam com homens mais ricos, mais instruídos e mais progressistas", observa Esther Duflo, do MIT, uma das estudiosas mais cuidadosas em questões de gênero e de desenvolvimento. "Por essa razão, em geral, é difícil levar em conta todos esses fatores e poucos estudos tentaram fazê-lo." Correlação, em resumo, não é a causa*.

Os partidários também põem a perder a confiabilidade de sua causa ao escolher, cuidadosamente, as evidências. Embora argumentemos que a educação feminina estimula o crescimento econômico e amplia a estabilidade, por exemplo, também é verdade que uma das partes mais educadas da Índia rural é o estado de Kerala, que se estagnou economicamente. Do mesmo modo, dois lugares do mundo árabe que têm dado mais educação às meninas são o Líbano e a Arábia Saudita, mas o primeiro tem sido foco de conflitos e o último um centro de fundamentalistas violentos. Em nossa opinião, essas são exceções; Kerala teve o obstáculo de suas políticas econômicas antimercado, o Líbano teve de enfrentar seitas religiosas em disputa e vizinhos agressivos, e a Arábia Saudita tem uma cultura e um governo profundamente conservadores. Mas o mundo é complicado e, sempre que vemos uma panaceia, tentamos realizar um teste. A educação nem sempre é a solução para os problemas.

---

* Larry Summers dá um exemplo para enfatizar a distinção entre correlação e causa. Ele observa que existe uma correlação quase perfeita entre alfabetização e propriedade de dicionários. Mas dar mais dicionários às pessoas não irá aumentar a taxa de alfabetização (N.T.).

Com todas essas reservas, a razão para investir na educação feminina é ainda muito, muito forte. Nós conhecemos muitas mulheres que, devido à educação, conseguiram empregos ou abriram empresas e transformaram sua vida e a vida dos que as rodeiam. De modo mais amplo, tem-se aceito que um dos motivos de o leste da Ásia ter prosperado nas últimas décadas é que as mulheres foram educadas e incluídas nas força de trabalho, de um modo que não ocorreu na Índia e na África.

Alguns estudos com metodologia impecável examinaram as consequências quando houve uma grande expansão da educação feminina, mesmo para as meninas de famílias pobres ou conservadoras. Entre 1973 e 1978, por exemplo, a Indonésia aumentou muito a frequência escolar. Um estudo de Lucia Breierova e da professora Duflo, do MIT, sugere que isso levou as moças a se casarem mais tarde e terem menos filhos. Educar as meninas tem mais impacto do que educar os meninos sobre a redução da fertilidade.

Do mesmo modo, Una Osili, da Universidade de Indiana, e Bridget Long, de Harvard, verificaram uma vasta expansão do ensino fundamental que começou em 1976, na Nigéria. Elas concluíram que cada ano adicional de ensino fundamental leva uma menina a ter 0,26 menos filhos — uma redução considerável. Diz-se muitas vezes que o ensino médio é mais crucial, mas esse estudo mostrou que até mesmo o ensino fundamental tem muito impacto sobre a fertilidade.

Os desafios são claros: dos 115 milhões de crianças que abandonaram o ensino fundamental, 57% eram meninas. No sul e no oeste da Ásia, dois terços das crianças que estão fora da escola são meninas. Os americanos muitas vezes supõem que o modo de aumentar a educação é construir escolas, e em algumas áreas isso é necessário. Nós mesmos construímos recentemente uma escola no Camboja, como aqueles alunos em Seattle coordenados por Frank Grijalva, mas existem obstáculos. A construção de escolas é cara e não há modo de verificar se os professores cumprirão sua tarefa. Um estudo na Índia revelou que 12% das escolas são fechadas a qualquer momento porque os professores não foram trabalhar naquele dia.

Um dos modos mais eficazes em termos de custo para aumentar a frequência escolar é dar vermífugo aos alunos. Os vermes intestinais afetam o crescimento físico e intelectual das crianças. De fato, os vermes comuns matam 130.000 pessoas por ano, geralmente por anemia ou obstrução intestinal, e a anemia afeta especialmente as garotas que menstruam. Quando a vermifugação foi introduzida no sul dos Estados Unidos, no início do século XX, os professores ficaram atônitos com o impacto, pois, de repente, as crianças ficaram muito mais alertas e estudiosas. Do mesmo modo, um importante estudo no Quênia revelou que a vermifugação podia diminuir em um quarto a evasão escolar.

"O americano de classe média gasta US$ 50 por ano para vermifugar um cachorro; na África, é possível vermifugar uma criança por 50 centavos", disse Peter Hotez, da Global Network for Neglected Tropical Disease Control, um líder na batalha contra os vermes. Aumentar a frequência escolar por meio da construção de escolas acaba custando US$ 100 por ano por aluno adicional matriculado. Aumentar a frequência escolar dando vermífugo às crianças custa apenas US$ 4 por ano por aluno adicional matriculado.

Outro modo eficaz em termos de custo para fazer com que mais meninas façam o ensino médio é ajudá-las a lidar com a menstruação. As jovens africanas geralmente usam (e reusam) trapos velhos durante seus períodos menstruais e, muitas vezes, têm apenas uma única roupa de baixo surrada. Por medo de vazamentos e manchas embaraçosas, as jovens muitas vezes ficam em casa durante esses dias. Os voluntários estão experimentando dar absorventes higiênicos às adolescentes africanas e também conseguir acesso a um banheiro onde elas possam trocá-los. Os dados iniciais são de que essa abordagem simples é eficiente em aumentar a frequência feminina no ensino médio.

FemCare, a empresa do grupo Procter & Gamble que faz os absorventes internos Tampax e os absorventes higiênicos Always, iniciou seu próprio projeto de distribuição gratuita de absorventes na África, mas encontrou desafios inesperados. Em primeiro lugar, as jovens precisavam de um lugar para trocar os absorventes e se limpar, mas muitas escolas não tinham banheiros. Assim, a empresa começou a construir banheiros — com água corrente — nas escolas e isso aumentou em muito os custos. Depois, o projeto encontrou tabus culturais sobre o sangue, como a resistência de descartar os absorventes usados no lixo. A FemCare teve de tomar providências especiais para o descarte dos absorventes e, em alguns lugares, precisou até distribuir incineradores. O projeto foi educativo para os dois lados, e o resultado foi familiar: como as empresas querem que sua marca seja associada apenas com algo bom, elas muitas vezes apoiam projetos que são muito impressionantes, mas não são especialmente eficazes em termos de custo.

Outro modo incrivelmente simples de melhorar a educação feminina é adicionar iodo ao sal. Cerca de 31% das famílias no mundo em desenvolvimento não ingerem iodo suficiente na água ou na comida. O resultado são bócios ocasionais e, muito mais frequentemente, danos cerebrais quando as crianças ainda estão no útero. Os fetos precisam de iodo no primeiro trimestre da gestação para desenvolverem cérebros adequados, e tanto os estudos em animais quanto em humanos mostram que isso é especialmente verdadeiro nos fetos femininos. Um estudo no Equador sugere que a deficiência de iodo normalmente diminui de 10 a 15 pontos no QI de uma criança. Em todo o mundo, a deficiência de iodo, sozinha, reduz o QI coletivo da humanidade em mais de 1 bilhão de pontos. Segundo uma estimativa, US$ 19 milhões seriam suficientes para pagar a iodação do sal nos países pobres que precisam disso. Isso traria benefícios econômicos, que outro estudo estimou em nove vezes o valor do custo. O resultado é que, embora a iodação do sal seja uma das formas menos glamorosas de auxílio possíveis, os especialistas em desenvolvimento estão entusiasmados com ela.

Uma alternativa seria dar uma cápsula de óleo iodado a cada dois anos a todas as mulheres que podem engravidar — a um custo de apenas 50 centavos de dólar por cápsula. A pesquisa de Erica Field, de Harvard, focou-se na Tânzania, onde essas cápsulas foram dadas a mulheres de algumas áreas a partir de 1986. A professora Field descobriu que as filhas das mulheres que haviam recebido as cápsulas tinham resultados significativamente melhores na escola e tinham uma probabilidade muito menor de repetir um ano.

Outra estratégia inteligente para expandir a educação feminina é o suborno (ninguém usa essa palavra, mas é disso que se trata). Um dos pioneiros é o México, onde em 1995 o ministro das finanças Santiago Levy ficou preocupado com a possibilidade de que a queda do peso e a recessão resultante fossem devastadoras para os pobres. O programa antipobreza existente, desenvolvido ao redor de subsídios de alimentos, era ineficiente e servia principalmente às necessidades das empresas alimentícias. Assim, Levy organizou um programa experimental antipobreza longe da capital, em Campeche, onde não provocaria nem interesse nem oposição. A essência da ideia de Levy era pagar às famílias pobres para que mantivessem os filhos na escola e os levassem para exames médicos regulares. Foram mantidos registros cuidadosos, tabulando os resultados nos vilarejos onde o programa foi introduzido e em uma amostra-controle de vilarejos comparáveis. Depois disso, Levy mostrou ao então presidente Ernesto Zedillo como o experimento tinha obtido sucesso, e Zedillo corajosamente concordou em acabar com os subsídios alimentares e lançar o novo programa em todo o país. O programa agora se chama "Oportunidades".

Cerca de um quarto das famílias mexicanas são beneficiadas de um modo ou de outro pelo programa, que é uma das iniciativas antipobreza mais admiradas do mundo. Os pobres recebem bolsas em dinheiro em troca de manter os filhos na escola, de vaciná-los, de levá-los a clínicas para exames e de assistir a palestras educativas sobre saúde. O valor varia de US$ 10 por mês por uma criança no terceiro ano a US$ 66 por um jovem no ensino médio (os valores são mais altos para jovens no ensino médio porque suas taxas de abandono são maiores). Os pagamentos são feitos diretamente pelo governo central, a fim de reduzir a corrupção local, e para as mães, em vez de para os pais. Isso acontece porque as pesquisas mostraram que as mães tendem mais a usar o dinheiro em benefício da criança e porque os pagamentos aumentam o *status* delas na família.

"Oportunidades" passa por uma avaliação rigorosa — algo que está faltando em muitos programas de ajuda. Nesse caso, especialistas externos são contratados para realizar as avaliações, fazendo comparação com vilarejos de controle (os vilarejos são designados aleatoriamente para o experimento ou para o grupo de controle) para que seja possível medir a eficiência do programa. Os avaliadores externos, do International Food Policy Research Institute, elogiam o programa: "Depois de apenas três anos, houve um aumento no número de crianças pobres mexicanas matriculadas em escolas nas áreas rurais em que "Oportunidades" opera. Elas têm refeições mais balanceadas, estão recebendo mais cuidados médicos e aprendendo que o futuro pode ser diferente do passado". O Banco Mundial diz que o programa aumentou a frequência no ensino médio em 10% para os rapazes e em 20% para as moças. As crianças no programa crescem um centímetro a mais por ano do que aquelas que estão no grupo de controle. Em essência, "Oportunidades" incentiva as famílias pobres a investirem em seus filhos, do modo como as famílias ricas sempre fizeram, quebrando assim o padrão típico de transmissão da pobreza de geração a geração. O programa é especialmente benéfico para as moças, e alguns estudos preliminares sugerem que ele se pagará ao criar mais capital humano para impelir a economia do México. "Oportunidades" é agora amplamente copiado em outros países em desenvolvimento, e até mesmo Nova York está experimentando o pagamento de subornos para melhorar a frequência escolar.

O suborno também é utilizado no programa de alimentação escolar da ONU, operado pela FAO e pela UNICEF e apoiado pelo ex-senador George McGovern. Habitualmente, a FAO distribui alimentos a uma escola rural e os pais fornecem o trabalho para preparar refeições diárias com as provisões. Todas as crianças na escola recebem uma refeição gratuita — geralmente, um almoço em horário mais cedo, pois se presume que elas não tomaram café da manhã — e tomam regularmente vermífugos. Além disso, as meninas com boa assiduidade muitas vezes recebem alimentos para levar para casa como um incentivo para que os pais continuem a educá-las.

O fornecimento de refeições em Rutshuru, Congo, incentiva as crianças a ficarem na escola. (Nicholas D. Kristof)

"Isso ajuda a manter as meninas na escola", disse Abdu Muhammad, diretor da escola de ensino fundamental em Sebiraso, em uma planície remota da Eritreia, no norte da África. Ele observou os alunos fazendo filas enquanto os pais serviam carne ensopada com legumes nos pratos e acrescentou: "Agora os alunos podem se concentrar; eles podem seguir a lição. E não tivemos nenhum abandono de meninas desde que o programa de alimentação começou, exceto por aquelas que se casaram. As meninas costumavam abandonar a escola no quinto ano".

Os programas de alimentação na escola custam apenas 10 centavos de dólar por criança por dia, e os pesquisadores descobriram que eles melhoram consideravelmente a nutrição, reduzem o retardo no desenvolvimento e aumentam a frequência escolar, especialmente no caso das meninas. Mas o dinheiro é curto, e a FAO diz que existem cerca de 50 milhões de crianças que poderiam se beneficiar com o programa, mas não estão incluídas nele.

As abordagens que estamos discutindo têm se mostrado efetivas em aumentar a frequência escolar, mas existe também a questão de como aumentar o aprendizado quando as crianças estão na escola. Um modo especialmente eficaz em termos de custo é oferecer pequenas bolsas de estudo às meninas que tenham boas notas. Um estudo realizado no Quênia por Michael Kremer, um economista de Harvard, examinou seis abordagens diferentes para melhorar o desempenho educacional, desde fornecer livros gratuitos até programas de patrocínio de crianças. A abordagem que mais melhorou os resultados de testes dos estudantes foi oferecer a 15% das garotas do sexto ano que obtivessem os melhores resultados uma bolsa de estudos de US$ 19 para o sétimo e o oitavo anos (e a honra de serem reconhecidas em público). As bolsas foram oferecidas em escolas escolhidas aleatoriamente, e as meninas obtiveram resultados significativamente melhores nessas escolas do que nas escolas de controle — e isso ocorreu mesmo com as meninas consideradas menos capazes, que tinham de fato poucas chances de conseguir uma bolsa de estudos. Os meninos também tiveram um desempenho melhor, aparentemente porque foram estimulados pelas meninas ou porque não queriam passar pelo constrangimento de ficar para trás.

Ajudar esses programas traz benefícios comprovados, mas nem todos os programas de ajuda são iguais. Assim, nos últimos anos, tem havido uma tendência contra mais ajuda estrangeira. Céticos como William Easterly, um professor da Universidade de Nova York que tem muita experiência no Banco Mundial, argumentam que essa ajuda muitas vezes é desperdiçada e que às vezes faz mais mal do que bem. Easterly tem tratado com muito sarcasmo os escritos de Jeffrey Sachs, um economista da Universidade de Colúmbia, que faz campanhas infatigáveis por mais ajuda para lutarem contra a malária e a AIDS e para ajudar países a lutarem contra a pobreza. Outros economistas observaram que é difícil encontrar qualquer correlação entre o montante de ajuda que um país recebe e o desenvolvimento nesse país. Como Raghuran Rajan e Arvind Subramanian escreveram em um artigo de 2008 no *The Review of Economics and Statistics*:

> Encontramos poucas evidências sólidas de uma relação positiva (ou negativa) entre o montante de ajuda recebida por um país e seu crescimento econômico. Também não encontramos evidências de que a ajuda funcione melhor em ambientes políticos ou geográficos melhores, ou que algumas formas de ajuda funcionem melhor do que outras. Nossos dados sugerem que, para que a ajuda seja efetiva no futuro, a estrutura terá de ser repensada.

Somos grandes admiradores de Bono, que tem sido incansável no apoio à ajuda para a África e que conhece as sutilezas do desenvolvimento; ele fala de política da pobreza tão bem quanto canta. No entanto, quando Bono falou em uma conferência internacional na Tanzânia, em 2007, ele foi perturbado por alguns africanos que insistiam que não era de ajuda que a África precisava e que ele devia ir embora. Andrew Mwenda, nascido em Uganda, reclamou das consequências calamitosas do "coquetel internacional de boas intenções". James Shikwati, do Quênia, pediu aos doadores ocidentais: "Pelo amor de Deus, parem".

Os céticos têm razão em alguns pontos. Qualquer um que viaje pela África pode ver que é muito mais difícil fazer a ajuda chegar às pessoas certas do que as pessoas costumam pensar. Em 2000, uma conferência mundial de saúde na Nigéria estabeleceu uma meta: em 2005, 60% das crianças africanas usariam mosquiteiros como proteção contra a malária. Na realidade, apenas 3% estavam usando mosquiteiros em 2005. Existe também uma preocupação legítima de que a ajuda aumente a taxa de câmbio local dos países africanos, diminuindo a competitividade das empresas.

Até mesmo intervenções simples, como impedir a transmissão do HIV da mãe ao filho no parto, são mais difíceis de obter do que uma pessoa sentada à sua mesa nos Estados Unidos poderia imaginar. Uma dose de US$ 4 de uma droga chamada nevirapina normalmente protegerá um bebê da infecção no parto, então essa intervenção foi considerada uma ação fácil na saúde pública. Mas, mesmo que uma mulher grávida faça um teste de AIDS, e mesmo que ela vá a um hospital para dar à luz, e mesmo que o hospital tenha nevirapina e saiba administrá-la, e mesmo que a mulher seja instruída a não amamentar o bebê para não correr o risco de passar o vírus pelo leite, e mesmo que o hospital dê à mãe um suprimento gratuito de leite em pó e a ensine como esterilizar as mamadeiras, o sistema costuma falhar. Muitas mulheres simplesmente jogam o leite em pó nos arbustos fora do hospital quando voltam para casa. Por quê? Porque as mulheres acham que simplesmente não podem alimentar um bebê com mamadeira em uma aldeia africana. Todos os outros moradores imediatamente perceberiam que elas são HIV positivo e as evitariam.

Embora capacitar mulheres seja crucial para superar a pobreza, isso representa um campo do trabalho de ajuda, que é especialmente desafiador por envolver o contato com cultura, religião e relações de família de uma sociedade que muitas vezes não entendemos plenamente. Um amigo nosso estava envolvido em um projeto da ONU na Nigéria que tinha o objetivo de capacitar as mulheres, e a experiência dele é um útil sinal de alerta. As mulheres dessa área da

Nigéria cultivam mandioca e a usam principalmente para alimentar a família, depois vendem o excedente no mercado. Quando as mulheres vendiam a mandioca excedente, elas controlavam o dinheiro, e assim os voluntários tiveram uma ideia brilhante: *Se lhes dermos variedades melhores de mandioca, elas vão colher mais e vender mais. Então, elas vão ganhar mais e gastar o dinheiro com sua família.* Nosso amigo descreveu o que aconteceu:

> A variedade de mandioca que as mulheres locais plantavam produzia 800 kg por hectare, e assim introduzimos uma variedade que rende três toneladas por hectare. O resultado foi uma ótima colheita. Mas aí houve um problema. A mandioca era um trabalho feminino e, por isso, os homens não ajudariam a colhê-la. As mulheres não tinham tempo para colher tanta mandioca e não havia capacidade para processar uma produção tão grande.
> Então, introduzimos equipamentos de processamento. Infelizmente, essa variedade de mandioca que tínhamos introduzido tinha maior rendimento, mas também era mais amarga e tóxica. A mandioca sempre produz um pouco de uma substância similar ao cianido, mas essa variedade produzia uma quantidade maior do que o normal. Assim, os dejetos depois do processamento tinham mais cianido e tivemos de introduzir sistemas para evitar a contaminação dos lençóis freáticos com o metal, pois isso teria sido uma catástrofe.
> Cuidamos disso e, finalmente, o projeto parecia ser um sucesso. As mulheres estavam ganhando muito mais com a mandioca. Nós ficamos eufóricos. Mas, como as mulheres estavam ganhando tanto, os homens intervieram e as expulsaram dos campos de mandioca. A tradição dizia que as mulheres cultivassem lavouras de subsistência e os homens cultivassem lavouras para exploração. Os homens raciocinaram que, se a mandioca era tão lucrativa, ela agora era uma lavoura masculina. E assim os homens assumiram a mandioca e usaram os lucros em cerveja. As mulheres ficaram ainda com menos renda do que quando começamos.

Desse modo, vamos reconhecer livremente que a Lei de Murphy tem um papel no mundo da ajuda. É difícil acertar em qual seria a ajuda externa correta e, algumas vezes, ela é desperdiçada. No entanto, é igualmente claro que alguns tipos de ajuda funcionam; as que têm sido mais eficazes envolvem saúde e educação. Em 1960, 20 milhões de crianças morriam antes dos 5 anos. Em 2006, esse número tinha caído abaixo dos 10 milhões, graças a campanhas de vacinação, hábitos sanitários e reidratação oral para tratamento da diarreia. Pense um pouco: 10 milhões a mais de crianças sobrevivem a cada ano agora, perfazendo 100 milhões a mais por década. Esse é um belo sucesso, para contrabalançar os muitos fracassos de ajuda. Do mesmo modo, por meio de seus esforços filantrópicos, Jimmy Carter quase conseguiu exterminar o verme-da-guiné, um parasita antigo que tem afligido os seres humanos durante toda a história escrita.

Ou pense nos US$ 32 milhões que os Estados Unidos investiram em 10 anos na batalha global para erradicar a varíola. Cerca de 1 milhão e 500 mil pessoas chegavam a morrer anualmente de varíola, e, desde que ela foi erradicada, em 1977, cerca de 45 milhões de vidas foram salvas. É um total surpreendente. E os Estados Unidos recuperam seu investimento de US$ 32 milhões na erradicação da varíola a cada dois meses, simplesmente porque os americanos não precisam mais pagar para serem vacinados contra a doença. Graças ao dinheiro poupado pela erradicação, esse investimento rendeu 46% anualmente nas últimas três décadas desde que a varíola foi erradicada — um investimento melhor do que qualquer ação da Bolsa de Valores nesse período.

Ann e Angeline

Os pais de Angeline Mugwendere eram fazendeiros pobres no Zimbábue, e ela tinha de aguentar zombarias dos colegas quando ia para a escola descalça, com um vestido rasgado e sem roupas de baixo. Os professores a mandavam friamente de volta para casa para buscar o dinheiro das taxas escolares que estavam atrasadas, mesmo sabendo que a família não poderia pagá-las. Angeline sofria as humilhações e as zombarias, mas pedia para que lhe permitissem continuar na escola. Sem poder comprar os materiais, ela mendigava o que podia.

"Na hora do intervalo, eu ia até a casa de um professor e dizia: Posso lavar a louça?", relembrou ela. "E, em troca, eles algumas vezes me davam uma caneta."

No final do ensino fundamental, ela prestou os exames nacionais do sexto ano e teve a melhor nota não só de sua escola, mas do distrito inteiro — na verdade, uma das notas mais altas do país. Porém, ela não tinha meios para cursar o ensino médio. A menina ficou inconsolável. Angeline estava destinada a ser outra fazendeira ou comerciante na aldeia, outro talento africano desperdiçado. As pessoas locais têm um ditado para isso: *Os que colhem mais abóboras são os que não têm panelas para cozinhá-las*. Em outras palavras, as crianças mais brilhantes muitas vezes nascem nas famílias que não têm meios para educá-las.

Nesse momento, entretanto, a vida de Angeline cruzou com a de Ann Cotton, uma mulher galesa — "muito galesa!", diz ela — que tentava ajudar as meninas no Zimbábue. Ann tem uma consciência social muito aguçada, desenvolvida enquanto crescia em Cardiff, rodeada pelas histórias da família sobre mineração e lutas políticas. Ela absorveu uma paixão pela educação e abriu um centro para alunas com problemas de comportamento. Mas sua vida encontrou um foco mais profundo após uma tragédia pessoal. Depois de uma gravidez tranquila, Ann deu à luz seu segundo bebê, uma menina chamada Catherine. O bebê parecia saudável, e elas voltaram para casa. Quando Catherine tinha 10 dias, uma parteira fez uma visita de rotina para ver como estava a criança. Ela disse a Ann para correr com a filha para o hospital porque a vida dela estava em perigo. No hospital, uma equipe de plantão com uma tenda de oxigênio móvel recebeu Catherine e a colocou sob cuidados.

Haviam descoberto que a menina tinha um defeito congênito nos pulmões. Os alvéolos, que levam oxigênio dos pulmões para o sangue, não estavam fornecendo quantidade suficiente de oxigênio a sua corrente sanguínea. Assim, o coração e os pulmões da menininha estavam falhando. Durante as seis semanas seguintes, Catherine viveu em uma tenda de oxigênio. Ann, seu marido e seu filho viviam praticamente no hospital, e se aproximaram de muitos outros pais jovens cujos filhos corriam perigo.

"Tanto sofrimento!", lembra Ann. "Nunca me senti tão impotente. Como mãe, eu não podia ajudar minha filha. Essa foi a maior dor que já tinha experimentado." Os médicos e enfermeiras trabalharam heroicamente para salvar a vida de Catherine, mas não conseguiram.

"Tudo que sabíamos quando ela morreu era que iríamos celebrar sua vida e tudo que ela nos ensinara", disse Ann. Mas não estava claro como isso aconteceria. A vida dela logo se tornou agitada com a chegada de mais um menino e uma menina, formando um total de três filhos sobreviventes. Depois, o marido de Ann aceitou um emprego em uma indústria de alta tecnologia em Boston e, como Ann não podia obter uma permissão de trabalho de acordo com as regras de vistos americanos, ela se matriculou na Universidade de Boston para estudar relações internacionais. Isso reativou seus interesses acadêmicos, e mais tarde, ela começou um mestrado em direitos humanos e educação no Instituto de Educação da Universidade de Londres.

Como parte de seus estudos, Ann partiu em uma visita de três semanas a uma área especialmente pobre do Zimbábue, para pesquisar as baixas taxas de frequência escolar entre as meninas. O senso comum dizia que, por motivos culturais, muitas famílias africanas resistiam a mandar as filhas à escola, e Ann levou pilhas de questionários e cadernos para sondar essa resistência. Ela se concentrou em uma escola, em uma aldeia chamada Mola, conversou com as crianças, os pais e os funcionários do local. Rapidamente, ela percebeu que o maior desafio não era a cultura, mas a pobreza. As famílias não tinham dinheiro para comprar

Ann Cotton lendo para as crianças, em uma de suas escolas na Zâmbia. (Camfed)

livros e pagar taxas escolares para todos os filhos, e por isso davam preferência aos meninos, porque era mais provável que os meninos pudessem usar a educação para conseguir bons empregos.

Ann ficou comovida com a determinação das moças do Zimbábue para estudar. Ela conheceu duas irmãs adolescentes, Cecilia e Makarita, que tinham caminhado 90 km até Mola, porque a escola de lá era mais barata do que a escola perto de sua casa. Elas convidaram Ann para ir até a cabana improvisada que tinham construído e admitiram que não sabiam de onde viria o dinheiro para frequentarem a escola no ano seguinte. Tudo isso lembrou Ann das histórias de sua avó sobre os tempos duros no País de Gales e a fez identificar-se com essas garotas da tribo Tonga em um canto remoto do Zimbábue. Ela imaginou seus próprios filhos passando por essas privações.

"Eu fui confrontada com um nível de pobreza que nunca havia visto antes", disse Ann. Ela prometeu aos moradores locais que encontraria um modo de apoiar a educação das meninas. Os chefes da aldeia e os funcionários da escola ficaram entusiasmados e fizeram uma reunião da comunidade em que prometeram apoio de base para uma iniciativa a fim de educar as meninas — se Ann conseguisse ajudar a custear os gastos.

Depois de voltar para casa em Cambridge, Inglaterra, Ann estava obcecada com a lembrança das meninas que havia conhecido. Ela e o marido começaram seu próprio fundo e pediram doações a amigos e parentes para pagar as taxas escolares das meninas em Mola, mas isso não era o bastante. Ann não é uma cozinheira muito empolgada e nunca tinha cozinhado comercialmente, mas começou a fazer sanduíches e bolos em sua cozinha e a vendê-los em uma barraca no mercado de Cambridge, para arrecadar fundos para as meninas. Não foi um grande sucesso financeiro: em um dia frio de fevereiro, Ann e duas amigas ficaram na barraca o dia inteiro no frio e conseguiram só £ 30.

No primeiro ano, Ann conseguiu arrecadar dinheiro suficiente para enviar 32 moças para o ensino médio, e os pais mantiveram a promessa de sustentar as filhas e garantir que elas fossem assíduas na escola. Dois anos depois, Ann transformou seus esforços em uma organização formal, a Campaign for Female Education, ou Camfed. Uma das primeiras moças ajudadas por Ann foi Angeline; ela continuou a estudar no ensino médio e, como já era de se esperar, teve um desempenho brilhante.

A Camfed expandiu-se do Zimbábue para Zâmbia, Tanzânia e Gana e recebeu homenagens pelos sucessos, o que possibilitou que arrecadasse mais dinheiro e continuasse a se expandir. O orçamento ainda é pequeno em comparação ao das grandes agências — US$ 10 milhões por ano —, mas agora a organização ajuda mais de 400.000 crianças a frequentar a escola a cada ano. Desde o início, a Camfed só teve funcionários locais em cada país. Existe uma ênfase clara em garantir que a comunidade se envolva no programa, e é um comitê da comunidade local que escolhe as moças que receberão bolsas. A equipe da organização revê as decisões para garantir que não haja corrupção. Além disso, a Camfed tem evitado o culto de personalidade que afeta alguns grupos de ajuda. O *site* da Camfed fala das alunas e não de Ann, e não existe nenhuma palavra sobre a bebê Catherine, que foi a inspiradora de tudo. Tivemos de arrancar a história de Ann.

Esse tipo de esforço de base geralmente consegue mais do que as grandes conferências da ONU, que recebem muito mais atenção. Nós destacamos a Camfed em parte porque acreditamos que um movimento internacional feminino precisa se focar menos em realizar convenções ou fazer campanhas por novas leis, e passar mais tempo em lugares como a região rural do Zimbábue, ouvindo as comunidades e ajudando-as a manter as moças na escola.

Para a Camfed, o apoio a uma criança geralmente começa quando ela está no ensino fundamental, como parte de um amplo programa para ajudar estudantes carentes. Depois, quando as moças terminam o ensino fundamental, a organização oferece um pacote completo de apoio para o ensino médio, incluindo sapatos e um uniforme, se necessário. Se uma aluna mora longe demais da escola de ensino médio, a Camfed ajuda a conseguir uma vaga para ela em um alojamento de estudantes e cobre os custos. A instituição também fornece absorventes higiênicos e roupas íntimas para todas as moças, a fim de que elas não faltem na escola durante seus períodos menstruais.

Ann e outros tiveram de confrontar o problema adicional de abuso sexual por parte dos professores. Especialmente na região sul do continente africano, alguns professores trocam boas notas por sexo: metade das mulheres da Tanzânia e quase metade das mulheres de Uganda dizem ter sofrido abusos pelos professores, e um terço dos estupros denunciados de moças sul-africanas abaixo de 15 anos foram cometidos por professores. "Se uma menina sente que ao conversar com o professor em particular será acariciada, ela não irá se esforçar", disse Ann. Ela também observa que os ocidentais às vezes criam problemas ao patrocinar bolsas de estudo que serão concedidas pelos professores ou pelo diretor. As que recebem as bolsas de estudo algumas vezes são as moças mais bonitas que, em retribuição, devem dormir com o diretor. A Camfed evita esse problema ao delegar a escolha das moças a um comitê, sem dar um papel central ao diretor.

Quando as moças terminam o ensino médio, a Camfed as ajuda a abrir uma empresa ou a aprender uma profissão, como enfermagem ou magistério. Ou, se suas notas forem suficientemente altas, elas recebem ajuda para cursar uma faculdade. A organização também iniciou operações de microfinanciamento, e algumas das moças estão começando fazendas de gado leiteiro e outros negócios. As ex-alunas também formaram uma rede social, trocando ideias e se envolvendo publicamente em campanhas em prol dos direitos das mulheres.

No Zimbábue, por exemplo, as ex-alunas se uniram para pedir uma ação mais firme contra o abuso sexual das meninas. Elas também têm pressionado para desestimular o teste de virgindade das adolescentes (uma prática tradicional para promover a castidade), e fazem campanhas contra os casamentos arranjados. Em Gana, uma ex-aluna da Camfed, chamada Afishetu, foi a única mulher a concorrer nas eleições da assembleia distrital, em 2006 — e ganhou. Agora, ela tem em vista uma cadeira no parlamento nacional.

Talvez a maior surpresa seja que as ex-alunas da Camfed tenham se tornado filantrópicas. Mesmo que sua renda seja pequena para os padrões ocidentais, elas ajudam outras alunas. Ann disse que as ex-alunas do ensino médio estão ajudando em média cinco outras meninas, sem contar suas parentas, a quem elas também ajudam.

"Elas estão se transformando em verdadeiros modelos em suas comunidades", disse Ann. "Pode ser que a filha do vizinho não possa ir à escola porque não tem uma saia, então elas conseguem uma. Ou talvez paguem as taxas escolares de outra menina. Isso era algo que não esperávamos e que mostra o poder da educação."

Falando de modelos e do poder da educação, a Camfed do Zimbábue tem uma nova e dinâmica diretora executiva. Ela é uma jovem que sabe muito sobre superar dificuldades e sobre o impacto que alguns dólares podem fazer na vida de uma moça.

Ela é Angeline.

CAPÍTULO 11

Microcrédito: a revolução financeira

É impossível alcançar nossas metas enquanto discriminamos metade da humanidade. Como vários estudos têm nos mostrado, não há instrumento de desenvolvimento mais eficaz do que a capacitação das mulheres.
— KOFI ANNAN, QUANDO ERA SECRETÁRIO-GERAL DA ONU, EM 2006

Saima Muhammad chorava todas as noites. Ela era desesperadamente pobre, seu marido estava desempregado e não havia nenhum emprego em vista. Ele estava frustrado e com raiva, e lidava com a situação batendo em Saima todas as tardes. A casa deles, na periferia de Lahore, Paquistão, estava caindo aos pedaços, mas eles não tinham dinheiro para os consertos. Saima teve de mandar sua filhinha morar com uma tia porque não havia comida suficiente para todos.

"Minha cunhada zombava de mim, dizendo: 'Você nem consegue alimentar sua filha'", relembrou Saima. "Meu marido me batia. Meu cunhado me batia. Eu tinha uma vida horrível."

Algumas vezes, Saima pegava o ônibus para ir ao mercado, em Lahore, uma hora de viagem, para tentar vender coisas a fim de conseguir dinheiro e comprar comida, mas isso só fazia os vizinhos a desprezarem como uma mulher que viajava sozinha. O marido de Saima acumulara uma dívida de mais de US$ 3.000, e parecia que essa dívida ia pesar sobre a família durante gerações.

Então, quando nasceu a segunda filha de Saima, sua sogra, uma velha chamada Sharifa Bibi, aumentou as tensões.

"Ela não vai lhe dar um filho", Sharifa disse ao marido de Saima, na frente dela, "então, você deve se casar de novo. Arranje uma segunda esposa." Saima ficou abalada e saiu chorando. Outra esposa poderia devastar as finanças da família e deixar ainda menos dinheiro para alimentar e educar as crianças. E a própria Saima ficaria marginalizada na casa, desprezada como se fosse uma meia velha. Durante dias, ela andou entorpecida, com os olhos vermelhos, e o menor incidente a fazia cair em lágrimas histéricas. Ela sentia que toda a sua vida estava lhe escapando.

Foi nesse ponto que Saima entrou para um grupo de solidariedade feminino afiliado a uma organização de microfinanciamento chamada Fundação Kashf. Ela pegou um empréstimo de US$ 65 e usou o dinheiro para comprar contas e tecido, que transformou em belos bordados para vender nos mercados de Lahore. Ela usou os lucros para comprar mais contas e tecidos e logo tinha um negócio de bordados e estava conseguindo uma renda estável — a única pessoa na casa a conseguir isso. Saima trouxe a filha mais velha para morar com eles e começou a pagar a dívida do marido.

Quando os comerciantes quiseram mais bordados do que podia produzir, ela pagou aos vizinhos para trabalharem para ela. Por fim, 30 famílias estavam trabalhando para Saima, e ela colocou o marido para trabalhar também — "sob meu comando", ela explicou com os olhos brilhando. Saima se tornou a empresária do bairro e conseguiu pagar toda a dívida do marido, mandar as filhas para a escola, reformar a casa, instalando água corrente, e comprar uma televisão.

"Agora todos vêm pegar dinheiro emprestado comigo, até as pessoas que costumavam me criticar", disse Saima, cheia de satisfação. "E os filhos das pessoas que me criticavam agora vêm à minha casa para assistir à TV."

Saima, uma mulher de rosto redondo, com cabelo negro espesso que mal aparece debaixo de seu lenço xadrez vermelho e branco, agora é um pouco gorda e usa um anel de nariz de ouro e também vários outros anéis e braceletes em cada dedo e pulso. Ela se veste bem e irradia autoconfiança enquanto nos convida para conhecer sua casa e área de trabalho, fazendo questão de mostrar a televisão e o novo encanamento. Nem ao menos finge ser subordinada ao marido. Ele passa os dias quase sem fazer nada, às vezes ajuda no trabalho, mas sempre tem de aceitar ordens da esposa. Ele agora está mais impressionado com as mulheres em geral. Saima teve mais uma filha, mas isso não foi um problema. "As meninas são tão boas quanto os meninos", disse ele.

Saima, na frente de sua casa reformada, perto de Lahore, Paquistão. (Nicholas D. Kristof)

"Temos um bom relacioinamento agora", disse Saima. "Não brigamos e ele me trata bem." E a questão de arranjar outra esposa que poderia lhe dar um filho? Saima riu com a pergunta: "Agora ninguém mais fala disso". Sharifa Bibi, a sogra, pareceu chocada quando perguntamos se ela queria que seu filho tivesse uma segunda esposa para ter um filho. "Não, não", disse ela. "Saima está fazendo tanto para esta casa... Ela é uma nora exemplar. Ela coloca um teto sobre nossas cabeças e comida na mesa."

Sharifa até concorda que a nora seja poupada das surras do marido. "Uma mulher deve conhecer seus limites e, se não conhecer, o marido tem direito de bater nela", disse a sogra. "Mas, se uma mulher ganha mais do que o marido, é difícil que ele a discipline."

A nova prosperidade de Saima também transformou a perspectiva educacional da família. Ela está planejando mandar as três filhas para o ensino médio e talvez também para a faculdade. Contratou professores particulares para ajudar nos estudos e a filha mais velha, Javaria, é a primeira da classe. Perguntamos a ela o que gostaria de fazer quando adulta, pensando que ela ia querer ser médica ou advogada.

Javaria levantou a cabeça. "Eu gostaria de fazer bordados", disse.

Saima é uma participante muito bem-sucedida da revolução de microcrédito que está varrendo o mundo. Em um lugar após o outro, os mercados e os microempréstimos estão demonstrando ser um sistema poderoso para ajudar as pessoas a se ajudarem. Os microfinanciamentos fizeram mais para melhorar o *status* das mulheres e protegê-las de abusos do que qualquer lei. No final das contas, o capitalismo pode conseguir o que a caridade e as boas intenções nem sempre podem.

Kashf é uma instituição típica de microfinanciamento, pois empresta quase exclusivamente para mulheres, em grupos de 25, que garantem as dívidas umas das outras e se encontram a cada duas semanas para fazer os pagamentos e discutir uma questão social. Os assuntos incluem planejamento familiar, escola para as meninas e leis *hudood*, usadas para punir as vítimas de estupro.

As reuniões são realizadas nas casas das mulheres, em rodízio, e elas criam um "espaço feminino" onde discutem livremente suas preocupações. Muitas mulheres paquistanesas não costumam sair de casa sem a permissão dos maridos, mas eles toleram a insubordinação porque ela é lucrativa. As mulheres voltam com dinheiro e ideias de investimento e, com o tempo, conseguem rendas que fazem uma diferença significativa no padrão de vida da família. De modo geral, as mulheres começam algo pequeno, mas, depois de terminarem de pagar o primeiro empréstimo, podem pedir um novo empréstimo mais elevado. Isso as mantém presentes nas reuniões e trocando ideias, e consolida o hábito de lidar com dinheiro e pagar prontamente as dívidas.

"Agora, as mulheres ganham dinheiro e os maridos as respeitam mais", disse Zohra Bibi, uma vizinha de Saima que usou os empréstimos para comprar bezerros que cria e vende quando crescem. "Se meu marido começar a me bater, eu lhe digo para parar ou, no próximo ano, eu não pedirei um novo empréstimo. Isso o faz sentar-se e ficar quieto."

Kashf é criação de Roshaneh Zafar, uma paquistanesa que parece mais um banqueiro do que uma voluntária. Roshaneh cresceu em uma família rica e emancipada de intelectuais, que lhe permitiru estudar na Escola Wharton, na Universidade da Pensilvânia, e obter o diploma de mestre em economia do desenvolvimento em Yale. Muitos dos amigos dela no Paquistão e em Wharton queriam ficar ricos, mas ela queria salvar o mundo. Assim, foi trabalhar no Banco Mundial.

"Eu não queria criar riqueza para pessoas que já eram ricas", disse Roshaneh. "Eu pensei que trabalhando no Banco Mundial poderia fazer uma diferença. Mas era como gritar contra o vento. Aonde íamos, dizíamos às pessoas para terem mais higiene. E elas diziam: 'Você acha que somos idiotas? Se tivéssemos dinheiro, faríamos isso'. Eu fiquei pensando no que estávamos fazendo de errado. Tínhamos projetos de muitos milhões de dólares, mas o dinheiro nunca chegava até as aldeias."

Foi quando, em um jantar, Roshaneh encontrou-se ao lado de Muhammad Yunus, o efervescente professor de Bangladesh que ganhou o Prêmio Nobel da Paz em 2006, por ser um pioneiro das microfinanças. Yunus ainda não era

Roshaneh Zafar, fundadora da Kashf, com clientes em uma aldeia. (Nicholas D. Kristof)

famoso na época, mas ele estava atraindo o interesse nos círculos de desenvolvimento para fundar o Banco Grameen, que fornecia empréstimos a mulheres pobres. Roshaneh tinha ouvido histórias do sucesso de Yunus e cobriu-o de perguntas durante o jantar. Ele falou animadamente sobre o trabalho do Grameen, e era exatamente esse tipo de esforço pragmático e básico que ela queria fazer. Então, Roshaneh deu um passo no escuro: ela deixou o emprego no Banco Mundial e escreveu uma carta a Yunus dizendo que desejava se tornar uma microfinanciadora. Ele enviou-lhe rapidamente uma passagem aérea para Bangladesh. Roshaneh passou 10 semanas lá, estudando o trabalho do Grameen. Depois, voltou a Lahore e criou a Fundação Kashf, que ajudou Saima.

Kashf significa "milagre" e, a princípio, parecia que seria preciso um milagre para que funcionasse. Os paquistaneses disseram a Roshaneh que o microfinanciamento seria impossível em um país muçulmano e conservador como o Paquistão, e que as mulheres nunca teriam permissão de tomar empréstimos. No verão de 1996, ela começou a percorrer os bairros pobres em busca de clientes. Para seu horror, descobriu que as mulheres relutavam em aceitar dinheiro. "Fomos de porta em porta, tentando convencer as mulheres a começarem um relacionamento de crédito conosco", relembrou. Por fim, Roshaneh encontrou 15 mulheres dispostas a tomar empréstimos e deu 4.000 rúpias (US$ 65) a cada uma.

Roshaneh associou-se a outra paquistanesa dinâmica, Sadaffe Abid, que havia estudado economia na Faculdade Mount Holyoke. Roshaneh e Sadaffe formam um par marcante: bem-educadas, com bons contatos, bem-vestidas e bonitas, elas andavam pelas aldeias pobres parecendo, aos olhos das paquistanesas comuns, mais com estrelas de cinema do que banqueiras. Mesmo com toda inteligência, Roshaneh e Sadaffe tiveram dificuldades porque não tinham conhecimento pessoal da pobreza que estavam tentando derrotar.

"Tínhamos apenas 100 clientes e 30 deles eram inadimplentes", lembra Sadaffe. Incansavelmente empírica, concentrada em refinar seu modelo de negócios, Roshaneh enviou a sócia para ser gerente de uma filial em uma aldeia pobre. Mas, mesmo isso se mostrou difícil. "Ninguém queria alugar nada para nós porque éramos uma ONG, uma organização não governamental, e ainda por cima mulheres", disse Sadaffe. Muitos paquistaneses também acreditam que nenhuma mulher solteira honrada sairia da casa dos pais e moraria sozinha, e assim as funcionárias da Kashf atraíam olhares reprovadores. Nos últimos anos, Roshaneh teve de se render à realidade e contratar alguns gerentes de filial masculinos, porque é muito difícil encontrar mulheres dispostas a se mudar para aldeias pobres.

Roshaneh e Sadaffe passaram seus primeiros anos ajustando o modelo de negócios. Como os empréstimos para inadimplentes eram um problema, elas começaram a acompanhar os pagamentos dos empréstimos diariamente, em vez de semanalmente. Um agente de empréstimo começa fazendo a verificação básica do crédito de uma cliente. Ela compra a crédito na mercearia local? Ela paga as contas de luz e água? Mas, principalmente, o modelo dependia de emprestar a um grupo de 25 mulheres, que seriam responsáveis em conjunto se uma delas não pagasse. Isso significava que as mulheres faziam sua própria triagem, por medo de aceitar um elo fraco.

Por fim, a ONG chegou a um sistema em que praticamente 100% dos empréstimos eram pagos em sua totalidade — se não pela tomadora do empréstimo, pelos outros membros do grupo. A fundação então começou a se expandir rapidamente, mais do que dobrando a cada ano desde 2000.

Kashf também começou a oferecer seguros de vida e de saúde, além de empréstimos para reforma de casa. Roshaneh queria exigir que a escritura legal da casa fosse transferida para a esposa, antes que o empréstimo fosse aprovado, mas a transferência da propriedade no Paquistão exige 855 passos e cinco anos. Em vez disso, a ONG exige que o marido assine um documento comprometendo-se a nunca expulsar a esposa de casa, nem mesmo se ambos se divorciarem.

Roshaneh foi escolhida para ser uma das primeiras empreendedores Ashoka, trabalhando com Bill Drayton. Isso a colocou em contato com outros empreendedores sociais de todo o mundo, criando conexões e trocando ideias.

Em 2009, Kashf tinha 1.000 funcionários e 300.000 clientes, e visava 1 milhão de clientes em 2010. Roshaneh formou um conjunto de mulheres habilitadas na função de gerente, com programas de treinamento em gestão e sessões com a equipe estimulando os "sete hábitos das pessoas altamente eficazes".

A ONG também abriu um banco para aceitar depósitos, além de fazer empréstimos. As pessoas geralmente pensam em microfinanças em termos de empréstimos, mas a poupança talvez seja ainda mais importante. Nem todos os pobres precisam de empréstimos, mas todos deveriam ter acesso a contas de poupança. Se a poupança da família estiver em nome da mulher e, portanto, sob seu controle, isso lhe dará mais peso no processo de tomada de decisões da família.

Uma avaliação interna concluiu que, na época em que as mulheres faziam seu terceiro empréstimo, 34% delas passaram a se situar acima da linha da pobreza no Paquistão. Uma pesquisa revelou que 54% disseram que os maridos as respeitavam mais e 40% brigavam menos com os maridos por causa de dinheiro. Quanto à sustentabilidade do modelo de negócios subjacente, Roshaneh diz rispidamente: "Nosso retorno sobre o patrimônio é de 7,5%".

Embora o microfinanciamento tenha sido excepcionalmente bem-sucedido em algumas partes da Ásia, ele é uma solução imperfeita. As microempresas das mulheres crescem mais lentamente do que as dos homens, segundo alguns estudos, presumivelmente porque as mulheres também devem trabalhar em casa e cuidar dos filhos ao mesmo tempo — e essas restrições dificultam que os negócios operados por mulheres atinjam uma escala maior.

Além disso, os microfinanciamentos não funcionaram tão bem na África como na Ásia. Isso pode ter ocorrido por serem mais recentes no continente africano, ou porque os modelos não foram adaptados, ou porque as populações são mais rurais e dispersas, ou porque as economias dos países estejam crescendo mais lentamente e haja menos oportunidades de investimento. Más condições de saúde e mortes inesperadas causadas por AIDS, malária e parto também resultam em falta de pagamento de empréstimos o que enfraquece o modelo. Além disso, "micro" se refere à quantia do empréstimo, e não à taxa de juros: torna-se caro fazer empréstimos pequenos, e assim os tomadores de empréstimo muitas vezes pagam taxas anuais de juros de 20 a 30% — uma pechincha em comparação ao que cobram as financiadoras comerciais, mas um nível que horroriza americanos e europeus. A taxa de juros é absorvida quando o dinheiro é usado para um novo negócio lucrativo, mas, se o dinheiro não for investido sabiamente, os clientes ficam presos em uma dívida que não para de crescer. Aí, eles ficam piores do que antes — e soubemos que isso acontece a algumas mulheres nos programas Kashf.

"O microfinanciamento não é uma panaceia", diz Roshaneh. "Precisamos de saúde. Precisamos de educação. Se eu fosse primeira-ministra por um dia, colocaria todos os nossos recursos em educação."

Nem todos podem deixar uma carreira financeira internacional, como Roshaneh e Sadaffe, e abrir uma instituição como Kashf. Mas qualquer um pode se unir a elas e proporcionar microempréstimos a mulheres carentes, como Saima — visitando o *site*: www.kiva.org. Kiva é a filha de um jovem casal americano que entende de tecnologia, Matt e Jessica Flannery, e que visitou Uganda e viu o poder das microfinanças naquele país. Eles sabiam que os americanos iriam gostar de emprestar se conhecessem o destinatário, então pensaram: por que um *site* não pode fazer a conexão diretamente? Foi aí que criaram Kiva. Se você entrar no *site*, verá pessoas de todo o mundo que querem empréstimos para financiar pequenas empresas. Esses candidatos a tomadores de empréstimo são examinados por uma organização de microfinanciamento local.

Um doador aplica fundos em uma conta Kiva com um cartão de crédito e, depois, procura entre os possíveis tomadores de empréstimo no *site* para descobrir a quem emprestar o dinheiro; o empréstimo mínimo é de US$ 25. Nosso portfólio Kiva no momento consiste de empréstimos a uma vendedora de panquecas em Samoa, a uma mãe solteira equatoriana que transformou parte de sua casa em um restaurante e a uma mulher que fabrica móveis no Paraguai.

Um dos motivos pelos quais os microempréstimos são quase sempre feitos para mulheres, em vez de para homens, é que elas tendem a sofrer mais com a pobreza. Os dados de mortalidade mostram que, em fomes e em secas, são principalmente as meninas que morrem, e não os meninos. Um estudo notável feito pelo economista de desenvolvimento americano Edward Miguel revelou que, na Tanzânia, os padrões extremos de chuva — sejam períodos de secas ou inundações — são acompanhados pelo dobro de mulheres idosas improdutivas mortas por bruxaria, em comparação com os anos normais (os outros assassinatos não crescem, apenas os das "bruxas"). As condições climáticas causam perda de lavouras, levando a um aumento da pobreza; é aí que os parentes matam as "bruxas" idosas que, em outras situações, teriam sido alimentadas.

Outro motivo para transformar mulheres e meninas no foco dos programas antipobreza tem a ver com um segredo da pobreza global: parte do pior sofrimento não é provocado apenas pela renda baixa, mas também pelo gasto impensado dos homens. Não é incomum encontrar uma mãe chorando por uma criança que acabou de morrer de malária por falta de um mosquiteiro que custa

US$ 5 e, depois, encontrar o pai da criança em um bar, onde gasta US$ 5 por semana. Vários estudos sugerem que, quando as mulheres obtêm o controle sobre os gastos, menos dinheiro da família é usado para gratificação imediata e mais é usado para educação e para abrir pequenas empresas.

Como os homens geralmente controlam o dinheiro da família, parece que as famílias mais pobres no mundo costumam gastar cerca de 10 vezes mais (20% de sua renda, em média) em uma combinação de álcool, prostitutas, doces, bebidas açucaradas e festas dispendiosas do que gastam para educar seus filhos. Os economistas Abhijit Banerjee e Esther Duflo examinaram os gastos entre os muito pobres (aqueles que ganham menos de US$ 1 por dia em alguns países, menos de US$ 2 por dia em outros) em 13 países. Eles descobriram que essas famílias pobres gastavam 4,1% de seu dinheiro em álcool e fumo em Papua-Nova Guiné; 5% em Udaipur, Índia; 6% na Indonésia, e 8,1% no México. Além disso, em Udaipur, a família média aloca 10% de seu orçamento anual em casamentos, funerais ou festivais religiosos, muitas vezes envolvendo consumo ostensivo. Noventa por cento dos sul-africanos gastavam com festivais, e o mesmo acontecia com a maioria das pessoas em Paquistão, Costa do Marfim e Indonésia. Cerca de 7% do gasto total dos mais pobres no estado indiano de Maharastra era com açúcar. Se você for a lojas nos vilarejos da África ou da Ásia, verá muitos doces à venda, mas raramente vitaminas ou mosquiteiros. Não há dados precisos, mas na maior parte do mundo alguns dos jovens mais pobres, tanto solteiros quanto casados, gastam somas consideráveis com prostitutas.

Entre os pobres de Udaipur, as pessoas parecem, por qualquer critério, serem desnutridas. Sessenta e cinco por cento dos homens têm um índice de massa corporal que os deixa abaixo do peso segundo os padrões da Organização Mundial de Saúde. Apenas 57% dos adultos disseram ter comido o suficiente durante todo o ano, e 55% são anêmicos. No entanto, pelo menos em Udaipur, a desnutrição poderia ser eliminada, na maioria dos casos, se as famílias comprassem menos açúcar e fumo.

Além do gasto esbanjador em açúcar e álcool, as famílias mais pobres do mundo parecem gastar apenas 2% de sua renda na educação dos filhos, mesmo que esse seja o modo mais confiável de sair da pobreza. Se as famílias pobres gastassem com a educação de seus filhos o mesmo que gastam com cerveja e prostitutas, haveria uma transformação na perspectiva dos países pobres. Como as meninas são mantidas em casa em vez de irem à escola, elas seriam as maiores beneficiárias.

Talvez pareça culturalmente insensível culpar os pobres por gastarem em festivais, cigarros, álcool ou doces, que tornam a vida mais divertida. Mas, quando os recursos são escassos, as prioridades são essenciais. Muitos homens africanos e indianos consideram a cerveja indispensável e a educação de suas filhas um luxo. O serviço de uma prostituta é considerado essencial; um preservativo é algo supérfluo. Se tentamos descobrir como fazer com que mais meninas frequentem a escola ou como salvar mais mulheres da morte no parto, a solução mais simples seria realocar os gastos.

Um modo de fazer isso é colocar mais dinheiro nas mãos das mulheres. Dois dos primeiros estudos revelaram que, quando as mulheres têm bens ou rendas, o dinheiro da família tem maior probabilidade de ser gasto em alimentação, remédios e moradia, e, consequentemente, as crianças são mais saudáveis.

Na Costa do Marfim, um estudo focou nas diferentes lavouras que homens e mulheres cultivam para uso particular: homens cultivam café, cacau e abacaxi, e as mulheres plantam diversas espécies de bananas, cocos e verduras. Em alguns anos, as "lavouras masculinas" rendem boas colheitas e os homens ficam com mais dinheiro; em outros anos, são as mulheres que prosperam. Em certa medida, o dinheiro é compartilhado. Mas, mesmo assim, a professora Duflo descobriu que, quando as lavouras dos homens prosperam, as famílias gastam mais dinheiro em álcool e fumo. Quando as mulheres têm boas colheitas, as famílias gastam mais em alimentação, especialmente com carne. Diversos outros estudos também sugerem que as mulheres têm maior probabilidade do que os homens de investir o dinheiro escasso em educação e pequenos negócios.

Na África do Sul, um estudo verificou o impacto sobre a alimentação infantil quando o sistema de pensões do estado foi estendido aos negros, após o fim do *apartheid*. Repentinamente, muitos avós receberam uma infusão significativa de dinheiro (chegando a até US$ 3 por dia, ou duas vezes a renda média local). Quando as pensões iam para os avôs que cuidavam das crianças, o dinheiro extra não tinha impacto sobre a altura ou o peso das crianças. Mas, quando a pensão ia para uma avó, havia um grande impacto. Em particular, as netas tinham um aumento significativo de altura e peso, e essas meninas ficavam mais altas e mais pesadas do que as meninas criadas pelos avôs. Isso sugere que, se um dos propósitos das transferências de dinheiro for promover a saúde das crianças, é melhor direcionar o dinheiro para as mulheres do que para os homens.

Do outro lado do mundo, na Indonésia, as mulheres continuam a controlar os bens econômicos que levaram para o casamento. Um estudo descobriu que, se a esposa trouxe mais recursos para o casamento — e assim tem mais dinheiro para gastar depois —, seus filhos são mais saudáveis do que as crianças das famílias de riqueza igual, nas quais os bens pertenciam ao homem. O que importa para o bem-estar das crianças não é tanto o nível de riqueza da família, mas se essa riqueza é controlada pela mãe ou pelo pai. Como disse Duflo:

> Quando as mulheres têm mais poder, a saúde e a alimentação das crianças são melhores. Isso sugere que as políticas que buscam melhorar o bem-estar das mulheres em caso de divórcio ou aumentar o acesso delas ao mercado de trabalho podem afetar a situação na família, em especial a saúde infantil. Aumentar o controle das mulheres sobre os recursos, mesmo em curto prazo, irá melhorar sua posição na família, o que irá aumentar a alimentação e a saúde infantis.

Uma das implicações é que os países doadores deveriam estimular os países pobres a ajustar suas leis e dar mais poder econômico às mulheres. Por exemplo, deveria ser rotina que uma viúva herdasse a propriedade do marido, em vez de a herança ir para os irmãos dele. Deveria ser fácil para as mulheres terem propriedades e contas bancárias, e os países deveriam tornar muito mais fácil a abertura de bancos pelas instituições de microfinanças. Atualmente, as mulheres possuem apenas 1% das propriedades de terras no mundo, segundo a ONU. Isso tem de mudar.

A seu crédito, o governo americano tem incentivado esses tipos de mudanças legais. Um dos melhores programas de ajuda estrangeira dos americanos é o esforço "Desafio do Milênio", e isso tem incentivado os beneficiários a alterar códigos legais para proteger as mulheres. Por exemplo, Lesoto queria o dinheiro do "Desafio do Milênio", mas não permitia que as mulheres comprassem terras nem tomassem dinheiro emprestado sem a permissão do marido. Então, os Estados Unidos pressionaram Lesoto a mudar as leis e, como o país estava ansioso pelas verbas, concordou em fazer isso.

Pode ser politicamente incorreto observar esses tipos de diferenças de gênero, mas são óbvios para os voluntários e para os líderes nacionais. Botsuana tem sido um dos países que mais cresce no mundo, há décadas, e seu ex-presidente, Festus Mogae, era amplamente considerado um dos líderes mais hábeis da África. Ele riu quando sugerimos delicadamente que as mulheres na África, geralmente, trabalham mais e lidam com o dinheiro de modo mais sábio do que os homens, e respondeu:

> Vocês não poderiam estar mais certos. As mulheres trabalham melhor. Os bancos foram os primeiros a ver isso e contrataram mais mulheres, e agora todas as empresas fazem o mesmo. Nas famílias também são as mulheres que administram as situações melhor do que os homens. No serviço público de Botsuana, as mulheres estão tomando conta. Metade do setor do governo é formada por mulheres. A diretora do banco central, a procuradora-geral, a chefe de cerimonial, a diretora da promotoria pública — são todas mulheres. As mulheres têm um desempenho melhor na África, muito melhor. Vemos isso em Botsuana. E seus perfis são diferentes. O consumo adiado é mais alto entre as moças, e elas compram bens duráveis e têm taxas de poupança mais altas. Os homens são mais orientados para o consumo.

Alguns especialistas em desenvolvimento esperam ver mais mulheres na política e no governo, com a ideia de que elas possam fazer pelos países o que fazem em casa. Oitenta e um países reservaram algumas posições para mulheres, geralmente algumas cadeiras no parlamento, para impulsionar sua participação política. Onze países agora têm mulheres como líder máximo, e as mulheres ocupam 16% das cadeiras no legislativo nacional em todo o mundo, em comparação com 9% em 1987.

Ex-membro do congresso americano, Marjorie Margolies-Mezvinsky, liderou um esforço promissor para fazer com que mais mulheres chegassem ao governo em todo o mundo. Em 1993, Margolies-Mezvinsky era uma democrata recém-eleita na Câmara dos Deputados, quando o orçamento Clinton — completo, com aumentos de impostos para equilibrar as contas — chegou à câmara. Retrospectivamente, esse orçamento costuma ser visto como um marco que colocou os Estados Unidos em terreno fiscal sólido para os anos 1990, mas na época era intensamente polêmico. Como membro recém-eleito, Margolies-Mezvinsky estava vulnerável, e os republicanos decidiram derrotá-la se ela votasse a favor dos aumentos de impostos. No final, ela deu o voto decisivo para o orçamento Clinton. Um ano depois, ela foi derrotada por uma pequena margem. Sua carreira como política terminou.

Agora, Margolies-Mezvinsky dirige a Women's Campaign International (Campanha Internacional Feminina), que orienta ativistas de base pró-mulheres sobre como chamar atenção para suas causas, concorrer a cargos eletivos e estabelecer coalizões para atingir suas metas. Na Etiópia, onde Women's Campaign International treinou mulheres para fazerem campanhas eficazes, a proporção das mulheres no parlamento subiu de 8 para 21%.

Um motivo para ter mais mulheres na política é que as mulheres supostamente têm boa empatia e são boas em conseguir consenso. E, assim, podem ser, em média, líderes mais pacíficas e conciliadoras do que os homens. No entanto, não vemos muitas indicações de que presidentas ou primeiras-ministras tenham melhor desempenho ou promovam mais paz do que os homens. De fato, as líderes não têm sido particularmente atentas às questões de mortalidade materna, educação feminina ou tráfico sexual. Um motivo pode ser que, quando as mulheres chegam ao topo nos países pobres — pense em Indira Gandhi, Benazir Bhutto, Corazón Aquino, Gloria Macapagal-Arroyo —, quase sempre vêm de famílias de elite e nunca testemunharam diretamente os abusos sofridos pelas mulheres pobres.

Por outro lado, o consenso nos círculos de desenvolvimento é que mulheres em posição de autoridade fazem diferença em termos locais, como prefeitas ou como membros dos comitês escolares, em que elas muitas vezes parecem mais atentas a necessidades de mulheres e crianças. Um experimento fascinante aconteceu na Índia depois de 1993, quando a constituição indiana foi alterada para estipular que um terço das posições de chefe de governo nos vilarejos fosse reservado para as mulheres. Essas posições foram atribuídas aleatoriamente, e assim foi possível comparar se os vilarejos dirigidos por mulheres eram governados diferentemente daqueles governados por homens. De fato, as prioridades de gastos eram diferentes. Nas aldeias governadas por mulheres, eram instaladas mais bombas de água ou torneiras, e esses equipamentos também eram mais bem mantidos. Isso pode ter acontecido porque, na Índia, buscar água é um serviço feminino, mas os outros serviços públicos também foram considerados pelo menos tão bons quanto os dos vilarejos governados por homens. Os pesquisadores não puderam encontrar sinais de que outros tipos de infraestruturas estivessem sendo negligenciados. Os moradores locais relataram que havia uma probabilidade significativamente menor de ter de pagar subornos nas aldeias governadas por mulheres.

Entretanto, tanto homens quanto mulheres se declararam menos satisfeitos com as mulheres governantes. Os estudiosos que realizavam o estudo ficaram intrigados: os serviços pareciam ser superiores, mas a insatisfação era maior. Não eram apenas os homens chauvinistas que estavam perturbados; as mulheres também estavam mais insatisfeitas. Parecia que os cidadãos comuns ficaram incomodados pelas mulheres terem sido impostas a eles ou se ressentiram pelo fato de que as mulheres no governo eram menos instruídas e experientes, em média, do que os líderes homens. Isso sugere que as mulheres que desejam se dedicar à política, pelo menos na Índia, enfrentam um obstáculo: mesmo que se saiam melhor do que os homens ao fornecer serviços, são inicialmente julgadas de modo mais exigente.

A pesquisa de seguimento revelou que, depois de um vilarejo ter tido uma mulher no governo, esse viés contra as mulheres líderes desaparecia, e as governantes passavam a ser julgadas por padrões neutros em relação ao gênero. Essa pesquisa sugere que ter cotas para líderes mulheres locais pode ser útil, porque ajuda a superar o obstáculo inicial que impede que as mulheres se candidatem. Uma cota ao estilo indiano de mulheres em posições de autoridade parece romper as barreiras de gênero de modo que, depois, o sistema político se torne mais democrático e aberto.

Seja qual for o impacto das mulheres como líderes, temos algumas evidências diretas da própria história americana sobre as consequências amplas da participação política feminina. Como mencionado anteriormente, a mortalidade materna nos Estados Unidos só declinou significativamente quando as mulheres conquistaram o direito ao voto. Quando as mulheres conseguiram voz política, suas vidas também se tornaram prioritárias. Além disso, existem fortes evidências de que, quando as mulheres passaram a votar, o sistema político respondeu alocando mais verbas para os programas de saúde pública, especialmente para saúde infantil, porque se pensava que as eleitoras se importavam intensamente com essa questão. Grant Miller, um estudioso da Universidade de Stanford, realizou um estudo brilhante sobre a saúde quando, estado por estado, as mulheres conseguiram o direito ao voto. Ele descobriu que, quando as mulheres passaram a votar, os políticos dos estados esforçaram-se em conseguir a aprovação das eleitoras alocando mais verbas para atendimento de saúde infantil; isso não aconteceu nos estados em que as mulheres não votavam. "Um ano depois da entrada em vigor da lei do voto universal, os padrões de voto no legislativo mudaram, e os gastos locais com saúde pública subiram cerca de 35%", escreveu o professor Miller. "A mortalidade infantil declinou cerca de 8 a 15%, com a entrada em vigor das leis do voto universal. Em todo o país, essas reduções representaram aproximadamente 20.000 mortes infantis evitadas a cada ano."

O mesmo aconteceu em âmbito nacional. Um ano depois da 19ª Emenda dar às mulheres de todo o país o direito ao voto, em 1920, o Congresso aprovou o Sheppard-Towner Act, um programa que é um marco para a saúde pública. "A principal força que impeliu o Congresso foi o medo de ser punido nas urnas pelas novas eleitoras", como escreveu um historiador. A melhora da saúde americana durante esse período foi assombrosa: a taxa de mortalidade infantil entre 1 e 4 anos despencou 72% entre 1900 e 1930, embora também houvesse muitas outras razões para esse declínio, é claro. Como observa o professor Miller, os que se opõem à participação política feminina muitas vezes têm argumentado que, se as mulheres se envolverem em atividades fora do lar, então as crianças sofrerão. Na verdade, a evidência histórica é que a participação política feminina tem mostrado ser um benefício enorme que salva vidas de crianças americanas.

Um pacote da CARE para Goretti

A paisagem luxuriante do norte de Burundi é um dos pontos mais belos da África, com colinas arqueadas sobre campos verde-escuros e cafezais que oscilam à brisa. O clima é mais agradável nessa região do que nas planícies, e as cabanas com paredes de barro são esparsas. No entanto, essa terra magnífica é lar de algumas das pessoas mais pobres do planeta, e uma das mais esquecidas dentre elas era Goretti Nyabenda.

Goretti era, em grande medida, uma prisioneira em sua cabana de barro vermelho. As mulheres de lá precisam obter a permissão do marido a cada vez que saem da propriedade, e o marido dela, um homem mal-humorado chamado Bernard, não gostava de permitir. Goretti tinha 35 anos e seis filhos, mas não podia nem ir ao mercado sozinha.

Bernard e Goretti plantavam bananas, mandioca, batatas e feijões em meio acre de terra exaurida, e mal conseguiam ganhar o bastante para sobreviver. Eles eram pobres demais para comprar mosquiteiros para todas as crianças, mesmo que a malária matasse muitas pessoas na área. Bernard geralmente ia três vezes por semana a um bar para beber cerveja caseira feita de banana, gastando US$ 2 por visita. Suas visitas ao bar custavam 30% da renda disponível da família.

Goretti, que nunca frequentou uma escola, não tinha permissão para comprar nada nem para lidar com dinheiro. Em toda a sua vida, ela nunca havia segurado uma nota de 100 francos, que vale menos de 10 centavos de dólar. Ela e Bernard iam juntos ao mercado para fazer compras; ele dava o dinheiro ao vendedor e, depois, ela carregava as mercadorias para casa. O convívio dela com o marido consistia principalmente em ser submetida a surras, entremeadas com relações sexuais.

Quando conversamos, ela estava sentada em um tapete de grama atrás de sua cabana. Era um dia ensolarado, mas o ar estava agradavelmente fresco, e um coro de insetos enchia o ar de sons. Goretti vestia uma blusa de tricô marrom — que alguma americana doara para a caridade e havia sido enviada para a África Central — sobre uma saia envelope amarela estampada. Ela mantinha seu cabelo cortado bem curto, em um estilo quase militar, porque é mais fácil cuidar dele desse modo, e franziu o rosto ao descrever seu estado de espírito: "Eu estava infeliz porque sempre ficava em casa, não conhecia outras pessoas e estava totalmente sozinha. Meu marido dizia que a função de uma esposa era cozinhar, ficar em casa ou trabalhar nos campos. Eu vivia desse modo e me sentia frustrada e com raiva".

Foi quando a sogra lhe contou sobre um programa implantado na aldeia pela CARE, a venerável organização de ajuda americana que tem se concentrado cada vez mais nas necessidades das mulheres e meninas. Ansiosa, Goretti perguntou a Bernard se podia ir a uma das reuniões na aldeia. "Não", disse o marido. Goretti obedeceu a contragosto e ficou em casa. Então, a avó começou a lhe dizer como a organização era maravilhosa, reacendendo seu desejo de participar. Goretti implorou a Bernard, mas ele continuou a recusar. Certo dia, porém, Goretti foi sem a permissão dele. A princípio, Bernard ficou furioso, mas a esposa fora cautelosa e preparara o jantar antes e cuidara de todas as necessidades dele.

O programa da CARE opera com "associações" de cerca de 20 mulheres cada. Assim, com a avó e outras mulheres ansiosas por se envolverem, Goretti formou uma nova associação e foi prontamente eleita presidente por todas. Muitas vezes, as participantes trabalham juntas, cultivando o campo de uma família em um dia e o de outra na vez seguinte. Desse modo, as 20 mulheres foram aos campos de Goretti e araram toda a terra em um dia.

"Quando meu marido viu isso, ele ficou muito feliz", disse Goretti com um ar astuto. "Ele disse: 'Esse grupo é realmente bom'. E me deixou continuar."

Cada mulher traz o equivalente a 10 centavos a cada reunião. O dinheiro é recolhido e emprestado a uma das participantes, que deve investi-lo em uma atividade que gere renda e, depois, pagar o empréstimo com juros. Na verdade, as mulheres criam seu próprio banco. Goretti tomou US$ 2 emprestados e usou-os para comprar fertilizante para sua horta. Essa foi a primeira vez em que ela lidou com dinheiro. O fertilizante produziu uma excelente colheita de batatas, que conseguiu vender por vários dias no mercado por US$ 7,50. Assim, depois de apenas três meses, Goretti pagou seu empréstimo (US$ 2,30, com os juros) e o capital foi então emprestado a outra mulher.

Com o dinheiro recebido pela venda das batatas, Goretti usou US$ 4,20 do lucro remanescente para comprar bananas para fazer cerveja de banana, que vendia muito bem no mercado. Isso a levou a abrir um pequeno negócio de fabricação e venda do produto. Quando chegou sua vez de tomar um empréstimo de novo, usou os US$ 2 para expandir o negócio de cerveja e, depois, usou os lucros para comprar uma cabra prenha. A cabra teve o filhote um mês depois e Goretti agora tem duas cabras, além de seu negócio de cerveja (de noite, ela coloca as cabras na cabana para que ninguém possa roubá-las).

Bernard olha desejoso para as jarras de cerveja de banana de Goretti, mas ela insiste que ele não pode tocá-las — são para venda, não para consumo. Como a mulher está ganhando dinheiro para a família, ele resmunga, mas se contém. O *status* dela melhorou quando Bernard teve malária e precisou ser hospitalizado. Goretti usou o dinheiro obtido com a venda da cerveja e mais um empréstimo da associação CARE para pagar a conta.

"Agora Bernard não me incomoda", diz Goretti. "Ele vê que eu posso fazer coisas e pede minha opinião. Ele vê que eu posso contribuir." As participantes da associação também usam as reuniões para trocar ideias sobre como lidar com os maridos, aprender como criar animais, resolver conflitos da família e começar negócios. Enfermeiras visitantes oferecem educação sobre saúde, ensinando as mulheres quando levar os filhos para serem vacinados, como detectar DSTs e como evitar o HIV. As mulheres também tiveram oportunidade de serem testadas para HIV, e o teste de Goretti foi negativo.

"Antes, algumas das mulheres estavam com DSTs, mas não sabiam disso", diz Goretti. "Agora elas foram curadas. Eu recebi injeções para planejamento familiar e, se soubesse disso antes, não teria seis filhos. Talvez tivesse apenas três. Mas, se eu não estivesse no grupo, ia querer dez filhos."

As reuniões da CARE também ensinam as mulheres a ir para um hospital para dar à luz e, depois, a registrar as crianças para que tenham uma identidade legal. Um grande desafio para as meninas em muitos países é que não têm certidões de nascimento nem outro documento e, assim, elas nem existem aos olhos oficiais e não são elegíveis para auxílio do governo. Existe um reconhecimento crescente na comunidade de ajuda de que um sistema nacional de carteiras de identidade, difíceis de falsificar, ajudaria a proteger as meninas do tráfico sexual e facilitaria a obtenção de serviços de saúde.

Ainda mais importante, as mulheres no programa da CARE aprendem que o comportamento apropriado para uma mulher não é ficar oculta, elas podem contribuir nas reuniões e assumir posições firmes. "Esta era uma cultura em que as mulheres não podiam falar", disse Goretti. "Havia um ditado: 'Uma galinha não pode falar diante de um galo'. Mas agora podemos falar. Somos parte da comunidade." Muitas das mulheres, inclusive Goretti, estão frequentando aulas de alfabetização por meio da CARE; ela escreveu com muita dificuldade seu nome para nos mostrar que sabia escrever.

Os homens no norte de Burundi tendem a concentrar seus esforços na grande colheita local de café — ou cultivando-o em suas terras ou trabalhando como trabalhadores pagos nas plantações. No final da colheita, cheios de dinheiro, muitos homens tradicionalmente o usam para ter uma segunda esposa — uma amante, muitas vezes apenas uma adolescente, que permanece até que o dinheiro acabe. As segundas esposas são pagas com roupas e joias, e são uma grande fonte de gasto da renda familiar, bem como um caminho para a disseminação da AIDS. Porém, as mulheres no programa da CARE estão tentando acabar com essa tradição. Se o marido de qualquer mulher na associação tentar conseguir uma segunda esposa, as outras esposas se unem em um grupo vigilante e expulsam a amante. Algumas vezes, elas vão falar com o marido e lhe dizem que foi multado em US$ 10; se elas forem bem firmes, algumas vezes ele paga a multa e o dinheiro vai para os cofres da associação.

Em um sinal de que os tempos mudaram, Bernard agora pede dinheiro para Goretti. "Nem sempre eu dou porque precisamos poupar", disse ela. "Mas, às vezes, eu lhe dou algum dinheiro. Ele permitiu que eu fosse ao grupo e isso me deu alegria, então quero que ele também tenha chance de se divertir." E Goretti parou de pedir permissão todas as vezes em que sai de casa. "Eu digo a ele quando estou saindo", explicou ela. "Mas eu o informo; não peço."

Goretti está planejando expandir seus negócios. Ela quer criar cabras para vender e, ao mesmo tempo, continuar a vender sua cerveja. Muitas coisas ainda podem dar errado: Bernard poderia ficar enciumado e tirar o negócio dela; animais selvagens poderiam matar suas cabras; uma seca poderia destruir suas plantações e deixá-la com dívidas; a contínua instabilidade em Burundi poderia levar grupos armados a pilhar as lavouras; e toda a cerveja que ela está fabricando poderia simplesmente transformar mais homens do lugar em bêbados. Esse modelo de microfinanciamentos pode ajudar as famílias, mas existem limites.

No entanto, até aqui está tudo bem — e o programa é muito barato. A CARE pagou menos de US$ 100 por mulher nos três anos de vida do projeto

Goretti com suas cabras diante de sua casa em Burundi. (Nicholas D. Kristof)

(depois disso, Goretti está qualificada e o projeto começa em uma nova área). Isso significa que um doador paga 65 centavos de dólar por semana para ajudar Goretti. Isso ajuda a vida dela e também significa que Burundi agora tem outra pessoa que contribui para o PIB. Do mesmo modo, os filhos de Goretti agora têm dinheiro para canetas e cadernos para estudarem, e um modelo do que uma mulher pode ser.

"Ela mudou", disse Pascasie, a filha mais velha de Goretti, uma garota do sétimo ano. "Agora, se o papai não estiver em casa, ela pode ir ao mercado e comprar o que precisarmos."

Quanto a Bernard, ele relutou um pouco em ser entrevistado, talvez percebendo que estava sendo escalado para o papel menos atraente no cenário familiar. Mas, depois de uma conversa informal sobre os preços das bananas, ele reconheceu que estava mais feliz com uma companheira do que estivera com uma empregada. "Eu vejo minha esposa ganhando dinheiro agora e trazendo dinheiro para casa", disse ele. "Eu tenho mais respeito por ela agora."

É possível que Bernard só estivesse dizendo o que queríamos ouvir. Mas Goretti está ganhando uma reputação de domadora de marido, e, por isso, ela está sendo cada vez mais procurada. "Agora, se existe um conflito na vizinhança, pedem que eu ajude", disse ela com orgulho. Ela acrescentou que queria se tornar ainda mais ativa nos projetos da comunidade e participar de mais reuniões do vilarejo. Bernard estava ouvindo e pareceu horrorizar-se, mas Goretti não se perturbou.

"Antes, eu me subestimava", disse Goretti. "Eu não dizia nada para ninguém. Agora eu sei que tenho boas ideias e digo às pessoas o que eu penso."

CAPÍTULO 12

O eixo da igualdade

Uma mulher tem muitas partes em seu corpo; a vida é realmente muito difícil.
— LU XUN, "ANXIOUS THOUGHTS ON 'NATURAL BREASTS'" (1927)

Temos contado histórias sobre o mundo das mulheres pobres, mas vamos abrir espaço para uma bilionária.

Zhang Yin é uma chinesa pequena e animada que começou sua carreira na indústria de vestuário, ganhando US$ 6 por mês para ajudar a sustentar os sete irmãos. No início dos anos 1980, ela foi para a zona econômica especial de Shenzhen e encontrou um emprego em uma empresa de comércio de papéis parcialmente de propriedade de estrangeiros. Zhang Yin aprendeu os detalhes do negócio de papéis e poderia ter ficado ali e crescido na empresa. Mas ela é uma mulher ambiciosa e agitada, com muita energia empreendedora, e, assim, em 1985, partiu para Hong Kong a fim de trabalhar para uma empresa de lá. A empresa faliu em um ano. Zhang Yin então abriu sua própria empresa em Hong Kong, comprando aparas de papel e vendendo-as para empresas de toda a China. Ela logo percebeu que a grande oportunidade estava na intermediação das sobras de papel dos Estados Unidos para a China. Como a China tem poucas florestas, grande parte de seu papel é feito de palha ou de bambu, e é de péssima qualidade. Isso tornou as aparas de papel americano, derivado da polpa de madeira e que vale muito pouco localmente, uma mercadoria valiosa na China — especialmente conforme a industrialização aumentava a demanda por papel.

Trabalhando com o marido, um nativo de Taiwan, Zhang Yin começou comprando aparas de papel americano por meio de intermediários, mas em 1990 ela se mudou para Los Angeles e começou a trabalhar em sua casa. Ela rodava pela Califórnia em uma minivan *Dodge* usada, visitando depósitos de lixo reciclável e fazendo contratos para compra das aparas de papel. Os donos de depósitos gostaram de fazer negócios com ela.

"Tive de aprender do zero", disse Zhang Yin. "O negócio era só meu marido e eu, e eu não falava uma palavra de inglês." Ela conseguia enviar as aparas de papel para a China por um preço baixo, porque os navios traziam brinquedos e roupas de lá para a Califórnia, mas voltavam praticamente vazios. Conforme a demanda chinesa por papel aumentava, Zhang Yin construiu sua empresa e, em 1995, voltou à China para abrir uma fábrica de papel na próspera cidade de Dongguan. Suas fábricas fazem papelão, que é usado para fazer as caixas de papelão corrugado para as exportações chinesas.

A empresa de reciclagem de Zhang Yin na Califórnia, chamada America Chung Nam, é agora a maior exportadora americana para a China em volume. Sua fábrica chinesa de papel, Nine Dragons Paper, tem mais de 5.000 funcionários, e ela tem grandes ambições para a empresa. "Minha meta é transformar Nine Dragons, daqui a três ou cinco anos, na líder em papelões", disse ela a nosso amigo David Barboza, do *The New York Times*. "Meu desejo sempre foi ser a líder em um setor."

Em 2006, Zhang Yin tinha uma riqueza líquida de US$ 4,6 bilhões e estava no alto de algumas listas das pessoas mais ricas na China. Era também a mulher mais rica do mundo, que se fez por si mesma, embora, depois, a agitação do mercado tenha diminuído sua riqueza líquida e ameaçado suas operações. De qualquer modo, existe algo mais amplo acontecendo aqui: segundo o Huron Report, que tenta acompanhar a riqueza na China, seis das dez mulheres mais ricas por esforço próprio no mundo atualmente são chinesas.

Tudo isso reflete o modo como a China estabeleceu uma situação de maior igualdade para as mulheres. Em sentido mais amplo, o país surgiu como um modelo nas questões de gênero para os países em desenvolvimento: a China deixou de reprimir as mulheres e passou a emancipá-las, salientando que as barreiras culturais podem ser superadas com relativa rapidez quando existe vontade política de fazer isso. Uma ampla gama de países em todo o mundo — Ruanda, Botsuana, Tunísia, Marrocos, Sri Lanka — também tem feito progresso rápido na capacitação das mulheres. Continuam a existir desafios, mas esses países nos lembram de que as barreiras de gênero podem ser derrubadas, em benefício de homens e mulheres.

Algumas vezes, ouvimos pessoas lançarem dúvidas sobre a oposição ao tráfico sexual, mutilação genital ou assassinatos por honra devido a sua suposta inevitabilidade. O que podem nossas boas intenções contra milhares de anos de tradição?

A China é uma resposta. Há um século, o país era provavelmente o pior lugar do mundo para se nascer mulher. Pés amarrados, casamento infantil, concubinato e infanticídio feminino estavam enraizados na cultura tradicional chinesa. As meninas chinesas na zona rural, no início do século XX, algumas vezes nem tinham nomes, só o equivalente à "irmã número 2" ou "irmã número 4". Ou, talvez ainda menos respeitoso, elas podiam receber nomes como Laidi ou Yindi ou Zhaodi, variações que significam "Traga um irmão mais novo". As meninas raramente eram educadas, frequentemente eram vendidas, e muitas delas acabavam nos bordéis de Xangai.

Assim, trata-se de imperialismo cultural se os ocidentais criticarem a amarração dos pés e o infanticídio feminino? Talvez. Mas, ainda assim, essa é a coisa certa a fazer. Se acreditarmos firmemente em determinados valores, como a igualdade de todos os seres humanos, independentemente da cor ou do gênero, então não devemos ter medo de defendê-los; seria fútil aceitar escravidão, tortura, amarração de pés, assassinatos por honra ou mutilação genital só porque acreditamos em respeitar outras fés ou culturas. Uma lição da China é que não precisamos aceitar que a discriminação seja um elemento intratável de qualquer sociedade. Se a cultura fosse imutável, a China ainda seria pobre, e Sheryl estaria cambaleando em pés de sete centímetros.

A batalha pelos direitos femininos na China foi tão amarga quanto é hoje no Oriente Médio, e houve contratempos. Os chineses conservadores ficaram furiosos quando as jovens começaram a cortar o cabelo e disseram que isso fazia as mulheres parecerem homens. No final dos anos 1920, marginais de rua às vezes agarravam uma mulher com cabelo curto e arrancavam todo seu cabelo ou até cortavam seus seios. *Se você quer parecer um homem*, diziam eles, *isto vai ajudá-la.*

Depois da revolução de 1949, o comunismo foi brutal na China, provocando dezenas de milhões de mortes por fome ou repressão, mas seu legado mais positivo foi a emancipação das mulheres. Depois de assumir o poder, Mao levou as mulheres para o mercado de trabalho e para o Comitê Central do Partido Comunista. Ele usou seu poder político para abolir o casamento infantil, a prostituição e o concubinato. Foi Mao quem proclamou: "As mulheres sustentam metade dos céus".

Houve alguns retrocessos para as mulheres com o fim da ideologia comunista e o surgimento de uma economia de mercado nos anos 1980, e as mulheres chinesas ainda enfrentam desafios. Até mesmo as mulheres com formação universitária enfrentam discriminação na procura por empregos, e o assédio sexual é comum. Um ministro do gabinete chinês, certa vez, confundiu Sheryl com uma secretária local e tentou assediá-la; ela se vingou quando escreveu sobre o incidente em nosso livro *China Wakes*. O concubinato retornou com *er nai*, ou segundas esposas, e a China tem milhões de prostitutas novamente (embora, em comparação com a Índia, a maioria tenha essa ocupação voluntariamente). A combinação da política de controle de nascimentos de apenas um filho por casal e o acesso conveniente a testes por ultrassom significa que os pais rotineiramente verificam o sexo de um feto e fazem um aborto se for uma menina. A proporção de sexo de recém-nascidos é de 116 meninos para 100 meninas, e isso significa que muitos homens pobres nunca conseguirão se casar; essa será uma fonte de futura instabilidade. Infelizmente, nem o desenvolvimento econômico nem o aumento da educação e da classe média parecem ter afetado a tendência de abortar os fetos femininos.

Dito tudo isso, nenhum país fez tanto progresso na melhora do *status* das mulheres como a China. Nos últimos 100 anos, o país se tornou — ao menos nas cidades — um dos melhores lugares para se nascer mulher. Os chineses urbanos geralmente se envolvem mais do que os americanos nas tarefas domésticas, como cozinhar e cuidar das crianças. De fato, as chinesas muitas vezes dominam a tomada de decisões na família, que originou a expressão *qi guan yan*, ou "a esposa governa estritamente". E, embora a discriminação contra as mulheres no trabalho seja real, tem menos a ver com sexismo do que com o desejo dos empregadores de evitar os generosos benefícios de maternidade da China.

Pudemos ver o progresso na aldeia natal de Sheryl, no sul da China. Quando a avó materna de Sheryl tinha 5 anos, sua mãe tentou torná-la bela envolvendo bandagens ao redor de seus pés, dos dedos até os calcanhares, começando um processo que esmagaria os pequenos ossos, de modo que ela pudesse exibir os pés de apenas sete centímetros, chamados de "lótus dourados". Eles eram considerados sensuais: o idioma chinês do século XIX tinha muito mais palavras eróticas para os pés das mulheres do que para seus seios. A avó de Sheryl tirou as bandagens depois de se mudar com o marido para Toronto, mas já era tarde demais. Ela se tornou uma matriarca de sete filhos e tinha temperamento forte, mas cambaleou até o fim da vida em seus sapatos minúsculos, andando com pulinhos curtos como os de um pinguim.

Na época em que começamos a visitar a China, os pés já não eram mais amarrados, mas as mulheres da aldeia, em sua maioria, ainda aceitavam uma cidadania de segunda classe, implorando à Deusa da Misericórdia por um filho e, algumas vezes, afogando suas filhas depois do parto. Porém, a disseminação da educação e das oportunidades profissionais para as jovens levou a uma mudança rápida nas percepções relativas ao gênero. Educar e capacitar meninas é certamente a coisa certa a fazer, mas o mais importante aos olhos de muitas famílias é que isso é lucrativo! A China tem desfrutado de um círculo virtuoso no qual, como as meninas têm valor econômico, os pais investem mais nelas e lhes dão maior autonomia.

As mulheres chinesas também estão abrindo caminho em campos que já foram completamente masculinos. A maioria dos estudantes de matemática e química na China ainda são homens, mas a diferença é menor do que nos Estados Unidos. O xadrez é uma das atividades mais dominadas por homens em todo o mundo, e isso também ocorre na China, mas as mulheres de lá estão ganhando terreno mais do que em qualquer outro lugar. Em 1991, Xie Jun se tornou a primeira chinesa a vencer um campeonato mundial de xadrez feminino, e desde então duas outras chinesas — Zhu Chen e Xu Yuhua — conseguiram o mesmo feito. Além disso, uma menina chamada Hou Yifan pode ser o maior talento de todos os tempos no xadrez feminino. Em 2008, aos 14 anos, ela perdeu por pouco na final do campeonato mundial feminino e está progredindo rapidamente. Se alguma mulher em atividade hoje puder competir pelo título de campeão mundial de xadrez com os homens, provavelmente será ela.

A China é um modelo importante porque foi exatamente a emancipação das meninas que precedeu e possibilitou o progresso econômico. O mesmo é verdadeiro para outras economias asiáticas que crescem rapidamente. Como Homi Kharas, um economista que trabalhou nesses problemas para o Banco Mundial e para o Brookings Institution, nos aconselhou:

> Criar o progresso econômico tem realmente a ver com usar os recursos do país de modo mais eficiente. Muitas economias do leste asiático iniciaram esse processo ao levar as jovens camponesas das fazendas para as fábricas, depois de lhes dar

educação básica gratuita. Na Malásia, Tailândia e China, setores orientados para a exportação, como vestuário e semicondutores, empregam predominantemente mulheres jovens, que anteriormente trabalhavam em atividades menos produtivas, como fazendas da família ou serviço doméstico. As economias tiveram diversos benefícios com essa transição. Ao melhorar a produtividade do trabalho das jovens, o crescimento pôde ocorrer. Ao empregá-las em setores de exportação, os países obtiveram moedas estrangeiras que puderam ser usadas para comprar o equipamento necessário. As jovens economizaram boa parte de seu dinheiro ou o enviaram para parentes na aldeia, aumentando as taxas nacionais de poupança. Como tinham bons empregos e oportunidades para ganhar dinheiro, elas também adiaram o casamento e a criação de filhos, diminuindo as taxas de fertilidade e de crescimento populacional. Assim, um fator importante no sucesso econômico do leste asiático foi a contribuição da força de trabalho feminina da camponesa jovem.

Não é coincidência que os países que tiveram progresso econômico tenham sido aqueles que educaram as meninas e lhes deram autonomia para ir para as cidades, a fim de procurar trabalho. Em contraste, seria difícil imaginar — pelo menos no momento — milhões de adolescentes das regiões rurais do Paquistão ou do Egito sendo plenamente educadas e autorizadas a ir para as cidades, enquanto ainda são solteiras, para arrumar empregos e impulsionar uma revolução industrial.

Os principais executivos indianos observaram que uma das fraquezas de seu país é que ele não emprega as mulheres de modo tão eficiente quanto a China, e estão tentando corrigir isso. Azim Premji, presidente da Wipro Technologies, uma importante empresa de tecnologia, observa que 26% dos engenheiros da Wipro são mulheres. Sua fundação, a Azim Premji Foundation, concentra-se em manter mais meninas dos vilarejos na escola — em parte para ajudá-las, mas também porque o resultado será fertilidade mais baixa e força de trabalho mais capaz para impulsionar toda a economia.

Algo que parece chocante para muitos americanos está implícito no que estamos dizendo sobre a China: as fábricas que exploram o trabalho feminino deram um impulso às mulheres. Os americanos ouvem falar sobre os horrores das indústrias de vestuário, e isso é algo real — o trabalho extraobrigatório, o assédio sexual, as condições perigosas. No entanto, mulheres e meninas ainda disputam lugar nessas fábricas porque elas são preferíveis à alternativa de lavrar os campos o dia inteiro em uma aldeia. Na maioria dos países pobres, as mulheres não têm muitas opções de trabalho. Na agricultura, por exemplo, elas não costumam ser tão fortes quanto os homens, e por isso recebem menos. Mas no mundo industrial ocorre o contrário. As fábricas preferem as jovens, talvez por serem mais dóceis e porque seus dedos menores sejam mais ágeis para montagem ou costura. Assim, o aumento da industrialização em geral aumentou as oportunidades e o *status* das mulheres.

A implicação é que, em vez de denunciar as fábricas, nós, ocidentais, deveríamos incentivar a industrialização dos países pobres, especialmente na África e no mundo muçulmano. Praticamente não existem indústrias para exportação na África (exceto nas Ilhas Maurício e algumas poucas em Lesoto e na Namíbia), e uma das maneiras pelas quais poderíamos ajudar as mulheres no Egito e na Etiópia seria incentivar fábricas para exportação de sapatos ou blusas baratos. As fábricas com trabalho intensivo criariam mais empregos para mulheres, o que traria mais capital e igualdade de gênero.

Os Estados Unidos criaram um ótimo programa para promover as exportações africanas, reduzindo as taxas sobre elas. Ele se chama African Growth and Opportunity Act, ou AGOA, e é um programa de ajuda efetivo que nunca obtém a atenção ou o apoio adequado. Se os países do Ocidente quisessem fazer algo simples em benefício das africanas, eles uniriam o AGOA ao seu equivalente europeu, chamado Everything But Arms. Como observou o economista Paul Collier, da Universidade de Oxford, essa união de padrões e burocracias iria criar um mercado comum mais amplo para importação sem taxas sobre bens manufaturados africanos. Isso seria um incentivo significativo para criar fábricas na África, impulsionando o emprego e dando aos africanos um novo canal para ajudarem a si mesmos.

Em um lugar muito distante, um país muito diferente da China também está emergindo como modelo quanto às questões de gênero. Ruanda é uma sociedade pobre, patriarcal e sem acesso ao mar, que ainda vive nas sombras do genocídio de 1994, no qual 800.000 pessoas foram massacradas em cem dias. A maioria dos assassinos era da tribo Hutu, e a maioria das vítimas era da tribo minoritária Tutsi, e as tensões tribais continuam a ser um desafio à estabilidade do país. No entanto, desse solo estéril e chauvinista, surgiu um país em que as mulheres têm um papel econômico, político e social importante — de um modo que beneficia enormemente Ruanda como um todo. Ruanda está implementando conscientemente políticas que capacitam e promovem as mulheres. Talvez em parte como resultado disso, seja uma das economias que crescem mais rápido na África. Em alguns aspectos, em tudo menos no tamanho, Ruanda é agora a China da África.

Depois do genocídio, 70% da população de Ruanda era feminina e, assim, o país foi obrigado a utilizar as mulheres. Mas isso foi mais do que necessidade. Os homens haviam ficado desacreditados por causa do genocídio. As mulheres pouco participaram do massacre e, assim, apenas 2,3% das pessoas presas pelos assassinatos foram mulheres. Em resultado, houve um amplo consenso de que as mulheres eram mais responsáveis e menos inclinadas à selvageria. O país estava, portanto, preparado mentalmente para dar um papel maior às mulheres.

Paul Kagame, o líder rebelde que derrotou os *genocidaires* e se tornou presidente de Ruanda, queria reviver a economia de seu país e viu que precisava das mulheres para fazer isso. "Se deixar essa população fora da atividade econômica, você corre um risco", ele nos disse, enquanto a secretária de imprensa — uma mulher — olhava de modo aprovador. "Não tomamos a decisão de envolver as mulheres ao acaso", ele acrescentou. "A constituição afirma que as mulheres têm de somar 30% do parlamento."

Kagame fala inglês fluentemente, encontra-se regularmente com americanos e talvez tenha percebido que seria útil mostrar que Ruanda era um país de oportunidades iguais. A sala de gabinete de Ruanda, que é mais tecnológica do que sua equivalente na Casa Branca, frequentemente ecoa com vozes femininas. Kagame tem indicado mulheres fortes para postos no gabinete e outras posições de autoridade. Elas agora têm os cargos de presidente da suprema corte, ministra da educação, prefeita de Kigali e diretora da televisão de Ruanda, enquanto, nos níveis de base, muitas mulheres desempenharam papéis importantes na reconstrução das aldeias. Em 2007, Ruanda superou a Suécia e se tornou o país com a maior participação de mulheres no parlamento em todo o mundo: 48,8% das cadeiras na câmara. Então, em setembro de 2008, uma nova eleição tornou Ruanda o primeiro país com maioria feminina no legislativo: 55% na Câmara. Em contraste, 17% dos membros da Câmara dos Deputados americana eram mulheres em 2008, deixando os Estados Unidos no 68º lugar entre os países do mundo em participação de mulheres com cargos políticos nacionais.

Ruanda é um dentre alguns países pobres — como Costa Rica e Moçambique — que têm pelo menos um terço de mulheres na representação total no parlamento. É também um dos países menos corruptos, de crescimento mais rápido e mais bem governados da África.

Países como Ruanda e China demonstraram que os governos podem auxiliar as mulheres e as meninas de um modo que impele o desenvolvimento econômico. Nesses países, com bom governo e oportunidades iguais, a ajuda ocidental costuma ser especialmente efetiva.

Murvelene Clarke era uma mulher de 41 anos do Brooklyn sentia um desejo vago de ser mais cívica e de dedicar parte de sua renda à caridade. Ela ganhava US$ 52.000 por ano trabalhando em um banco e achava que tinha muito para satisfazer suas necessidades. "Ouvi falar do dízimo, em que se dá 10% da renda para a igreja", explicou Murvelene. "Não frequento nenhuma igreja, mas pensei que poderia dar 10% da minha renda para a caridade."

Murvelene considerava prioritário encontrar uma organização que gastasse pouco com despesas administrativas. Assim, ela foi para o computador e passou várias horas navegando por sites de organizações beneficentes que haviam recebido a melhor avaliação — quatro estrelas — no Charity Navigator, um *site* que avalia a eficiência das organizações. O Charity Navigator não é um guia perfeito porque se foca nas despesas gerais em vez de no impacto, mas é um bom ponto de partida. Murvelene encontrou uma organização chamada Women for Women International e gostou do que viu. É uma organização de patrocínio que torna possível que uma americana apoie uma mulher específica em um país estrangeiro carente. Murvelene, uma negra descendente de jamaicanos, gostou da ideia de patrocinar uma africana. Assim, ela se cadastrou, concordou em pagar US$ 27 por mês durante um ano e pediu para ser conectada com uma mulher em Ruanda.

Murvelene foi associada à Claudine Mukakarisa, uma sobrevivente do genocídio, com 27 anos, de Butare, Ruanda. Extremistas hutus atacaram sua família, que era tutsi, e ela foi a única sobrevivente. Claudine foi raptada aos 13 anos, juntamente com a irmã mais velha, e levada a uma casa de estupro hutu. "Eles começaram a violar sexualmente nós duas", explicou Claudine em um tom de voz tímido e dolorosamente monótono, "e depois começaram a nos espancar".

Muitos membros da milícia vinham até a casa e faziam fila pacientemente para estuprar as mulheres. Isso continuou por vários dias e, é claro, não havia cuidados médicos. "Nossos órgãos reprodutivos começaram a apodrecer e larvas começaram a sair dos corpos", disse Claudine. "Andar era quase impossível, e por isso nós andávamos de quatro." Quando o exército de Kagame derrotou os *genocidaires*, a milícia hutu fugiu para o Congo — mas levou Claudine e sua irmã junto com eles. Os membros da milícia mataram a irmã, mas finalmente soltaram Claudine.

"Não sei por que fui libertada e minha irmã foi morta", disse ela, dando de ombros. Provavelmente, isso aconteceu porque ela estava grávida. Claudine estava intrigada com sua barriga inchada porque ainda não sabia como os bebês nasciam. "Eu pensava que não podia ficar grávida porque tinham me dito que uma garota só fica grávida se for beijada no rosto. E eu nunca tinha sido beijada."

Com apenas 13 anos e com uma gravidez avançada, andou pelo país tentando encontrar ajuda. Ela deu à luz sozinha em um estacionamento. Sem imaginar como poderia alimentar o bebê e odiando o pai desconhecido que a estuprara, Claudine abandonou o bebê para que ele morresse.

"Mas meu coração não permitiu que eu fizesse isso", disse ela. "Então, eu voltei e peguei o meu bebê." A menina implorou comida nas ruas, e ela e o bebê mal conseguiram sobreviver. "Muitas pessoas me enxotavam", disse ela, "porque eu cheirava mal". Claudine é quieta, séria e fala suavemente; seus lábios tremem enquanto nos conta a história em um tom monótono, mas ela não demonstra suas emoções. Sua característica mais marcante é a determinação para sobreviver com o filho.

Depois de vários anos vivendo assim, um tio a recolheu, mas exigiu sexo em troca do abrigo. Quando engravidou novamente, ele a expulsou. Com o tempo, Claudine descobriu que podia trabalhar cuidando de jardins ou lavando roupas, geralmente ganhando US$ 1 por um dia de trabalho. Ela conseguiu mandar as duas crianças para a escola, mas por pouco tempo: as taxas eram US$ 7 por criança, por ano, e ela e as crianças viviam com o ganho de um dia de cada vez.

A ajuda de Murvelene deu nova esperança a Claudine e seus filhos. Do pagamento de US$ 27 que Murvelene faz a cada mês, US$ 12 vão para programas de treinamento e outros esforços de ajuda e US$ 15 chegam diretamente a Claudine. Os gerentes aconselham as mulheres a economizar — em parte, para criar o hábito

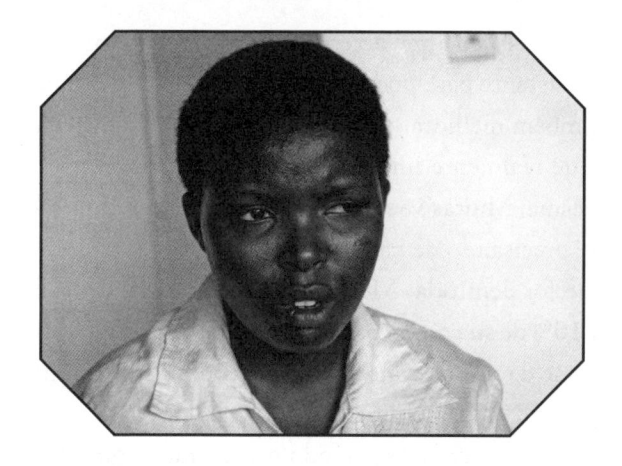

Claudine em uma reunião da Women for Women, em Ruanda. (Nicholas D. Kristof)

de micropoupanças e, em parte, para criar uma reserva para quando elas concluírem o programa no prazo de um ano. Assim, Claudine poupa 5 dólares por mês e gasta 10. Parte dos US$ 10 é usada para pagar a escola das crianças e comprar comida, mas Claudine separa parte para comprar um grande saco de carvão usado para cozinhar. Ela o vende, pedaço a pedaço, em um mercado de varejo para outras famílias pobres.

Além disso, Claudine vai ao prédio da Women for Women todas as manhãs para ter aulas. As segundas, quartas e sextas são dedicadas ao treinamento profissional, para ensinar habilidades às mulheres que lhes proporcionem uma renda pelo resto da vida. Claudine está aprendendo bordado com pedras, a fim de fazer peças bordadas que possam ser vendidas diretamente por ela ou por meio do Women for Women (o objetivo é vender os bordados em lojas de departamento de luxo em Nova York). Outras mulheres aprendem como usar junco para tecer cestas ou descansos de prato, ou, se tiverem realmente talento, elas estudam costura para trabalhar como alfaiates. Uma alfaiate pode ganhar US$ 4 por dia, uma renda razoável em Ruanda; as que têm outras habilidades ganham um pouco menos. Às terças e quintas, as mulheres assistem a aulas sobre saúde, alfabetização ou direitos humanos. Um dos objetivos é tornar as mulheres mais assertivas e menos submissas às injustiças.

Claudine e Murvelene escrevem cartas uma para a outra, e Murvelene enviou fotos de Nova York para Claudine, para mostrar onde mora. Claudine e os filhos examinaram essas fotos, fascinados, como se vissem outro planeta.

Nove meses depois de começar a ajudar Claudine, Murvelene foi demitida. Ela riu quando lhe perguntamos se tinha se arrependido de seu compromisso em ajudar Claudine. "Nunca me arrependi nem por um instante", disse ela. "Se eu tenho sorte o bastante para poder ajudá-la, e se ela puder melhorar a situação em que está e também melhorar a vida dos parentes ou de outras pessoas ao seu redor, isso é o que realmente importa para mim. E é também um modo de eu fugir de mim mesma. Muitas vezes, esquecemos como somos afortunados aqui, nunca realmente precisando de nada."

Desde que foi demitida, Murvelene está trabalhando como *free-lancer* e continua a doar 10% de sua renda para a caridade. "Quando recebo um pagamento ou se alguém me dá um presente, eu faço a conta mentalmente e penso: 'OK, tenho *tanto* para dar.' Não é tão difícil."

Claudine também está prosperando e sente muita gratidão por Murvelene dar essa oportunidade a ela e a seus filhos. É ainda melhor, pois a economia de Ruanda está em crescimento, criando mais oportunidades para as mulheres que terminam o programa da Women for Women. Mas Ruanda está florescendo exatamente porque descobriu como transformar pessoas como Claudine em ativos econômicos.

Lágrimas sobre a revista Time

Zainab Salbi é magra, tem pele cor de oliva e cabelo negro, crespo e curto que emoldura olhos grandes e luminosos. Ela se parece com a ideia cinematográfica de uma princesa de espírito livre do Oriente Médio, e fala inglês com um toque de sotaque estrangeiro que reflete sua infância no Iraque. Zainab cresceu em Bagdá no período moldado pela longa guerra Irã-Iraque, sempre com medo dos ataques, criada por um pai que era piloto e uma mãe que era uma mulher incomumente emancipada e treinada em biologia. Mas o fator crucial para a família de Zainab foi que o pai e a mãe eram próximos de Saddam Hussein. O pai dela era o piloto pessoal de Saddam, e Zainab cresceu chamando Saddam de tio e passando fins de semana na casa dele, brincando com os filhos dele.

Isso significava privilégios e presentes, inclusive um carro novo presenteado por Saddam a cada ano, mas também um medo constante e insidioso. A proximidade não significava proteção, e qualquer deslize poderia significar um desastre para toda a família. Uma das amigas dela na escola era filha de um oficial importante, que foi arrastado de uma reunião na televisão e depois executado; a filha dele tornou-se uma pária. Zainab ouviu histórias sussurradas de que Saddam e seus filhos estupravam moças e de que agentes da inteligência filmavam as mulheres que eram estupradas e, depois, chantageavam as vítimas.

"Ele era como um gás venenoso", disse Zainab a Sheryl em uma longa conversa no seu escritório, em Washington. "Nós respirávamos lentamente e, às vezes, morríamos lentamente." Mas Saddam era sempre cortês e solícito com Zainab, até mesmo acompanhando-a e mostrando-lhe a sua propriedade. Certa vez, quando ela não tinha um maiô e todos estavam nadando, ele lhe ofereceu seu *dishdasha*, ou robe, para que ela pudesse participar da diversão. Ela se opôs, pensando que ele ficaria transparente demais quando molhado. Ele insistiu. Ela continuou a recusar.

Quando Zainab estudava na universidade, a mãe abrupta e estranhamente a forçou a um casamento com um iraquiano que morava nos Estados Unidos. "De repente, quando eu tinha 20 anos, minha mãe implorou para que eu aceitasse uma proposta de casamento vinda dos Estados Unidos", relembrou Zainab. "Ela pediu, chorou e disse: 'Por favor, ouça!'. Eu queria ser uma boa filha e por isso vim para os Estados Unidos."

Zainab mal conhecia o marido, que era muito mais velho e logo se mostrou abusivo e distante. Depois de três meses de casamento, ele ficou violento, atirou-a de bruços na cama e a estuprou. Diante disso, ela o abandonou. Porém, a primeira Guerra do Golfo havia irrompido e ela não podia voltar para casa. Em vez disso, Zainab permaneceu nos Estados Unidos, ressentindo-se amargamente por sua mãe tê-la levado a um casamento fracassado e a aterrorizado com a possibilidade de as autoridades americanas descobrirem como sua família era próxima de Saddam. "Eu decidi que nunca contaria a ninguém que conhecia Saddam Hussein", disse ela, e manteve isso em segredo.

Aos poucos, a vida foi melhorando. Zainab conheceu e se casou com um palestino gentil chamado Amjad, que fazia doutorado nos Estados Unidos. Eles planejaram uma futura lua de mel na Espanha e economizaram para isso. O Iraque parecia distante de sua vida. Então, em 1993, quando Zainab tinha 24 anos e estava casada com Amjad há seis meses, eles visitaram um amigo. Enquanto Amjad e o amigo estavam na cozinha preparando o jantar, Zainab pegou uma revista *Time* e leu um artigo sobre os campos de estupro na Bósnia. Os soldados sérvios estavam estuprando em grupo as mulheres como parte de uma estratégia militar para aterrorizar a população. O artigo estava acompanhado de fotos de algumas mulheres, e tocou Zainab tão profundamente que ela caiu em prantos. Amjad veio correndo, alarmado. Zainab mostrou-lhe o artigo e disse: "Temos de fazer algo! Eu tenho de fazer algo para ajudar essas mulheres".

Zainab ligou para organizações humanitárias para ver se poderia se oferecer como voluntária para ajudar as mulheres na Bósnia, mas não conseguiu encontrar nenhum grupo que trabalhasse com essas vítimas de estupro. Então, ela voltou a telefonar, oferecendo-se para criar um programa. Uma igreja unitária concordou em ouvir sua proposta. Ela foi à reunião com o conselho administrativo da igreja carregando a pasta do sogro, pensando que isso a faria parecer mais velha. Com a ajuda da igreja, Zainab e Amjad transformaram seu porão

Zainab Salbi visitando a equipe de Women for Women, em Ruanda. (Trish Tobin)

no centro de operações de um novo grupo, que chamaram de Women for Women in Bosnia (Mulheres para as Mulheres da Bósnia). Eles começaram a fazer contatos e a arrecadar verbas, doando o dinheiro que tinham economizado para a viagem à Espanha. As mulheres na Bósnia precisavam mais dele.

Logo, Zainab voou para os Bálcãs e começou a se encontrar com mulheres que tinham sido estupradas pelos soldados sérvios. Sua primeira reunião foi com uma mulher chamada Ajsa, que tinha sido libertada de um campo de estupros quando estava grávida de oito meses — tarde demais para fazer um aborto.

Durante três anos, Zainab e Amjad lutaram para construir sua organização, enquanto estudavam na universidade. Cada centavo que arrecadavam ia para as 400 mulheres de sua instituição, deixando-os apenas com dinheiro suficiente para pagar as contas e comprar comida. Zainab estava para desistir e procurar um emprego remunerado, quando recebeu um cheque de US$ 67.000 pelo correio. A Working Assets, uma empresa telefônica que doa 1% de suas vendas para a caridade, havia escolhido Zainab para receber a doação, e isso salvou a organização. Com o tempo, o grupo evoluiu para Women for Women International e passou a trabalhar com sobreviventes não só na Bósnia, mas também em países devastados pela guerra em todo o mundo.

Outro grande impulso aconteceu em 2000, quando Oprah Winfrey convidou-a a aparecer em seu programa na primeira de sete entrevistas. A Women for Women International começou a prosperar, construindo uma importante rede internacional de patrocinadores e um orçamento de US$ 20 milhões. Mas Zainab ainda manteve sua associação com Saddam em segredo.

Certo dia, na primavera de 2004, Zainab estava em Bukavu, no leste do Congo. Ela estava falando com uma mulher chamada Nabito, que descreveu como os rebeldes estupraram a ela e também a suas três filhas, das quais a mais nova tinha apenas 9 anos. Os rebeldes até ordenaram que um dos filhos adolescentes de Nabito a estuprasse. Como ele não obedeceu, eles o balearam nos pés. Ela contou tudo isso a Zainab e depois disse: "Nunca contei essa história a ninguém, apenas a você".

Zainab ficou horrorizada. "O que eu devo fazer?", ela perguntou. "Devo manter isso em segredo ou contar para todo o mundo?"

"Se você puder contar para todo o mundo e impedir que isso aconteça de novo, então faça isso", disse Nabito. Mais tarde naquele dia, na viagem de volta a Ruanda, Zainab chorou. Ela chorou durante cinco horas, enquanto o motorista dirigia pelas estradas de terra esburacadas. Continuou chorando em seu quarto na casa de hóspedes. Nessa noite, no quarto, ela resolveu que, se Nabito podia contar seus segredos constrangedores, ela também poderia. Zainab decidiu revelar o estupro cometido pelo seu ex-marido, o relacionamento de sua família com Saddam e outro segredo que ela só soubera há pouco tempo.

A mãe de Zainab, com saúde fraca, havia ido se tratar nos Estados Unidos, e a filha finalmente ousou falar sobre a raiva que sentia desde seu primeiro casamento. Ela falou sobre como se sentira traída quando a mãe, supostamente liberal, a pressionara para aceitar um casamento abusivo com um homem mais velho que ela mal conhecia. Então, ela perguntou à mãe por que a pressionara para se casar.

A mãe de Zainab tinha perdido a voz e só podia se comunicar por meio de bilhetes. Entre lágrimas, ela rabiscou uma resposta: "Ele queria você, Zainab. Eu não vi nenhum outro jeito". O "ele" era Saddam Hussein. Ele desejara Zainab, e os pais dela tinham ficado aterrorizados com a possibilidade de Saddam raptar a filha e mantê-la como amante até encontrar um novo brinquedo.

Assim, inspirada por Nabito, Zainab começou a contar toda a sua história, com todos os detalhes. "A ironia foi que eu coordenava um programa que incentiva as mulheres a se comunicarem, mas deixei de me comunicar por muito tempo", disse Zainab. "Agora eu falo."

A Women for Women International é eficaz porque toca as pessoas no nível mais básico. Esse tipo de abordagem, de baixo para cima, no trabalho de desenvolvimento tem mostrado repetidamente sua superioridade ao provocar a mudança econômica e social. Enquanto isso, na região ocidental da África, outra pessoa usava a mesma abordagem para derrotar uma das tradições mais chocantes e profundamente enraizadas que fere as meninas: a mutilação genital.

CAPÍTULO 13

Trabalho de base local vs. Trabalho no topo da hierarquia

> Será que as mulheres são seres humanos? Se as mulheres fossem seres humanos, seríamos enviadas em contêineres da Tailândia para os bordéis de Nova York? Nossos genitais seriam cortados para nos "limpar"? Quando as mulheres vão se tornar humanas? Quando?
> — CATHERINE A. MACKINNON, *Are Women Human?*

Aproximadamente a cada 10 segundos, uma garota em alguma parte do mundo é mutilada. Suas pernas são afastadas e uma mulher local, sem treinamento médico, pega uma faca ou navalha e corta os genitais da menina ou parte deles. Na maioria dos casos, não existe anestesia.

Ocidentais e africanos bem-intencionados têm trabalhado há décadas para acabar com essa prática. No entanto, um número crescente de mães ainda tomam providências para que suas filhas sejam mutiladas. Bom, finalmente, nos últimos anos, grupos de ativistas quebraram o código. Lideradas por uma mulher de Illinois que viveu mais da metade da vida no Senegal, esses ativistas parecem ter descoberto como acabar com a mutilação, e seu movimento vem crescendo rapidamente. É incrível, mas parece que a mutilação genital feminina no oeste da África vai pelo mesmo caminho da deformação dos pés na China.

Isso transforma a campanha contra a mutilação genital em um modelo para um movimento global mais amplo pelas mulheres do mundo em desenvolvimento. Se quisermos ir além dos *slogans*, faríamos bem em aprender as lições da longa luta contra essa prática.

Hoje, a mutilação genital feminina é praticada principalmente pelos muçulmanos da África, embora também seja encontrada em muitas famílias cristãs de lá. A prática não é encontrada na maioria das culturas árabes ou islâmicas fora da África. O costume data da Antiguidade, e algumas múmias de mulheres do antigo Egito têm os genitais cortados. Soranos de Éfeso, um médico grego que escreveu um livro pioneiro sobre ginecologia no século II, afirmou:

> Um grande clitóris é um sintoma de depravação; na verdade, [essas mulheres] procuram ter sua carne estimulada como os homens e querem praticar o ato sexual, por assim dizer. Agora, a operação cirúrgica nelas deve ser realizada da seguinte forma: colocando-a deitada de costas com os pés fechados, deve-se segurar no lugar com um pequeno fórceps a parte que se projeta e parece ser maior e, então, cortá-la com um bisturi.

Um manual de cirurgia alemão, de 1666, inclui ilustrações sobre como amputar o clitóris, e a prática acontecia regularmente na Inglaterra até os anos 1860 — até mesmo depois disso, ocasionalmente, na Europa e na América. A prática ainda é comum em uma ampla faixa do norte da África. Em todo o mundo, cerca de 130 milhões de mulheres foram mutiladas e, depois de novas pesquisas, a ONU agora estima que três milhões de meninas são mutiladas anualmente apenas na África (a estimativa anterior era de dois milhões em todo o mundo). O costume ocorre também, em menor escala, no Iêmen, Omã, Indonésia e Malásia, bem como entre alguns beduínos árabes na Arábia Saudita e em Israel, e entre os muçulmanos bohra na Índia e no Paquistão. A prática tem muitas variantes. No Iêmen, as meninas são mutiladas, em geral, duas semanas depois de nascidas, enquanto no Egito a mutilação pode ocorrer no início da adolescência.

O objetivo é minimizar o prazer sexual da mulher e, assim, diminuir a probabilidade de ela ser promíscua. A forma de mutilação mais comum envolve cortar o clitóris ou o capuz clitorial (algumas vezes, deixa o clitóris intacto e mais exposto, uma cirurgia incompetente que aumenta as oportunidades para o orgasmo). Na Malásia, o ritual às vezes envolve apenas uma alfinetada, ou o movimento de uma navalha perto dos genitais. Mas, no Sudão, Etiópia e Somália, é comum ver o tipo mais extremo, no qual toda a área genital é "limpa", cortando-se o clitóris, os lábios e toda a genitália externa. Isso cria uma grande ferida exposta, e a abertura vaginal é então suturada com um cardo selvagem (deixando uma pequena abertura para a passagem do sangue menstrual), e as pernas são amarradas para que a ferida possa cicatrizar. Isso é chamado de "infibulação" e, quando a mulher se casa, o marido ou uma parteira usa uma faca para reabrir a parte fechada para que ela possa ter relações sexuais. Edna Adan, a parteira da Somalilândia que dirige seu próprio hospital maternidade, tem pesquisado todas as mulheres que foram dar à luz nesses anos: 97% delas foram mutiladas e, dentre essas, praticamente todas foram infibuladas. Edna nos mostrou um vídeo que fez de uma menina de 8 anos passando pela infibulação; é horrível de ver.

As parteiras tradicionais fazem a mutilação genital em alguns países, enquanto no Senegal e em Mali isso é muitas vezes feito por uma mulher que pertença à casta dos ferreiros. Essas mulheres, em sua maioria, aprenderam a técnica com suas mães ou avós e, muitas vezes, não usam lâminas limpas nem sabem estancar um sangramento. Algumas meninas morrem ou sofrem ferimentos que carregam por toda a vida, mas não há dados. Uma menina que morre depois de ser mutilada geralmente é registrada como tendo morrido por malária. Um estudo da Organização Mundial de Saúde revelou que a mutilação provoca tecido cicatricial, que torna o parto mais perigoso, em especial nas formas mais extremas de mutilação.

A partir do final dos anos 1970, teve início uma campanha liderada pelo Ocidente contra a mutilação. Anteriormente, a prática era chamada de "circuncisão feminina", mas isso foi considerado um eufemismo, e os críticos passaram a chamá-la de "mutilação genital feminina". As Nações Unidas assumiram esse termo, e foram realizadas conferências internacionais para denunciar essa prática. Quinze países africanos aprovaram leis contra a mutilação genital feminina, artigos foram escritos, reuniões foram realizadas, mas pouco mudou na vida das mulheres. A Guiné aprovou uma lei, nos anos 1960, que pune a mutilação genital feminina com prisão perpétua e trabalhos forçados — ou, se a menina morrer até 40 dias depois de mutilada, a sentença é de morte. No entanto, nenhum caso foi levado a julgamento, e 99% das mulheres do país têm sido mutiladas. No Sudão, os britânicos aprovaram uma lei contra a infibulação em 1925, e a ampliaram para todos os tipos de mutilação genital feminina em 1946. Hoje, mais de 90% das meninas sudanesas são mutiladas.

"Essa é a nossa cultura!", declarou brava uma parteira sudanesa quando lhe perguntamos sobre a mutilação. "Todas nós queremos isso. Por que seria da conta dos Estados Unidos?" A parteira disse que regularmente mutila meninas a pedido das mães e que, depois, as próprias meninas agradecem. Isso provavelmente é verdade. Mahabouba, a paciente etíope de fístula que lutou contra hienas e se arrastou até a casa de um missionário para buscar ajuda, lembra como estava ansiosa pela mutilação como um rito de passagem.

Edna Ana deplora a mutilação e diz que as campanhas internacionais são ineficazes e nunca atingem as mulheres somalis comuns. Enquanto andávamos de carro por Hargeisa, a capital da Somalilândia, ela apontou repentinamente para um *banner* que denunciava a mutilação do outro lado da rua. "A ONU vem e coloca *banners* em toda a capital", disse ela. "Para que serve isso? Não faz a mínima diferença. As mulheres nem sabem ler." De fato, as denúncias internacionais sobre a mutilação genital feminina provocaram um retrocesso defensivo em alguns países, levando os grupos tribais a se manifestarem a favor da mutilação como uma tradição que está sendo atacada pelos estrangeiros. Os adversários acabaram ficando mais espertos e retrocederam um pouco, muitas vezes usando um termo mais neutro: "corte genital feminino". Pelo menos, isso não implica que as mulheres em que se focam estejam mutiladas, o que dificultava a continuação da conversa. Ainda mais importante é que a liderança passou para mulheres africanas como Edna, pois elas podem falar com muito mais autoridade e persuasão do que os estrangeiros.

Talvez o esforço mais bem-sucedido para acabar com a mutilação seja do Tostan, um grupo do oeste africano que tem uma atitude muito respeitosa e que coloca a mutilação genital feminina dentro de um amplo contexto de desenvolvimento comunitário. Em vez de fazer sermões para as mulheres, os representantes do programa incentivam os moradores das aldeias a discutir os direitos humanos e as questões de saúde relacionadas à mutilação, para, então, fazer suas próprias escolhas. A atitude mais suave do programa tem funcionado muito melhor do que atitudes mais rígidas.

Tostan foi fundado por Molly Melching, uma mulher simpática de Danville, Illinois, que ainda parece e soa como a mulher do meio-oeste. As aulas de francês que teve no ensino médio a tornaram fascinada por tudo que fosse francês. Ela estudou na França e trabalhou em uma favela na periferia de Paris, habitada principalmente por norte-africanos. Por fim, viajou para o Senegal em 1974, em um programa de intercâmbio escolar que deveria durar seis meses. Molly ainda está lá.

Com muita facilidade para aprender idiomas, Molly começou a aprender o idioma local senegalês, *wolof*, e depois se uniu ao Corpo da Paz no Senegal. Ela criou um programa de rádio em *wolof*. Depois, de 1982 a 1985, foi morar em uma aldeia e trabalhar em projetos de educação e capacitação com uma pequena verba da USAID.

"Ninguém na aldeia havia frequentado uma escola", relembrou Molly. "Não havia escolas. Essa era uma aldeia de pessoas maravilhosas, que eram muito inteligentes, mas que nunca haviam ido a uma escola e que precisavam muito de informações." A experiência — junto com um período como avaliadora independente de programas de ajuda — deixou-a com uma suspeita em relação a grandes projetos de ajuda. Ela vivia como os senegaleses e ficava perplexa ao ver voluntários estrangeiros dirigindo SUVs. Ela também observou que os programas de ajuda tinham equipes majoritariamente estrangeiras que não sabiam o que faziam. Sem envolvimento local, um grupo bem-intencionado construía uma clínica e a supria com medicamentos. Depois, os moradores dividiam as camas da clínica entre si, e o médico vendia os remédios no mercado. "O Senegal parecia um cemitério de projetos de ajuda que não funcionavam", diz ela rispidamente.

Molly avaliou programas de alfabetização e visitou 240 desses centros — descobrindo que a maioria havia fracassado. "Encontrei salas de aula nas quais deveria haver 50 alunos, mas não havia ninguém", disse ela. "Ou todos estavam dormindo." Do mesmo modo, ela via os ocidentais esbravejando contra a mutilação genital e tentando aprovar leis contra essa prática sem ir até a área rural para entender por que as mães mutilavam suas filhas.

"A lei é uma solução rápida e, depois, as pessoas acham que não é preciso fazer mais nada", disse Molly. "O que realmente irá fazer diferença é a educação." Quando o Senegal debateu sobre uma lei para proibir a mutilação, Molly inicialmente se opôs, por medo que inflamasse a política étnica e provocasse um retrocesso (o grupo étnico majoritário não mutila as meninas, e assim as minorias iriam se sentir desrespeitadas). Atualmente, ela está dividida em relação à lei: embora a aprovação da lei tenha mesmo provocado um retrocesso, também destacou a gravidade das preocupações de saúde relativas à mutilação.

Em sua própria família, Molly viu como a pressão do grupo favorável à mutilação era mais potente do que qualquer lei. Ela se casou com um homem senegalês e eles tiveram uma filha chamada Zoé, que fez um pedido surpreendente.

"Eu quero ser cortada", disse Zoé para Molly. "Prometo que não vou chorar." Todas as amigas de Zoé estavam sendo mutiladas, e ela não queria ficar

Molly Melching com mulheres em um programa do Tostan, no Senegal, que não aprova mais a mutilação genital feminina. (Tostan) de fora. Molly não era uma mãe assim tão permissiva, e a menina mudou de ideia quando ficou sabendo o que estava envolvido no procedimento. O incidente convenceu Molly de que a chave para acabar com a mutilação era mudar as atitudes dos moradores das aldeias como um todo.

Em 1991, ela lançou formalmente o Tostan para se concentrar na educação em aldeias pobres. Habitualmente, o programa envia um treinador local a uma aldeia para começar um grande programa educacional, que inclui cursos sobre democracia, direitos humanos, solução de problemas, higiene, saúde e habilidades de gerenciamento. A aldeia tem de participar ativamente, fornecendo um espaço, mesas e cadeiras, estudantes, acomodação e alimentação para o professor. Homens e mulheres participam das aulas, que duram três anos e envolvem uma dedicação significativa de tempo: três sessões de duas a três horas por semana. O programa também inclui treinamento para os líderes da aldeia, formação de comitês de gerenciamento da comunidade e um sistema de microcrédito para incentivar pequenas empresas. Seguindo o exemplo das mulheres locais, o Tostan toma muito cuidado para não antagonizar os homens da aldeia.

"Por algum tempo, tivemos um curso de direitos da mulher, mas isso só aumentou a oposição", disse Molly. "Alguns dos homens fecharam nossos centros, pois ficaram muito bravos. Então, nos sentamos e reescrevemos todo o módulo, e nos focamos nos 'direitos das pessoas' — democracia e direitos humanos. Aí, voltamos a ter o apoio dos homens. Eles só queriam ser incluídos, não queriam ser vistos como o inimigo."

O Tostan algumas vezes enfurece as feministas com sua abordagem cautelosa e sua relutância em usar a palavra "mutilação", ou até mesmo em dizer que está lutando contra o corte genital. Em vez disso, a organização tenta incansavelmente manter uma atitude positiva, preparando as pessoas para tomar suas próprias decisões. O currículo inclui uma discussão neutra dos direitos humanos e das questões de saúde relacionadas ao corte, mas nunca diz aos pais para pararem de mutilar suas filhas. Ainda assim, o programa rompeu um tabu ao falar sobre a mutilação e, quando as mulheres pensaram a respeito e perceberam que a prática não era universal, começaram a se preocupar com os riscos de saúde. Em 1997, um grupo de 35 mulheres que frequentava as aulas em uma aldeia chamada Malicounda Bambara deu um passo histórico: elas anunciaram que iriam parar de mutilar as filhas.

Visto de fora, parecia uma transformação, e isso foi saudado como tal. De perto, foi um desastre. Outros moradores da aldeia denunciaram as mulheres que fizeram esse anúncio como não femininas e não africanas, e as acusaram de aceitar dinheiro dos brancos para trair seu grupo étnico bambara. As mulheres choraram durante meses e se preocuparam com a possibilidade de estarem condenando suas filhas a serem solteironas. Molly percebeu que o Tostan havia errado em permitir que uma única aldeia fizesse o anúncio. Depois de consultar um líder religioso local, ela percebeu que a mutilação é uma convenção social ligada ao casamento, e que dessa forma nenhuma família pode parar isoladamente sem prejudicar a possibilidade de casamento de suas filhas.

"Todos têm de mudar juntos, ou suas filhas nunca conseguirão se casar", disse Molly. "Minha mãe colocou aparelho nos meus dentes, e eu sangrei e chorei por dois anos. Uma mulher africana poderia ter chegado e dito: 'Como pode fazer isso com sua filha?'. Minha mãe teria respondido: 'Economizei meu salário para endireitar os dentes de minha filha para que ela possa se casar. Como você ousa dizer que eu sou cruel?!'".

Todo o grupo deve tomar coletivamente a decisão de abandonar a prática da mutilação. Assim, o Tostan começou a ajudar os grupos a identificar as outras aldeias que costumavam fornecer parceiros para casamento e, depois, a organizar discussões sobre a mutilação entre elas. O programa também ajuda as mulheres a organizar declarações conjuntas de que abandonaram a prática, e essa abordagem tem funcionado surpreendentemente bem. Entre 2002 e 2007, mais de 2.600 aldeias anunciaram que não fariam mais a mutilação. "Isso está se acelerando", disse Molly, acrescentando que a meta do Tostan é acabar com toda mutilação no Senegal até 2012.

Em 2008, o governo do Senegal reviu todos os esforços no país para acabar com a mutilação genital e concluiu que o Tostan era o único programa que atingia resultados significativos. Então, a abordagem do programa foi adotada como um modelo nacional. Alguns dias depois, as autoridades de saúde da região da África ocidental também adotaram o modelo como uma parte da estratégia regional para acabar com a mutilação.

O Tostan já passou a trabalhar na Gâmbia, na Guiné e na Mauritânia, e também já iniciou programas na Somália e em Djibuti, no leste da África. Molly diz que está encontrando uma boa recepção à sua abordagem de cima para baixo em todos esses países. O trabalho do Tostan foi elogiado por muitos órgãos internacionais e, em 2007, recebeu o prêmio humanitário Conrad N. Hilton e um prêmio da UNESCO. O reconhecimento ajudou o programa a obter apoio financeiro de doadores particulares e também da UNICEF e da American Jewish World Service, permitindo-lhe uma expansão em ritmo constante. Para incentivar os doadores, o Tostan desenvolveu seu próprio plano de patrocínio: os doadores podem "adotar" uma aldeia específica com cerca de 800 pessoas e pagar US$ 12.000 pelo programa de três anos.

Molly é a única ocidental na equipe do Tostan na África, embora haja dois americanos trabalhando em um escritório em Washington para arrecadar fundos e divulgar a organização. A ênfase em uma equipe local também tem ajudado o programa a ser incomumente eficaz em termos de custos, em parte porque Molly paga a si mesma apenas US$ 48.000 por ano. Agora, o teste será ver se esse modelo terá sucesso também em Somália, Sudão, Chade, Etiópia e República Centro-Africana — alguns dos quais são dilacerados por conflitos que tornam perigoso trabalhar nesses países. Existe uma longa história de projetos que funcionam bem em uma escala pequena, mas fracassam quando ampliados para toda a África. Os primeiros sinais, ao menos na Somália, são animadores, e Molly já está imaginando se o modelo do Tostan poderia ser usado para ajudar a exterminar outros costumes sociais perniciosos, como os assassinatos em defesa da honra.

Em toda a África, outros grupos também estão ganhando impulso contra a mutilação genital. Os líderes egípcios estão cada vez mais falando contra a prática, e outros grupos de ajuda, inclusive a CARE, estão fazendo um trabalho pioneiro. Alguns grupos locais na Etiópia e em Gana têm sido especialmente impressionantes. Bill Foege, uma figura lendária na saúde pública que ajudou a erradicar a varíola, acredita que a mutilação genital está finalmente acabando, em grande medida por causa do trabalho de Molly e da equipe do Tostan.

"Eles fizeram o que conferências da ONU, resoluções infindáveis e declarações de governos não conseguiram", disse-nos Foege. "Quando a história do desenvolvimento africano for escrita, ficará claro que um ponto de virada envolveu a capacitação das mulheres. O Tostan tem demonstrado que a capacitação é contagiante, realizada pessoa a pessoa, e se expande aldeia por aldeia."

Dolorosamente, o mundo está aprendendo algumas lições importantes do trabalho de campo de grupos como o Tostan. Uma dessas lições é que o progresso é realmente possível; os desafios são intransponíveis apenas até o momento em que são superados. E estamos obtendo um senso tático muito melhor de como conseguir esse esforço de superação. Os grandes esforços fracassados — a campanha dos anos 1970 e 1980 contra a mutilação genital feminina e as missões dos ocidentais no Afeganistão, com o ambicioso objetivo de capacitar as mulheres — não obtiveram êxito porque foram decretados por estrangeiros no alto da hierarquia. Os moradores locais só foram consultados de um modo superficial. O impulso dos ocidentais para fazer conferências e mudar leis mostrou-se extremamente ineficaz, em uma questão após a outra*. Como disse Mary Robinson, a ex-presidente irlandesa que depois desenvolveu um excelente trabalho no Alto-Comissariado da ONU para Direitos Humanos: "Somando os resultados de 50 anos de mecanismos de direitos humanos, 30 anos de programas de desenvolvimento multibilionários e infindável retórica de alto nível, temos um impacto global bastante inexpressivo. Esse é um fracasso de implementação em uma escala que envergonha a todos nós".

Em contraste, veja alguns dos projetos que fizeram grande diferença: Tostan, Kashf, Grameen, o projeto da CARE no Burundi, BRAC, a Self Employed Women's Association na Índia, Apne Aap. O que une todos esses movimentos é que são projetos de base, com propriedade local, que algumas vezes se parecem mais com movimentos religiosos ou sociais do que com projetos de

---

* Uma exceção: iniciativas de saúde pública bem-sucedidas foram, algumas vezes, impulsionadas de cima para baixo. Os exemplos incluem a erradicação da varíola, campanhas de vacinação e lutas contra a oncocercose e a doença do verme-da-Guiné. Essas iniciativas são uma exceção porque dependem de pesquisas, materiais e conhecimento que não existem na base (N.T.).

ajuda tradicionais. Muitas vezes, eles têm sido impulsionados por empreendedores sociais muito motivados e excepcionalmente brilhantes, que encontraram os esforços "de cima para baixo" e os modificaram para criar modelos de baixo para cima, muito mais eficientes. Esse é um modo crucial de progresso para um novo movimento internacional focado nas mulheres do mundo em desenvolvimento.

Meninas ajudando meninas

A linha de frente na guerra do trabalho de base contra o abuso das mulheres pode estar na África e na Ásia, mas Jordana Confino descobriu como dar uma contribuição enquanto cursava o ensino médio em Westfield, Nova Jersey, nos arredores de Nova York. Com seu cabelo loiro-acinzentado, Jordana poderia estar concorrendo a rainha do baile de formatura. Ela foi criada na classe média alta, irradia autoconfiança, espera que os direitos iguais sejam seus por direito de nascença, e ficou profundamente perturbada quando se deu conta de como seu *status* privilegiado era incomum.

Jordana e as estudantes do ensino médio com quem ela trabalha são lembretes de que o aumento do empreendimento social também facilitou o surgimento do voluntário em tempo parcial — que pode ser até mesmo alguém que ainda frequenta uma sala de aula do ensino médio. No caso de Jordana, sua iniciativa começou quando ela tinha 10 anos e sua mãe, Lisa Alter, tentou mostrar às filhas os problemas do resto do mundo. Lisa lhes mostrava artigos ou falava sobre os desafios encontrados pelas meninas nos outros países: *Veja como vocês têm sorte aqui em Nova Jersey.* A mãe descobriu que Jordana estava muito mais comovida com os horrores do que havia imaginado.

"Nós conversávamos sobre os artigos e, em especial, os que eram sobre as meninas", lembrou Jordana. "Alguns dos assuntos eram muito perturbadores, incluindo mutilação genital feminina, abandono de bebês femininos na China e trabalho infantil. Nessa época, também havia diversas histórias públicas sobre o Talibã proibir a educação das meninas no Afeganistão. Nós conversamos em família sobre como devia ser difícil para as meninas escaparem ao abuso se não sabiam ler nem escrever. Tenho de admitir que os problemas pareceram grandes demais para fazermos qualquer coisa a respeito, mas começamos a pensar sobre o que poderíamos fazer se juntássemos um grupo de garotas."

A ideia ficou guardada na mente de Jordana. No nono ano, ela se associou a uma amiga e começaram a conversar seriamente sobre abrir um clube de estudantes focado nessas questões. Lisa e a mãe da amiga ajudaram nos planos, e todas foram a uma conferência das Nações Unidas sobre mulheres e meninas. Jordana ficou comovida com as histórias que ouviu e ainda mais motivada. Ela e a amiga logo abriram a Girls Learn International (www.girlslearninternational.org), para arrecadar dinheiro para a educação de meninas no exterior. Elas fizeram telefonemas, afixaram pôsteres, enviaram cartas. Jordana começou a visitar outras escolas para recrutar voluntários. Quando começou o ensino médio, ela divulgava ativamente a Girls Learn International, e o grupo estava florescendo em novos grupos em todo o país.

Jordana fez o discurso de abertura durante uma reunião de final do ano na Young Women's Leadership School, no Bronx, lembrando aos presentes que, embora eles tivessem encontrado suas próprias dificuldades, as meninas nos outros países estavam lutando por comida e abrigo, para não falar no luxo de frequentar uma escola. Jordana era praticamente a única moça branca na sala. Mas tinha se transformado em um modelo para muitas moças de sua idade, ao falar sobre os desafios ao redor do mundo.

"Em 2007, quase 66 milhões de moças não tinham acesso à educação em comunidades de todo o mundo", disse ela. Ao crescerem, ela continuou, "essas moças se unem às fileiras de moças analfabetas, aumentando a separação entre homens e mulheres. As moças que não têm acesso à educação têm maior probabilidade de ficar presas em um ciclo de pobreza e doença, de serem obrigadas ao casamento infantil e à prostituição, de se tornarem vítimas de tráfico sexual, de violência doméstica e dos chamados 'assassinatos em defesa da honra'".

A Girls Learn agora tem mais de 20 grupos em escolas de ensino médio de todo o país e está trabalhando em um programa para estudantes universitárias. Algumas das moças se filiam apenas para aumentar suas listas de atividades extracurriculares, para se candidatar a vagas em uma universidade, mas muitas delas ficam comovidas pelas estudantes estrangeiras que conhecem e acabam se apaixonando pela causa.

Cada grupo da Girls Learn forma uma parceria com uma classe em um país pobre em que as meninas tradicionalmente não conseguem estudar muito: Afeganistão, Colômbia, Costa Rica, El Salvador, Índia, Quênia, Paquistão, Uganda e Vietnã. As meninas americanas arrecadam dinheiro para ajudar suas parceiras e melhorar as escolas estrangeiras. Jordana, por exemplo, ajudou a melhorar o escritório de Mukhtar Mai, a ativista antiestupro da região rural do Paquistão. Quando Mukhtar Mai nos envia *e-mails* para nos informar das últimas ameaças contra ela, ela usa um computador e uma conexão à *internet* que é paga pela Girls Learn.

Jordana Confino em uma conferência sobre educação de meninas. (Lisa Alter)

Os parceiros de Girls Learn são escolhidos principalmente pelas conexões cultivadas por Jordana, sua mãe e uma equipe de dois profissionais em um escritório de Manhattan. Cada grupo deve arrecadar pelo menos US$ 500 por ano, e as garotas arrecadaram um total acumulado de cerca de US$ 50.000 que vai exclusivamente para as classes parceiras no exterior. Patrocinadores adultos arrecadam separadamente mais de US$ 100.000 anualmente, o que cobre as despesas administrativas. Isso significa que a Girls Learn não é a organização mais eficiente para apoiar a educação das meninas no exterior, pois muito mais dinheiro vai para os custos administrativos em Manhattan do que para manter as meninas paquistanesas na escola. Ainda assim, a finalidade da Girls Learn não é apenas apoiar a educação das meninas em outros países, mas também criar intercâmbios e construir a base para um movimento nos Estados Unidos. A organização é baratíssima como um empreendimento educacional para as moças americanas. Estudantes americanas do ensino médio que, de outra forma, estariam obcecadas por bolsas de grife, estão mandando o dinheiro de sua mesada para o exterior, para que garotas na Índia possam comprar cadernos.

"Tem tudo a ver com envolver as moças no processo", disse Cassidy DuRant-Green, membro da equipe da Girls Learn. "Que hora melhor de começar do que no ensino médio? Estamos construindo líderes, mulheres que podem trabalhar nisto daqui a 20 anos." Assim, embora a meta visível seja capacitar as meninas em países como o Paquistão, algumas das mais beneficiadas são as moças americanas. É possível ver isso em Jordana e na paixão e maturidade que ela encontrou em sua causa. Em seu discurso no Bronx, Jordana irradiava maturidade e empatia enquanto incentivava as estudantes a apoiarem o grupo da Girls Learn, observando que meninas da idade das que faziam parte do público estavam sendo traficadas ou mortas em defesa da "honra". E ela terminou em um tom crescente: "Os direitos das meninas são direitos humanos!".

CAPÍTULO 14

O que você pode fazer

Você deve ser a mudança que deseja ver no mundo.
—MAHATMA GANDHI

Os americanos sabiam, há décadas, sobre injustiça da segregação. Mas a discriminação racial parecia ser um problema complexo e profundamente enraizado na história e na cultura do sul, e a maioria das pessoas de bom coração não via o que poderia fazer a respeito dessas injustiças. Então surgiram Rosa Parks e Martin Luther King Jr., e os Freedom Riders, juntamente com livros esclarecedores como *Black Like Me*, de John Howard Griffin. De repente, já não era possível não ver as injustiças, ao mesmo tempo em que a mudança econômica também estava afetando as regras de segregação. O resultado foi um amplo movimento de direitos civis, que construiu coalizões, destacou os que sofriam e arrancou as viseiras que permitiam que pessoas boas concordassem com o racismo.

Do mesmo modo, os céus estavam enevoados, os rios eram oleosos e os animais corriam perigo durante grande parte do século XX, mas a destruição ambiental acontecia sem provocar muitos comentários ou oposição. Parecia o preço triste, mas inevitável, do progresso. E então Rachel Carson publicou *Silent Spring*, em 1962, e o movimento ecológico nasceu.

O desafio atual é estimular o mundo a enxergar as mulheres trancadas em bordéis e as adolescentes com fístulas deitadas no chão de cabanas isoladas.

Esperamos ver surgir um amplo movimento para lutar contra a desigualdade de gênero em todo o mundo e pressionar por educação e oportunidades para meninas de todos os lugares. O movimento dos direitos civis americano é um modelo, e o movimento ecológico também, mas ambos são diferentes porque envolveram modificações nacionais realizadas perto de nós. E não desejamos tomar como modelo o movimento feminino americano porque, se o esforço internacional for rotulado como uma "questão feminina", então ele terá fracassado. A infeliz realidade é que as questões femininas são marginalizadas e, de qualquer modo, o tráfico sexual e o estupro em massa não deveriam ser vistos como questões femininas, mais do que a escravidão como uma questão negra ou o Holocausto como uma questão judaica. Todas essas são questões humanitárias que transcendem qualquer raça, gênero ou credo.

O modelo ideal para um novo movimento é o que já evocamos anteriormente: o impulso britânico para terminar o tráfico de escravos no final do século XVIII e início do XIX. Esse é um exemplo singular e claro de um povo que aceitou um sacrifício substancial e contínuo de sangue e riquezas para melhorar a vida de seres humanos que viviam longe dali. Winston Churchill sugeriu que a "melhor hora" do povo inglês foi a resistência aos nazistas em 1940, mas um momento pelo menos igualmente nobre foi a agitação moral na Inglaterra que provocou a abolição da escravidão.

Durante a maior parte da história, a escravidão foi aceita como triste, mas inevitável. Os atenienses eram cheios de empatia, o que os tornou maravilhosos escritores e filósofos brilhantes, mas nunca debateram o fato de dependerem da escravidão. Jesus não falou sobre a escravidão nos Evangelhos, São Paulo e Aristóteles a aceitavam, e os teólogos judeus e islâmicos acreditavam na misericórdia com os escravos, mas não questionavam a escravidão. Nos anos 1700, alguns *quakers* denunciaram vigorosamente a escravidão, mas foram considerados loucos e não tiveram influência. No início dos anos 1780, a escravidão era uma parte inquestionada do cenário global — mas, então, surpreendentemente, depois de uma década, estava no alto da pauta nacional inglesa. A maré tinha mudado, e a Inglaterra proibiu o comércio de escravos em 1807. Além disso, em 1833, tornou-se uma das primeiras nações a libertar seus próprios escravos.

Por mais de meio século, o público inglês suportou os enormes custos de sua liderança moral. Antes de abolirem o tráfico de escravos, os navios ingleses carregavam 52% dos escravos transportados pelo Atlântico, e as colônias produziam 55% do açúcar do mundo. Sem novos escravos, as colônias inglesas no Novo Mundo ficaram devastadas, e o maior inimigo da Inglaterra, a França, foi muito beneficiado. O mesmo ocorreu com os Estados Unidos. A produção de açúcar nas Índias Ocidentais Britânicas caiu 25% nos primeiros 35 anos, depois da abolição inglesa do tráfico de escravos, enquanto a produção nas economias escravocatas concorrentes subiu 210%.

A marinha britânica abriu caminho na tentativa de suprimir o comércio de escravos, tanto no Atlântico quanto na própria África. Isso levou à perda de cerca de 5.000 vidas inglesas e ao aumento dos impostos para os britânicos. Essa ação unilateral teve um alto custo diplomático, enfurecendo outros países e colocando a Inglaterra em conflito aberto com potências militares rivais. Os esforços antiescravocatas provocaram uma breve guerra com o Brasil em 1850, batalhas com os Estados Unidos em 1841 e com a Espanha em 1853, bem como relações tensas com a França. Mas a Inglaterra não vacilou. Seu exemplo acabou levando a França a abolir a escravidão em 1848, inspirou os abolicionistas americanos e a Emancipation Proclamation, e incentivou Cuba a aplicar a proibição de importação de escravos em 1867, acabando na prática com o comércio transatlântico de escravos.

Dois estudiosos, Chaim Kaufmann e Robert Pape, calculam que por 60 anos os britânicos sacrificaram por ano 1,8% do PIB, por causa de seu compromisso moral com o fim da escravidão. É um total surpreendente, somando cumulativamente mais de um ano inteiro de PIB para a Grã-Bretanha (nos Estados Unidos de hoje, equivaleria a sacrificar mais de US$ 14 trilhões), um sacrifício significativo e contínuo no padrão de vida inglês. Foi um exemplo heroico de uma nação que colocou seus valores acima de seus interesses.

O crédito pelo movimento abolicionista é geralmente dado a William Wilberforce, que, sem dúvida, foi um dos principais líderes do movimento, e sua atuação foi crucial. Mas Wilberforce juntou-se ao movimento quando ele já estava estabelecido, e o público não foi agitado apenas por sua eloquência. Uma parte central da campanha — que tem uma lição para os dias de hoje — foi um esforço meticuloso para explicar aos ingleses exatamente como eram as condições nos navios de transporte de escravos e nas plantações.

Não havia escravos na Inglaterra, apenas nos territórios britânicos do exterior; e, assim, para os ingleses médios, a escravidão não era visível. Como ocorre com o tráfico sexual na Índia hoje, era fácil comentar a brutalidade da situação e depois seguir em frente. O abolicionista que superou esse desafio foi Thomas

Clarkson, que havia se interessado pela questão quando era estudante em Cambridge; ele escreveu sobre os escravos para um concurso de latim. A pesquisa o deixou tão horrorizado que ele se tornou um abolicionista fervoroso pelo resto da vida. Clarkson tornou-se a força por trás da Society for Effecting the Abolition of the Slave Trade. "Se alguém foi o fundador do movimento moderno de direitos humanos", escreveu *The Economist*, "foi Clarkson".

Depois de terminar a universidade, assumiu enormes riscos ao se movimentar clandestinamente pelos portos de Liverpool e Bristol, onde aportavam os navios de escravos, para falar com os marinheiros e recolher evidências sobre o tráfico. Ele obteve algemas, ferros de marcar, instrumentos de tortura, grilhões e objetos horríveis que eram usados para obrigar um escravo a abrir a boca. Ele encontrou um ex-comandante de navios escravos que se manifestou e descreveu seus atos. Clarkson também conseguiu um diagrama de um navio negreiro de Liverpool, o *Brookes*, e fez pôsteres demonstrando como ele estava carregado com 482 escravos. Essa imagem se transformou no ícone do movimento abolicionista e destacou um ponto importante: Clarkson e os abolicionistas eram escrupulosos e não exageravam. Na verdade, o *Brookes* havia carregado até 600 escravos em algumas viagens, mas Clarkson pensou que era melhor usar os números mais conservadores e mais cuidadosamente documentados para garantir a credibilidade.

Na época, os partidários da escravidão muitas vezes descreviam plantações benevolentes nas Índias Ocidentais, que cuidavam de todas as necessidades dos escravos, mas as evidências do abolicionista provaram que as condições eram, com frequência, revoltantes. Os escravistas ficaram furiosos e pagaram a um grupo de marinheiros para assassiná-lo; eles espancaram Clarkson quase até a morte.

Clarkson e Wilberforce pareciam estar lutando por uma campanha sem esperança: a Grã-Bretanha tinha um investimento econômico enorme na continuação do tráfico de escravos, e o sofrimento era suportado por povos distantes, que muitos britânicos consideravam selvagens inferiores. No entanto, quando a opinião pública inglesa confrontou o que significava carregar seres humanos no porão de um navio — o cheiro, as doenças, os cadáveres, as algemas ensanguentadas —, os cidadãos repensaram e se voltaram contra a escravidão. Essa é uma lição útil de que o que realmente importou não foi apenas a paixão dos abolicionistas e sua convicção moral, mas as evidências meticulosas da barbaridade.

Do mesmo modo, o sucesso não veio apenas de fazer com que os políticos vissem a "verdade", mas também da pressão nacional incansável sobre eles.

Clarkson viajou 56.000 km cavalgando e, um ex-escravo, Olaudah Equiano, fez palestras por todo o país em uma turnê de cinco anos. Em 1792, 300.000 pessoas boicotaram o açúcar das Índias Ocidentais — o maior boicote de consumidores da história até aquele ponto. Nesse ano, o número de pessoas que assinaram uma petição contra a escravidão superou o número de eleitores na Inglaterra. E, no parlamento, Wilberforce negociou furiosamente para construir um bloco de votação a fim de superar o *lobby* favorável ao tráfico e à escravidão. Na época, como atualmente, os líderes do governo achavam os argumentos éticos mais persuasivos quando eram sustentados pela insistência direta dos eleitores.

Nos anos 1790, era comum dizer que os abolicionistas eram moralistas e idealistas que não entendiam de economia nem compreendiam complexidades geopolíticas, como a ameaça da França. Do mesmo modo, atualmente, supõe-se que as "questões sérias" são o terrorismo ou a economia. Mas a questão moral da subjugação das mulheres não é frívola hoje, do mesmo modo que a escravidão não era nos anos 1790. Daqui a algumas décadas, as pessoas vão olhar para trás e pensar como sociedades puderam ter concordado com um tráfico de escravas sexuais no século XXI, que, como vimos, é maior do que foi o tráfico transatlântico de escravos no século XIX. Elas vão ficar perplexas por termos dado de ombros enquanto a falta de investimento em saúde materna fazia com que meio milhão de mulheres morressem no parto a cada ano.

A liderança tem de vir do mundo em desenvolvimento, e isso está começando a acontecer. Na Índia, na África e no Oriente Médio, homens e mulheres estão pressionando por mais igualdade. Essas pessoas precisam de nosso apoio. Nos anos 1960, negros como o Dr. King lideraram o movimento de direitos civis, mas receberam o apoio crucial dos Freedom Riders e de outros brancos. Hoje, o movimento internacional pelas mulheres precisa de *freedom riders* também, escrevendo cartas, enviando dinheiro ou oferecendo seu tempo.

Além disso, a emancipação das mulheres oferece outra dimensão, na qual é possível lidar com os desafios geopolíticos, como o terrorismo. Depois de 11 de setembro de 2001, os Estados Unidos tentaram lidar com as preocupações do terrorismo no Paquistão transferindo US$ 10 bilhões em helicópteros, armas e apoio militar e econômico; no mesmo período, o país ficou cada vez mais impopular no Paquistão, o governo Musharraf menos estável e os extremistas mais populares. Imagine o que teria acontecido se tivéssemos usado o dinheiro para promover a educação e os microfinanciamentos no Paquistão por meio das organizações paquistanesas. O resultado mais provável teria sido maior popularidade para os Estados Unidos e maior envolvimento das mulheres na sociedade. E, como argumentamos, quando as mulheres ganham voz na sociedade, há evidências de menos violência. Swanee Hunt, um ex-embaixador americano na Áustria que agora está em Harvard, lembra-se da reação de um oficial do Pentágono em 2003, depois do "choque e espanto" da invasão do Iraque: "Quando eu o incentivei a ampliar sua busca por futuros líderes do Iraque, que havia resultado em centenas de homens e apenas sete mulheres, ele respondeu: 'Embaixador Hunt, abordaremos as questões das mulheres depois de garantirmos a segurança do lugar'. Fiquei pensando sobre a que 'questões das mulheres' ele se referia. Eu estava falando sobre segurança".

Pense nas principais questões que nos confrontam neste século. Elas incluem guerra, insegurança e terrorismo; pressões populacionais, problemas ambientais e mudança climática; pobreza e diferença de renda. A capacitação das mulheres é parte da resposta para todos esses problemas. Mais obviamente, educar as meninas e inclui-las na economia formal irá render dividendos econômicos e ajudar a lidar com a pobreza global. As pressões ambientais surgem quase inevitavelmente do aumento do crescimento populacional, e o melhor modo de reduzir a fertilidade em uma sociedade é educar as meninas e lhes dar oportunidades de trabalho. Do mesmo modo, argumentamos que uma forma de aliviar algumas sociedades perturbadas por conflitos é levar mulheres e meninas para escola, trabalho, governo e negócios, parcialmente para impulsionar a economia e, em parte, para acalmar os valores carregados de testosterona de tais países. Nunca argumentamos que a capacitação das mulheres é uma panaceia, mas essa abordagem oferece uma ampla gama de benefícios que vão além da simples justiça.

Pensemos em Bangladesh por um momento. Esse é um país pobre, politicamente disfuncional, com enormes incertezas à frente. Mas é também incomparavelmente mais estável do que o Paquistão, do qual foi parte até 1971 (Bangladesh era chamado de "Paquistão Leste" até então). Depois da divisão do país, Bangladesh foi inicialmente considerado sem esperanças, e Henry Kissinger considerou-o como um "caso insolúvel". O país sofria com a mesma violência política e liderança deficiente que o Paquistão, mas atualmente seu futuro parece mais garantido. Existem muitas razões para os resultados diferentes, inclusive o câncer da violência que se espalhou do Afeganistão para o Paquistão e a tradição intelectual bengali que tem um extremismo moderado em Bangladesh. Mas, certamente, um motivo de Bangladesh ser mais estável hoje é que esse país investiu muito nas mulheres e nas meninas, de modo que uma menina em Bangladesh tem uma probabilidade muito maior de ir a uma escola do que uma menina paquistanesa, bem como de conseguir um emprego. A conclusão é que Bangladesh hoje tem uma sociedade civil significativa e uma grande indústria de vestuário, cheia de trabalhadoras que impulsionam um setor de exportação dinâmico.

Quase todos os que trabalham em países pobres reconhecem que as mulheres são o maior recurso subutilizado do terceiro mundo. "A primeira coisa que aprendemos é que os homens muitas vezes não podem ser treinados", disse Bunker Roy, que dirige o Barefoot College, uma organização de ajuda situada na Índia que opera na Ásia, na África e na América Latina. "Agora trabalhamos apenas com mulheres. Pegamos uma mulher do Afeganistão, da Mauritânia, da Bolívia, de Tombouctou e, em seis meses, nós a treinamos para ser uma engenheira 'de pés descalços', trabalhando no suprimento de água ou em outras questões."

Quase invariavelmente ao redor do globo, os países que trataram as mulheres segundo seus talentos prosperaram. "Incentivar mais mulheres a entrar na força de trabaho tem sido o maior impulso do sucesso do mercado de trabalho da zona do euro, muito mais do que as reformas trabalhistas 'convencionais', escreveu a Goldman Sachs em um relatório de pesquisa em 2007. Do mesmo modo, as empresas públicas que têm mais mulheres executivas consistentemente têm um desempenho melhor do que as que têm menos mulheres. Um estudo sobre 500 empresas da revista *Fortune* nos Estados Unidos revelou que as 25% com mais executivas tinham um retorno sobre o capital 35% mais alto do que as 25% com menos executivas. Na Bolsa de Valores do Japão, as empresas com a maior proporção de funcionárias tiveram um desempenho quase 50% melhor do que aquelas com a menor proporção. Nesses casos, a razão mais provável não é que as mulheres sejam gênios. Em vez disso, é que as empresas que são inovadoras o bastante para promover mulheres também estão na frente ao reagir às oportunidades de negócios. Essa é a essência de um modelo econômico sustentável. Levar as mulheres para papéis mais produtivos ajuda a conter o crescimento populacional e cria uma sociedade sustentável.

Considere os custos de permitir que metade dos recursos humanos de um país seja desperdiçada. Mulheres e meninas reunidas em cabanas, sem educação, sem emprego e incapazes de contribuir significativamente para o mundo representam um grande veio de ouro humano que nunca é minerado. A consequência de não educar as meninas é um abismo de capacidade não apenas em bilhões de dólares, mas também em bilhões de pontos de QI.

Os psicólogos há muito notaram que a inteligência, conforme medida pelos testes de QI, aumentou agudamente no decorrer dos anos, um fenômeno conhecido como "Efeito Flynn", nome de um pesquisador da inteligência neozelandês chamado James Flynn. O QI médio americano, por exemplo, subiu 18 pontos de 1947 até 2002. Em 30 anos, o QI holandês subiu 21 pontos e os das crianças espanholas subiram 10 pontos. Um estudioso estimou que, se as crianças americanas de 1932 tivessem feito esse teste em 1997, metade delas teria sido classificada como tendo um retardo mental limítrofe.

A causa do "Efeito Flynn" não é plenamente compreendida, mas afeta principalmente os que têm pontuação mais baixa, que podem não estar recebendo nutrição, educação ou estimulação adequada. A deficiência de iodo é um fator em alguns países. Conforme as pessoas passam a se alimentar melhor e a ter mais acesso à educação, elas têm melhor desempenho nos testes de inteligência. Assim, não é de surpreender que um "Efeito Flynn" especialmente significativo tenha sido detectado em países em desenvolvimento, como Brasil e Quênia. O QI das crianças na região rural do Quênia subiu 11 pontos em apenas 14 anos, um ritmo maior do que qualquer "Efeito Flynn" relatado no Ocidente.

As meninas nos países pobres são especialmente malnutridas, física e intelectualmente. Se educarmos e alimentarmos essas meninas e lhes dermos oportunidades de emprego, então o mundo como um todo ganhará uma nova infusão de inteligência humana — e os países pobres ganharão cidadãos e líderes que estarão mais bem equipados para lidar com os desafios desses países. O argumento mais forte que podemos dar aos líderes dos países pobres não é moral, mas pragmático: se eles desejam avivar suas economias, não deveriam deixar esses veios de ouro humano enterrados e inexplorados.

Um dos grupos que tem se focado cada vez mais nas mulheres, por esses motivos pragmáticos, é Heifer International, uma organização de ajuda com sede no Arkansas que dá vacas, cabras, galinhas ou outros animais aos fazendeiros de países pobres. Sua coordenadora é Jo Luck, uma ex-chefe de gabinete em Arkansas, do então governador Bill Clinton. Ao assumir a presidência da Heifer em 1992, Jo viajou para a África, onde certo dia se viu sentada no chão com um grupo de jovens mulheres em uma aldeia do Zimbábue. Uma delas era Tererai Trent.

Tererai Trent diante da cabana em que nasceu, no Zimbábue. (Tererai Trent)

Tererai é uma mulher de face comprida, com maçãs do rosto altas e pele em tom marrom médio; ela tem testa larga e usa tranças do tipo "afro" bem apertadas. Como muitas mulheres em todo o mundo, ela não sabe quando nasceu e não tem nenhuma documentação de seu nascimento. Acha que pode ter sido em 1965, mas é possível que tenha sido alguns anos depois. Quando era criança, não teve muita educação formal, em parte porque era menina e devia cuidar das tarefas domésticas. Ela cuidava do gado e tomava conta de seus irmãos mais novos. O pai dela dizia: vamos mandar nossos filhos para a escola porque eles vão ganhar o pão. "Meu pai e todos os outros homens sabiam que não tinham seguridade social, e assim investiam nos filhos", diz Tererai. O irmão dela Tinashe era obrigado a ir para a escola, onde era um aluno indiferente. Tererai implorou pela permissão de frequentar a escola, mas não foi atendida. O irmão levava os livros para casa todas as tardes e Tererai debruçava-se sobre eles. Assim, aprendeu sozinha a ler e escrever. Logo ela estava fazendo as lições de casa do irmão todas as noites.

O professor ficou intrigado, pois Tinashe era um aluno ruim na classe, mas sempre trazia lições de casa perfeitas. Por fim, o professor reparou que a letra das lições de casa era diferente da letra na classe, e bateu no menino até que ele confessou a verdade. O professor, então, foi falar com o pai deles, dizendo que Tererai era um prodígio e pedindo que o pai permitisse que ela estudasse. Depois de muita conversa, o pai permitiu que a filha frequentasse a escola por algum tempo, mas depois ele a casou quando ela tinha aproximadamente 11 anos.

O marido de Tererai proibiu-a de frequentar a escola, ressentia-se por ela saber ler e a espancava sempre que ela tentava praticar, lendo um pedaço de jornal velho. Sem dúvida, ele a espancava por muitas outras coisas também. Ela odiava o casamento, mas não tinha como escapar. "Se você é mulher e não estudou, o que pode fazer?", perguntou ela.

No entanto, quando Jo Luck chegou e conversou com Tererai e com as outras jovens, Jo continuou a insistir que as coisas não tinham de ser desse jeito. Ela insistia dizendo que as meninas poderiam alcançar seus objetivos, usando repetidamente a palavra "atingível". As mulheres perceberam a repetição e pediram ao intérprete para explicar detalhadamente o que a palavra significava. Isso deu a Jo uma chance para seguir em frente. "Quais são suas esperanças?", perguntou às mulheres por meio do intérprete. Tererai e as outras ficaram intrigadas com a pergunta porque realmente não tinham nenhuma esperança. Francamente, elas suspeitavam dessa mulher branca que não sabia falar o idioma local e que ficava fazendo perguntas esquisitas. Mas Jo as fez pensar sobre seus sonhos e, relutantemente, elas começaram a refletir sobre o que desejavam. Tererai falou timidamente sobre sua esperança de estudar. Jo a incentivou e disse que poderia fazer isso, e que deveria escrever suas metas e buscá-las metodicamente. A princípio, isso não fez nenhum sentido para Tererai, pois ela era uma mulher casada de vinte e poucos anos.

Existem muitas metáforas para o papel da ajuda externa. Gostamos de pensar na ajuda como um tipo de lubrificante: alguns pingos de óleo na caixa de embreagem do mundo em desenvolvimento, para que as engrenagens possam se mover livremente de novo. Foi essa a ajuda da Heifer International nessa aldeia: Tererai começou a se movimentar livremente por si mesma. Depois que Jo Luck e sua equipe foram embora, Tererai começou a estudar com afinco, enquanto criava cinco filhos. Ela voltou à aldeia de sua mãe para fugir das surras do marido. Com muita dificuldade e com a ajuda de amigos, ela escreveu suas metas em um pedaço de papel: "Algum dia eu irei para os Estados Unidos", foi sua meta número um. Ela acrescentou que conseguiria se formar na faculdade e faria mestrado e doutorado — todos os sonhos maravilhosamente absurdos para uma criadora de gado, casada, do Zimbábue, que tinha menos de um ano de educação formal. Entretanto, ela pegou o pedaço de papel, dobrou-o, colocou três camadas de plástico para protegê-lo e depois guardou em uma lata velha. Enterrou a lata embaixo de uma pedra no pasto em que cuidava do gado.

Depois disso, Tererai estudou por correspondência e começou a economizar. Sua autoconfiança crescia à medida que se saía brilhantemente bem em seus estudos. E se tornou uma organizadora comunitária na Heifer. Ela surpreendeu a todos com seu trabalho escolar maravilhoso, e os voluntários da Heifer a incentivaram a pensar que poderia estudar nos Estados Unidos. Certo dia, no ano de 1998, ela recebeu a notícia de que havia sido aceita na Universidade Estadual de Oklahoma.

Alguns de seus vizinhos disseram que uma mulher de 30 anos deveria pensar em educar os filhos, e não a si mesma. "Não posso falar sobre a educação de meus filhos se não me educar", respondeu Tererai. "Eu vou estudar, aí poderei educar meus filhos." Assim, ela entrou em um avião e foi para os Estados Unidos.

Na faculdade, Tererai se matriculou em todas as matérias que pôde e trabalhava de noite para ganhar dinheiro. Ela conseguiu se formar, voltou para a aldeia e desenterrou o papel em que tinha escrito suas metas. Ticou as metas que já tinha cumprido e enterrou a lata novamente.

A Heifer International ofereceu um emprego a Tererai e ela começou a trabalhar no estado do Arkansas, ao mesmo tempo em que estudava em um programa de mestrado. Quando conseguiu o mestrado, voltou novamente à aldeia. Depois de abraçar os parentes, ela desenterrou a lata e ticou o objetivo que acabara de conquistar. No momento, ela está cursando o doutorado na Universidade de Western Michigan e levou os cinco filhos para os Estados Unidos. Tererai concluiu os créditos do doutorado e está escrevendo uma tese sobre os programas de AIDS entre os pobres da África. Ela irá se tornar um recurso econômico produtivo para a África, tudo por causa de um leve empurrão e da ajuda da Heifer International. E, quando terminar o doutorado, Tererai voltará para sua aldeia e, depois de abraçar as pessoas que ama, irá para o campo a fim de desenterrar novamente a lata.

Existe uma ampla literatura acadêmica sobre os movimentos sociais, e os especialistas observaram que uma das mudanças mais surpreendentes nos últimos anos tem sido o aumento na liderança feminina. Os movimentos pelos direitos civis e contra a guerra do Vietnã podem ter sido os últimos dos grandes esforços nos Estados Unidos cuja direção foi predominantemente masculina. Desde então, as mulheres lideraram ações tão diversificadas quanto a Mothers Against Drunk Driving e os movimentos pró-feminista e antifeminista. Embora as mulheres ainda estejam atrás nas posições políticas, corporativas e no governo, elas dominam o setor civil em grande parte do mundo. Nos Estados Unidos, as mulheres agora lideram em Harvard, Princeton e MIT, e também nas Fundações Ford e Rockefeller. Os grupos no National Council of Women's Organizations representam 10 milhões de mulheres. O mesmo padrão ocorre em outros países. Na Coreia do Sul, as mulheres têm 14% das cadeiras na Assembleia Nacional, mas dirigem 80% das ONGs do país. Em Quirguízia, as mulheres não têm nenhuma cadeira no parlamento, mas dirigem 90% das ONGs.

No século XIX, as americanas ricas desdenharam do movimento sufragista feminino e, em vez disso, contribuíram generosamente para as faculdades e escolas masculinas, além de igrejas e organizações beneficentes. Muitas vezes, as mulheres ricas eram impressionantemente generosas com instituições que discriminavam abertamente as mulheres. O movimento sufragista feminino foi assim forçado a arrecadar dinheiro junto aos homens simpatizantes. Do mesmo modo, nas últimas décadas, as americanas ricas não têm sido especialmente generosas com as causas femininas internacionais, mas existem sinais de que isso pode estar começando a mudar. As americanas agora estão desempenhando papéis cada vez mais importantes no mundo filantrópico, e os "fundos de mulheres" que dão apoio a mulheres e meninas estão aumentando. Atualmente, existem mais de 90 desses fundos apenas nos Estados Unidos.

Assim, chegou a hora de um novo movimento de emancipação para capacitar mulheres e meninas em todo o mundo. Os políticos deveriam assumir a dianteira: nos Estados Unidos, uma pesquisa de 2006 descobriu que 60% dos entrevistados disseram que "melhorar o tratamento recebido pelas mulheres dos outros países" era "muito importante" para a política exterior americana (e mais 30% disseram que era "um pouco importante"). O movimento deveria seguir estes princípios:

+ Procurar construir coalizões amplas nas fileiras liberais e também nas conservadoras. Isso torna mais fácil atingir resultados práticos.
+ Resistir à tentação de exagerar. A comunidade humanitária sabotou a própria credibilidade com suas previsões exageradas (os jornalistas brincam que os grupos de ajuda previram 10 das últimas três fomes). A pesquisa sobre mulheres tende a ser realizada por pessoas que se importam apaixonadamente com justiça e gênero e que já têm convicções antes de iniciar seus estudos. Assim, seja cauteloso em relação aos achados. Não há o que ganhar com o exagero.
+ Ajudar as mulheres não significa ignorar os homens. Por exemplo, é crucial obter fundos para o desenvolvimento de microbicidas, cremes

que as mulheres podem aplicar para se proteger do HIV sem que seus parceiros saibam. Mas pode ser útil para as mulheres se os meninos e homens forem circuncidados, pois isso diminui a velocidade da disseminação da AIDS e reduz a possibilidade de os homens infectarem suas parceiras.

- O feminismo americano precisa se tornar menos provinciano, de modo a se preocupar tanto com a escravidão sexual na Ásia como com os programas esportivos *Title IX* em Illinois. Já está havendo um grande processo em relação a isso. Do mesmo modo, os americanos religiosos devem tentar salvar a vida das mulheres na África com o mesmo empenho com que tentam salvar a vida dos fetos. Em resumo, todos nós precisamos nos tornar mais cosmopolitas e ficar mais cientes da repressão global com base em gênero.

Se houvesse um quinto princípio, ele seria: Não dê atenção demais aos quatro primeiros. Qualquer movimento precisa ser flexível; ele deve ser incansavelmente empírico e aberto a diferentes estratégias em locais diferentes. Por exemplo, já dissemos várias vezes que educar as meninas é o melhor meio isolado de diminuir a fertilidade, melhorar a saúde infantil e criar uma sociedade mais justa e dinâmica. Mas, enquanto escrevíamos este livro, dois novos estudos apontaram outra abordagem para revolucionar a questão da fertilidade e do gênero nos vilarejos: a televisão.

Um estudo realizado por uma economista do desenvolvimento italiana, Eliana La Ferrara, examinou o impacto de uma rede de televisão, a Rede Globo, conforme ela se expandia no Brasil. A Globo é famosa por suas novelas, que têm um público enorme e apaixonado e cujos personagens principais são mulheres com poucos filhos. A pesquisadora descobriu que, quando a Rede Globo chegava a uma nova área no Brasil, nos anos seguintes havia menos nascimentos ali — especialmente entre as mulheres de *status* socioeconômico mais baixo e as que já estavam avançadas em seus anos reprodutivos. Isso sugeriu que elas haviam decidido parar de ter filhos, imitando as personagens das novelas que admiravam.

Um segundo estudo focou-se no impacto da televisão na região rural da Índia. Dois estudiosos, Robert Jensen, da Universidade Brown, e Emily Oster, da Universidade de Chicago, descobriram que, depois de a TV a cabo chegar a uma aldeia, as mulheres ganhavam mais autonomia — como a capacidade de sair de casa sem permissão e o direito de participar das decisões domésticas. Houve uma queda no número de nascimentos, e as mulheres têm menor probabilidade de dizer que prefeririam ter um filho em vez de uma filha. O espancamento de esposas tornou-se menos aceitável e as famílias têm maior probabilidade de mandar as filhas para a escola.

Essas mudanças aconteceram porque a TV trouxe novas ideias para aldeias isoladas, que tendiam a ser muito conservadoras e tradicionais. Antes da chegada da TV, 62% das mulheres nas aldeias pesquisadas achavam que era aceitável que os maridos batessem nas esposas, e 55% das mulheres queriam que seu próximo filho fosse um menino (a maioria das outras não queria uma filha; elas simplesmente não se importavam). Dois terços das mulheres disseram que precisavam da permissão do marido para visitar as amigas.

Então, com a televisão, novas ideias chegaram às aldeias. Os programas mais populares na TV a cabo da Índia são as novelas que focalizam famílias de classe média nas cidades, onde as mulheres têm empregos e se movimentam com liberdade. Os espectadores rurais passaram a reconhecer que o costume "moderno" é que as mulheres sejam tratadas como seres humanos. O efeito foi imenso: "instalar TV a cabo equivale a cerca de cinco anos de educação feminina", relatam os professores. Isso não quer dizer que deveríamos deixar de lado os programas para enviar as meninas à escola e, em vez disso, instalar TV a cabo nas aldeias em que os homens costumam bater nas esposas, pois esses achados são iniciais e precisam ser confirmados por outros estudos. Mas, como já dissemos, um movimento em prol das mulheres precisa ser criativo e dispor-se a aprender e a incorporar novas abordagens e tecnologias.

A pauta do movimento deveria ser ampla e abrangente, mas focada em quatro terríveis realidades da vida diária: mortalidade materna, tráfico de seres humanos, violência sexual e discriminação diária rotineira, que fazem com que as taxas de mortalidade das meninas sejam mais altas do que as dos meninos. Os instrumentos para abordar esses desafios incluem a educação das meninas, planejamento familiar, microfinanciamentos e "capacitação" em todos os sentidos da palavra. Uma medida útil para ajudar a impelir esses instrumentos é a CEDAW, a Convention on Elimination of All Forms of Discrimination. Ela foi adotada pela Assembleia Geral da ONU, em 1979 e, até o momento, 185 países aderiram; os Estados Unidos continuam a recusar-se a ratificá-la porque os republicanos temem que a CEDAW possa restringir a soberania americana ao reconhecer a autoridade de uma convenção internacional. Essa preocupação é absurda. Além disso, a ONU deveria ter um órgão importante para apoiar a igualdade de gênero (existe um órgão, na teoria, o UNIFEM, mas ele é minúsculo). Os Estados Unidos deveriam ter um departamento separado que supervisionasse todas as questões de ajuda externa e de desenvolvimento, como o da Grã-Bretanha, e esse departamento deveria enfatizar o papel das mulheres.

No entanto, em última instância, como vimos, o que irá mudar os padrões de vida em uma aldeia africana provavelmente não será a CEDAW nem um novo departamento americano, mas sim uma nova escola ou um novo centro de saúde. É bom ter conferências da ONU sobre educação, mas, algumas vezes, é melhor alocar o dinheiro para projetos locais. Gostaríamos de ver uma campanha de trabalho de base que unisse as organizações feministas e as igrejas evangélicas, e todos os trabalhadores situados entre esses extremos, que pressionassem o presidente e o Congresso a aprovar três iniciativas específicas. Idealmente, isso seria coordenado com esforços similares na Europa, no Japão e em outros países doadores, mas, se preciso, poderia começar como um projeto americano.

A primeira iniciativa seria um esforço de conseguir US$ 10 bilhões, em cinco anos, para educar meninas de todo o mundo e reduzir a distância entre os gêneros na educação. Essa iniciativa se concentraria na África, mas também iria apoiar e incentivar países asiáticos, como o Afeganistão e o Paquistão. O objetivo não seria apenas abrir novas escolas, com a inscrição DOADA PELO POVO AMERICANO escrita nas paredes laterais, mas experimentar para encontrar os modos mais efetivos em termos de custo para apoiar a educação. Em alguns países, isso poderia significar fornecer uniformes escolares para as meninas de famílias pobres, ou vermifugar comunidades, ou fornecer bolsas de estudo para as meninas com melhor desempenho escolar, ou ajudar as meninas a lidar com a menstruação, ou apoiar a alimentação nas escolas, ou levar o programa "Oportunidades" do México para a África. Essas abordagens deveriam ser rigorosamente experimentadas de um modo randômico e avaliadas por avaliadores externos, para se determinar qual delas é mais eficiente em termos de custo.

A segunda iniciativa seria os Estados Unidos patrocinarem um esforço global para iodar o sal nos países pobres, a fim de evitar que milhões de crianças percam aproximadamente 10 pontos de QI cada, em resultado de deficiência de iodo, enquanto seu cérebro estiver se formando no útero. Como mencionamos no capítulo sobre educação das meninas, os fetos femininos tendem especialmente a ter um desenvolvimento cerebral prejudicado quando o corpo da mãe não tem iodo suficiente e, assim, as meninas seriam as principais beneficiadas. O Canadá já patrocina a Micronutrient Initiative (Iniciativa de micronutrientes), que fornece suporte à iodação do sal, mas existe ainda muito trabalho a ser feito — e é assustador que tantas meninas sofram dano cerebral irreversível quando meros US$ 19 milhões pagariam a *iodação* do sal nos países que ainda precisam desesperadamente disso. Assim, essa campanha de iodação iria custar muito pouco e esse argumento deveria ser enfatizado diante de todas as críticas feitas à ajuda externa, mas existem também outros métodos baratos, simples e muito eficazes em termos de custo. Iodar o sal pode não ser glamoroso, mas obtém um dos maiores retornos dentre as formas de ajuda externa.

A terceira iniciativa seria um projeto de 12 anos e US$ 1,6 bilhão para erradicar as fístulas obstétricas e, ao mesmo tempo, estabelecer a base para um grande esforço internacional contra a mortalidade materna. O Dr. L. Lewis Wall, presidente e diretor executivo do Worldwide Fistula Fund (Fundo mundial para fístulas), elaborou com Michael Horowitz, um ativista conservador voltado para questões humanitárias, uma proposta detalhada de uma campanha para acabar com as fístulas. O plano inclui a construção de 40 centros para esse tipo de tratamento na África, além de um novo instituto para coordenar a campanha. Essa é uma das poucas áreas em saúde reprodutiva que une democratas e republicanos, e resultaria em uma ênfase na necessidade de melhor cuidado materno em geral. A campanha iria destacar a oportunidade de ajudar algumas das jovens mulheres mais desamparadas do mundo, aperfeiçoar as habilidades obstétricas na África e gerar a energia para dar os passos subsequentes a fim de abordar a mortalidade materna.

Essas três ações — campanhas para financiar a educação feminina, iodação do sal para evitar retardo mental e erradicação das fístulas — não resolveriam os problemas das mulheres do mundo, mas priorizariam as questões subjacentes na pauta internacional e destacariam soluções para os problemas. Uma vez que as pessoas vejam que *existem* soluções, estarão mais dispostas a ajudar de inúmeras outras formas.

Quanto mais ocidentais forem atingidos pelo movimento, melhor. Mas os patrocinadores mais eficazes irão doar não só dinheiro, mas também seu tempo como voluntários nas linhas de frente. Quem se importa com a pobreza precisa entendê-la, não apenas se opor a ela. E o entendimento da pobreza vem de passar algum tempo observando-a diretamente.

Quando falamos sobre o tráfico de sexo, mencionamos Urmi Basu, que dirige o abrigo New Light para as mulheres traficadas em Calcutá. No decorrer dos anos, direcionamos várias americanas para serem voluntárias em New Light, ensinando inglês aos filhos das prostitutas. A princípio, essas voluntárias acharam esse trabalho esmagador. Uma das primeiras a apresentarmos a Urmi foi Sydnee Woods, uma advogada assistente em Mineápolis que não estava encontrando tudo o que desejava da vida em seu emprego. Ela pediu ao chefe uma licença não remunerada de 90 dias para ir para a Índia trabalhar no New Light, e ele recusou de imediato. Então, Sydnee pediu demissão, vendeu sua casa e se mudou para Calcutá. Ela sentiu que a adaptação foi muito difícil, como nos escreveu em um *e-mail*:

> Levei cerca de seis meses para admitir para mim mesma que odeio a Índia (bom, pelo menos, Calcutá). Na verdade, eu adorei tudo em New Light: as crianças, as mães, a equipe, os outros voluntários e Urmi. Mas odiei tudo o mais aqui. Achei extremamente difícil ser uma mulher negra americana e solteira aqui. Eu era olhada constantemente com suspeita — não tanto devido à minha cor, mas porque eu não era casada e, muitas vezes, estava sozinha (em restaurantes, no *shopping*, etc.). Os olhares eram emocionalmente exaustivos e não acho que realmente eu tenha conseguido me acostumar com eles.

Preocupados por nosso conselho ter produzido uma experiência tão dolorosa, perguntamos a Sydnee se isso significava que ela se arrependia de ter ido. Ela recomendaria uma imersão igual para outras pessoas? Momentos depois, chegou um *e-mail* muito diferente:

> Estou tão feliz por ter ido! Estou pensando em voltar a New Light no ano que vem. Eu me apaixonei por todas as crianças, mas duas delas, os irmãos Joya e Raoul (acho que têm 4 e 6 anos), realmente tocaram meu coração. Estou totalmente comprometida em garantir que eles sejam educa-

dos e saiam de Kalighta [a zona de prostituição]. Sei que fiz algum bem ali e isso é gratificante. A experiência (boa e ruim) me mudou para sempre. Minha postura melhorou incrivelmente e sou capaz de lidar muito mais facilmente com problemas e contratempos. Eu nunca tinha viajado para fora do país (além de visitas turísticas a Bermudas, México e Bahamas), e agora nem posso imaginar não viajar ao exterior sempre que possível. Fiz amigos para a vida toda na Índia. É difícil colocar isso em palavras, mas sou uma pessoa diferente e melhor. Eu certamente recomendaria a experiência — especialmente para outras mulheres negras solteiras. Foi difícil, mas necessária. A Índia muda as pessoas — ela nos obriga a confrontar questões pessoais que talvez preferíssemos não confrontar. No que me diz respeito, isso só pode ser bom. Foi bom para mim.

De fato, embora a principal motivação para se unir a esse movimento global seja ajudar os outros, o resultado muitas vezes ajuda a nós mesmos. Como Sir John Templeton disse: "O autoaperfeiçoamento vem principalmente da tentativa de ajudar os outros". Os psicólogos sociais descobriram muito sobre a felicidade nos últimos anos, e uma das surpresas é que as coisas que acreditamos que nos deixarão felizes não farão isso. As pessoas que ganham na loteria, por exemplo, sentem um pico de felicidade inicial, mas depois se ajustam e um ano depois não estão significativamente mais felizes do que as pessoas que não ganharam. Nosso nível de felicidade parece ser principalmente inato e não é marcadamente afetado pelo que nos acontece, seja bom ou ruim. As pessoas em estágio terminal que fazem diálise, por exemplo, não demonstram diferenças em seu estado de espírito no decorrer do dia, quando comparadas a um grupo de pessoas saudáveis. E, embora aqueles que sofram uma incapacidade debilitante fiquem inicialmente muito infelizes, eles se adaptam rapidamente. Um estudo descobriu que apenas um mês depois de ficarem paraplégicas, as vítimas de acidentes estavam em estado de humor bastante bom durante a maior parte do tempo. Outra pesquisa descobriu que, dois anos depois de sofrer uma incapacidade moderada, a satisfação com a vida recupera o nível anterior à incapacidade. Assim, Jonathan Haidt, um psicólogo da Universidade de Virgínia que está estudando a felicidade, aconselha as pessoas, caso sejam atropeladas por um caminhão e fiquem paraplégicas, ou que ganhem na loteria, a lembrar que depois de um ano isso não fará muita diferença no nível de felicidade.

Mas o professor Haidt e outros também afirmam que existem alguns fatores que podem afetar o nível de felicidade de uma forma contínua. Um fator é "uma conexão com algo maior" — uma causa mais ampla ou um propósito humanitário. Tradicionalmente, isso era o que levava as pessoas para as igrejas ou outras instituições religiosas, mas qualquer movimento ou iniciativa humanitária pode proporcionar um senso de propósito que impulsiona o quociente de felicidade. Somos neurologicamente construídos de modo que obtemos os maiores dividendos pessoais do altruísmo.

Assim, esperamos que você se junte a essa crescente multidão e ajude da forma que puder — como voluntário na escola de Mukhtar Mai, no Paquistão, escrevendo cartas como parte das campanhas da Equality Now ou patrocinando o Tostan para educar uma aldeia a respeito da mutilação genital feminina. Pesquisei os grupos de ajuda no apêndice deste livro ou acesse: www.charitynavigator.org. Encontre um ou dois grupos com o qual deseje se comprometer. Os filantropos e doadores tradicionalmente não têm se interessado pelos direitos femininos nos outros países, mas, em vez disso, patrocinam causas mais glamorosas, como balé ou museus de arte. Haveria um movimento internacional forte pelos direitos das mulheres se os filantropos doassem para as mulheres reais a mesma quantia que doam para pinturas e esculturas femininas.

Não estamos querendo dizer que todas as doações deveriam ser voltadas para as necessidades das mulheres em outros países, esquecendo as nossas próprias necessidades. Mas esperamos que parte de suas doações seja destinada a essas causas e que você ofereça seu tempo além de seu dinheiro. Uma parcela da renda deste livro será destinada a algumas dessas organizações.

Se você for um estudante, descubra se sua escola ou faculdade tem aulas ou programas de estudo no exterior que abordem essas questões. Pense em ser voluntário para um estágio de férias em uma das organizações que mencionamos. Ou tire um "ano de folga" antes ou depois da universidade para viajar ou para fazer um estágio. Se você é pai ou mãe, leve seus filhos não só a Londres, mas também para a Índia ou África. Em uma reunião comunitária, pergunte a um candidato sobre sua posição em relação à saúde materna. Escreva uma carta para o editor do jornal local pedindo um impulso para a educação das meninas.

A maré da história está transformando as mulheres de burros de carga e objetos sexuais em seres humanos plenos. As vantagens econômicas de capacitar as mulheres são tão amplas que bastam para persuadir as nações a se moverem nessa direção. No futuro próximo, consideraremos a escravidão sexual, os assassinatos em defesa da honra e os ataques com ácido tão incompreensíveis quanto a amarração dos pés. A questão é quanto tempo essa transformação levará e quantas moças mais serão sequestradas e levadas para bordéis antes de estar concluída — e se cada um de nós será parte desse movimento histórico ou se seremos um mero espectador.

Quatro passos que você pode dar nos próximos dez minutos

O primeiro passo é o mais difícil, então aqui estão várias coisas que você pode fazer agora:

1. Acesse www.globalgiving.org ou www.kiva.org e abra uma conta. Os dois *sites* são por contato pessoa a pessoa, o que significa que eles vão ligar você diretamente a uma pessoa que necessita de ajuda em outro país. Esse é um modo excelente para começar. Global Giving deixa que você escolha um projeto de base ao qual enviar dinheiro, nas áreas de educação, saúde, ajuda em caso de catástrofes ou outras 12 áreas no mundo em desenvolvimento. Kiva deixa que você faça o mesmo para microfinanciamentos a empreendedores. Navegue pelos *sites* para ter uma noção das necessidades e doar ou emprestar dinheiro aos que chamarem sua atenção, talvez como um presente a um parente ou amigo. Ou experimente outro *site*: www.givology.com, aberto por estudantes da Universidade da Pensilvânia para ajudar as crianças nos países em desenvolvimento a pagar pelo ensino fundamental. O *site* inicialmente se focava na China, mas depois expandiu-se para a Índia e a África. Em Global Giving, por exemplo, nós apoiamos um programa para impedir que meninas de rua de Mumbai se tornem prostitutas, enquanto em Kiva emprestamos dinheiro a uma mulher que fabrica móveis no Paraguai.

2. Apadrinhe uma menina ou uma mulher por meio de Plan International, Women for Women International, World Vision ou American Jewish World Service. Nós somos padrinhos por meio de Plan e trocamos cartas e visitamos nossos afilhados nas Filipinas, Sudão e República Dominicana. O apadrinhamento também é um modo de ensinar a seus filhos que nem todas as crianças têm iPods.
3. Inscreva-se para receber informativos por *e-mail* em www.womensenews.org e em outro serviço similar como www.worldpulse.com. Ambos distribuem informações sobre abusos contra mulheres e, algumas vezes, falam sobre atitudes que os leitores podem tomar.
4. Entre para a CARE Action Network em www.can.care.org. Isso o ajudará a assumir uma posição, a educar formuladores de políticas e a destacar que o público deseja ação contra a pobreza e a injustiça. Esse tipo de ação de cidadania é essencial para criar mudança. Como já dissemos, esse movimento não será liderado pelo presidente nem pelos membros do Congresso, do mesmo modo que os presidentes e congressistas do passado não lideraram os movimentos de direitos civis ou abolicionistas — mas, se os líderes perceberem que ganharão votos, eles farão algo. O governo irá agir onde nossos interesses nacionais estiverem em perigo; porém, a história tem mostrado que, quando nossos valores estão em risco, a liderança deve vir dos cidadãos comuns como você.

Esses quatro passos são simplesmente um modo de "quebrar o gelo". Depois de fazer isso, navegue pelas organizações listadas no apêndice, encontre uma que pareça especialmente significativa e vá fundo. Una forças com alguns amigos ou forme um clube de doações para multiplicar o efeito. Agora, vá em frente e acelere para o dia em que as mulheres realmente sustentarão metade do céu.

APÊNDICE

Organizações que dão apoio a mulheres

Aqui estão alguns dos grupos que se especializam em apoiar as mulheres nos países em desenvolvimento. Além desses, existem muitos grupos excelentes de ajuda, como o International Rescue Committee, UNICEF, Save the Children e Mercy Corps, que não estão listados abaixo porque seu foco não se concentra em mulheres e meninas. Esta lista não é uma lista de avaliação, triagem ou definitiva; é uma compilação peculiar de grupos, grandes ou pequenos, que vimos em ação. Considere-a como um ponto de partida para mais pesquisas. Dois sites úteis que podem ser consultados para mais informações sobre os grupos de ajuda são www.charitynavigator.org e www.givewell.net.

Afghan Institute of Learning (www.creatinghope.org) opera escolas e outros programas para mulheres e meninas no Afeganistão e nas áreas de fronteira do Paquistão.
American Assistance for Cambodia (www.cambodiaschools.com) tem lutado contra o tráfico sexual e agora tem um programa para subsidiar as meninas pobres para que elas continuem a estudar.
Americans for UNFPA (www.americansforunfpa.org) apoia o trabalho do Fundo de População da ONU. É semelhante ao *34 Million Friends of UNFPA* (www.34millionfriends.org).
Apne Aap (www.apneaap.org) luta contra a escravidão sexual na Índia, inclusive em áreas remotas como Bihar que recebem pouca atenção. Apne Aap aceita voluntários americanos.

Ashoka (www.ashoka.org) é uma organização que identifica e investe em empreendedores sociais em todo o mundo, e muitos deles são mulheres.

Averting Maternal Death and Disability (www.amddprogram.org) é uma importante organização focada na saúde materna.

BRAC (www.brac.net) é um incrível grupo de ajuda situado em Bangladesh, que agora está se expandindo na África e na Ásia. Tem um escritório em Nova York e aceita estagiários.

Campaign for Female Education (CAMFED) (www.camfed.org) apoia educação para meninas na África.

CARE (www.care.org) tem se focado cada vez mais nas mulheres e meninas.

Center for Development and Population Activities (CEDPA) (www.cedpa.org) trabalha com questões relativas a mulheres e desenvolvimento.

Center for Reproductive Rights (www.reproductiverights.org), com sede em Nova York, foca-se na saúde reprodutiva em todo o mundo.

ECPAT (www.ecpat.net) é uma rede de grupos que lutam contra a prostituição infantil, especialmente no sudeste da Ásia.

Edna Adan Maternity Hospital (www.ednahospital.org) fornece cuidados maternos na Somalilândia. Aceita voluntários.

Engender Health (www.engenderhealth.org) foca-se em questões de saúde reprodutiva no mundo em desenvolvimento.

Equality Now (www.equalitynow.org) luta contra o tráfico sexual e a opressão de gênero ao redor do mundo.

Family Care International (www.familycareintl.org) trabalha para melhorar a saúde materna, principalmente na África, na América Latina e no Caribe.

Fistula Foundation (www.fistulafoundation.org) apoia o Addis Ababa Fistula Hospital na Etiópia, fundado por Reg e Catherine Hamlin.

Global Fund for Women (www.globalfundforwomen.org) opera como um fundo de capital para empreendimentos para grupos de mulheres em países pobres.

Global Grassroots (www.globalgrassroots.org) é uma organização jovem focada nas mulheres dos países pobres, especialmente do Sudão.

Grameen Bank (www.grameen-info.org) foi o pioneiro de microfinanças em Bangladesh e agora se ramificou em um conjunto de programas de desenvolvimento.

Heal Africa (www.healafrica.org) opera um hospital em Goma, Congo, que repara fístulas e cuida de vítimas de estupro. Aceita voluntários.

Hunger Project (www.thp.org) foca-se na capacitação de mulheres e meninas para erradicar com a fome.

International Center for Research on Women (www.icrw.org) enfatiza o gênero como a chave para o desenvolvimento econômico.

International Justice Mission (www.ijm.org) é uma organização cristã que luta contra o tráfico sexual.

International Women's Health Coalition (www.iwhc.org), com sede em Nova York, tem sido líder na luta pelos direitos de saúde reprodutiva ao redor do mundo.

Marie Stopes International (www.mariestopes.org), com sede no Reino Unido, foca-se nos cuidados de saúde reprodutiva em todo o mundo.

New Light (www.newlightindia.org) é a organização de Urmi Basu para ajudar as prostitutas e seus filhos em Calcutá, Índia. Aceita voluntários.

Pathfinder International (www.pathfind.org) apoia a saúde reprodutiva em mais de 25 países.

Pennies for Peace (www.penniesforpeace.org), dirigida por Greg Mortenson (autor de *Three Cups of Tea*), oferece educação no Paquistão e no Afeganistão, especialmente para meninas.

Population Services International (www.psi.org) está sediada em Washington e usa o setor privado na saúde reprodutiva.

Pro Mujer (www.promujer.org) apoia mulheres na América Latina por meio de microfinanciamentos e treinamento para negócios.

Self Employed Women's Association (SEWA) (www.sewa.org) é um grande sindicato para mulheres pobres que trabalham como autônomas na Índia. Aceita voluntários.

Shared Hope International (www.sharedhope.org) luta contra o tráfico de sexo em todo o mundo.

Somaly Mam Foundation, (www.somaly.org), dirigida por uma mulher que foi traficada quando criança, luta contra a escravidão sexual no Camboja.

Tostan (www.tostan.org) é uma das organizações mais bem-sucedidas na luta contra a mutilação genital feminina na África. Aceita estagiários.

Vital Voices (www.vitalvoices.org) apoia os direitos das mulheres em muitos países e tem sido especialmente ativo na luta contra o tráfico.

White Ribbon Alliance for Safe Motherhood (www.whiteribbonalliance.org) luta contra a mortalidade materna no mundo.

Women for Women International (www.womenforwomen.org) conecta patrocinadoras com mulheres carentes em países que estejam em conflito ou em situação de pós-conflito.

Women's Campaign International (www.womenscampaigninternational.org) dedica-se a aumentar a participação feminina nos processos democráticos e políticos em todo o mundo.

Women's Dignity Project (www.womensdignity.org), cofundada por uma mulher americana, facilita a cura de fístulas obstétricas na Tanzânia.

Women's Learning Partnership (www.learningpartnership.org) enfatiza a liderança e a capacitação femininas no mundo em desenvolvimento.

Women's Refugee Commission (www.womensrefugeecommission.org) está ligada ao International Rescue *Committee* e se foca em mulheres e crianças refugiadas.

Women's World Banking (www.womensworldbanking.org) apoia as instituições de microfinanciamento de todo o mundo que auxiliam as mulheres.

Women Thrive Worldwide (www.womenthrive.org) é um grupo internacional focado nas necessidades das mulheres de países pobres.

Worldwide Fistula Fund (www.worldwidefistulafund.org) trabalha para melhorar a saúde materna e está construindo um hospital de tratamento de fístulas em Níger.

NOTAS

A maioria das citações e dos relatos deste livro veio de nossas próprias entrevistas. Quando ouvimos citações por terceiros e não pudemos ter certeza se as palavras eram exatas (como no caso das afirmações de Akku Yadav, na época em que aterrorizava os moradores de Kasturba Nagar), usamos itálicos em vez de aspas. Quando mencionamos uma idade, é geralmente a idade que a pessoa tinha quando foi entrevistada. Outra convenção: muitas vezes usamos o "nós", mesmo que apenas um tenha estado presente no local.

Esta não é uma bibliografia completa dos livros e artigos que consultamos, mas, nestas notas, tentamos fornecer informações das citações e também daquelas que vieram de outras fontes que não as entrevistas. A maioria dos artigos acadêmicos está disponível *on-line* e gratuitamente por meio de uma busca rápida na *internet*.

INTRODUÇÃO - *O efeito feminino*

18 **Esse estudo descobriu que 39 mil meninas morriam:** Sten Johansson e Ola Nygren, "The Missing Girls of China: A New Demographic Account", *Population and Development Review* 17, n. 1 (março de 1991): 35-51.

18 **Punir uma mulher por um dote inadequado:** O próprio sistema de dote pode refletir a posição das mulheres na sociedade. Alguns antropólogos acreditam que as mulheres têm maior valor

econômico nos locais em que têm permissão para trabalhar fora de casa, e assim os dotes são menos importantes ou são substituídos por um preço da noiva, no qual o dinheiro é pago para a família da mulher. Uma visão geral do dote e do preço da noiva e uma explicação para os motivos de muitas vezes eles existirem concomitantemente pode ser encontrada no artigo de Nathan Nunn, "A Model Explaining Simultaneous Payments of a Dowry and Bride-Price", manuscrito, 4 de março de 2005. Ele examinou 186 sociedades de todo o mundo e encontrou o sistema de dote em apenas 11 dessas sociedades, o preço da noiva verificou em apenas 98, uma combinação de dote e preço da noiva em 33 sociedades e a ausência desses dois sistemas em 44 sociedades.

19 **Amartya Sen:** O relato pioneiro que lançou esse campo de estudos foi o artigo de Amartya Sen, "More Than 100 Million Women Are Missing", *The New York Review of Books*, (20 de dezembro de 1990). Esse artigo foi seguido pelo estudo de Ansley J. Coale, "Excess Female Mortality and the Balance of the Sexes in the Population: An Estimate of the Number of 'Missing Females'", *Population and Development Review*, (17 de setembro de 1991). A terceira estimativa foi feita por Stephan Klasen e Claudia Wink em "'Missing Women': Revisiting the Debate", *Feminist Economics* 9 (janeiro de 2003): 263-99.

20 **50% mais chance de morrer:** Essa estimativa da maior mortalidade feminina entre bebês indianos vem do Programa de Desenvolvimento das Nações Unidas, mas pode estar subestimada. A professora Oster cita dados que indicam que, entre as idades de 1 a 4 anos, as meninas na Índia morrem a uma taxa 71% mais alta do que se fossem tratadas como os meninos. Emily Oster, "Proximate Sources of Population Sex Imbalance in India", (manuscrito, 1 de outubro de 2007). O resultado de 71% é derivado dos números citados por Oster de 1,4% de mortalidade prevista para as meninas indianas entre as idades citadas, em comparação à mortalidade real de 2,4%.

20 **Quantificou a terrível escolha:** Nancy Qian, "More Women Missing, Fewer Girls Dying: The Impact of Abortion on Sex Ratios at

Birth and Excess Female Mortality in Taiwan", *CEPR Discussion Paper No. 6667*, (janeiro de 2008).

24 **Em 2001, o Banco Mundial:** *Engendering Development Through Gender Equality in Rights, Resources, and Voice*, World Bank Policy Research Report (Washington, D.C.: World Bank, 2001); também, *The State of the World's Children 2007: Women and Children, the Double Dividend of Gender Equality* (Nova York: UNICEF, 2006).

24 **Programa para o Desenvolvimento das Nações Unidas:** *Global Partnership for Development, United Nations Development Programme Annual Report 2006* (Nova York: UNDP, 2006): 20.

25 **"As mulheres são a chave":** Hunger Project, "Call for Nominations for the 2008 Africa Prize", declaração, 3 de junho de 2008, Nova York.

25 **Ministro das relações exteriores da França, Bernard Kouchner:** Bernard Kouchner, discurso na International Women's Health Coalition, (Nova York, janeiro de 2008).

25 **Center for Global Development:** *Girls Count: A Global Investment & Action Agenda* (Washington, D.C.: Center for Global Development, 2008).

25 **"A desigualdade entre os sexos fere o crescimento econômico":** Sandra Lawson, "Women Hold Up Half the Sky", *Global Economics Paper n. 164*, Goldman Sachs, (4 de março de 2008): 9.

CAPÍTULO 1 - *Emancipando as escravas do século XXI*

31 **Existem de 2 a 3 milhões de prostitutas na Índia:** Essa estimativa foi feita por Moni Nag em *Sex Workers of India: Diversity in Practice of Prostitution and Ways of Life* (Mumbai: Allied Publishers, 2006), p. 6. De modo geral, ela concorda com as outras estimativas. Uma estimativa similar foi feita por uma ONG de Nova Délhi, Bharatiya Patita Uddhar Sabha, que calculou que existem 2,4 milhões de trabalhadoras

sexuais na Índia. Um artigo de 2004 afirmou que a Índia tem 3,5 milhões de trabalhadoras sexuais comerciais, um quarto das quais têm 17 anos ou menos: Amit Chattopadhyay e Rosemary G. McKaig, "Social Development of Commercial Sex Workers in India: An Essential Step in HIV/AIDS Prevention,", *AIDS Patient Care and STDs* 18, n. 3 (2004): 162.

31 **Um estudo dos bordéis indianos realizado em 2008:** Kamalesh Sarkar, Baishali Bal, Rita Mukherjee, Sekhar Chakraborty, Suman Saha, Arundhuti Ghosh e Scott Parsons, "Sex-trafficking, Violence, Negotiating Skill and HIV Infection in Brothel-based Sex Workers of Eastern India, Adjoining Nepal, Bhutan and Bangladesh", *Journal of Health, Population and Nutrition* 26, n. 2 (junho de 2008): 223-31. Essas estimativas autorrelatadas da proporção das prostitutas na Índia que entraram voluntariamente para os bordéis podem ser altas devido ao medo que as prostitutas tinham de ser punidas pelos cafetões se contassem a verdade.

32 **A China tem mais prostitutas:** No início dos anos 1990, uma estimativa comum para o número de prostitutas na China era de 1 milhão, e isso aumentou para 3 milhões por volta de 2000. Nos últimos anos, números mais altos têm sido usados. Qiu Haitao, autor de um trabalho em chinês sobre a revolução sexual na China, estima que existam 7 milhões de trabalhadoras sexuais no país. O estudioso Zhou Jinghao, que escreveu sobre a história da prostituição, estimou que há cerca de 20 milhões de prostitutas na China. Zhong Wei fez uma estimativa de 10 milhões. Os números mais altos incluem *er-nai*, que são mais similares a concubinas ou amantes em outros países. Um motivo para dar crédito a essas estimativas elevadas é que as autoridades têm divulgado periodicamente números sugerindo que mais de 200.000 mulheres por ano são presas durante a repressão ao vício. Existe algum tráfico forçado de sexo no sudoeste da China com garotas das minorias étnicas que não falam bem o mandarim, e algumas delas terminam nos bordéis da Tailândia ou do sudeste da Ásia.

O maior problema da China com relação ao tráfico diz respeito não à prostituição, mas às mulheres que vão se tornar esposas dos camponeses em áreas remotas. Esse fenômeno, chamado *guimai funu*, existe em ampla escala: os pesquisadores estimaram que há muitos milhares de casos a cada ano. Geralmente, uma jovem recebe a promessa de um emprego em uma fábrica ou restaurante em uma área costeira e, depois, é levada para um vilarejo remoto e vendida a um homem pelo equivalente a poucas centenas de dólares. Ela pode ficar amarrada nos primeiros meses ou, então, ser vigiada de perto para que não fuja. Depois de ter um bebê, a moça geralmente se conforma com seu destino e decide ficar no vilarejo.

35 O *The Lancet*: Brian M. Willis e Barry S. Levy, "Child Prostitution: Global Health Burden, Research Needs, and Interventions", *The Lancet*, 359 (20 de abril de 2002).

36 **27 milhões de escravos modernos:** O número de 27 milhões de escravos aparece, por exemplo, na linha de abertura de *Not for Sale*, um louvável chamado à luta contra o tráfico feito por David Batstone (Nova York: HarperCollins, 2007). O número é amplamente citado na literatura crescente sobre o tráfico de seres humanos. Dois dos trabalhos mais acadêmicos foram escritos por Louise Brown, uma socióloga britânica que realizou pesquisas nos bordéis de Lahore, Paquistão. Seus livros incluem *The Dancing Girls of Lahore* (Nova York: HarperCollins, 2005) e *Sex Slaves: The Trafficking of Women in Asia* (Nova York: Vintage, 2000). O livro de Kevin Bales é um pouco mais popular: *Ending Slavery: How We Free Today's Slaves* (Berkeley: University of California Press, 2007). Uma antologia impressionante foi organizada por Jesse Sage e Liora Kasten, eds., *Enslaved: True Stories of Modern Day Slavery* (Nova York: Palgrave Macmillan, 2006), com capítulos sobre pessoas de todo o mundo. Igor David Gaon e Nancy Forbord, em *For Sale: Women and Children* (Victoria, B.C.: Trafford Publishing, 2005), fornecem um foco sobre o problema no sudeste da Europa. O Human Rights Watch também publicou estudos excelentes sobre o tráfico no Japão, Tailândia, Togo, Bósnia e Índia. Gary Haugen, um cristão evangélico que fundou a International Justice Mission, uma organização antitráfico com muitos seguidores cristãos e uma rede global, escreveu *Terrify No More: Young Girls Held Captive and the Daring Undercover Operation to Win Their Freedom* (Nashville, Tenn.: Thomas Nelson Publishers, 2005).

36 E um pequeno número de meninos: Nós nos concentramos nas escravas sexuais porque elas superam em muito os meninos. Existem prostitutos no mundo em desenvolvimento, mas é mais provável que eles trabalhem autonomamente e não sejam forçados a trabalhar nesse ramo nem ficar presos em bordéis. O livro *Caribbean Pleasure Industry: Tourism, Sexuality, and AIDS in the Dominican Republic* (Chicago: University of Chicago Press, 2007), de Mark Padilla, é um estudo sociológico cuidadoso dos trabalhadores sexuais.

37 Como observou o periódico *Foreign Affairs*: A citação foi extraída de Ethan B. Kapstein, "The New Global Slave Trade", *Foreign Affairs* 85, n. 6 (novembro/dezembro de 2006): 105.

37 Em 1791, a Carolina do Norte decretou: Rodney Stark, *For the Glory of God: How Monotheism Led to Reformations, Science, Witch-Hunts, and the End of Slavery* (Princeton, N.J.: Princeton University Press, 2003): 320-22.

CAPÍTULO 2 - *Proibição e prostituição*

54 A prevalência do HIV era inexplicavelmente elevada: Kamalesh Sarkar *et al.*, "Epidemiology of HIV Infection Among Brothel-Based Sex Workers in Calcutá, India", *Journal of Health, Population and Nutrition* 23, n. 3 (setembro de 2005): 231-35.

54 Escola de Saúde Pública de Harvard: A MAP Network, que monitora a AIDS, descobriu que a prevalência do HIV entre as trabalhadoras sexuais em Calcutá era de 1% até 1994 e atingiu 51% em Mumbai em 1993. *MAP Network Regional Report*, (outubro de 1997).

55 Outra é Urmi Basu: Um dos esforços mais criativos para ajudar as crianças indianas nos bordéis é o projeto Kalam de escrita criativa, por meio do programa de Urmi, em Calcutá. O projeto realizou *workshops* de poesia para ensinar as crianças a escrever poemas e depois publicou alguns deles — em inglês e em bengali — em *Poetic Spaces*, um livreto impresso por meios particulares. A ideia é que os bengalis reverenciem a cultura e a poesia e, se virem que as prostitutas e seus filhos escrevem poemas, sintam mais empatia pelas vítimas do tráfico. Não sabemos se o projeto conseguiu aumentar a empatia, mas produziu poesias comoventes. O projeto Kalan foi realizado com a Fundação Daywalka, uma pequena entidade americana que se concentra em tráfico na Índia e no Nepal.

56 **Porém, Anup Patel:** A declaração de Anup Patel foi extraída do manuscrito "Funding a Red-Light Fire", preparado para publicação no *Yale Journal of Public Health*. Anup, um estudante de medicina em Yale, usou os fundos extras de sua bolsa de estudos para formar um grupo de ajuda para as vítimas do tráfico: Cents of Relief (www.centsofrelief.org).

58 **Historicamente, os bordéis de Mumbai eram piores:** A abordagem de repressão também foi aplicada em Goa, Índia, mas não houve um seguimento feito com seriedade para determinar o resultado. Um comentário amargamente crítico em relação a essa repressão, favorecendo o modelo de Sonagachi, é encontrado no artigo escrito por Maryam Shahmanesh e Sonali Wayal, "Targeting Commercial Sex-Workers in Goa, India: Time for a Strategic Rethink?", *The Lancet* 364 (9 de outubro de 2004): 1297-99. Do mesmo modo, relatos simpáticos a um modelo similar ao do DMSC podem ser encontrados no livro de Geetanjali Misra e Radhika Chandiramani *Sexuality, Gender and Rights: Exploring Theory and Practice in South and Southeast Asia* (Nova Délhi: Sage Publications, 2005), especialmente no capítulo 12. Os que são simpáticos ao modelo de Sonagachi algumas vezes argumentam que, embora o trabalho sexual seja desagradável e perigoso, os outros trabalhos típicos dos pobres também são, como o dos catadores de lixo, por exemplo. Melissa Farley está entre aqueles que argumentam que, embora existam muitos trabalhos desagradáveis, a prostituição é o único degradante. Ela é a editora de *Prostitution, Trafficking, and Traumatic Stress* (Binghamton, N.Y.: Haworth Maltreatment & Trauma Press, 2003).

58 **Uma década depois, a postura sueca:** A Noruega examinou os modelos sueco e holandês e produziu um relatório excelente sobre as duas abordagens. A maior parte dos dados vem do relatório: "Purchasing Sexual Services in Sweden and the Netherlands, a Report by a Working Group on the Legal Regulation of the Purchase of Sexual Service"

(Oslo, 2004). A Escócia também examinou as abordagens, holandesa e sueca, juntamente com a abordagem de Nova Gales do Sul, na Austrália, e preferiu a estratégia sueca: parlamento escocês, comitê sobre governo local e transporte, "Evidence Received for Prostitution Tolerance Zones (Scotland) Bill Stage One" (4 de fevereiro de 2004).

CAPÍTULO 3 - *Aprendendo a falar*

78 Um juiz aposentado do tribunal superior, Bhau Vahane: Raekha Prasad, "Arrest Us All", *The Guardian* (16 de setembro de 2005).

Os novos abolicionistas

82 A revolução agrícola: Bill Drayton, "Everyone a Changemaker: Social Entrepreneurship's Ultimate Goal", *Innovations* I, n. 1 (inverno de 2006): 80-96.

CAPÍTULO 4 - *Dominar pelo estupro*

89 As mulheres entre 15 a 44 anos: O cálculo que mais mulheres morrem ou são mutiladas por violência masculina do que por outras causas foi extraído do livro editado por Marie Vlachova e Lea Biason: *Women in an Insecure World: Violence Against Women, Facts, Figures and Analysis* (Genebra: Centre for the Democratic Control of Armed Forces, 2005) VII. A discussão dos ataques com ácido foi extraída do mesmo trabalho, p. 31-33.

90 21% das mulheres de Gana relataram em uma pesquisa: Ruth Levine, Cynthia Lloyd, Margaret Greene e Caren Grown, *Girls Count: A Global Investment & Action Agenda* (Washington, D.C.: Center for Global Development, 2008): 3.

90 Cargo político eletivo no Quênia: Swanee Hunt, "Let Women Rule", *Foreign Affairs* (maio/junho de 2007): 116.

90 Woineshet: Emily Wax, uma ótima repórter, publicou um artigo excelente sobre o caso de Woineshet, no qual obtivemos os detalhes:

"Ethiopian Rape Victim Pits Law Against Culture", *The Washington Post* (7 de junho 2004): A1.

95 **Ou seja, sexismo e misoginia:** Há alguns anos, o falecido Jack Holland escreveu um ótimo livro intitulado *Misogyny: The World's Oldest Prejudice* (Nova York: Carroll & Graf, 2006). Ele escreveu que muitas vezes as pessoas se surpreendiam por um livro sobre misoginia ter sido escrito por um homem, e sua resposta sempre era: "Por que não? Ela foi inventada pelos homens".

96 **Um estudo sugere que as mulheres estavam envolvidas:** Dara Kay Cohen, "The Role of Female Combatants in Armed Groups: Women and Wartime Rape in Sierra Leone (1991-2002)", artigo não publicado (Stanford University, Palo Alto, Califórnia, 2008).

97 **Em relação ao espancamento de esposas:** Robert Jensen e Emily Oster, "The Power of TV: Cable Television and Women's Status in India" (manuscrito, 30 de julho de 2007): 38.

A escola de Mukhtar

99 **Mukhtar Mai:** Para mais informações sobre Mukhtar Mai, leia a autobiografia dela (revelação: Nick escreveu o prefácio). O livro de Mukhtar Mai chama-se *In the Name of Honor* (Nova York: Atria, 2006). Veja também de Asma Jahangir e Hilna Jilani *The Hudood Ordinances: A Divine Sanction?* (Lahore: Sange-Meel Publications, 2003).

CAPÍTULO 5 - *A vergonha da "honra"*

112 **Metade das mulheres em Serra Leoa:** Os números sobre estupro na Libéria, em Serra Leoa e em áreas dos Kivus vêm do trabalho de Anne Marie Goetz, "Women Targeted or Affected by Armed Conflict: What Role for Military Peacekeepers", apresentação na UNIFEM (27 de maio de 2008, Sussex, U.K.).

113 **John Holmes:** A citação sobre o Congo vem de um artigo excelente: Jeffrey Gettleman, "Rape Epidemic Raises Trauma of Congo War", *The New York Times* (7 de outubro de 2007): A1.

115 O hospital chama-se HEAL Africa: Nesse capítulo, nós nos concentramos no hospital HEAL Africa, no norte de Kivu. No sul de Kivu existe outro hospital, Panzi Hospital, com uma história similar de heroísmo e que trata vítimas de estupro e repara fístulas.

CAPÍTULO 6 - *Mortalidade materna — uma mulher por minuto*

123 Fístulas como a dela são comuns: Para uma revisão médica das questões relativas às fístulas obstétricas, veja "The Obstetric Vesicovaginal Fistula in the Developing World", suplemento de *Obstetric & Gynecological Survey*, julho de 2005. Catherine Hamlin escreveu uma autobiografia que foi publicada em seu país natal, a Austrália: Dr. Catherine Hamlin, com John Little, *The Hospital by the River: A Story of Hope* (Sydney: Macmillan, 2001).

127 L. Lewis Wall: L. Lewis Wall, "Obstetric Vesicovaginal Fistula as an International Public-Health Problem", *The Lancet* 368 (30 de setembro de 2006): 1201.

128 Onze por cento dos habitantes do mundo: "Of Markets and Medicines", *The Economist* (19 de dezembro de 2007).

129 Taxa de mortalidade materna: Os números não são muito confiáveis, principalmente porque a morte de uma mulher grávida nas aldeias não é considerada importante — e por isso ninguém conta todas elas. Os números que usamos foram extraídos principalmente de um grande estudo da ONU em 2005: "Estimates Developed by WHO, UNICEF, UNFPA, and the World Bank" (Geneva: World Health Organization, 2007). É uma excelente visão geral das estatísticas. A abordagem estatística foi refinada desde o estudo anterior: "Maternal Mortality in 2000: Estimates Developed by WHO, UNICEF, UNFPA" (Geneva: World Health Organization, 2004).

130 Estudos psicológicos mostram que as estatísticas: A pesquisa feita por psicólogos sobre como nós nos comovemos com casos individuais e não por sofrimento em grande escala aborda questões importantes para qualquer pessoa que queira provocar uma resposta pública ao sofrimento. Esse estudo certamente molda o modo em que realizamos nosso trabalho. Veja Paul Slovic, "'If I Look at the Mass, I Will Never Act': Psychic Numbing and Genocide", *Judgment and Decision Making* 2, n. 2 (Abril de 2007): 79-95. Incrivelmente, o interesse humano em ajudar as vítimas parece diminuir assim que o número de vítimas é maior que um.

Um médico que trata países, não pacientes

133 **Allan Rosenfield:** Algumas das citações foram extraídas de um livreto, *Taking a Stand: A Tribute to Allan Rosenfield, a Legacy of Leadership in Public Health*, publicado pela Escola Mailman de Saúde Pública da Universidade de Colúmbia em 2006.

CAPÍTULO 7 - *Por que as mulheres morrem no parto?*

143 **Duas adaptações evolutivas básicas:** A discussão sobre a evolução baseou-se em um livro maravilhoso sobre a história do parto: Tina Cassidy, *Birth: The Surprising History of How We Are Born* (New York: Atlantic Monthly Press, 2006).

146 **Um estudo detalhado:** Nazmul Chaudhury, Jeffrey Hammer, Michael Kremer, Karthik Muralidharan e F. Halsey Rogers, "Missing in Action: Teacher and Health Worker Absence in Developing Countries", *Journal of Economic Perspectives* 20, n. 1 (inverno 2006): 91-116.

146 **"Mortes maternas em países em desenvolvimento":** Mahmoud F. Fathalla, "Human Rights Aspects of Safe Motherhood", *Best Practice & Research: Clinical Obstetrics & Gynaecology* 20, n. 3 (junho de 2006): 409-19. O Dr. Fathalla é um obstetra egípcio ativo nas questões de saúde materna.

146 **Como observou o periódico médico *The Lancet*:** A citação sobre a falta de interesse nas questões femininas como reflexo de um viés inconsciente foi extraída do artigo de Jeremy Shiffman e Stephanie Smith, "Generation of Political Priority for Global Health Initiatives:

A Framework and Case Study of Maternal Mortality", *The Lancet*, 370 (13 de outubro de 2007): 1375.

147 **A principal prova disso é o Sri Lanka:** Uma excelente discussão sobre o sucesso do Sri Lanka em conter a mortalidade materna é encontrada no livro de Ruth Levine, *Millions Saved: Proven Successes in Global Health* (Washington, D.C.: Center for Global Development, 2004), especialmente no capítulo 5. Honduras é muitas vezes citado como outro exemplo de como mesmo os países pobres podem alcançar reduções surpreendentes na mortalidade materna. No início dos anos 1990, o governo hondurenho focou-se na saúde materna, e a taxa de mortalidade materna relatada no país caiu 40% em sete anos. Mas nada é tão simples como parece. Em 2007, a ONU usou uma nova metodologia para calcular a taxa de mortalidade materna em Honduras e revelou que, na verdade, ela estava mais alta do que em 1990.
As melhoras em Honduras foram reais? A única lição parece ser que os números de morte materna nos países pobres são excepcionalmente enganosos. O sucesso — ou possível sucesso — em Honduras é discutido no livro de Ruth Levine e também no artigo de Jeremy Shiffman, Cynthia Stanton e Ana Patricia Salazar, "The Emergence of Political Priority for Safe Motherhood in Honduras", *Health Policy and Planning* 19, n. 6 (2004): 380-90. Kerala, na Índia, também costuma ser citada como um exemplo de lugar em que a vontade política reduziu a mortalidade materna, e isso provavelmente é verdade. A taxa de mortalidade materna em Kerala é estimada como estando entre 87 e 262, em comparação com 450 para a Índia como um todo.

150 **Estudo em uma igreja cristã fundamentalista:** A taxa de mortalidade materna da seita fundamentalista cristã que evita cuidados médicos é discutida em "Perinatal and Maternal Mortality in a Religious Group—Indiana", *MMWR Weekly*, (1 de junho de 1984): 297-98.

150 **"A peça-chave":** "Emergency Obstetric Care: The Keystone of Safe Motherhood", editorial, *International Journal of Gynecology & Obstetrics* 74 (2001): 95-97.

152 **"Investir na melhoria da saúde das mulheres":** Os ativistas, que argumentam que combater a mortalidade materna é altamente eficiente em termos de custo, citam várias estimativas sobre o custo de produtividade causado pela mortalidade e morbidade maternas. A USAID certa vez afirmou que o impacto global das mortes maternas e de neonatos era de cerca de 15 bilhões de dólares em produtividade perdida, metade pelas mães e metade pelos recém-nascidos. Mas essa metodologia era suspeita, e nós achamos que é um erro tentar justificar os gastos com saúde materna com base na produtividade. Os homens normalmente trabalham na economia formal, contribuindo para o PIB, e sua produtividade geralmente é mais alta do que a das mulheres ou crianças. Então, quem tentasse justificar as intervenções de saúde com base na redução da produtividade perdida causada por doenças, iria priorizar os homens de meia-idade, e não as mulheres ou crianças.

O hospital de Edna

155 **Edna Adan:** O nome de Edna segue a convenção de muitos países muçulmanos. O padrão é que cada pessoa receba um nome e, depois, acrescente o nome do pai a ele. Se for necessário mais especificação, o nome do avô paterno pode ser acrescentado depois disso. Então, a própria Edna só recebeu um nome. Mas, como seu pai era chamado Adan, ela se chama Edna Adan. Quando é necessário esclarecer, ela acrescenta o nome do avô e se torna Edna Adan Ismail.

158 **Foi quando que Ian Fisher publicou [...] um artigo:** O artigo sobre Edna que levou Anne Gilhuly a tentar ajudar foi escrito por Ian Fisher: "Hargeisa Journal; A Woman of Firsts and Her Latest Feat: A Hospital", *The New York Times* (29 de novembro de 1999): A4.

CAPÍTULO 8 - *Planejamento familiar e o "Golfo de Deus"*

164 **"Ao contrário de suas intenções explícitas":** A citação da Dra. Eunice Brookman-Amissah vem de "Breaking the Silence: The Global Gag Rule's Impact on Unsafe Abortion", um relatório do Center for Reproductive Rights (Nova York, 2007): 4.

165 **De fato, UNFPA conseguiu uma importante transformação:** Li Yong Ping, Katherine L. Bourne, Patrick J. Rowe, Zhang De Wei, Wang Shao Xian, Zhen Hao Yin e Wu Zhen, "The Demographic Impact of Conversion from Steel to Copper IUDs in China", *International Family Planning Perspective* 20, n. 4 (dezembro de 1994): 124. Ver também Edwin A. Winckler, "Maximizing the Impact of Cairo on China", em Wendy Chavkin e Ellen Chesler, eds., *Where Human Rights Begin: Health, Sexuality and Women in the New Millennium* (New Brunswick, N.J.: Rutgers University Press, 2005).

166 **Para cada 150 abortos sem segurança:** Hailemichael Gebreselassie, Maria F. Gallo, Anthony Monyo e Brooke R. Johnson, "The Magnitude of Abortion Complications in Kenya", *BJOG: An International Journal of Obstetrics and Gynaecology* 112, n. 9 (2005): 1129-35. Ver também David A. Grimes, Janie Benson, Susheela Singh, Mariana Romero, Bela Ganatra, Friday E. Okonofua e Iqbal H. Shah, "Unsafe Abortion: The Preventable Pandemic", *The Lancet*, 368 (25 de novembro de 2006): 1908-19; e Gilda Sedgh, Stanley Henshaw, Susheela Singh, Elisabeth Ahman e Iqbal H. Shah, "Induced Abortion: Estimated Rates and Trends Worldwide", *The Lancet*, 370 (13 de outubro de 2007): 1338-45.

166 **"Nós perdemos uma década":** *Return of the Population Growth Factor: Its Impact Upon the Millennium Development Goals*, Report of Hearings by the All Party Parliamentary Group on Population, Development and Reproductive Health, House of Commons, U.K., janeiro de 2007.

167 **Um projeto pioneiro de planejamento familiar:** Matthew Connelly, *Fatal Misconception: The Struggle to Control World Population* (Cambridge, Mass.: Harvard University Press, 2007): 171-72.

167 **Um experimento conduzido cuidadosamente em Matlab:** Wayne S. Stinson, James F. Phillips, Makhlisur Rahman and J. Chakraborty, "The Demographic Impact of the Contraceptive Distribution Project in Matlab, Bangladesh", *Studies in Family Planning*, 13, n. 5 (maio de 1982): 141-48.

167 **Education Act, de 1870:** Mukesh Eswaran, "Fertility in Developing Countries," em Abhijit Vinayak Banerjee, Roland Bénabou e Dilip Mookherjee, *Understanding Poverty* (Nova York: Oxford University Press, 2006): 145. Ver também T. Paul Schultz, "Fertility and Income", na mesma obra, p. 125.

168 **Cruciais atualmente para lutar contra a AIDS:** Um artigo abrangente sobre as origens genéticas da AIDS e a linha de tempo de sua disseminação foi escrito por M. Thomas, P. Gilbert, Andrew Rambaut, Gabriela Wlasiuk, Thomas J. Spira, Arthur E. Pitchenik e Michael Worobey, "The Emergence of HIV/AIDS in the Americas and Beyond", *Proceedings of the National Academy of Sciences*, 104 (novembro de 2007): 18566-70.

168 **As mulheres têm duas vezes mais probabilidade:** Ann E. Biddlecom, Beth Fredrick e Susheela Singh, "Women, Gender and HIV/AIDS", *Countdown 2015 Magazine*, p. 66; disponível *on-line* em <www.populationaction.org/2015/magazine/sect6_HIVAIDS.php>.

168 **A AIDS se espalhasse pelo mundo:** Um recurso excelente sobre esforços de ajuda estrangeira contra HIV/AIDS é o livro de Helen Epstein, *The Invisible Cure: Africa, the West, and the Fight Against AIDS* (Nova York: Farrar, Straus and Giroux, 2007).

168 **Um estudo da Universidade da Califórnia:** Nada Chaya e Kali-Ahset Amen com Michael Fox, *Condoms Count: Meeting the Need in the Era of HIV/AIDS* (Washington, D.C.: Population Action International, 2002): 5. Muitas das informações a respeito de preservativos foram extraídas desse livreto. Mais detalhes sobre a longa história dos preservativos e a oposição religiosa a eles podem ser encontrados em Aine Collier, *The Humble Little Condom: A History* (Nova York: Prometheus Books, 2007).

168 **Começaram a espalhar a informação científica falsa:** As evidências da efetividade dos preservativos contra o HIV e diversas DSTs são discutidas em "Workshop Summary: Scientific Evidence on Condom Effectiveness for Sexually Transmitted Disease (STD) Prevention", Natio-

nal Institutes of Health, (12 e 13 de junho de 2000); disponível *on-line* em: <www.ccv.org/downloads/pdf/CDC_Condom_Study.pdf>.

169 **"Seu corpo é um pirulito embrulhado":** Camille Hahn, "Virgin Territory", *Ms.* (outono de 2004). O exemplo do pirulito é amplamente usado pelos entusiastas da abstinência, e pirulitos de abstinência são vendidos em: <www.abstinence.net>.

173 **Poverty Action Lab:** Esther Duflo, Pascaline Dupas, Michael Kremer e Samuel Sinei, "Education and HIV/AIDS Prevention: Evidence from a Randomized Evaluation in Western Kenya", (manuscrito, junho de 2006); e Pascaline Dupas, "Relative Risks and the Market for Sex: Teenage Pregnancy, HIV, and Partner Selection in Kenya", (manuscrito, outubro de 2007), <www.dartmouth.edu/~pascaline/>.

175 **Megaigreja pentecostal em Kiev, Ucrânia:** As informações sobre o cristianismo no mundo em desenvolvimento vieram de Mark Noll, professor no Wheaton College, em uma apresentação não publicada ao *Council on Foreign Relations*, (Nova York, 2 de março de 2005). Ver também a boa discussão do papel do cristianismo em apoiar as mulheres no mundo em desenvolvimento em Philip Jenkins, *The New Faces of Christianity: Believing the Bible in the Global South* (Nova York: Oxford University Press, 2006), especialmente o capítulo 7.

177 **Arthur Brooks:** Existe também uma discussão das doações religiosas ao mundo em desenvolvimento em *The Index of Global Philanthropy 2007*, especialmente nas páginas 22-23 e 62-65.

Jane Roberts e seus 34 milhões de amigos

179 **Mas Jane Roberts:** A história da fundação 34 Million Friends é contada por Jane Roberts em *34 Million Friends of the Women of the World* (Sonora, Calif.: Ladybug Books, 2005).

CAPÍTULO 9 - *O islã é misógino?*

183 **Uma grande proporção é predominantemente muçulmana:** Dois livros que apresentam uma introdução excelente às mulheres no

mundo islâmico são Jan Goodwin, *Price of Honor: Muslim Women Lift the Veil of Silence on the Islamic World* (Nova York: Penguin, 2003), e Geraldine Brooks, *Nine Parts of Desire: The Hidden World of Islamic Women* (Nova York: Anchor, 1995).

184 Em contraste, as pesquisas de opinião destacam: *Arab Human Development Report 2005: Towards the Rise of Women in the Arab World* (Nova York: UNDP, 2006), Anexo II, p. 249 *et seq.*

184 Grande Mufti Sheikh Abdulaziz: "Saudi Arabia's Top Cleric Condemns Calls for Women's Rights", *The New York Times* (22 de janeiro de 2004): A13.

184 Depois que o Talibã foi derrubado: *Afghanistan in 2007: A Survey of the Afghan People* (Cabul: The Asia Foundation, 2007).

185 Amina Wadud, uma estudiosa islâmica: Amina Wadud, *Qur'an and Woman: Rereading the Sacred Text from a Woman's Perspective* (Nova York: Oxford University Press, 1999).

186 Uma analogia útil diz respeito à escravidão: Rodney Stark, *For the Glory of God: How Monotheism Led to Reformations, Science, Witch-Hunts and the End of Slavery* (Princeton, N.J.: Princeton University Press, 2003): 301-4. Ver também Bernard Lewis, *Race and Slavery in the Middle East: An Historical Enquiry* (Nova York: Oxford University Press, 1992), e Murray Gordon, *Slavery in the Arab World* (Nova York: New Amsterdã Books, 1990). Para exemplos de como os escravos eram tratados nas diferentes sociedades islâmicas, ver Shaun E. Marmon, ed., *Slavery in the Islamic Middle East* (Princeton, N.J.: Markus Wiener Publishers, 1999).

187 Um adversário de longa data, Ali: Os seguidores de Ali são os xiitas e, assim, ainda hoje, Aisha é claramente rejeitada por eles. Aisha é um nome comum para as meninas sunni, mas é praticamente desconhecido entre os xiitas.

187 Algumas feministas islâmicas: Fatima Mernissi, *The Veil and the Male Elite: A Feminist Interpretation of Women's Rights in Islam*, trad.

Mary Jo Lakeland (Nova York: Basic Books, 1991). Ver também os outros livros de Fatima Mernissi, inclusive *Beyond the Veil: Male-Female Dynamics in Modern Muslim Society*, rev. ed. (Bloomington: Indiana University Press, 1987). Nawal el Saadawi, autor de *The Hidden Face of Eve: Women in the Arab World* (Boston: Beacon Press, 1980) foi um pioneiro na luta pelos direitos das mulheres no mundo árabe.

188 **Outra discussão sobre o Alcorão:** Christoph Luxenberg, *The Syro-Aramaic Reading of the Koran: A Contribution to the Decoding of the Language of the Koran* (Berlim: Hans Schiler Publishers, 2007). Nós nos correspondemos com Luxenberg por *e-mail*, mas não sabemos qual é sua verdadeira identidade; ele usa o pseudônimo por precaução, pois os fundamentalistas poderiam tentar matá-lo.

189 **A complexidade dos papéis dos gêneros:** Um modo de entender as nuances do islã no Ocidente é folhear a revista *Muslim Girl*. Fundada em 2006 por Ausma Khan, uma paquistanesa-americana, a revista é explicitamente islâmica e, ao mesmo tempo, apoia os direitos humanos e projeta modelos de mulheres jovens inteligentes e assertivas.

189 **"Sou ganhador de um prêmio Nobel da Paz":** Shirin Ebade também explora essas questões em seu livro *Iran Awakening: A Memoir of Revolution and Hope* (Nova York: Random House, 2006).

192 **"Para cada ponto percentual de aumento":** Henrik Urdal, "The Demographics of Political Violence: Youth Bulges, Insecurity and Conflict", (trabalho mimeografado, 2007). Existe uma literatura rica e polêmica sobre a tendência de todos os grupos masculinos serem particularmente violentos. Ver David T. Courtwright, *Violent Land: Single Men and Social Disorder from the Frontier to the Inner City* (Cambridge, Mass.: Harvard University Press, 1998). Para uma perspectiva biológica, ver Dale Peterson e Richard Wrangham, *Demonic Males: Apes and the Origins of Human Violence* (Nova York: Mariner Books, 1997).

193 **No Iêmen, as mulheres são apenas 6%:** Ricardo Hausmann, Laura D. Tyson e Saadia Zahidi, *The Global Gender Gap Report 2006* (Geneva:

World Economic Forum, 2006) e *Arab Human Development Report 2005*, p. 88.

193 **Como disse um relatório de desenvolvimento humano árabe da ONU:** *Arab Human Development Report 2005*, p. 24.

193 **"O *status* das mulheres":** M. Steven Fish, "Islam and Authoritarianism", *World Politics* 55 (outubro de 2002): 4-37; citações extraídas da p. 37 e das p. 30-31.

194 **"As implicações econômicas da discriminação de gênero":** David S. Landes, *The Wealth and Poverty of Nations: Why Some Are So Rich and Some So Poor* (Nova York: W.W. Norton, 1998): 412-13.

CAPÍTULO 10 - *Investindo em educação*

204 **"A evidência, na maioria dos casos":** Esther Duflo, "Gender Equality in Development", BREAD Policy Paper n. 011 (dezembro de 2006).

204 **O estado de Kerala:** Amartya Sen e outros muitas vezes apresentaram Kerala como um exemplo do que é possível para as mulheres no mundo em desenvolvimento. Compartilhamos o entusiasmo pelo que Kerala alcançou em educação, saúde e gênero, mas estamos profundamente decepcionados com a má administração econômica e com o clima de investimento inóspito para o mercado. A economia de Kerala se estagnou e depende do dinheiro enviado pelos nativos que trabalham no Golfo Pérsico. Mais informações sobre Kerala podem ser encontradas em K. P. Kannan, K. R. Thanappan, V. Raman Kutty, e K. P. Aravindan, *Health and Development in Rural Kerala* (Trivandrum, Índia: Integrated Rural Technology Center, 1991).

205 **A razão para investir na educação feminina:** Ver Barbara Herz e Gene B. Sperling, *What Works in Girls' Education: Evidence and Policies from the Developing World* (Nova York: Council on Foreign Relations, 2004). Existem muitos outros estudos e relatórios sobre

o impacto da educação das meninas, mas este é um resumo útil dos dados. Ver também *Girls Education: Designing for Success* (Washington, D.C.: World Bank, 2007) e Dina Abu-Ghaida e Stephan Klasen, *The Economic and Human Development Costs of Missing the Millennium Development Goal on Gender Equity* (Washington, D.C.: World Bank, 2004).

205 **A Indonésia aumentou muito a frequência escolar:** Lucia Breierova e Esther Duflo, "The Impact of Education on Fertility and Child Mortality: Do Fathers Really Matter Less Than Mothers?" (manuscrito não publicado, março de 2002).

205 **Do mesmo modo, Una Osili:** Una Okonkwo Osili e Bridget Terry Long, "Does Female Schooling Reduce Fertility? Evidence from Nigeria" (manuscrito, junho de 2007).

206 **FemCare:** Claudia H. Deutsch, "A Not-So-Simple Plan to Keep African Girls in School", *The New York Times*, (12 de novembro de 2007, Special Section on Philanthropy): 6.

207 **Os fetos precisam de iodo:** Erica Field, Omar Robles e Maximo Torero, "The Cognitive Link Between Geography and Development: Iodine Deficiency and Schooling Attainment in Tanzania", manuscrito, outubro de 2007, <www.economics.harvard.edu/faculty/field/files/Field_IDD_Tanzania.pdf>.

207 **Um dos pioneiros é o México:** Tina Rosenberg discute o lançamento de *Progresa* feito por Santiago Levy, que depois renomeou o programa como *Oportunidades*, em "How to Fight Poverty: Eight Programs That Work", memorando Talking Points <www.nytimes.com>, 16 de novembro de 2006. Ver também World Bank, "Shanghai Poverty Conference Case Summary: Mexico's Oportunidades Program", 2004; Emmanuel Skoufias, "PROGRESA and Its Impacts upon the Welfare of Rural Households in Mexico", International Food Policy Research Institute, Research Report 139, 2005; Alan B. Krueger, "Putting Development Dollars to Use, South of the Border", *The New York Times* (2 de maio de 2002).

208 **No programa de alimentação escolar da ONU:** *Food for Education Works: A Review of WFP FFE Programme Monitoring and Evaluation*, 2002-2006 (Washington, D.C.: World Food Programme, 2007).

210 **Um estudo realizado no Quênia por Michael Kremer:** Michael Kremer, Edward Miguel e Rebecca Thornton, "Incentives to Learn" (manuscrito, atualizado em janeiro 2007).

210 **"Encontramos poucas evidências sólidas":** Raghuram G. Rajan e Arvind Subramanian, "Aid and Growth: What Does the Cross-Country Evidence Really Show?" *The Review of Economics and Statistics* 90, n. 4 (novembro de 2008): 643.

211 **No entanto, quando Bono falou:** TED International Conference, junho de 2007. Mwenda e Bono tiveram um embate amplamente discutido sobre a efetividade da ajuda. Ver também Nicholas D. Kristof, "Bono, Foreign Aid and Skeptics", *The New York Times* (9 de agosto de 2007): A19.

Ann e Angeline

215 **Os pais de Angeline Mugwendere:** Parte desse material veio do panfleto, *I Have a Story to Tell* (Cambridge, U.K.: Camfed, 2004): 11.

219 **Metade das mulheres da Tanzânia:** Os números sobre abuso perpetrado por professores na África do Sul, Tanzânia e Uganda vieram de Ruth Levine, Cynthia Lloyd, Margaret Greene e Caren Grown, *Girls Count: A Global Investment & Action Agenda* (Washington, D.C.: Center for Global Development, 2008): 54.

CAPÍTULO 11 - *Microcrédito: a revolução financeira*

224 **Muhammad Yunus:** Ver Muhammad Yunus, *Banker to the Poor: Micro-Lending and the Battle Against World Poverty* (Nova York: Public Affairs, 2003); David Bornstein, *The Price of a Dream: The Story of the Grameen Bank* (Nova York: Oxford University Press, 1996); Phil Smith e Eric Thurman, *A Billion Bootstraps: Microcredit,*

Barefoot Banking, and the Business Solution for Ending Poverty (Nova York: McGraw-Hill, 2007).

228 **Um estudo notável:** Edward Miguel, "Poverty and Witch Killing", Review of Economic Studies 72 (2005): 1153.

229 **Os economistas Abhijit Banerjee e Esther Duflo:** Abhijit V. Banerjee e Esther Duflo, "The Economic Lives of the Poor", Journal of Economic Perspectives 21, n. 1 (inverno de 2007): 141.

230 **Na Costa do Marfim:** Esther Duflo e Christopher Udry, "Intrahousehold Resource Allocation in Côte d'Ivoire: Social Norms, Separate Accounts and Consumption Choices", Yale University Economic Growth Center Discussion Paper n. 857.

230 **Na África do Sul:** Esther Duflo, "Grandmothers and Granddaughters: Old-Age Pension and Intra-Household Allocation in South Africa", World Bank Economic Review 17, n. 1 (2003): 1-25. As transferências de dinheiro para as avós não aumentou a altura e o peso de seus netos, mas apenas de suas netas. Um outro estudo obteve um resultado diferente: quando essas novas pensões eram pagas aos homens da África do Sul, as crianças criadas por esses homens aumentavam sua escolaridade mais do que quando a pensão era paga às mulheres. O próprio autor ficou surpreso com o resultado e o considera uma aberração. Eric V. Edmonds, "Does Illiquidity Alter Child Labor and Schooling Decisions? Evidence from Household Responses to Anticipated Cash Transfers in South Africa", National Bureau of Economic Research, Working Paper 10265.

231 **"Quando as mulheres têm mais poder":** Esther Duflo, "Gender Equality in Development", BREAD Policy Paper n. 011, (dezembro de 2006): 14.

231 **A seu crédito, o governo americano:** Um projeto similar é Women's Legal Rights Initiative, apoiado pela U.S. Agency for International Development. Ver The Women's Legal Rights Initiative: Final Report, January 2007 (Washington, D.C.: USAID, 2007).

233 **O consenso nos círculos de desenvolvimento:** Um estudo descobriu que quanto mais mulheres houver no parlamento de um país, menos corrupção haverá. Mas isso pode dizer mais sobre os países que elegem mulheres do que sobre as próprias primeiras-ministras. A Europa não é muito corrupta e elege muitas mulheres, mas esses fatos não estão necessariamente relacionados; em vez disso, ambos podem ser resultado de uma sociedade pós-industrial bem-educada.

233 **Um experimento fascinante:** Esther Duflo e Petia Topalova, "Unappreciated Service: Performance, Perceptions, and Women Leaders in India", e "Why Political Reservation?", *Journal of the European Economic Association* 3, n. 2-3 (maio de 2005): 668-78, <http://econ-www.mit.edu/files/794>. Outro artigo que estudou os gastos das líderes femininas nas aldeias na Índia descobriu que elas tinham maior probabilidade de elicitar a participação das mulheres e a gastar o dinheiro nas questões que preocupavam as mulheres, como, por exemplo, água potável. Raghabendhra Chattopadhyay e Esther Duflo, "Women as Policy Makers: Evidence from a Randomized Policy Experiment in India", *Econometrica*, 72, n. 5 (setembro de 2004): 1409-43.

234 **Seja qual for o impacto:** Grant Miller, "Women's Suffrage, Political Responsiveness, and Child Survival in American History", *The Quarterly Journal of Economics* 123, n. 3 (agosto de 2008): 1287.

CAPÍTULO 12 - *O eixo da igualdade*

243 **"Uma mulher tem muitas partes":** Lu Xun, "Anxious Thoughts on 'Natural Breasts,'" 4 de setembro de 1927, em *Lu Xun: Selected Works*, trad. Yang Xianyi e Gladys Yang, vol. 2 (Pequim: Foreign Languages Press, 1980): 355. Lu Xun situa-se entre os maiores escritores chineses modernos e foi um partidário brilhante dos direitos humanos e da igualdade feminina.

243 **Zhang Yin:** David Barboza, "Blazing a Paper Trail in China", *The New York Times*, (16 de janeiro de 2007), p. C1. Outra citação veio de um artigo da *Bloomberg* que foi publicado no *China Daily*: "U.S. Trash

Helps Zhang Become Richest in China" (16 de janeiro de 2007). As informações também vieram de "Paper Queen," *The Economist*, (9 de junho de 2007).' Zhang Yin algumas vezes é chamada de Cheong Yan, que é a versão cantonesa de seu nome. Ela foi superada como a pessoa mais rica da China em 2007 por outra mulher, embora isso não tenha ocorrido por acaso. Yang Huiyan recebeu a propriedade da empresa de negócios imobiliários da família, Country Garden, e sua oferta pública de ações levou-a a valer US$ 16 bilhões. Isso a deixou mais rica do que Rupert Murdoch, George Soros e Steve Jobs. David Barboza, "Shy of Publicity, but Not of Money", *The New York Times*, (7 de novembro de 2007), p. C1. A crise econômica que começou em 2008 sem dúvida mudou todos esses números de riqueza.

246 **A proporção de sexo de recém-nascidos:** Algumas evidências sugerem que o aumento da renda das mulheres levará a uma autocorreção do aborto seletivo em relação ao sexo, que produziu escassez de meninas. Por exemplo, uma das lavouras que está florescendo nas áreas costeiras da China é a de chá, e as mulheres são geralmente percebidas como melhores em sua colheita porque são mais baixas e têm mãos menores. O número de "meninas que faltam" caiu significativamente nas áreas que plantam chá em comparação às áreas que produzem outras lavouras. Um estudioso revelou que o aumento geral de renda não tem efeito sobre a proporção dos sexos, mas o aumento da renda feminina reduziu a disparidade da proporção entre os sexos. Cada aumento na renda feminina que representava 10% na renda da família levava a um aumento de 1% na taxa de sobrevivência das meninas. Nancy Qian, "Missing Women and the Price of Tea in China: The Effect of Sex-Specific Income on Sex Imbalance" (manuscrito, dezembro de 2006). Ver também Valerie M. Hudson e Andrea M. den Boer, *Bare Branches: The Security Implications of Asia's Surplus Male Population* (Cambridge, Mass.: MIT Press, 2004).

248 **Os principais executivos indianos:** Em um aspecto, a negligência pode beneficiar as meninas na Índia. Um estudo descobriu que, em Mumbai, os meninos de casta baixa continuam a seguir caminhos tradicionais, frequentando escolas no idioma marathi e, depois, encontrando emprego por meio da rede de casta. Os meninos são

auxiliados por essas redes sociais, mas também ficam presos em trabalhos de baixo nível. Como as meninas não recebem atenção e, tradicionalmente, ficam fora dessas redes, elas têm possibilidade de frequentar as escolas em inglês. Depois de as meninas aprenderem inglês, elas podem competir por empregos bem pagos. Kaivan Munshi e Mark Rosenzweig, "Traditional Institutions Meet the Modern World: Caste, Gender, and Schooling Choice in a Globalizing Economy", *The American Economic Review* 96, n. 4 (setembro de 2006): 1225-52.

248-9 As fábricas que exploram o trabalho feminino deram um impulso às mulheres: Existe uma crítica feminista que discorda de nosso argumento; ela afirma que as jovens são muitas vezes exploradas nas fábricas de roupas. Há um elemento de verdade nessa acusação. As fábricas de roupas para exportação são sombrias e exploradoras, mas ainda assim são melhores do que a alternativa de vida nos vilarejos — e é por isso que as mulheres querem trabalhar nas fábricas. A crítica feminista argumenta que a globalização provocou uma erosão das ideias socialistas tradicionais sobre a igualdade. Isso é verdadeiro, mas a ideologia socialista estava separada demais da realidade econômica para ser mais do que uma base frágil para a igualdade de gênero. Não podemos fazer justiça que discorda de nós aqui, mas veja *The Feminist Economics of Trade*, editado por Irene Van Staveren, Diane Elson, Caren Grown e Nilüfer Çagatay (Nova York: Routledge, 2007); *Feminist Economics* (julho/outubro de 2007), um número especial sobre a China; Stephanie Seguino e Caren Grown, "Gender Equity and Globalization: Macroeconomic Policy for Developing Countries", *Journal of International Development* 18 (2006): 1081-1104; Yana van der Meulen Rodgers e Nidhiya Menon, "Trade Policy Liberalization and Gender Equality in the Labor Market: New Evidence for India", manuscrito (maio de 2007). Outros recursos que refletem essa abordagem — muito mais cética em relação aos benefícios das fábricas de roupas para exportação do que a nossa posição — podem ser encontrados em *International Gender and Trade Network*, <www.igtn.org>. Nossa opinião é que essa crítica é bem fundamentada quanto às falhas da exportação, mas subestima muito seus benefícios.

249 **Como observou o economista Paul Collier, da Universidade de Oxford:** Paul Collier, *The Bottom Billion: Why the Poorest Countries Are Failing and What Can Be Done About It* (Nova York: Oxford University Press, 2007): 168-70.

249 **Ruanda é uma sociedade pobre, patriarcal e sem acesso ao mar:** Para uma discussão do gênero em Ruanda, veja *Rwanda's Progress Towards a Gender Equitable Society* (Kigali: Rwanda Women Parliamentary Forum, 2007). Ruanda também dá poder para as mulheres sexualmente, por meio de duas práticas pouco conhecidas e praticamente únicas em sua ênfase quanto ao prazer sexual feminino. Uma é o costume entre as mulheres do país (e também de algumas mulheres baganda, em Uganda) de esticar os genitais das meninas, de um modo que aumenta seu prazer sexual quando adultas. A segunda prática é chamada *kynyaza* e envolve sexo focado na estimulação clitoriana, sem penetração. De novo, o principal objetivo é dar prazer sexual à mulher. Leana S. Wen, *Thoughts on Rwandan Culture, Sex and HIV/AIDS* (manuscrito datado de fevereiro de 2007); e Sylvia Tamale, "Eroticism, Sensuality, and 'Women's Secrets' Among the Baganda: A Critical Analysis", 2005, <www.feministafrica.org>.

Lágrimas sobre a revista Time

255 **Zainab Salbi:** Ver Zainab Salbi e Laurie Becklund, *Between Two Worlds: Escape from Tyranny, Growing up in the Shadow of Saddam* (Nova York: Gotham Books, 2005).

CAPÍTULO 13 - *Trabalho de base local vs. Trabalho no topo da hierarquia*

260 **Soranos de Éfeso:** O livro original de Sorano sobre ginecologia foi perdido, mas duas traduções latinas permanecem. A citação sobre a extração do clitóris foi extraída da tradução latina do século VII feita por Paulus de Aegina, conforme citada em Bernadette J. Brooten, *Love Between Women: Early Christian Responses to Female Homoeroticism* (Chicago: University of Chicago Press, 1996), p. 164 n. 58; a ilustração de um livro alemão de 1666 é reproduzida no livro de Brooten como figura 12.

260 **Três milhões de meninas são mutiladas anualmente:** *Changing a Harmful Social Convention: Female Genital Mutilation/Cutting*, Innocenti Digest n. 12 (Nova York: UNICEF, 2005, 2007). Essa é também uma fonte útil de dados sobre o alcance geográfico e a incidência da mutilação genital feminina. A pessoa que tem escrito há mais tempo, desde 1978, e de modo mais abrangente sobre a mutilação genital feminina é Fran P. Hosken, autor de *The Hosken Report: Genital and Sexual Mutilation of Females*, 4ª rev. ed. (Lexington, Mass.: Women's International Network News, 1993). Hosken estimou que um total de 149 milhões de mulheres foram mutiladas. Ver também *Agency for International Development: Abandoning Female Genital Mutilation/Cutting: An In-Depth Look at Promising Practices* (Washington, D.C.: U.S. Agency for International Development, 2006), especialmente as páginas 29-38. Uma prática de desfiguração muito mais limitada também com o objetivo de manter a castidade das moças é o achatamento dos seios. Em Camarões, pesos, faixas ou cintos são usados para achatar os seios de modo que as moças tenham menos probabilidade de ser estupradas ou seduzidas. Os pais de Camarões calculam que, em um mundo em que as moças tendem a sofrer abusos, o melhor modo de proteger uma filha é desfigurá-la.

CAPÍTULO 14 - *O que você pode fazer*

275 **Dois estudiosos:** Chaim D. Kaufmann e Robert A. Pape, "Explaining Costly International Moral Action: Britain's Sixty-Year Campaign Against the Atlantic Slave Trade", *International Organization* 53 (outono de 1999): 637. Esse é um artigo de destaque, e os números que citamos sobre o preço pago pela Grã-Bretanha por confrontar o tráfico de escravos foram retirados dele.

275 **William Wilberforce:** William Hague, *William Wilberforce: The Life of the Great Anti-Slave Trade Campaigner* (Londres: Harcourt, 2007). Hague e o senador Brownback estão entre os políticos modernos que dizem ter sido inspirados por Wilberforce.

276 **"Se alguém foi o fundador":** "Slavery: Breaking the Chains", *The Economist* (24 de fevereiro de 2007): 72.

278 **Swanee Hunt:** Swanee Hunt, "Let Women Rule", *Foreign Affairs* (maio/junho de 2007): 120.

279 **"Incentivar mais mulheres":** Kevin Daly, *Gender Inequality, Growth and Global Ageing*, Global Economics Paper n. 154, Goldman Sachs (3 de abril de 2007): 3.

279 **Um estudo sobre 500 empresas da revista *Fortune* nos Estados Unidos:** "The Bottom Line on Women at the Top", *BusinessWeek*, 26 de janeiro de 2004. Esse estudo específico foi realizado pela Catalyst, mas estudos similares têm sido realizados no decorrer dos anos com os mesmos resultados. A pesquisa paralela na economia japonesa foi realizada por Kathy Matsui, do Goldman Sachs; ver o relatório pioneiro dela, *Womenomics: Buy the Female Economy*, Goldman Sachs Investment Research, Japão, 13 de agosto de 1999. A partir de então, Matsui tem escrito uma série de acompanhamentos e ajudou a cunhar o termo *womenomics*.

280 **Países em desenvolvimento, como Brasil e Quênia:** R. Colom, C. E. Flores-Mendoza e F. J. Abad, "Generational Changes on the Draw-a-Man Test: A Comparison of Brazilian Urban and Rural Children Tested in 1930, 2002 and 2004", *Journal of Biosocial Science* 39, n. 1 (janeiro de 2007): 79-89.

280 **O QI das crianças da região rural do Quênia:** B. Bower, "I.Q. Gains May Reach Rural Kenya's Kids", *Science News*, 10 de maio de 2003; Tamara C. Daley, Shannon E. Whaley, Marian D. Sigman, Michael P. Espinosa e Charlotte Neumann, "I.Q. on the Rise: The Flynn Effect in Rural Kenyan Children", *Psychological Science* 14, n. 3 (maio de 2003): 215-19.

283 **Os movimentos pelos direitos civis e contra a guerra do Vietnã:** Sidney Tarrow, *Power in Movement: Social Movements and Contentious Politics*, 2ª ed. (Cambridge, U.K.: Cambridge University Press, 1998), especialmente a página 204. Ver também David A. Snow, Sarah A. Soule e Hanspeter Kriesi, *The Blackwell Companion to Social Movements* (Nova York: Wiley, 2007).

284 **Na Coreia do Sul:** Hunt, "Let Women Rule", é a fonte de informações sobre a Coreia do Sul e o Quirguízia.

284 **No século XIX:** Stephanie Clohesy e Stacy Van Gorp, *The Powerful Intersection of Margins & Mainstream: Mapping the Social Change Work of Women's Funds* (São Francisco: Women's Funding Network, 2007).

284 **Nos Estados Unidos, uma pesquisa de 2006 descobriu:** Scott Bittle, Ana Maria Arumi e Jean Johnson, "Anxious Public Sees Growing Dangers, Few Solutions: A Report from Public Agenda", *Public Agenda Confidence in U.S. Foreign Policy Index* (outono 2006).

285 **Dois novos estudos:** O estudo do Brasil é de Eliana La Ferrara, Alberto Chong e Suzanne Duryea, "Soap Operas and Fertility: Evidence from Brazil" (manuscrito, março de 2008). O estudo da Índia é de Robert Jensen e Emily Oster, "The Power of TV: Cable Television and Women's Status in India" (manuscrito, 30 de julho de 2007): 38.

287 **A ONU deveria ter um órgão importante:** Ninguém tem sido mais articulado do que Stephen Lewis em defender um órgão da ONU com foco nas mulheres. Ver Stephen Lewis, *Race Against Time: Searching for Hope in AIDS-Ravaged Africa* (Berkeley, Calif.: Publishers Group West, 2005).

290 **Os psicólogos sociais descobriram muito:** Jonathan Haidt, *The Happiness Hypothesis: Finding Modern Truth in Ancient Wisdom* (Nova York: Basic Books, 2006). Ver também Alan B. Krueger, Daniel Kahneman, David Schkade, Norbert Schwarz e Arthur Stone, "National Time Accounting: The Currency of Life" (versão preliminar, 31 de março, 2008).

**INFORMAÇÕES SOBRE NOSSAS PUBLICAÇÕES
E ÚLTIMOS LANÇAMENTOS**

Cadastre-se no *site*:

www.novoseculo.com.br

e receba mensalmente nosso boletim eletrônico.

novo século®

GRÁFICA PAYM
Tel. (011) 4392-3344
paym@terra.com.br